Volker Neuhaus

Andre verschlafen ihren Rausch, meiner steht auf dem Papiere

Goethes Leben in seiner Lyrik

DUMONT

Für D.

Erste Auflage 2007

Umschlag: Zero, München
Satz: Fagott, Ffm
Gesetzt aus der Stempel Garamond
Gedruckt auf säurefreiem und chlorfrei gebleichtem Papier
Druck und Verarbeitung: Clausen & Bosse, Leck
Printed in Germany
ISBN 978-3-8321-7985-4

Nehmt nur mein Leben hin in Bausch
Und Bogen, wie ichs führe:
Andre verschlafen ihren Rausch,
Meiner steht auf dem Papiere.

Zahme Xenien IV

Inhaltsverzeichnis

Einleitung 11
Herkunft und Familie 15
Das Elternhaus 19
Die Erziehung der Kinder 21
Erste dichterische Schritte 23
Ein Großgedicht 26
Phylogenese und Ontogenese oder:
Der letzte Opitzschüler 29
Studium in Leipzig 31
Der Anschluß an die Moderne 34
Goethes Leipziger Dichtungen 35
Die ersten Sammlungen 39
Die Studentenliebe zur filia hospitalis 45
Die *Oden an Behrisch* 48
Leipzig: Scheitern und Gelingen / Schiffbruch
und Erfolg 52
»1768 – 1770 … Zwischenzustand zu Hause« 53
Im Banne des Pietismus 54
Krise und Genesung 61
Frühe naturwissenschaftliche Studien 63
Formel des Lebens: Systole und Diastole,
Ein- und Ausatmen 65
Die Mitschuldigen 67
Der »Zwischenzustand« als Systole 69
Studium in Straßburg 1770/71 70
Goethes Gesundungsprogramm oder:
Selbsterziehung I 71
Goethe der ›sportsman‹ 73
Ein neues Naturgefühl 74

Studium generale bei Herder –
privatissime et gratis **76**
Examen und Promotion **83**
»Deutschheit emergierend« **85**
Die Friederiken-Novelle **89**
Das Urphänomen ›Schuld‹ **97**
Die Sesenheimer Lyrik **99**
Goethes Liebestheologie **110**
›Erlebnislyrik‹ bei Goethe **112**
Anwalts- und Dichterjahre
in Frankfurt 1771–1775 **113**
Wetzlar 1772 **118**
Die großen Hymnen **121**
Prometheus **128**
Ganymed **133**
Mahomets Gesang **136**
An Schwager Kronos **141**
Götz und *Werther* **146**
Rede zum Shakespeare-Tag **147**
Götz von Berlichingen **151**
Die Leiden des jungen Werthers **154**
»Vom Wirbel bis zur Zehe Genie und
Kraft und Stärke« **160**
Die ›Geniereise‹ in die Schweiz 1775 **164**
Sprache und Betragen **166**
Der Bär und die »Staatsdame« **168**
Trennungswünsche und Aufbruchsgelüste **171**
Zwei Lebenskonzepte **177**
Der Ausklang der Lili-Liebe **181**
Goethe und die Ehe **185**
Sexualnot **196**
Weimar **200**
Goethe als Staatsmann oder:
Selbsterziehung II **204**
Charlotte von Stein oder: Selbsterziehung III **218**

Neubestimmung der *Grenzen der Menschheit* und des *Göttlichen* 225
Das neue Naturgefühl 232
Die Italienische Reise 239
›Faustina‹ oder *Römische Elegien I* 247
Christiane oder *Römische Elegien II* 256
Venetianische Epigramme, *Campagne in Frankreich* 265
Die Metamorphose der Pflanzen 268
Die Gemeinschaft mit Schiller 274
Gemeinsame Unternehmungen – der *Xenien-* und der *Balladenalmanach* 281
Tod und Abschied 296
Klassik und Romantik 297
Die Sonette 300
Capriccio 310
Der letzte Hofdichter 313
Die Zeit 1789 bis 1815 315
Die Reisen an Rhein und Main 1814 und 1815 317
West-östlicher Divan 326
Wiederholte Spiegelungen im *West-östlichen Divan* 332
Weisheit des Alters 335
Trilogie der Leidenschaft 340
Letzte Gedichte 354
Letzte Lebensjahre 358
Epilog 360

Register der Personennamen 363

Soll aber und muß Geschichte sein, so kann der Biograph
sich um sie ein großes Verdienst erwerben, daß er ihr das Lebendige,
das sich ihren Augen entzieht, aufbewahren und mitteilen mag.

Goethe, *Dichtung und Wahrheit*, Paralipomenon

Einleitung

Wieviel Goethe braucht der Mensch? Die Klärung dieser Frage überlasse ich meinen Lesern, versuche sie aber zugleich für dieses konkrete Buch zu beantworten, indem ich mich einerseits auf die im Falle Goethes reichlich sprudelnden autobiographischen Quellen, andererseits auf überschaubare und leicht zugängliche »Ganztexte«, wie es in der heutigen Lesedidaktik heißt, beschränken werde – auf Goethes Gedichte. Auf das übrige Werk werde ich gelegentlich Seitenblicke werfen, die der wechselseitigen Erhellung dienen und Parallelen in Dramatik oder Epik zeigen werden. Der späte Goethe hat von wiederholten Spiegelungen gesprochen.

Von seinem siebenten bis zu seinem zweiundachtzigsten Lebensjahr sind uns diese lyrischen Zeugnisse erhalten, und in chronologischer Ordnung ergeben sie eine Chronik seines Lebens, gab er doch selbst Eckermann am 29. 10. 1823 den Rat: »... setzen Sie unter jedes Gedicht immer das Datum, wann Sie es gemacht haben. Es gilt dann zugleich als Tagebuch Ihrer Zustände. Und das ist nichts Geringes. Ich habe es seit Jahren getan und sehe ein, was das heißen will.«

Keineswegs will ich Goethes Werke allein auf ihre biographische Veranlassung zurückführen, wie dies im Positivismus versucht wurde. Aus dem gesamten Buch wird hoffentlich deutlich genug werden, daß mir die Kluft zwischen Leben und Text durchaus bewußt ist und daß ich weiß, daß ›poiesis‹ nicht nur Dichten, sondern wörtlich ›Machen‹ heißt und ›to poiematon‹ nicht nur das Gedicht, sondern auch ›das Gemachte‹.

Allerdings bewege ich mich mit diesem Ansatz auf genuin Goetheschem Gelände, hat er doch selbst in *Dichtung und Wahrheit* seine Werke als »Bruchstücke einer großen Konfession« bezeichnet, als Fragmente einer privaten wie öffentlichen Beichte, wie sie dem lutherisch erzogenen Dichter wohlvertraut war. Auch von der Genese und Praxis dieses Konzepts wird in meinem Buch immer wieder die Rede sein. Da dieser Konfessionscharakter heute generell nicht mehr auf die Leipziger Lyrik bezogen wird, wie Goethe selbst es getan hat, sondern erst nach 1770 langsam Gestalt annimmt, fließen erst ab dann meine spezifischen Quellen reichlicher. Der Leser wird es also bei der Darstellung der ersten Jahrzehnte von Goethes Leben zwangsläufig mehr mit dokumentarischen Zeugnissen zu tun haben, bis ich in späteren Kapiteln den Anspruch meines Buches etikettengerechter einlösen werde.

Zwar könnte man auch von Goethe her Einwände gegen den Ansatz meines Buches erheben, hat er es doch immer wieder abgelehnt, seine Werke chronologisch anzuordnen. Von der ersten Göschenausgabe von 1786/1790 bis zur sorgfältig mit seinen Mitarbeitern redigierten Cottaschen Ausgabe letzter Hand hat Goethe seine Gedichte systematisch, nicht chronologisch angeordnet. *Dichtung und Wahrheit* ist, glauben wir der Vorrede, geradezu als chronologische Ergänzung zu den ausnahmslos systematisch angeordneten Werkausgaben geschrieben worden. Erst im 20. Jahrhundert erschienen Ausgaben, die aus dem Schatten traten, den Goethes Vorgehen auf die Hände der zahllosen Goethe-Editoren fallen ließ.

Aber welchen Preis hat Goethe für diese Systematik bezahlt? Nahezu seine gesamten Gedichte aus der Zeit vor den Straßburger Jahren hat er bei der ersten eigenhändigen Sammlung seiner Lyrik aus dem Jahr 1790 zur Hölle geschickt ebenso wie den »Walpurgissack« bei späteren Ausgaben seines reiferen Lebens, die derb erotischen Späße, die er verbergen, aber auch bergen wollte.

Begonnen hat der ganz junge Goethe mit barocken Gelegenheits- und Lehrgedichten. In Leipzig folgte der Anschluß an Anakreontiker wie Gleim, Hagedorn oder den jungen Lessing, die in gespielter Frivolität den Wein und den leichten Liebesgenuß als Freuden des Daseins besangen. Als Goethe dann der große Goethe wurde, ist er erst Zeitgenosse von Klopstock, Hölty, Claudius und Bürger, dann von Hölderlin, Brentano und Tieck, Eichendorff und auch noch von Heine und Platen. Diese Periode umfaßt siebzig Jahre seines lyrischen Schaffens in einer bewegten Zeit, die man in der Zusammenschau der traditionellen deutschen Epocheneinteilung in Aufklärung, Empfindsamkeit, Sturm und Drang, Klassik, Früh-, Hoch- und Spätromantik bisweilen geradezu Goethezeit nennt. Goethe hat sie produktiv gestaltet, zumeist geistig angeführt. Dem historischen Blick dürfen diese siebzig Jahre von 1760 bis 1830 nicht in einer in jedem Sinn gewollten Systematik untergehen: Chronologie und Systematik – beides wird deshalb die folgenden Darlegungen prägen und strukturieren.

Hinzu kommt ein Drittes: Goethe hat sein Leben früh als ›poiesis‹, als ›poiema‹ verstanden, als Machen eines zu Machenden, eines Gebildes. Um den 20. September 1780 schreibt er an Lavater:

> Das Tagewerk, das mir aufgetragen ist, das mir täglich leichter und schwerer wird, erfordert wachend und träumend meine Gegenwart. Diese Pflicht wird mir täglich theurer, und darin wünscht ich's den grössten Menschen gleich zu thun, und in nichts grösserm. Diese Begierde, die Pyramide meines Daseyns, deren Basis mir angegeben und gegründet ist, so hoch als möglich in die Lufft zu spitzen, überwiegt alles andre und läßt kaum augenblickliches Vergessen zu. Ich darf mich nicht säumen, ich bin schon weit in Jahren vor, und vielleicht bricht mich das Schicksal in der Mitte, und der Babilonische Thurm bleibt stumpf unvollendet. Wenigsten soll man sagen es war kühn entworfen und wenn ich lebe, sollen wills Gott die Kräfte bis hinauf reichen.

Nicht zufällig werden zwei Kunstgebilde eigener Art, die Pyramide, das letzte noch zu sehende antike Weltwunder und das kühnste Menschheitsprojekt überhaupt, und der Turm zu Babel, zum Bild des Lebens gewählt. Ähnlich heißt es gut zwei Jahre später in Goethes Brief an Carl von Knebel vom 21. November 1782:

> Und so fange ich an, mir selber wieder zu leben, und mich wieder zu erkennen. Der Wahn, die schönen Körner, die in meinem und meiner Freunde daseyn reifen, müssten auf diesen Boden gesät, und iene himmlischen Juwelen könnten in die irdischen Kronen dieser Fürsten gefaßt werden, hat mich ganz verlassen und ich finde mein iugendliches Glück wiederhergestellt. Wie ich mir in meinem Väterlichen Hause nicht einfallen ließ die Erscheinungen der Geister und die iuristische Praxis zu verbinden ebenso getrennt laß ich iezt den Geheimderat und mein andres selbst, ohne das ein Geh. R. sehr gut bestehen kann. Nur im Innersten meiner Plane und Vorsäze bleib ich mir geheimnißvoll selbst getreu und knüpfe so wieder mein gesellschaftliches, politisches,

moralisches und poetisches Leben in einen verborgenen Knoten zusammen. Sapienti sat – (der Eingeweihte wird mich verstehen – V. N.)

In der Beschreibung seiner Reise ins Land seiner Jugend von 1814, auf der Goethe den Stätten seiner Jugend wiederbegegnet und sich selbst sozusagen historisch wird, fällt der große Satz, »daß des Menschen Leben nur insofern etwas wert ist, als es eine Folge hat«. In einem Brief vom 23. 10. 1828 erklärt er gar diese »Folge«, d. h. die innere Folgerichtigkeit oder Konsequenz menschlichen Handelns, zum spezifischen Humanum: »die wir doch eigentlich nur dadurch Menschen sind, daß wir unsern Zuständen eine gewisse Folge zu geben trachten«. Im Gespräch mit Riemer erhebt der bibelfeste Goethe die »Folge« sogar in den Rang des Johanneischen Logos, des göttlichen Wortes, durch das alles und ohne das nichts gemacht ist (Johannesevangelium 1, 3): »Folge! Das einzige, wodurch alles gemacht wird und ohne das nichts gemacht werden kann.« Von der Chronologie des Goetheschen Lebens und der Lyrik, aber auch von deren Systematik und von deren innerer »Folge«, deren Konsequenz, wird auf den folgenden Seiten die Rede sein.

»Wer über Goethe schreibt, ist der Goethe-Forschung verpflichtet« – dieser lapidare Satz aus dem Vorwort von Karl Otto Conradys beeindruckendem, ebenso material- wie perspektivenreichem Buch »Goethe – Leben und Werk« ist nach wie vor gültig und mit ihm die ebenfalls dort artikulierte Konsequenz daraus: der Verzicht, »das Buch mit Anmerkungen anzureichern«. Daran will ich mich halten. 1952 bin ich zum ersten Male mit einem Gedicht Goethes konfrontiert worden, als uns unsere Lehrerin *Gefunden* diktierte. Was ich seitdem in mehr als einem halben Jahrhundert intensivster Beschäftigung mit Goethe wann, von wem, wie gelernt habe, weiß ich beim besten Willen nicht mehr. Sollte also, wie in dem Liedtext der Prinzen, in der Tat »alles nur geklaut« sein, hoffe ich doch, daß wenigstens die Anordnung des gesammelten Diebesguts für sich ein wenig Originalität beanspruchen darf. Wo ich allerdings genau weiß, wem ich etwas verdanke, werde ich das selbstverständlich erwähnen. Deshalb sei hier schon Richard Alewyns Vorlesung zum jungen Goethe von 1966/67 genannt, die vor allem die ersten Kapitel inspiriert hat.

Herkunft und Familie

Goethe ist bei der Auswahl seiner Eltern ungewöhnlich vorsichtig zu Rate gegangen. Da war zum einen der bedeutende Vater Johann Caspar Goethe, der bei Johann Wolfgangs Geburt soeben 39 Jahre alt geworden war. Er entstammte als Einzelkind der jeweils zweiten Ehe seiner Eltern Friedrich Georg Göthé und Cornelia Schellhorn geborene Walther. Als Schneidermeister mit Ausbildung im modetonangebenden Frankreich hatte für Goethes Großvater Friedrich Georg Göthé nicht nur sein Handwerk wahrhaft goldenen Boden. Hatte er sich in erster Ehe in die Frankfurter Zunft eingeheiratet, eine unerläßliche Voraussetzung im vorliberalen Wirtschaftssystem, so war die zweite Frau, eine Witwe des Hoteliers vom Weidenhof, dem an der Zeil gelegenen viertbesten Haus der Messe- und Krönungsstadt Frankfurt, regelrecht vermögend – ein Vermögen, das noch für den dichtenden Enkel einen bedeutenden Rückhalt seiner »freylich etwas breyten Existenz« (Brief an H. Meyer, 3. 3. 1799) im Haus am Frauenplan in Weimar bildete.

Wenn man sich auch später im Bismarck-Kreis voll Adelsstolz über den Schneidergroßvater des Dichterfürsten lustig gemacht hat, war er es doch, der das Fundament zu allem Künftigen legte, vor allem, indem er große Sorgfalt auf die Erziehung des einzigen Sohnes aus seiner zweiten Ehe verwandte. Nach dem Besuch des renommierten Gymnasiums Casimiranum in Coburg studierte Goethes Vater Johann Caspar in Gießen und Leipzig Jura, das seinerzeit prestigeträchtigste Studium, das den Aufstieg in höchste Kreise ermöglichte. Es folgten Stagen am Reichskammergericht, die Promotion in Gießen und weitere Praktika am Reichstag in Regensburg und beim Reichshofrat in Wien und sogar der damals für alle höheren Weihen unerläßliche, äußerst kostspielige Grand Tour, der ihn nach Italien und Frankreich führte. Danach widmete er sich ab 1741 seinen Neigungen und der Verwaltung seines Vermögens, das ihm eine sorglose Existenz, ja auf den für ihn wichtigen Gebieten sogar einen gewissen Luxus erlaubte. Der ihm auf Antrag und aufgrund seiner hervorragenden Qualifikation von Karl VII. verliehene (Ehren-)Titel eines Kaiserlichen Rats stellte ihn den höchsten Frankfurter Amtsträgern gleich, in deren Kreise er 1748 einheiratete – übrigens ein klassischer Vorgang: Der Aufsteiger schafft sich selbst eine Position, die ihm die Einheirat in die traditionelle Führungsschicht erlaubt.

Seine Wahl fällt also auf die Tochter von Frankfurts höchstem Beamten, dem Reichs-, Stadt- und Gerichtsschultheiß auf Lebenszeit Johann Wolfgang Textor, die gerade siebzehnjährige Catharina Elisabeth Textor, die väterlicher- wie auch mütterlicherseits – Familie Lindheimer – uralten Juristenfamilien entstammt. Wie bei der Bachsippe die Musikalität, so dominiert im familiären Umfeld Goethes die Jurisprudenz, er selber wird sie studieren und lebenslang praktizieren, seine Schwester Cornelia wird einen Juristen heiraten, sein Sohn August wird selbstverständlich auch Jurist, und Enkel Wolfgang Maximilian von Goethe wird 1845 in Heidelberg zum Dr. iur. promoviert, wenn ihm auch 1852 wegen seiner Nervenschwäche das für den preußischen Staatsdienst unerläßliche mündliche Examen aufgrund der Intervention des späteren Kaisers Wilhelm I. erlassen wird.

Catharina Elisabeth wird in ihrer Frische, Naivität, Spontaneität und Unbekümmertheit, von der Inhalt wie Orthographie ihrer erhaltenen Briefe zeugen, zum zweiten tragenden Pfeiler im Lebensfundament ihres berühmten Sohnes, dessen Aufstieg zu europäischer Sichtbarkeit sie mit ungebrochener Freude fast schon prahlerisch begleiten und kommentieren wird. Nach Sigmund Freuds bekannter Analyse »Eine Kindheitserinnerung aus *Dichtung und Wahrheit*« (1917) verdankt Goethe seiner familiären Stellung als »unbestrittener Liebling der Mutter ... fürs Leben jenes Erobergefühl, jene Zuversicht des Erfolges, welche nicht selten wirklich den Erfolg nach sich zieht«.

Goethe selbst hat von der Bedeutung der Erbanlagen gewußt. In feierlicher Symbolik gibt er diesem einem jeden von uns Mit- und Vorgegebenen Ausdruck im astrologischen Proömion zu *Dichtung und Wahrheit* 1811 mit seinen »guten Aspekten« – »die Konstellation war günstig«. Die Konstellation der Sterne, die bei der Geburt des Menschen günstig auf ihn einwirken und seinen Charakter prägen, seine ›Bestimmung‹ gestalten, verkörpert sich für Goethe im DAIMON, wie er im Spätwerk *Urworte. Orphisch* 1817 in einer philosophischen Betrachtung menschlicher Handlungsmaximen und -gesetze verkündet. In der feierlichen Gedichtform der Stanze mit ihrem kunstvoll erlesenen Reimschema liest sich das so:

Wie an dem Tag, der dich der Welt verliehen,
Die Sonne stand zum Gruße der Planeten,
Bist alsobald und fort und fort gediehen,
Nach dem Gesetz, wonach du angetreten.
So mußt du sein, dir kannst du nicht entfliehen,
So sagten schon Sibyllen, so Propheten;
Und keine Zeit und keine Macht zerstückelt
Geprägte Form, die lebend sich entwickelt.

In einem *Zahmen Xenion* aus der Mitte der zwanziger Jahre, »Gern wär ich Überliefrung los«, müht er sich »ganz original« oder »autochthon« zu sein; doch er ist und bleibt vielmehr »gar zu wunderlich/ selbst Überlieferung« und erläutert dies in den berühmten folgenden Versen:

Vom Vater hab' ich die Statur,
Des Lebens ernstes Führen,
Von Mütterchen die Frohnatur
Und Lust zu fabulieren.

Urahnherr war der Schönsten hold,
das spukt so hin und wieder,
Urahnfrau liebte Schmuck und Gold,
Das zuckt wohl durch die Glieder.

Sind nun die Elemente nicht
Aus dem Complex zu trennen.
Was ist denn an dem ganzen Wicht
Original zu nennen?

Goethe hat es aber auch immer wieder verstanden, das Schwere leicht zu sagen, das Gewichtige heiter, also »sehr ernst« zu »scherzen«, wie er es noch in seinem allerletzten Brief an Wilhelm von Humboldt formuliert. Schon sehr viel früher, nämlich in Claudius' *Wandsbecker Boten* vom 26. 10. 1773, zeichnet er die Herkunft des Goetheschen Familienvermögens nach:

Katechisation

Lehrer
Bedenk, o Kind! Woher sind diese Gaben?
Du kannst nichts von dir selber haben,

Kind
Ei! Alles hab ich vom Papa.

Lehrer
Und der, woher hats der?

Kind
Vom Großpapa.

Lehrer
Nicht doch! Woher hats denn der Großpapa bekommen?

Kind
Der hats genommen.

Goethe wußte von dem, was wir mit dem Wissensstand unserer Zeit als ›genetisch bedingt‹ beschreiben, und dazu gehörte zu seinem – und unserem – Glück auch seine Langlebigkeit; Goethes Vater wurde 71, die Mutter 77, bei den vier Großeltern reicht die Lebensspanne gut biblisch von 72 bis 86.

Das Elternhaus

Im Haus dieser langlebigen Großmutter, deren Alter sogar die uns vom Psalmisten im 90. Psalm gewährte Spanne von »siebzig, wenn's hoch kommt, achtzig Jahren« beträchtlich überschritt, lebte auch der Sohn Johann Caspar mit seiner Familie. Von den insgesamt sechs Kindern dieser Ehe entwuchsen nur Johann Wolfgang und seine vierzehn Monate jüngere Schwester Cornelia den Kinderschuhen, alle anderen fielen der hohen Kindersterblichkeit der vorindustriellen Zeit zum Opfer. Als die Großmutter 1755 starb, machte Johann Caspar Goethe aus ihrem Witwensitz am Großen Hirschgraben das heute noch bekannte Frankfurter Goethehaus, wie es nach dem Zweiten Weltkrieg sorgfältig rekonstruiert wurde. Damit schuf er für sich und die Seinen einen repräsentativen Bau, der mit den der Öffentlichkeit zugewandten Partien, Fassade und Treppenhaus, nachgerade adligem Anspruch genügte. Neben allen Vorzügen hatte dieser Anspruch auch seine Nachteile: Als der Repräsentant des französischen Königs in Frankfurt, Graf Thoranc, vor der französischen Besetzung der Reichsstadt inkognito das Terrain sondiert, fällt ihm gleich das prächtige Goethehaus ins Auge und er beschlagnahmt es als seine Residenz von Anfang 1759 bis Mitte 1761.

In diesem Haus, dem Johann Caspar als damals übliche Hausbezeichnung – Hausnummern führte erst Graf Thoranc ein – den Namen »Zu den drei Leiern« mit dem entsprechenden Wappen gab, lebte der Kaiserliche Rat der Literatur, der Kunst, der Musik und seinen Studien zur Geschichte und zur Jurisprudenz. Er verwaltete sein Vermögen, das zum Teil in einem »wohlversorgten Keller« mit wertvollen, noch von der Großmutter stammenden Weinen angelegt war, deren Goethe noch in den *Tag- und Jahresheften* zum Jahr 1796 sehnsuchtsvoll gedenkt, und widmete sich ganz besonders der Erziehung der beiden überlebenden Kinder – und durchaus auch der Liebe zu seiner jungen Frau, für die die zahlreichen Schwangerschaften bis 1760 im Wortsinne zeugen. Gern ist der »gründliche, ja elegante Jurist«, als den Goethe seinen Vater in *Dichtung und Wahrheit* (IV, 17) loben wird, Freunden und Bekannten behilflich, später auch seinem Sohn als

Ghostwriter juristischer Texte, der von 1771 bis 1775 im Haus am Hirschgraben eine Anwaltspraxis betreiben wird. Für eine eigene Tätigkeit steht ihm der hohe Titel eines Kaiserlichen Rats im Wege. Ein reiches und erfülltes Leben mit nur einem Schönheitsfehler – er hat nie im bürgerlichen Sinne gearbeitet, ein Umstand, den ihm die fleißigen bürgerlichen Goetheforscher nie verziehen haben und dem er seine traditionell schlechte Presse verdankt.

Goethes eigenes Haus am Weimarer Frauenplan, das ihm der Herzog 1792 schenkt und das der Freund und zeitweilige Hausgenosse Johann Heinrich Meyer, wegen seines Schweizer Dialekts ›Kunscht-Meyer‹ genannt, von 1792 bis 1795 repräsentativ umbaut, ist ohne Goethes Elternhaus als direktes Vorbild nicht denkbar. Eine wissenschaftliche wie literarische Bibliothek, Sammlungszimmer mit zeitgenössischen Gemälden, Stichen, antiken Abgüssen und Plastiken, Münzen und Medaillen aus Renaissance und Barock und nicht zuletzt das großzügige Treppenhaus, auf dessen Gestaltung Bauherr und Architekt besondere Mühe verwenden – all das war Goethe vom Vaterhaus her vertraut. Einzig die Fassade blieb notgedrungen bescheiden – so prächtig wie der Kaiserliche Rat konnte sich der Geheimrat nicht nach außen repräsentieren. Auf das Sammlungskonzept Johann Caspar Goethes geht auch der dann nicht ganz konsequent durchgeführte Plan zurück, das neuerbaute Weimarer Schloß in seiner Innenausstattung überwiegend »den Talenten gleichzeitiger Künstler zum Denkmal« zu widmen (*Tag- und Jahreshefte* 1801).

Damit kennen wir das »Gesetz«, »wonach« Goethe »angetreten« ist, die »geprägte Form, die« sich im folgenden »lebend entwickeln« wird, die vorgegebene Basis, auf der es die Pyramide »in den Himmel zu spizzen« gilt: seine Eltern – ein bedeutender, vielseitiger Vater von großer pädagogischer Neigung, die sein Sohn voll und ganz erbt, und eine junge lebenslustige Mutter, die ihren Kindern dem Alter nach näher steht als ihrem Ehemann und die ihnen gelegentlich helfen wird, sich »des Lebens ernstem Führen« zu entziehen. Dazu solider Reichtum, mit den höchsten Bürgerfamilien der Stadt versippt und verschwägert, ein stattliches Haus voller Bücher, Bilder und Statuen.

Und Vater wie Sohn Goethe wissen davon Gebrauch zu machen. Natürlich tränkt und sättigt ein Haus voller Bilder, Statuen, Musik und mit einer systematisch aufgebauten Bibliothek ein Kind auf unmerkliche Weise mit Kultur. Dergestalt konnte schon der Zwölfjährige die Weltliteratur und darin auch die damals als Höhepunkt der abendländischen Zivilisation empfundenen Dramen der französischen Klassizisten nicht nur im Bücherschrank des Vaters finden, sondern auch auf der französischen Bühne hören, die während der Franzosenzeit in Frankfurt gastierte. Das heißt, der kleine Hans lernte Französisch auf höchstem Niveau, zu einer Zeit, als Chomskys ›language acquisition device‹ noch intakt war, das Kind also jede Sprache durch einfaches Hören lernte, »ohne Grammatik und Unterricht durch Umgang und Übung wie eine zweite Muttersprache«, wie es in *Dichtung und Wahrheit* heißt (I, 3).

Die Erziehung der Kinder

Eine Schule hat Goethe nie besucht. Der Unterricht fand durch den Vater, bei Privatlehrern einzeln oder in kleinen Gruppen ähnlich privilegierter verwöhnter Kinder der allerobersten Schicht Frankfurts statt. Das galt übrigens auch für die zusammen mit ihm erzogene Schwester Cornelia, was, denkt man an ihre nur ein halbes Menschenalter vorher in allerbester Familie, der Juristensippe der Textors und Lindheimers, aufgewachsene Mutter Katharina Elisabeth, keineswegs selbstverständlich war. Am Ende standen fließend gesprochenes und geschriebenes Latein und Französisch, in eigenen Dichtungen verwendetes passables Englisch, Anfangsgründe des Hebräischen und derart solide Grundlagen im Griechischen, daß Goethe in den frühen siebziger Jahren es mit Hilfe einer griechisch-lateinischen Ausgabe, eines grammatischen Kommentars und dem Auswendiglernen starker Verben bis zur fließenden Lektüre Homers bringt. Auch Italienisch, die Sprache, in der sein Vater seinen Grand Tour in Italien festhält, gehört zum Repertoire, daneben die selbstverständlichen Fähigkeiten eines jungen Mannes aus gutem Hause: Reiten, Fechten, Tanzen. Im späteren Leben wird Goethe die früh gelernten Sprachen – d. h. Griechisch, Lateinisch, Französisch, Englisch und Italienisch – »nur insoweit« kultivieren, als er »die besten Autoren im Original zu lesen einigermaßen imstande war«, wie es bescheiden in *Dichtung und Wahrheit* heißt, wobei er bei biblischen Studien auch sein »weniges Hebräisch ... so gut als möglich zu benutzen« weiß.

Wie gründlich der lutherische Konfirmandenunterricht war, läßt nicht nur *Dichtung und Wahrheit* ahnen. Goethe zeigt sich in seinen Briefen und Schriften als wohl bewandert in den deutschen wie den lateinischen lutherischen Bekenntnisschriften; die gesamte Bibel hat er, »wie bei dem Religionsunterricht der Protestanten geschieht, mehrmals durchlaufen« und sich zusätzlich »mit derselben sprungweis von vorn nach hinten und umgekehrt bekannt gemacht« (*Dichtung und Wahrheit* II, 12). An den beim Schreiben wie Diktieren seiner Briefe ständig präsenten und spontan abrufbaren Allusionen auch auf entlegenste Bibelstellen zeigt sich, daß Goethe nachgerade bibelfest gewesen sein muß, bis hin zu den lutherisch apokryphen deuterokanonischen Schriften. Vom nicht einmal Zehnjährigen sind lateinische Aufsätze über die Trinität und die Rangordnung der christlichen Feiertage erhalten.

Auch die musische Erziehung gehört selbstverständlich zur Agenda, Unterricht im Dichten, Zeichnen und in musikalischer Theorie und Praxis. Sollte man denn die dritte Leier über dem Elternhaus als die der Musik ansehen, so war sie die leiseste und am ehesten vernachlässigte. Goethes Mutter spielte Klavier, der Vater die Laute, Cornelia sang, und Goethe spielte leidlich Cello, Cembalo und Flöte, hütete sich aber eher, sich öffentlich zu produzieren; nach Literatur und bildender Kunst wird die – passiv gehörte – Musik in Goethes späterem Leben die dritte Geige spielen, und selbst dann noch zumeist als Vokalmusik, bei der er gelegentlich im Baß mitsang.

Und noch ein Viertes kam hinzu: das Theater als Puppenspiel. Wie bei seinem Geschöpf Wilhelm Meister legt es bei Goethe den Grund zu einer lebenslangen Leidenschaft für die Bühne. Als er seiner Mutter den ersten Band von *Wilhelm Meisters Lehrjahren* geschickt hat, antwortet sie am »19ten Jenner 1795«: »Lieber Sohn! Den besten und schönsten Danck vor deinen Wilhelm! Das war einmahl wieder vor mich ein Gaudium! Ich fühlte mich 30 Jahre jünger – sahe dich und die anderen Knaben 3 Treppen hoch die preparationen zum Puppenspiel machen.«

Daß Goethe von seinem Vater berichtet, Johann Caspar habe die Laute länger gestimmt als gespielt, ist symbolisch zu deuten: Vater und Sohn waren sich wohl bewußt, daß erst beider Leben zusammen ein Gesamtleben voller ›Folge‹ ergab: Des Vaters Leben war das Präludium zu dem des Sohnes; an der Schwelle zu höchst bedeutender Tätigkeit brach es plötzlich ab und trat einen geordneten Rückzug ins Private an, der Sohn schloß gleichsam ans Leben des Vaters an, verspielte, wie noch zu sehen sein wird, die Stage am Reichskammergericht, verzichtete auf alles Weitere, sogar auf den unerläßlichen Grand Tour, den er verspätet und verändert in eine Italienische Reise umdeutete, und wurde mit sechsundzwanzig unverhofft das, wozu sein Vater mit zweiunddreißig exakt qualifiziert war – hoher Beamter in einem der zahllosen deutschen Duodezstaaten. Nicht nur, daß Vater Goethe den widerspenstigen Sohn zum Jurastudium anhielt, ermöglicht diese Kontinuität – Johann Caspar erzeugt sie direkt, indem er zum ersten juristischen Lehrer seines Sohnes wird: Als Goethe sechzehnjährig nach Leipzig aufbricht, hat er das juristische Grundwissen intus, wenn nicht hinter sich.

Erste dichterische Schritte

Und das trifft auch für die in der Zeit seiner Kindheit selbstverständlich noch als lern- und lehrbar geltende Literatur zu. Seit der Antike galt in ungebrochener Kontinuität über zweieinhalb Jahrtausende hinweg, daß man sich Dichtungen durch imitatio, variatio und aemulatio produktiv aneignete, d. h. in Nachahmung der Vorbilder, eigenständiger Variation ihrer Muster und schließlich im Wettstreit mit ihnen selbst zum Dichter wurde. Und genau so wurde auch Goethe zunächst zum Dichter, »meistens nachahmend, wie es gerade jedes Muster andeutete«, schreibt er im Alter in den *Tag- und Jahresheften* zur allerfrühesten Phase seines Lebens. Die »Muster« fand er in der reichen Bibliothek seines Vaters, und die Hinführung zur dichterischen Gewandtheit war Teil des in der Zeit üblichen Erziehungsprogramms.

Ergänzt wurde es von Freunden des Vaters mit fast demselben Hintergrund, von »Männern, die als Dilettanten, Kunstkenner, Liebhaber und Sammler und folglich auch als reiche Leute Ansehen hatten«, wie es im ersten Schema zu *Dichtung und Wahrheit* heißt. Drei erwähnt Goethe an derselben Stelle besonders, die »großen Einfluß auf mich gehabt haben« – sie hätten ihn als ihren Wunschsohn erzogen, weil »jeder mich lieber als seine Kinder hatte«. »Dr. Olenschlager wollte mich zum Hofmann, Reineck zum diplomatischen Geschäftsmanne bilden«. Der Misanthrop Hofrat Huisgen aber wollte den hochbegabten Knaben »zum Timon seiner Art, dabei aber zum tüchtigen Rechtsgelehrten haben, welches notwendig sei, damit man sich und das seinige gegen das Lumpenpack von Menschen regelmäßig verteidigen, einem Unterdrückten beistehen und allenfalls einem Schelmen etwas am Zeuge flicken könne«. Alle drei erwiesen sich als so vorausschauend, daß man eine gewisse Stilisierung unterstellen könnte, denn diesen Tätigkeiten – Hofmann, diplomatischer Geschäftsmann, Jurist – ist Goethe in Phasen oder gar lebenslänglich nachgegangen.

Daß diese jugendlichen Fähigkeiten mit einer gewissen Altklugheit erkauft wurden, die aus den damaligen Zeugnissen spricht, nimmt nicht wunder, doch kann das nicht alles gewesen sein – Goethe kann die tiefe Volksverbundenheit und im guten Sinne Volkstümlichkeit, die schon aus der ersten Fassung des Dramas *Götz*, der *Geschichte Gottfriedens von Berlichingen mit der eisernen Hand, Dramatisirt* von 1771 spricht, nicht erst nach 1770 erworben haben. Aus dieser Zeit wissen wir, daß er sich etwa in Straßburg besonders prägnante volkstümliche Wendungen notiert hat, wohl zwecks späterer Verwendung. Insgesamt ist festzuhalten, daß vor dem Darmstädter Georg Büchner und dem Augsburger Bertolt Brecht niemand so dem Volk aufs Maul geschaut hat wie der Frankfurter Goethe. Das ist gewiß auch dem Einfluß der Mutter zuzuschreiben, von der es heißt, sie habe als eine der ersten geschrieben, wie sie gesprochen habe. Dann wird sie wohl auch mindestens so derb gesprochen haben, wie sie geschrieben hat: »Nacktärsche« nannte sie bekanntlich die Antikenabgüsse in der Sammlung ihres Gatten und die Geliebte des Sohnes seinen »Bettschatz«.

Das für uns eigentümlich Unjunge am ganz jungen Goethe lag wohl auch darin begründet, daß das Konzept ›Jugend‹ noch gar nicht erfunden war – das sollte eine der Leistungen der Jugendrevolte des Sturm und Drang sein. Das bekannte Seekatzsche Familiengemälde von 1762 zeigt die beiden Kinder Wolfgang und Cornelia so, wie man damals Kinder sah – als noch unvollkommene Erwachsene.

Die dichterischen Zeugnisse, die uns vom Kind und vom Schüler Goethe fast zufällig erhalten sind, haben mehr Bedeutung, als man ihnen gemeinhin beilegt – im neuen Goethe-Handbuch werden sie nicht einmal erwähnt. Die Neujahrsglückwünsche an die Großeltern Textor von 1757 – vom Dichter selbst als seine »Erstlinge« bezeichnet – und 1762 zeigen, was den Knaben als Dichtung gelehrt wurde. Es sind barocke Huldigungsgedichte, wie sie zwischen 1624, als Martin Opitz' *Buch von der deutschen Poeterey* die Kunstdichtung in neuhochdeutscher Sprache begründete, und 1700, als sich der Geschmack zum Leichteren und Gefälligeren hin zu wandeln begann, zu Hunderttausenden entstanden sein dürften. Das Versmaß ist selbstverständlich das damals herrschende, der Alexandriner, ein paarweise gereimter sechshebiger Jambus, und die Wendungen sind die in der Poetik und der Rhetorik gelehrten – das Glück des Großvaters möge »so fest wie Cedern stehen«, »noch spät« möge er »Möninens Ruder führen«. Auch wenn »Apollo« dem jungen Dichter noch »nicht geneigt« ist, verspricht er doch zu Neujahr 1762: »Wenn mich biß übers Jahr die Parcen schonen thäten / Wie gerne wollt ich denn mit fremder Zunge reden« – ein Frankfurter Reim, wie er Goethe noch im hohen Alter in den feierlichen Schlußversen von *Faust II* unterlaufen wird, wenn Gretchen betet: »Neige neige / Du Ohnegleiche / Du Strahlenreiche / Dein Antlitz gnädig meinem Glück.« Ansonsten sind sie nicht besser und nicht schlechter, als es Gelegenheitsgedichte des

17. Jahrhunderts zu sein pflegen. Goethe wird diese dichterische Praxis der Kindheit bis zu seinem Tode ausüben – neben den vielen Rollen seines Lebens wird Goethe ja auch der letzte uns bekannte Hofdichter im Vollsinne sein, mit einem reichen Œuvre an Geburtstags-, Hochzeits- und Jubiläumsgedichten, geselligen Liedern für bestimmte Anlässe, Bühnenprologen, Maskenzügen und Stammbucheintragungen; noch vierzehn Tage vor seinem Tod reimt er etwas für ein Poesiealbum.

Ein Großgedicht

Auch das größte der erhaltenen Zeugnisse, die *Poetischen Gedanken über die Höllenfahrt Jesu Christi*, spiegelt die dichterische Entwicklung gegen Ende des 17. Jahrhunderts wider. Goethe hat diese Verse nicht, wie das Gros der vor Leipzig entstandenen Werke, dorthin mitgenommen und eines Tages vernichtet – »Jugendsünden, die nicht anders als durch Feuer büsen können« (12. 10. 1767 an seine Schwester) –, sondern in Frankfurt zurückgelassen, wo sie ohne sein Zutun mit seinen Initialen gedruckt wurden: »Auf Verlangen entworfen von J. W. G.« Hinter dieser Formulierung steckt wohl nicht der Wunsch seiner späteren religiösen Mentorin Susanna von Klettenberg, wie Goethe im Gespräch mit Eckermann am 16. 2. 1826 vermutet hat, als der ein Exemplar der Frankfurter Zeitschrift *Die Sichtbaren* aus dem Nachlaß von Goethes Diener Seidel mitbringt, sondern barocke Dichtungspraxis: Der Dichter sucht sich ein Thema, oder es wird ihm aufgegeben – inventio –, dann sammelt er Stoff dazu, den er gliedert – dispositio –, und führt ihn schließlich nach den Regeln der Poetik und der Rhetorik aus – ornatus. Das Thema bedingt die Stillage; die Höllenfahrt Christi verlangt als einer der höchsten Gegenstände überhaupt einen extrem feierlichen und gravitätischen Stil.

Im übrigen handelt es sich um ein lutherisches Spezialdogma, das auf einer Verwechslung des Totenreichs – Sheol – mit der Hölle – Gehenna – beruhte: Wo das ökumenische Glaubensbekenntnis »descendit in inferos« liest, bot das im Luthertum gebräuchliche »descendit in inferna«, das »hinabgefahren zur Hölle« meiner Konfirmandenzeit, das dann zwischenzeitlich ökumenisch und korrekter zu »hinabgestiegen in das Reich des Todes« mutierte. Die Konkordienformel von 1579 behandelt den Artikel ausführlich in Abschnitt »IX Von der Hellefahrt Christi« und verweist ausdrücklich auf eine gedruckte Torgauer Predigt Martin Luthers von 1533, die, in Anlehnung an populäre bildliche Darstellungen von Christus mit der Siegerfahne, rät, ohne jegliche Spekulation den Sieg Christi über den Teufel als Bild zu predigen: »Dann es ist freilich nicht leiblich noch greiflich zugangen, ob mans wohl grob und leiblich malen und denken muß und so darvon reden durch Gleichnus, als wann ein starker Held oder Riese in ein fest Schloß käme mit seinem Heer, Panier und Waffen und daßelbige zerstöret und den Feind dorein finge und bunde.« Wichtig ist, daß damit nicht etwa eine Befreiung der Teufel oder eine All-Erlösung verbunden sein soll, eine apokatastasis panton nach Apostelgeschichte 3, 21 und der Ketzerei des Origines: »Denn obwol die Helle an sich selbst die Helle bleibet und die Ungläubigen gefangen hält, wie auch der Tod, Sünde und alle Unglück, daß sie darinbleiben und verderben müssen, … doch ist solchs im Glauben und Geist alles zerstöret und zurissen, daß es uns nicht mehr schaden kann.« Entscheidend für Luther ist die bildliche Einkleidung des paulinischen »Tod, wo ist dein Stachel? Hölle, wo ist dein Sieg?« (1. Kor. 15, 55) und der Verheißung an Petrus, »die Pforten der Hölle« sollten niemals die Gemeinde »überwältigen«.

Genau diesen Ratschlägen Luthers folgt der Fünfzehnjährige, und seine Verse sind an Majestät der kosmischen Gewalt des Geschehens angemessen:

Welch ungewöhnliches Getümmel!
Ein Jauchzen tönet durch die Himmel.
Ein groses Heer zieht herrlich fort.
Gefolgt von Tausend Millionen
Steigt Gottes Sohn von seinen Trohnen,
Und eilt an jenen finstern Ort.

Er eilt umgeben von Gewittern;
Als Richter kommt er und als Held.
Er geht und alle Sternen zittern.
Die Sonne bebt. Es bebt die Welt.

Die sechzehn Strophen sind außergewöhnlich kunstvoll gebaut und bieten mit Paarreim, Kreuzreim und umgreifendem Reim alle Variationsmöglichkeiten, den männlich-weiblichen Kadenzenwechsel, d. h. den ein- oder zweisilbigen Versschlüssen der Verse 3–6 löst der weiblich-männliche der Verse 7–10 ab. Die neunte Strophe in der Mitte des Gedichts ist eine konzise Zusammenfassung der lutherischen Erlösungslehre, wie sie Luther selber etwa in seinem Lied *Nun freut euch, liebe Christengmein* geboten hat:

Gott ward ein Mensch. Er kam auf Erden.
Auch dieser soll mein Opfer werden,
Sprach Satanas und freute sich.
Er suchte Christum zu verderben,
Der Welten Schöpfer sollte sterben.
Doch weh Dir Satan, ewiglich!
Du glaubtest Ihn zu überwinden.
Du freutest dich bei seiner Noth.
Doch siegreich kommt er dich zu binden.
Wo ist dein Stachel hin O! Todt?

Die paulinische Kernbotschaft wird als Höhepunkt genau zitiert und kommt dabei kunstvoll an der Strophengrenze zu stehen: »Sprich, Hölle! Sprich, wo ist Dein Siegen?« beginnt die zehnte Strophe.

Das Gedicht des ganz jungen Goethe schließt mit einem weiteren lutherischen Spezialdogma, dem »Sitzen zur Rechten Gottes«, der »sessio ad dextram« zwecks permanenter »intercessio«, ununterbrochener Fürbitte für den Sünder vor Gott:

Der Gott-Mensch schließt der Höllen Pforten,
Er schwingt sich aus den duncklen Orten,

In seine Herrlichkeit zurück.
Er sitzet an des Vaters Seiten,
Er will noch immer für uns streiten.
Er wills! O, Freunde! Welches Glück?
Der Engel feierliche Chöre,
Die jauchzen vor dem grosen Gott,
Daß es die ganze Schöpfung höre:
Gros ist der Herr Gott Zebaoth!

Phylogenese und Ontogenese oder: Der letzte Opitzschüler

Goethe hat am Ende der Frankfurter Zeit durch religiöse Erziehung, kirchlichen Unterricht und regelmäßigen Kirchgang eine große Vertrautheit mit der Sprache und Lehre Luthers erworben und die Anfänge der neuhochdeutschen Dichtung im Kirchenlied Luthers und seiner Schüler intensiv kennengelernt – der junge Goethe ist zeitlich von Luther nicht weiter entfernt als wir von Goethe. Zudem hat ihn ein konventioneller Schreib- und Literaturunterricht in den Stand gesetzt, als sozusagen letzter Zögling der barocken Opitz-Schule bereits als Kind normgerechte Huldigungsgedichte und sogar ein in invenitio, dispositio und ornatus allen Regeln gerecht werdendes Großgedicht zu schreiben. Daß ein solches Gedicht über lutherische Spezialdogmen vor mindestens zwei Generationen aktuell gewesen sein mag, in den 1760er Jahren aber hoffnungslos veraltet ist, fällt im lutherisch orthodoxen und literarisch entlegenen Frankfurt nicht weiter auf – Goethes Vater wird zeit seines Lebens ein konventioneller Lutheraner bleiben.

Einzig ein Eintrag ins Stammbuch seines Freundes Moor, 1765 bedeutsam an seinem sechzehnten Geburtstag getätigt, fällt ob seiner Originalität durchaus aus dem Rahmen konventioneller Notate in anderen Stammbüchern – die Gattungsungebundenheit bedingt eine größere inhaltliche wie formale Freiheit. Sechs Jahre nach Voltaires

Roman *Candide oder die beste aller Welten* rechnet der junge Autor mit alterstypischem Pennälerzynismus mit Leibniz' »optimisme» – so Voltaires Originaltitel – ab.

Dieses ist das Bild der Welt,
Die mann für die beste hält,
Fast, wie eine Mördergrube,
Fast, wie eines Burschen Stube,
Fast so, wie ein Opernhaus,
Fast, wie ein Magisterschmaus,
Fast, wie Köpfe von Poeten,
Fast, wie schoene Raritäten,
Fast, wie abgeseztes Geld,
Sieht sie aus die beste Welt.

Wegen der äußeren Art des Eintrags hat man Zweifel an Goethes Autorschaft angemeldet, aber das Bild der »schoenen Raritäten«, das er sehr liebt und auch sonst häufig, darunter an herausgehobener Stelle, in der *Rede zum Shakespeare-Tag*, verwendet, spricht für ihn als Verfasser.

Wenn wir das Bisherige zusammenfassen und auf den Punkt bringen, heißt das: So wie ein Embryo in seiner individuellen Entwicklung – Ontogenese – die des Stammes – Phylogenese – wiederholt, so hat der kleine Hans Wolfgang bis zu seinem sechzehnten Geburtstag in Ontogenese die Phylogenese der neuhochdeutschen Literatur seit ihren Anfängen bei Luther bis zu ihrer Entfaltung im Gefolge der Opitz-Schule nachvollzogen. Mithin befindet er sich um 1765 persönlich auf dem Stand vom Ende des 17. Jahrhunderts. Einzig wo ihm keine Gattungsvorschriften über die Schultern sehen und die Feder führen, beim privaten Stammbucheintrag, bewegt er sich moderner und freier. Zwar fällt bereits in diese Zeit die Lektüre von Klopstocks Epos *Messias* in reimlosen Hexametern, den der Vater als zu ›modern‹ und in jeder Hinsicht ungereimt ablehnt, doch Spuren hat sie in den uns überlieferten Eigenproduktionen des Frankfurter Schülers nicht hinterlassen.

Studium in Leipzig

Als er am 30. September 1766, soeben siebzehnjährig, zum Studium nach Leipzig geht, gerät er in eine völlig neue Welt – Mitte des 18. Jahrhunderts ist eine Reise im Raum immer auch eine in der Zeit, und Goethe fühlt sich aus dem ins Abseits geratenen, noch im Schutz einer Stadtmauer liegenden Frankfurt unvermittelt in eine moderne Handelsstadt versetzt, die auch mit ihrer Messe Frankfurt längst den Rang abgelaufen hat und neben Hamburg und Berlin eines der Zentren der modernen Literatur und vor allem der Vorort des Buchwesens ist. *Dichtung und Wahrheit* gestaltet diese Erfahrung als Kulturschock – von der Kleidung über die Sprache bis hin zum Geschmack und zur gesellschaftlichen Gewandtheit hat der frischgebackene Student wie ein Fossil gewirkt; seinen Leipziger Zeitgenossen muß er als die verkörperte Gleichzeitigkeit des Ungleichzeitigen, als im Wortsinne ›altfränkisch‹ erschienen sein.

Ein mehr als üppiger Wechsel, den ihm sein Vater großzügig zur Verfügung stellt, ermöglicht und erleichtert ihm diesen Modernisierungsschub. Gegenüber seiner Schwester bringt er die Relationen zwischen Frankfurt und Leipzig am 12. 10. 1767 auf den Punkt: »Denn unter uns, draussen bey euch residirt die Dummheit ganz feste noch.« Als er gerade wieder vierzehn Tage in seiner Vaterstadt ist, nennt er gegenüber dem Leipziger Oeser Frankfurt »eine Stadt, die zu sehr Antithese von Leipzig ist um viel Annehmlichkeiten für ihn zu haben.« (13. 9. 1768) Noch gegen Ende der Frankfurter Rekonvaleszenzzeit nach dem Zusammenbruch in Leipzig bedankt sich Goethe am 20. 2. 70 bei dem Leipziger Verleger Philipp Erasmus Reich für das »Vergnügen, das man in dieser Frankfurter Hungersnoth des guten Geschmacks, sehr lebhaft fühlen muß, wenn man ein neues Buch geschwind in die Hände kriegt«. Froschs Worte im »Faust« haben den damaligen Rang Leipzigs für den deutschen Sprachraum sprichwörtlich werden lassen: »Mein Leipzig lob' ich mir! / Es ist ein klein Paris und bildet seine Leute.«

Daß der solcherart »Gebildete« von Leipzig aus den Raubdruck seiner *Poetischen Gedanken* »in eine(r) vermaledeyte(n) Wochenschrift« ausdrücklich mißbilligt (Brief an die Schwester, 12. Oktober 1767), glauben wir dem jungen Autor gerne. Jetzt, wo er bei Christian Fürchtegott Gellert und seinem Assistenten Clodius regelrecht Dichtung studiert, muß ihm auffallen, wie hoffnungslos antiquiert und vorgestrig seine ansonsten durchaus gekonnten und glatten Verse sind. Zum Befund an den wenigen überlieferten Talentproben paßt der Bericht in *Dichtung und Wahrheit*, Clodius habe ihm in einem in Frankfurt durchaus beifällig aufgenommenen Hochzeitsgedicht den gesamten mythologischen Apparat »als eine falsche, aus pedantischen Zeiten sich herschreibende Gewohnheit« angekreidet.

Im Frankfurter Abseits hatte man nicht einmal Gottsched rezipiert, der doch an seinem Wirkungsort Leipzig bereits als Fossil galt. Die Demontage des größten deutschen Literaturpapstes seit Opitz, der ein ganzes Menschenalter regierte, hatte Lessing sieben Jahre zuvor mit einem Fanfarenstoß eingeleitet, als er am 16. Februar 1759 den »Siebzehnten Brief, die neueste Literatur betreffend«, folgendermaßen begann: »Niemand, sagen die Verfasser der ›Bibliothek‹ ..., wird leugnen, daß die deutsche Schaubühne einen großen Teil ihrer ersten Verbesserung dem Herrn Professor Gottsched zu danken hat. Ich bin dieser Niemand; ich leugne es geradezu.« Lessing wußte, daß man nur durch Niederwerfung der ganz Großen selbst zum Ritter wird – nach Gottsched wird er den größten Europäer, Voltaire, vor seine Lanze fordern. Gottscheds Demontage jedenfalls hat ihren Abschluß gefunden, und mit der ganzen Grausamkeit der Jugend schreibt Goethe an seine Schwester: »Er hat wieder geheurahtet, der alte Bock! Ganz Leipzig verachtet ihn. Niemand gehet mit ihm um.«

Symbolisch verdichtet Goethe das später in *Dichtung und Wahrheit* in der Erzählung von seinem Antrittsbesuch bei Gottsched, den er kahl antrifft, weil der Diener die längst aus der Mode gekommene Allongeperücke verspätet bringt und sich dafür eine schallende Ohrfeige einfängt. Die Sitte der Antrittsbesuche bei den führenden Köpfen einer Universität hat Goethe für uns dann in der Schülerszene in *Urfaust* und *Faust* überliefert, wo Faust sich wegen der Lästigkeit solcher Besuche von Mephisto vertreten läßt.

Sein eigentlicher Studienberater ist der Staatsrechtler und Historiker Johann Gottlob Böhme – Staatsrecht war damals Geschichte, war doch etwa die Goldene Bulle von 1356 noch geltendes Reichsrecht, ebenso wie alle Reichstagsabschiede oder die diversen Bestimmungen des Westfälischen Friedens. Diese historisch-staatsrechtlichen Studien wird Goethe später in Straßburg fortsetzen und vertiefen. Daß er selbst in *Dichtung und Wahrheit* seine eigentlichen Studien herunterspielt, ist gattungsbedingt; die Sorglosigkeit im Studium ist ein Topos in der Autobiographie des Grandseigneurs; sie darf niemals nach Schweiß riechen, und deshalb berichtet man nicht von den Mühen der Anfänge. Bismarck wird es in *Gedanken und Erinnerungen* genauso handhaben, und doch waren beide vorzügliche Juristen, deren Lebensleistung ohne die staatsrechtliche Fundierung undenkbar wäre. Goethes Bericht in *Dichtung und Wahrheit*, ihm sei von Schöpflins Nachfolgern Koch und Oberlin in Straßburg eine wissenschaftliche Karriere im Staatsrecht in Aussicht gestellt worden, spricht hier für sich. Gegentyp sind etwa die Autobiographien des auch von Goethe geschätzten Schulmanns von Kloeden oder des Trojaentdeckers Heinrich Schliemann, die, ›aus der Tiefe‹ kommend, gerade die schonungslose Selbstausbeutung betonen, der allein sie ihr Wissen und damit ihren Aufstieg verdanken. Ihnen soll man Blut, Schweiß und Tränen anmerken, die sie jeder Brocken ihres Wissens gekostet hat, die beißende Kälte der Waschschüssel förmlich spüren, in die sie nach zwei Stunden Schlaf morgens um vier ihren Kopf zu stecken pflegten.

Auf der Grundlage des bereits bei seinem Vater absolvierten Propädeutikums kann der junge Student allerdings seine Studien recht souverän planen und sie zum Studium generale erweitern. Gellert zu hören ist gleichsam Pflicht; er ist einer der beliebtesten Autoren Deutschlands im noch neuen Stil der Empfindsamkeit, und seine Professur dient der Dichtkunst, Moral und Beredsamkeit, eine Mischung, die keineswegs als absonderlich empfunden wurde – wie sonst sollte man Moral vermitteln als durch Dichtkunst und Beredsamkeit, wem sonst sollten diese Disziplinen dienen, wenn nicht der Moral? Las man doch nicht »zum Vergnügen, sondern zur Verbesserung (s)eines Verstandes und (s)eines Willens«, wie Goethe die Schwester am 6. Dezember 1765 belehrt.

Alles, was er bei Gellert lernt, gibt er in diesem Brief an die arme Cornelia weiter, so die Regel, mit der Gellert soeben den Brief als fest geregelte Gattung abschaffte, um ihn als Medium der individuellen Kommunikation zu etablieren: »Mercke diß; schreibe nur, wie du reden würdest, und so wirst du einen guten Brief schreiben.« »Allein ich muß dich auch lesen lernen.« Alle Romane, außer denen des Engländers Richardson, verbietet er ihr, Boccaccios *Decamerone* gänzlich, Englisch soll sie mit Milton und dem Vorreiter der Empfindsamkeit, Young, lernen, Italienisch mit Tasso und Ariost und Deutsch mit Geßner und Klopstock. Von den Franzosen empfiehlt er immer wieder Boileau. Im übrigen soll sie ihre Briefe auf halbe Seiten schreiben, wie heutzutage noch Studenten ihre Examensklausuren, damit er sie ihr korrigiert zurückschicken kann. Ganz nebenbei: Seine Korrespondenz führt Goethe in dieser Zeit außer auf Deutsch in Latein, Englisch und Französisch.

Der Anschluß an die Moderne

Seinen Briefstil korrigiert derweil Gellert in einem Praktikum zur Briefkunst, seine Dichtungen der Professor der Philosophie und der schönen Wissenschaften Christian August Clodius. Auf die beiden bezieht sich wohl Goethes Äußerung im schon erwähnten Brief an Philipp Erasmus Reich, »andre hatten mir gezeigt daß ich fehlte«, »meine ächten Lehrer«, Shakespeare, Wieland und Oeser, »zeigten mir, wie ich s besser machen sollte«.

Adam Friedrich Oeser, seit 1764 Direktor der neugegründeten Leipziger Kunstakademie, wird Goethes Lehrer im Zeichnen und Radieren, darüber hinaus sein väterlicher Freund, in dessen Haus er verkehrt, vor allem aber legt er als Freund Winckelmanns und früher Vertreter des Klassizismus die Grundlagen für Goethes lebenslange bild- und baukünstlerische Ästhetik, wie bereits der Zwanzigjährige im Brief an Reich erkennt: »Sein Unterricht wird auf mein ganzes Leben Folgen haben. Er lehrte mich, das Ideal der Schönheit sey Einfalt und Stille.« Daneben findet Goethe Unterhaltung und Belehrung im soeben im Herbst 1766 mit Johann Elias Schlegels *Hermann* neu eröffneten Leipziger Theater, nach der französischen Bühne seiner Frankfurter Kindheit mithin die zweite ausführliche Konfrontation mit der Bühnenpraxis.

Als Dichter findet Goethe in Leipzig Anschluß an die moderne, die herrschende Literatur und wird zum jüngsten Vertreter der Anakreontik, benannt nach dem griechischen Dichter Anakreon, der um 500 wirkte, unter dessen Namen aber ein reiches, vor allem spätantikes Corpus anacreonticum versammelt ist, das in heiterem Ton Freundschaft, Wein und Liebe besingt und das um die Mitte des 18. Jahrhunderts europaweit nachgeahmt wird. Lessings Jugendgedichte sind reinste Vertreter dieser Spezies, und in dem vielzitierten Vorspruch *Die Sinngedichte an den Leser* heben sich diese konventionellen Scherze und poetischen Kleinigkeiten von der auf Überwältigung der Leser und Hörer zielenden Majestät des im Erscheinen begriffenen *Messias* ab und sagen von sich selber:

Wer wird nicht einen Klopstock loben?
Doch wird ihn jeder lesen? – Nein.
Wir wollen weniger erhoben
Und fleißiger gelesen sein.

Goethes Leipziger Dichtungen

Genau in diesem Sinne hat Goethe von seinen in Leipzig entstehenden Liedern gegenüber der Schwester am 11. 5. 1767 gesagt, sie seien »alle nicht sonderlich gros oder wichtig«. Lessings Prolog wird bei ihm zur abschließenden »Zueignung«, mit der er als letztem Stück der *Neuen Lieder* 1769 in Frankfurt diese Phase abschließt:

Da sind sie nun! Da habt ihr sie!
Die Lieder ohne Kunst und Müh

Am Rand des Bachs entsprungen.
Verliebt, und jung, und voll Gefühl
Trieb ich der Jugend altes Spiel,
Und hab sie so gesungen.

So wie sich das Majestätische und erhaben Imposante barocker Architektur zur Leichtigkeit und heiteren Fragilität des Rokoko verschlankt, wird das Gravitätische und Pathetische barocker Wortkunst zum Leichten und Heiteren der Anakreontik. Goethe hat von Frankfurt wohl die Prosafassung eines »Belsazar«-Dramas mitgebracht, das, vergleichbar mit Gryphius' *Leo Armenius*, in vierundzwanzig Stunden Belsazars Glück, Hybris und Ende gestalten sollte und das er nun, selbstverständlich im herrschenden Versmaß des Alexandriners, ausarbeitet. Als ersten Modernisierungsschub geht Goethe für den fünften Akt vom paarweise gereimten Alexandriner zum reimlosen fünffüßigen Jambus über, »die Versart, die, der große *Schlegel* (i. e. Johann Elias) selbst, / Und meist die Kritiker für's Trauerspiel / die schicklichste und die bequemste halten, / Die Versart, die den meisten nicht gefällt, / Den meisten deren Ohr sechsfüsige / Alexandriner noch gewohnt« (an Riese, 30. 10. 1765), »das Versmaß, das der Brite braucht, wenn er / Auf dem Coturn im Trauerspiele geht« (an Cornelia, 6. 12. 1765) – Shakespeare läßt erstmals grüßen. Schließlich wirft er den traditionell-modernen Wechselbalg ins Feuer, und so ist uns ein barockes Trauerspiel aus Goethes Feder nur in wenigen Versen in Briefen und in *Wilhelm Meisters theatralischer Sendung* erhalten.

Die Begegnung mit der Anakreontik, das Eintauchen in »Leipzigs Witzkultur«, wie Karl Eibl diesen Abschnitt in seiner Edition der Lyrik in der Frankfurter Ausgabe nennt – wobei mit ›Witz‹ selbstverständlich ›esprit‹ gemeint ist –, setzt in Goethe eine Produktivität frei, wie vielleicht später nur noch die Begegnung mit Hafis in von Hammers Übersetzung 1814. Die Gedichte strömen ihm nur so zu, darunter solche, die nach eigenem Bekunden seinen neuen Maßstäben Genüge tun, wie zum Beispiel:

An den Schlaf

Der du mit deinem Mohne,
Der Götter Augen zwingst,
und Bettler oft zum Throne,
Zum Mädgen Schäfer bringst,
Hör mich, kein Traumgespinste
Verlang ich heut von dir.
Den grösten deiner Dienste
Geliebter, leiste mir.

An meines Mädgens Seite
Sitz ich, ihr Aug spricht Lust,
Und unter neid'scher Seide
Steigt fühlbaar ihre Brust;
Oft wären sie zu küssen
Die giergen Lippen nah,
doch ach, diß muß ich missen
Es sitzt die Mutter da.

Heut Abend binn ich wieder
Bey ihr, o tritt herein,
Sprüh Mohn von dem Gefieder,
Da schlaf die Mutter ein;
Blaß wird' der Lichter Scheinen,
Von Lieb' mein Mädgen warm,
Sinck wie Mama in deinen,
Ganz still in meinen Arm.

(Nebenbei: Orthographisch schreibt der junge Goethe, seinen Aussprachegepflogenheiten gemäß, ›ch‹ meist als ›g‹, und gesprochen hat er beides lebenslang als stimmhaft weiches ›sch‹: »Ach neische, neische, du Gnadenreische…« reimt noch der Achtzigjährige am Schluß des *Faust II*.)

Das am 15. Mai 1767 der Schwester gesandte Gebet an den mythologisch korrekt gezeichneten Gott Hypnos ist in Bau wie Ethos typisch für die Leipziger Gedichte: Es läuft auf eine Pointe hinaus; und den Willen zum Genuß, beim Jungen wie beim Mädchen, hindern nur äußere Umstände; und dieser Genuß wird durchaus mit lockerer Frivolität beim Namen genannt: »ihr Aug spricht Lust«, und seine »giergen Lippen« sind bereit, die noch von »neid'scher Seide« verhüllten, »fühlbaar« steigenden Brüste zu küssen.

Dem Freunde Behrisch schickt er mit der Bitte um seine »Meinung« am 7. oder 9. Oktober ein *Hochzeitslied an meinen Freund*. Goethe nennt diesen wohl ohne äußerlichen Anlaß gedichteten Versuch in der antiken Gattung des Epithalamiums »so ganz artig«.

Im Schlafgemach, fern von dem Feste,
Sitzt Amor Dir getreu und wacht,
Daß nicht die List mutwill'ger Gäste,
Das Brautbett dir unsicher macht.
Er harrt auf dich. Der Fackel Schimmer
Umglänzt ihn, und ihr flammend Gold
Treibt Weihrauchdampf der durch das Zimmer
In wollustvollen Wirbeln rollt.

Wie schlägt Dein herz, beym Schlag der Stunde
Der deiner Gäste Lärm verjagt!
Wie blickst Du nach dem schönen Munde
Der Dir nun bald nichts mehr versagt.
Du gehst, und wünschend geht die Menge;
Ach wer doch auch so glücklich wär'!
Die Mutter weint, und ihre Strenge
Hielt' gern dich ab, und darf nicht mehr.

Dein ganzes Glück nun zu vollenden,
Trittst du in's Heiligtuhm herein;
Die Flamme in des Amors Händen
Wird wie ein Nachtlicht still und klein.
Schnell hilft der Schalck die Braut entkleiden
Und ist doch nicht so schnell wie du,

Sieht euch noch einmal an, bescheiden
Hält er zuletzt die Augen zu.

Die ersten Sammlungen

Außer in den Briefen ist uns die lyrische Beute in drei Sammlungen erhalten. Die eine ist die von Behrischs Hand stammende kalligraphische Handschrift *Annette*, an der Goethe immer wieder sorgfältig feilt und die im Leipziger Freundeskreise kursiert. Den Titel erläutert er im August 1767 gegenüber seiner Schwester: Er habe den Namen, mit dem er seine Studentenliebe Käthchen Schönkopf zu nennen pflegte, über das Heftchen gesetzt, so wie die Griechen über Herodots neun Bücher die Namen der neun Musen gesetzt hätten – was Goethe übrigens in *Hermann und Dorothea* nachahmen wird. Auch Platon habe die Dialoge über die Unsterblichkeit nach seinem Freund Phaidon benannt, obwohl er darin so wenig vorkäme wie Annette in seinen Gedichten. Die Handschrift enthält unter anderem eine überarbeitete Version von *An den Schlaf*. Ein zweites Manuskript von Kopistenhand ist *Lieder mit Melodien* betitelt und Friederike Elisabeth Oeser gewidmet, der Tochter seines künstlerischen Mentors. Es erinnert daran, daß bis in die erste Hälfte des 20. Jahrhunderts hinein ein »Lied« ohne Melodie nicht denkbar war, daß jedes strophisch gereimte Gebilde nach Vertonung verlangte. Der Druck, in dem wir heute Goethes, Eichendorffs oder Hesses Liedern zu begegnen gewohnt sind, bewahrt nur einen entsinnlichten Bruchteil des ursprünglichen Ganzen. So heißt es noch im IV. Teil von *Dichtung und Wahrheit* bei zwei dort mitgeteilten Liedern aus der Zeit der Beziehung zu Lili Schönemann: »Hat man sich diese Lieder aufmerksam vorgelesen, lieber noch mit Gefühl vorgesungen, so wird ein Hauch jener Fülle glücklicher Stunden gewiß vorübergehen.« (17. Buch)

Die dritte Quelle des ganz jungen Goethe ist dann gedruckt: Neun der handschriftlich überlieferten Lieder liegen, vermehrt um elf weitere, Goethes erster, allerdings anonymer Buchpublikation zugrunde, den *Neuen Liedern, in Noten gesetzt von Bernhard Theodor Breitkopf*, einem Sproß der bekannten Verlegerfamilie. Die Vertonung und das aufwendige Stechen der Noten nehmen allerdings Zeit in Anspruch, so daß Goethe die Endredaktion der Texte, die Herbst 1769 mit dem Datum 1770 erscheinen, erst in Frankfurt vornimmt. Die Sammlung enthält u. a. eine Umarbeitung des an Behrisch gesandten *Hochzeitslieds*.

Die galante Rokokokultur erlaubte dem Teenager Goethe eine größere Frivolität als dem gestandenen Mann. So enthält der Breitkopfsche Druck folgendes Gedicht:

Unbeständigkeit

Im spielenden Bache da lieg ich wie helle!
Verbreite die Arme der kommenden Welle,
Und buhlerisch drückt sie die sehnende Brust.
Dann trägt sie ihr Leichtsinn im Strome darnieder,
Schon naht sich die zweite und streichelt mich wieder,
Da fühl ich die Freuden der wechselnden Lust.

O Jüngling sei weise, verwein' nicht vergebens
Die fröhlichsten Stunden des traurigen Lebens
Wenn flatterhaft je dich ein Mädchen vergißt.
Geh', ruf sie zurücke die vorigen Zeiten,
Es küßt sich so süße der Busen der Zweiten,
Als kaum sich der Busen der Ersten geküßt.

Die gleichsam fließenden Daktylen mit Auftakt gestalten ein – natürlich imaginiertes – Körpergefühl, das das topische ›panta rhei‹, die Erfahrung, daß alles dahinfließt, sinnlich erfahrbar macht, um es dann in der zweiten Strophe symbolisch auf die Unbeständigkeit in der Liebe anzuwenden. Dieses Gedicht hielt als Leipziger Produkt auch vor den kritischen Augen des gereiften Dichters stand, doch als Goethe es leicht umgearbeitet in die erste Sammlung seiner Gedichte 1789 aufnimmt, ändert er nicht nur den frivolen Titel *Unbeständigkeit* in den neutraleren *Wechsel*, sondern entschärft ganz entscheidend den pointierten Schluß:

Es küßt sich so süße die Lippe der zweiten,
Als kaum sich die Lippe der ersten geküßt.

In den *Neuen Liedern* findet sich auch

Die Nacht

Gern verlaß ich diese Hütte,
Meiner Liebsten Aufenthalt.
Wandle mit verhülltem Tritte
Durch den ausgestorbnen Wald.
Luna bricht die Nacht der Eichen,
Zephirs melden ihren Lauf,
Und die Birken streun mit Neigen
Ihr den süßten Weihrauch auf.

Schauer, der das Herze fühlen,
Der die Seele schmelzen macht,
Flüstert durchs Gebüsch im Kühlen.
Welche schöne, süße Nacht!
Freude! Wollust! Kaum zu fassen!
Und doch wollt ich, Himmel, dir
Tausend solcher Nächte lassen,
Gäb' mein Mädgen Eine mir.

Konventionelles mischt sich hier – oder besser: koexistiert – mit kühn Innovatorischem. Den »ausgestorbnen Wald«, in dem »Luna die Nacht der Eichen bricht«, »Zephirs« säuseln und Birken »Weihrauch« »streun«, kennt man, aber der Beginn der zweiten Strophe läßt aufhorchen. Nicht nur die Ausrufe und Ausrufezeichen lassen an die Exklamationen im *Maifest* der Sesenheimer Zeit denken, kühn »flüstert« der »Schauer … durchs Gebüsch im Kühlen« und scheint die Schauer des nächtlichen Ritts in *Es schlug mein Herz* aus derselben Zeit vorwegzunehmen. Am meisten aber erstaunt und verblüfft die eindeutig romantische Interaktion zwischen der Natur und dem Inneren des Menschen; wie in Goethes späterem *An den Mond* oder in Eichendorffs *Schweigt der Menschen laute Lust* »flüstert« oder »rauscht« im Gebüsch etwas, das »das Herze fühlen, ... die Seele schmelzen macht«, ein Vorklang der Verschmelzung von Ich und Natur, der unio mystica, die uns als ein Inbegriff des Romantischen erscheinen will.

Und doch wird das Ganze ab der drittletzten Zeile weggeworfen um der Pointe willen, die vom ersten Wort her bereits angelegt ist: »Gern« – wieso verläßt das Ich die Geliebte gern? Weil sie ihn nicht läßt, und die ganze Beschwörung der Waldnacht findet nur statt, um ein möglichst eindrucksvolles Tauschobjekt aufzubauen: Tausend solcher Himmelsnächte gegen eine einzige Liebesnacht, lautet die Pointe. Die Umarbeitung für die erste Gesamtausgabe von 1789 unter dem Titel *Die schöne Nacht* zerstört einfach alles, retrivialisiert das romantische Naturerleben und verkennt den Signalcharakter des ersten Wortes – »Gern« wird zu »Nun«.

In einem Fall rettet Goethe eins seiner schönsten frühen Gedichte, indem er aus einer *Belustigung des Verstandes und des Witzes* oder aus einem *Beitrag zum Vergnügen des Verstandes und des Witzes* – so die bezeichnenden Zeitschriftentitel der Kreise um Gottsched und Gellert – ein typisches Werk Goethes aus seiner Zeit nach den Straßburger Jahren macht.

An den Mond

Schwester von dem ersten Licht,
Bild der Zärtlichkeit in Trauer!
Nebel schwimmt mit Silberschauer
Um dein reizendes Gesicht.
Deines leichten Fußes Lauf
Weckt aus Tagverschloßnen Höhlen
Traurig abgeschiedne Seelen,
Mich und nächt'ge Vögel auf.

Forschend übersieht dein Blick
Eine großgemeßne Weite!

Hebe mich an deine Seite,
Gib der Schwärmerei dies Glück!
Und in wollustvoller Ruh,
Säh der weitverschlagne Ritter
Durch das gläserne Gegitter,
Seines Mädgens Nächten zu.

Dämmrung wo die Wollust thront,
Schwimmt um ihre runden Glieder.
Trunken sieht mein Blick hernieder.
Was verhüllt man wohl dem Mond.
Doch, was das für Wünsche sind!
Voll Begierde zu genießen,
So da droben hängen müssen:
Ei, da schieltest du dich blind.

Die erste Strophe zeigt deutliche Spuren des empfindsamen Nacht- und Todeskults im Gefolge von Edward Youngs *Nachtgedanken*, wie sie, außer empfindsamen Passagen in den Briefen, in den Leipziger Liedern eher selten sind – in den *Oden an Behrisch* werden wir Empfindsamem begegnen. In der zweiten Strophe weitet sich das Naturerleben ins Kosmische, um dann in der dritten wieder ins höchst Irdische umzuschlagen: Die Entrückung zum Mond wird zur kosmischen Schlüssellochperspektive und das lyrische Ich zum Voyeur voller »Begierde«, der sich selbst der Möglichkeit des ›Genusses‹ beraubt hat. In der Umarbeitung zu *An Luna*, was u. a. das Geschlecht der »Schwester« der Sonne vereinheitlicht und sich vom gleichfalls *An den Mond* betitelten »Füllest wieder Busch und Tal« abhebt, dichtet Goethe die dritte Strophe für die Gesamtausgabe von 1815 neu und löst die voyeuristische Pointe mythologisch auf im Rückgriff auf den Schäfer Endymion, der einst liebend die Mondgöttin Selene auf sein Lager herabzog. In »solcher Ferne Qualen« klingen »Abgrund« und »Schmerz« der »Nacht der Ferne« in *Wiederfinden* (1815) an, wo die Liebessehnsucht in zeitlicher Nachbarschaft zu unserer Umarbeitung ebenfalls eine kosmische Erfüllung findet:

Des Beschauens holdes Glück
Mildert solcher Ferne Qualen,
Und ich sammle deine Strahlen
Und ich schärfe meinen Blick;
Hell und heller wird es schon
Um die unverhüllten Glieder,
Und nun zieht sie mich hernieder,
Wie dich einst Endymion.

Themen wie kosmischer Voyeurismus, Begierde, Wollust – was damals nicht nur sexuell gemeint war –, Liebesnächte, das Überlisten der Mutter und das Küssen der Brüste, all das hat, wie er am 11. 7. 1767 gegenüber der Schwester betont, nichts mit seinem wirklichen Leben zu tun. Goethe ist durchaus in der Lage, diese Art Dichtung theoretisch zu analysieren – sie kleidet Allgemeines ins Besondere ein, so wie, offensichtlich ein beliebter Scherz in Goethes Elternhaus, der Maler Seekatz, dem seine eifersüchtige Frau Modelle verbietet, von Juno bis zur Schäferin allen Frauen notgedrungen die Gestalt seiner Frau gibt, ohne dadurch aus seiner Frau eine Schäferin oder eine Juno zu machen. Erst als Goethe in der Straßburger Zeit zu Goethe wird und zu einer bis dahin nicht dagewesenen Dichtungsart findet, steigert er das Besondere, das Individuelle zum überpersonal Ewigen. Beim Leipziger Studenten darf man noch nicht von den Versen auf deren Urheber schließen – ein uralter Topos. Er dichtet als Maxime hierzu:

Von kalten Weisen rings umgeben
Sing ich was heisse Liebe sey;
Ich Sing vom süßen Saft der Reben
Und Wasser trinck ich oft dabey.

Wie am Anfang der neuhochdeutschen Kunstdichtung bei Opitz ist die Liebe »gleichsam der Wetzstein«, an dem die Poeten »ihren subtilen Verstand scherffen«, und für den Leipziger Goethe ist es für die wahre Liebe – ich übersetze aus dem französischen Original – nicht erforderlich, daß ein Dichter sie spürt, er muß in seinen Dichtungen entweder ideale und perfekte oder schlechte Frauen malen, wie sie nun einmal sind; wenn er verliebt ist, wird er an ihrer Stelle seine Geliebte abmalen, wie Seekatz seine Frau, wenn es ihm an Prinzessinnen mangelt (an Cornelia, 11. 5. 1767).

Die Studentenliebe zur filia hospitalis

Und die Verse haben auch nichts mit seiner vor allem aus *Dichtung und Wahrheit* bekannten Liebe zu Käthchen Schönkopf zu tun. Daß er in seiner Autobiographie ausgerechnet seine Leipziger Werke als »Bruchstücke einer großen Konfession« bezeichnet, ist spätere Selbststilisierung, welche die reichlich überlieferten gleichzeitigen Eigenaussagen nicht tragen.

Da erscheint die Liebe zu Käthchen eher als die zur »Burschenherrlichkeit« gehörende Studentenliebelei, nicht zufällig ist Käthchen wortwörtlich die »filia hospitalis« des Studentenliedes, die Tochter des Wirts, bei dem Goethe in der Leipziger Zeit seine Mahlzeiten einnahm. Was er in Vorklängen des Werther-Tons seinem Freund Behrisch zwischen dem 7. 11. 1767 und dem 26. 4. 1768 anvertraut, wirkt eher wie die Krisis eines imaginierten Liebesromans: »Mein Brief hat eine hübsche Anlage zu einem Werckgen, ich habe ihn wieder durchgelesen«, kommentiert er »Freytags um 11. Uhr Nachts« seinen Brief vom 10. November 1767. Gegenüber der Schwester charakterisiert er Käthchen, sie »läßt sich ziehen« (12. Oktober 1767), und er »hofmeistre … hier an (s)einem Mädgen, und mache allerhand Versuche«.

Goethe wird immer sehr pädagogisch und hofmeisternd lieben. In *Dichtung und Wahrheit* verkündet er sogar, nichts könne »zu einer schöneren Vereinigung geraten, als wenn das Mädchen lernbegierig und der Jüngling lehrhaft ist … Sie erblickt in ihm den Schöpfer ihres geistigen Daseyns, und er in ihr ein Geschöpf, das nicht der Natur, dem Zufall oder einem einseitigen Wollen, sondern einem beiderseitigen Willen seine Vollendung verdankt« (I, 5). Getreu dieser Maxime zeigt er am Abend seines Liebeslebens Ulrike von Levetzow seine Marienbader Steinsammlung. Nur Charlotte von Stein und Marianne von Willemer fallen als überlegen bzw. ebenbürtig aus Goethes typischem Beuteschema heraus.

Ebenso bezeichnend ist der zweite Zug: Trotz ihrer durchgehenden Harmlosigkeit und Konventionalität löst die Beziehung in Goethe einen Angsttraum aus, dessen auf der Hand liegende vorfreudianische Bedeutsamkeit ihm wohl selbst am stärksten bewußt ist. Am 13. 10. 1767 schreibt er an Behrisch: »Da hatte sie mich in einen Sack gesteckt! Ein rechter Taschenspielerstreich! Meerschweinchen hext man wohl vorm Petersthore hinein, aber einen Menschen wie mich das ist unerhört. Ich philosophirte im Sacke, und jammerte ein dutzend Allegorien im Geschmack von Schäckespear wenn er reimt. Darnach schien mirs als wenn ich weg wäre, weg von ihr, aber nicht aus dem Sacke, ich wünschte mich in Freiheit, und wachte auf. Der verfluchte Sack lag mir im Kopfe ... Da hast du Annetten. Es ist ein verwünschtes Mädgen. Der Sack! Der Sack!« Im Brief vom 17. 10. 1767 nennt er sie deshalb »die kleine Zauberinn«, und am 26. 4. 1768 meldet er triumphierend: »Genug sey dirs, Nette, ich wir haben uns getrennt, wir sind glücklich. Es war Arbeit, aber nun sitz ich hier wie Herkules, der alles gethan hat.«

Sieht man von seiner Ehe mit Christiane ab, ist das die letzte Beziehung, die Goethe anders als mit einer jähen Flucht beenden wird; erst von Ulrike von Levetzow wird der Vierundsiebzigjährige 1823 fast redundant Abschied nehmen, weil er weiß, daß er sich damit vom Nachspiel seines Liebeslebens überhaupt verabschiedet, zu dem die Studentenliebelei mit Käthchen Schönkopf das Präludium war. Einen eigentlichen Abschied scheut er aber. Einen Monat später, am 1. Oktober 1768, schreibt er an Familie Schönkopf: »Apropos, daß ich nicht Abschied genommen habe werden Sie mir doch vergeben haben. In der Nachbarschafft war ich, ich war schon unten an der Thüre, ich sah die Laterne brennen, und ging biß an die Treppe, aber ich hatte das Herz nicht hinaufzusteigen. Zum letztenmal, wie wäre ich wieder herunter gekommen.« Goethe haßte lebenslang Abschiede – »in jeder großen Trennung liegt ein Keim von Wahnsinn; man muß sich hüten, ihn nachdenklich auszubrüten und zu pflegen«, ist seine »Maxime« (*Maximen und Reflexionen* 998).

In die Gedichte ist von all dem nichts eingegangen; Annette, so Goethes Kosename für die Geliebte, hat mit dem ihr gewidmeten Buch wirklich nur den Namen gemeinsam, und auch das in Leipzig entstandene Schäferspiel *Die Laune des Verliebten* hat nicht seine Liebesprobleme mit der filia hospitalis zum Inhalt, sondern variiert die Grundsituation der Gattung: ein glückliches Paar, das die Liebe genießt, und ein unglückliches, das am Genuß gehindert ist. Entweder ist der Jüngling blöde, d. h. unerfahren, oder das Mädchen ist spröde, was auch nichts anderes bedeutet als unerfahren, oder eins von beiden ist ›launisch‹ wie in Goethes Variante des Themas, wo die »Laune des Verliebten« eben die Eifersucht ist. Wie bei einem Menuett treffen sich die Paare, trennen sich und vereinigen sich neu, bis es zum versöhnten Schlußtableau kommt und die richtigen Partner sich richtig in den Armen liegen. Nicht nur Dichtung, auch Liebe ist lehrbar. Versmaß ist selbstverständlich der seit der französischen Klassik und dem deutschen Barock verbindliche Alexandriner, aber von Schillers Feststellung, er zwinge alles unter das Gesetz des Gegenteils, ist nichts mehr zu spüren. Goethe handhabt ihn mit der allergrößten Lockerheit, teilt die Verse auf verschiedene Sprecher auf und umspielt die für ihn charakteristische Zäsur in der Versmitte ebenso wie die Versgrenzen.

Uwe K. Ketelsens Spekulation im *Goethe Handbuch* ist überzeugend: Wäre Goethe an seiner schweren Krankheit, die 1768 ausbrach und zum Abbruch der Leipziger Studien führte, gestorben, gedächten wir heute seiner als eines der jüngsten, letzten und besten Dichter des Rokokos, früh und vollendet zugleich. Auch auf dem Gebiet des Dramas holt Goethe mithin in Ontogenese die Phylogenese der deutschen Literatur nach: Auf ein letztes Drama der Gryphius-Schule, den *Belsazar*, folgt ein ›modernes‹ Schäferspiel, das dem Geschmack der 60er Jahre entspricht.

Er selbst verurteilt in *Dichtung und Wahrheit* das Gros seiner »Gedichte, die ich in Leipzig verfaßt hatte«, als »zu gering, ... kalt, trocken und in Absicht dessen, was die Zustände des menschlichen Herzens oder Geistes ausdrücken sollte, allzu oberflächlich« – aber gerade das hatte sie zu guten Rokokogedichten gemacht. Außer den in den oben beschriebenen Sammlungen erhaltenen Gedichten gehen alle anderen in einem »großen Haupt-Autodafé« nach der Rückkehr ins Elternhaus unter; so pflegte Goethe nach dem Vorbild der spanischen Inquisition lebenslang die rituelle Verbrennung des als überlebt Empfundenen, der ›abgestreiften Schlangenhäute‹ zu nennen.

Die *Oden an Behrisch*

Nur in drei Texten weist der Leipziger Goethe über die aktuelle »Witzkultur« hinaus, und das im privaten Bereich, in den drei *Oden*, die er seinem engsten Leipziger Freunde Behrisch widmet, als dieser aufgrund über ihn in Umlauf gesetzter Gerüchte seine Stelle als Hofmeister beim jungen Grafen Lindenau verliert, aber auf Gellerts Empfehlung hin Hofmeister beim Fürsten von Anhalt-Dessau wird und im Oktober 1767 nach Dessau umzieht. Bereits die Bezeichnung ›Ode‹ stellt die Gedichte in die Nähe der damals in Zeitschriften erscheinenden und in Abschriften kursierenden freien Hymnen Klopstocks, die schon erste Nachahmer fanden; mit ihnen teilen sie die an die antike Ode etwa bei Horaz angelehnte Reimlosigkeit sowie deren feierlichen Ton, die betonte Rhythmik, die oft harten Fügungen und den Charakter des Privaten, den Briefcharakter. Typische Klopstockoden heißen *An Ebert, An Giseke* oder *An Fanny*. In dieser neuen Gattung, die in den traditionellen Poetiken nicht vorkam und gleichsam unbeaufsichtigt gepflegt werden konnte, gab es Raum für Privates, Persönliches, Erlebtes und Gefühltes.

Goethes Schmerz über die Trennung vom elf Jahre älteren engen Freund manifestiert sich in Klagen über Leipzig, für die Goethe eine eigene Symbolik entwickelt, die vom Gegensatz zwischen reiner Natur und der Gesellschaft Leipzigs als verdorbener Natur lebt und Leipziger Realitäten wie Seidenraupenzucht, Herbstwetter, Sumpfnebel als Bilder für die von Goethe erlebte Situation voll Tücke, Hinterlist und Verleumdung benutzt.

Die Gliederung ist klar. Die erste Ode fordert den Freund auf, Leipzig zu verlassen: »Verpflanze den schönen Baum / Gärtner! Er jammert mich. / Glücklicheres Erdreich / Verdiente der Stamm«, lautet die erste Strophe, und die letzte nimmt das wieder auf: »Verpflanze den schönen Baum, / Gärtner, er jammert mich. / Baum, dancke dem Gärtner / Der dich verpflanzt.« Die zweite Strophe gestaltet den Umzug, und die dritte beklagt den Verlust. Da sie mehr über den Leipziger Goethe aussagt als die gesamte übrige erhaltene Dichtung aus dieser Zeit, sei sie hier zitiert:

Dritte Ode.

Sey gefühllos!
Ein leichtbewegtes Herz,
Ist ein elend Gut
Auf der wanckenden Erde.

Behrisch, des Frülings Lächeln
Erheitre Deine Stirne nie,
Nie trübt sie dann mit Verdruß
Des Winters stürmischer Ernst.

Lehne dich nie an des Mädgens
Sorgenverwiegende Brust,
Nie auf des Freundes
Elendtragenden Arm.

Schon versammelt
Von seiner Klippenwarte
Der Neid, auf Dich
Den ganzen, luchsgleichen Blick.

Dehnt die Klauen,
Stürzt und schlägt
Hinterlistig sie
Dir in die Schultern.

Starck sind die magern Arme,
Wie Panther Arme,
Er schüttelt Dich
Und reißt Dich loß.

Tod ist Trennung,
Dreyfacher Tod
Trennung ohne Hoffnung
Wiederzusehn.

Gerne verliesest Du
Dieses gehaßte Land,
Hielte Dich nicht Freundschafft
Mit Blumenfesseln an mir.

Zerreiß sie! Ich klage nicht.
Kein edler Freund
Hält den Mitgefangnen
Der fliehn kann zurück.

Der Gedancke
Von des Freundes Freiheit,
Ist ihm Freiheit
Im Kercker.

Du gehst, ich bleibe.
Aber schon drehen
Des letzten Jahrs Flügelspeichen
Sich um die rauchende Axe.

Ich zähle die Schläge
Des donnernden Rads,
Seegne den letzten,
Da springen die Riegel, frey bin ich wie du.

Hier wird zum ersten Mal gehäuft der Einfluß der Empfindsamkeit auf Goethe deutlich. Der »Empfindsame« leidet an seinem gefühlvollen, eben »empfindsamen« Herzen. Das Wort ist damals neu, wie Adelungs Wörterbuch von 1774 betont: »Von einigen Neuerern gebildet und durch Yoricks empfindsame Reisen (den Roman Sternes – V. N.) in Aufnahme gebracht worden, ›lebhafte Empfindungen verrathend oder erweckend‹. Empfindlich sagt freylich schon eben das; weil dieses Wort aber auch häufig in engerer Bedeutung von der Empfindung des Zornes oder der Unlust gebraucht wird, also leicht gemißdeutet werden kann: so ist empfindsam in manchen Fällen freylich bequemer.«

Goethe stand es 1767 noch nicht zur Verfügung; erst Lessings Vorschlag an den Übersetzer Bode, Sternes ›sentimental‹ so wiederzugeben, verbreitete es, aber die neue Sache, die das neue Wort erforderlich machte, war schon bekannt und wird von Goethe vielfach umschrieben. Die Lebhaftigkeit der Empfindung läßt den mit ihr begabten oder geschlagenen Menschen einerseits die spärlichen Freuden der Welt besonders intensiv genießen, läßt ihn aber auch extrem unter der empfindungsfeindlichen Realität leiden. Dieser Januskopf ist ein Topos der ›empfindsamen‹ Klassiker: »Aber wären die Qualen auch zehnmal größer, die mit der Empfindsamkeit verbunden sind, möchte ich doch das Vergnügen nicht missen, das sie mit sich bringt«, schreibt die Heldin in Richardsons *Clarissa*, und in Rousseaus *Nouvelle Héloïse* schreibt St. Preux seiner Geliebten: »O Julie! Welch ein fatales Geschenk des Himmels doch eine empfindsame Seele ist!« Ebenso gestaltet Goethe beide Aspekte, die Freude am Lächeln des Frühlings, die Liebe zum Mädchen, die Freundschaft, aber auch die damit verbundenen Leiden: Sie wecken den Neid der weniger Glücklichen, aber unabhängig davon gilt das Weltgesetz, daß sie nicht dauern können: Auf den Frühling folgt ein Winter, und jede Freundschaft endet mit der Trennung – »Trennung ohne Hoffnung / Wiederzusehn« wird besonders betont. Das spätere achtzehnte und frühe neunzehnte Jahrhundert mit seinem emphatischen Freundschaftskult war gleichzeitig eine Epoche des emphatischen Trennungsschmerzes; bei den weiten Entfernungen und dem schwerfälligen und extrem kostspieligen Reisen war das Wiedersehen mit einem Studienfreund eine große Seltenheit. Behrisch und

Goethe haben sich allerdings mehrfach wiedergesehen; die Freundschaft währte bis ins Alter; aus dem Nachlaß des Freundes hat Goethe seine Briefe und Oden zurückerworben.

Leipzig: Scheitern und Gelingen / Schiffbruch und Erfolg

Die letzten Strophen zeigen, daß sich Goethe schon im Herbst 1767 in Leipzig nicht mehr wohl fühlte und 1768 als Jahr des Abschieds herbeisehnte. Er litt an dem problematischen Verhältnis zu Käthchen Schönkopf; zu seinen juristischen Studien hatte er gar die Beziehung völlig verloren, und es traten vermehrt gesundheitliche Probleme auf. Die letzten beiden Sätze von Goethes erhaltener Leipziger Korrespondenz vom Mai 1768 gelten Behrisch, und sie lauten: »Und ich gehe nun täglich mehr Bergunter 3 Monate noch Behrisch, und darnach ist's aus. Gute Nacht ich mag davon nichts wissen.« Die böse Prophezeiung tritt fast exakt ein. Im Juli 1768 erleidet Goethe einen Blutsturz und verläßt, notdürftig wiederhergestellt, an seinem 19. Geburtstag – Geburtstage machen bei Goethe lebenslang Epoche – Leipzig. Einen »Schiffbrüchigen« wird er sich in *Dichtung und Wahrheit* nennen; todkrank, menschlich und im Studium gescheitert, kehrt er ins Elternhaus zurück.

Nur auf einem Gebiet hat er Erfolge vorzuweisen, dem der Dichtung. Der heute fast völlig vergessene Essayist Rudolf K. Goldschmidt-Jentner hat in den fünfziger Jahren des vorigen Jahrhunderts eine weitverbreitete geistreiche Typologie des Genies versucht und zwischen »Vollender und Verwandler« unterschieden. Wenn wir Goethes Stellung in seiner Zeit am Ende der Leipziger Jahre wieder auf den Punkt bringen wollen, wie wir es zuvor für seine Frankfurter Kindheit schon getan haben, so hat er jetzt und in den Frankfurter Nachklängen dieser Zeit in seiner Ontogenese die Phylogenese der neuhochdeutschen Literatur vollendet: Hatte er 1766 von Luther, seiner Bibel und dem Kirchenlied bis zum Spätbarock die Entwicklung produktiv nachvollzogen, so hat er sich jetzt in seiner Lyrik und im Schäferspiel an die aktuelle, die herrschende Literatur herangeschrieben und sich in diese eingeschrieben; er wird zum jüngsten Beiträger zur Leipziger Witzkultur und gleichsam deren »Vollender«. Zugleich hat er bereits gegenüber dem Freund und Mentor Behrisch erste Proben in der allerneuesten Dichtungsart vorgelegt – frei, ungebunden und persönlich wenden sie sich an Herz und Gefühl und nicht länger an Kopf und Verstand als Rezeptionsorgan. Der Neunzehnjährige ist produktiv auf dem aktuellen Stand der deutschen Dichtung angekommen, nach der Frankfurter Inkubationszeit wird der Einundzwanzigjährige von diesem Plateau aus zu völlig neuen Gipfeln aufbrechen und letztlich Europas Jugend mit sich reißen – der »Vollender« wird zum »Verwandler«.

»1768 – 1770 ... Zwischenzustand zu Hause«

(Schema zur Biographie, Ende Mai 1810)

Zunächst aber ist Goethe krank, schwerkrank, ja, wie es einige Male aussieht, dem Tode nahe. Der Leipziger Blutsturz und seine Nachwirkungen im nächsten halben Jahr zeigen eine Lungentuberkulose an; eine Geschwulst am Hals spricht dafür, daß auch die Lymphdrüsen betroffen sind, Luftröhre und Kehlkopf scheinen ebenfalls affiziert. Am 9. Dezember 1777 erinnert sich Goethe in einem Brief an Charlotte von Stein an die schwerste Krise in seiner Krankheit: »Es ist eben um die Zeit ... daß ich vor neun Jahren kranck zum Todte war, meine Mutter schlug damals in der äusersten Noth ihres Herzens ihre Bibel auf und fand, wie sie mir nachher erzählt hat: ›Man wird wiederum Weinberge pflanzen an den Bergen Samariä, pflanzen wird man und dazu pfeifen.‹ Sie fand für den Augenblick Trost, und in der Folge manche Freude an dem Spruche.« (Jeremia 31, 5).

Goethe wird die Worte seiner Mutter im Herzen behalten, denn er zitiert den Propheten gut eineinhalb Jahre nach dem Brief an Frau von Stein erneut, wenn er den Eltern am 9. August 1779, »prosaisch oder poetisch« betrachtet, »eigentlich das Tüpfgen aufs i eures vergangnen Lebens« ankündigen kann: In seiner Begleitung wird Carl August, Herzog von Sachsen-Weimar-Eisenach, mit Kammerherrn von Wedel nach Frankfurt kommen und in Goethes Elternhaus Wohnung nehmen, »und ich käme das erstemal ganz wohl und vergnügt und so ehrenvoll als möglich in mein Vaterland zurück. Weil ich aber auch mögte daß, da an den Bergen Samariä der Wein so schön gediehen ist auch dazu gepfiffen würde, so wollt ich nichts, als daß Sie und der Vater offne und feine Herzen hätten uns zu empfangen, und Gott zu dancken, der Euch euren Sohn im dreisigsten Jahr auf solche Weise wiedersehen lässt ... ich habe alles was ein Mensch verlangen kann, ein Leben in dem ich mich täglich übe und täglich wachse, und komme diesmal gesund, ohne Leidenschafft, ohne Verworrenheit, ohne dumpfes Treiben, sondern wie ein von Gott geliebter, der die Hälfte seines Lebens hingebracht hat, und aus Vergangnem Leide manches Gute für die Zukunft hofft.«

Im Banne des Pietismus

Vom Herbst 1768 bis Anfang 1770 herrschen erst einmal Krankheit, Verworrenheit und Leid, und die Verheißung fröhlichen Pfeifens in den neugepflanzten Weinbergen muß man einstweilen dem Bibelorakel glauben. Die Sitte, durch aleatorisches Aufschlagen der Bibel, eventuell mit Hilfe einer Stopfnadel, Gottes Willen und Absicht zu erkunden, hat Katharina Goethe noch durch die Revolutionskriege und napoleonischen Wirren getragen und sie in ihrem Entschluß bestätigt, in ihrem geliebten Frankfurt trotz wiederholter Kriegsgefahr und realem Beschuß auszuhalten (*Tag- und Jahresheft* 1794).

Kennengelernt hatte sie diese Art, Gott mit Hilfe seines Wortes zu befragen, in pietistischen Kreisen, denen sie sich in der Zeit von Goethes Leipziger Aufenthalt zugewandt hatte und die gerade in Frankfurt seit dem Wirken des dortigen Hauptpastors Philipp Jakob Spener schon seit zwei Menschenaltern Tradition hatten. Führend in diesem

Kreise war das reiche und vornehme Fräulein Susanna von Klettenberg (1723–1774), das sich nach Goethes boshaften Worten in *Dichtung und Wahrheit* ein wenig wie Frankfurts Antwort auf den Grafen Zinzendorf in Herrnhut fühlen mochte, der dort als ihr adliges Haupt die bis heute bestehende Brüdergemeine gegründet hatte. Trotz des Standesunterschieds aber – die Klettenbergs gehörten zum Frankfurter Stadtpatriziat – war sie Goethes Mutter und dann auch ihm eine treue Freundin. Bei ihr fand er jederzeit geistigen Beistand, bei seiner Mutter tatkräftige Hilfe, weshalb er die beiden »Rat und Tat« zu nennen pflegte. Ihr Tod während seines Aufenthalts bei den Weimarer Prinzen in Mainz am 13. Dezember 1774 hat ihn tief getroffen.

Da der Pietismus eine wichtige Strömung in der deutschen Geistesgeschichte darstellte und Goethe mit dieser Reformbewegung nicht nur in seiner zweiten Frankfurter Zeit, sondern auch durch seinen Straßburger Freund Heinrich Jung, genannt Stilling, intensiv Kontakt hatte und diese Bewegung bleibende Spuren in seinem Leben hinterließ, soll sie hier näher erläutert werden. Der Name geht zurück auf Philipp Jakob Spener (1635–1705), der in seiner Zeit als Frankfurter Hauptpastor (1660–1686) sogenannte »Collegia pietatis« zur Pflege einer unter der lutherischen Spätorthodoxie verkümmerten gelebten Frömmigkeit gegründet hatte; sein Begleitbuch hierzu waren die *Pia desideria* von 1675. Von ihm beeinflußt, aber auch in Polygenese aus verwandten religiösen Gründen heraus, entstanden nun vielerorts basisreligiöse Gruppen, die sich als zweite Reformation gegen eine abermals erstarrte, diesmal lutherische Amtskirche verstanden und sich regional, etwa am Niederrhein, im Bergischen oder im Siegerland, mit reformierten Traditionen verbanden. Während viele Gruppen, auch die Frankfurter Spielart um Susanna von Klettenberg, innerhalb der Kirche, wenn auch in Spannung zu ihr blieben, kam es vielerorts auch zu Separationen von einer als unrettbar von Gott abgefallen angesehenen Orts- oder Landeskirche.

Diese erneute Reformation, zweihundert Jahre nach der ersten, setzte das Leben gegen die Lehre, den Geist gegen das Amt, die Kraft gegen den Schein, das innere Wort gegen das äußere, die gelebte Herzenserfahrung gegen das gesprochene Lippenbekenntnis. Das Heil des einzelnen, ja seine Heilsgewißheit beruht auf der einmaligen Wiedergeburt als einer persönlichen Erfahrung. Dieser Auffassung begegnen wir in den *Bekenntnissen einer schönen Seele* aus dem Sechsten Buch von *Wilhelm Meisters Lehrjahren*, in dem die Erzählerin geradezu von einem »Bekehrungssystem« spricht, das einer gelungenen Bekehrung und künftigen Heilszuversicht zugrunde liegen muß: Auf den Todes- und Höllenschrecken der Sündenerfahrung folgt die Heilsgewißheit als Erlebnis einer Wiedergeburt, das es jedoch immer wieder zu erneuern gilt. Diese »schöne Seele« ist an Leben und Lehre von Klettenbergs angelehnt, der Goethe damit im *Wilhelm Meister* ein Denkmal setzt.

Die sich als wiedergeboren Fühlenden schlossen sich dann in Zirkeln zusammen, in denen man solche Erfahrungen besprach und austauschte, um sich ihrer Aufrichtigkeit zu vergewissern. Beispielerzählungen, Bekehrungsgeschichten, Selbstbeobachtung und Selbstbeschreibung bis hin zur Autobiographie sind wesentliche Merkmale dieser Richtung – Goethe wird Heinrich Jung ermutigen, in diesem Sinne *Heinrich Stillings Jugend* zu Papier zu bringen, und sie später selbst zum Druck befördern. In Auseinandersetzung mit solchen sich dem Alltagsdiskurs völlig entziehenden existentiellen Extremerfahrungen wurde ein Spezialvokabular, ja eine Sondersprache entwikkelt, »die man mit jener der späteren Empfindsamen wohl verglichen hätte« (*Dichtung und Wahrheit* II, 8) und ohne die Goethes *Götz*, *Werther*, die frühen Schichten des *Faust* und seine frühen theoretischen Schriften, aber auch Karl Philipp Moritz' *Anton Reiser* nicht denkbar wären.

Diese Fundierung des Glaubens auf der konkreten Erfahrung des Heils verbindet den Pietismus ebenso fest mit dem Empirismus seines Jahrhunderts, wie sie ihn gegenüber der Lehre Luthers geradezu als kopernikanische Wende erscheinen läßt: War Luther fast monoman darauf bedacht, die Gewißheit des Heils völlig »extra nos« zu verlagern, sie unabhängig von unserem Gewissen, unserer Befindlichkeit, unseren Werken zu verankern, nämlich allein in der unverrückbaren »promissio divina«, der Heilszusage Gottes, so wird sie jetzt dem Verhalten des Menschen zugeordnet. In einem Jahrhundert, in dem Luthers über allen Zweifeln stehender Gott sich in Deismus, Pantheismus, ja Atheismus auflöst, wird die religiöse Gewißheit als Empirie ins Subjekt zurückverlegt. Der Geistliche wird vom lutherischen »berufenen Diener am Wort« zum persönlichen Zeugen, Bürgen für die Wiedergeburt, zum Vorbild, auf das hin man glauben kann und das letztlich von jeder kirchlichen Ordination und Institution unabhängig ist. Deshalb liest der Pietist im stillen Kämmerlein »seine« Bibel, wie es der gängige, aber ganz prägnant gemeinte Sprachgebrauch ist: in diesem Sinne wird Werther genauso betont »seinen« Homer lesen. Die Wahrheit ist nicht mehr objektiv vorgegeben, sondern wird im Herzen des einzelnen lebendig; ›Erbauung‹ meint nicht mehr – wie in den Briefen des Apostels Paulus – den ›Bau‹ von Gemeinde und Kirche, sondern die seelische Vervollkommnung eben dieses einzelnen.

Goethes körperliche, seelische und geistige Verfassung nach Leipzig, etwa die wiederholte Naherfahrung des Todes, die zweifelhaften Aussichten auf eine etwaige, ja eine völlige oder gar baldige Genesung prüfen den Neunzehnjährigen hart. Bald kann er das Bett nicht verlassen, dann nicht sein Zimmer, auf eine überstandene Krise folgt ein Rückschlag, die Geschwulst am Hals wird erst beobachtet, dann ›gezeitigt‹, d. h., sie soll von selbst zum Ausbruch kommen, schließlich wird sie aufgeschnitten und am Schließen gehindert, indem sie täglich mit Höllenstein aufgeätzt wird – wir glauben gern, daß ein solches »kränckliches einsames Leben … für einen Menschen von zwanzig Jahren (= im 20. Jahr) eine ziemliche Folter seyn möchte« (an Oeser, 9. 11. 1768). Auch nach der großen Krise vom Dezember 1768 ist es fraglich, ob er Ostern noch erleben wird (an K. Schönkopf, 30. 12. 1768), oder wie »ein Mensch die Carickaturidee haben konnte, im 20sten Jahr an der Lungensucht zu sterben« (an Friederike Oeser, 13. 2. 1769).

In *Dichtung und Wahrheit* betont Goethe in Wendungen wie »weder an Leib noch Seele ganz gesund« oder gar daß er »noch mehr an der Seele als am Körper zu leiden schien« (II, 8) mehrfach eine psychosomatische Deutung seiner Leiden. Einsamkeit, Krankheit, Schmerzen und Todesnähe machen ihn in dieser Zeit empfänglich für die Lehren Susanna von Klettenbergs und ihres Kreises und lassen das adlige Fräulein sogar zu einem pietistisch klassischen Bekehrungsversuch ansetzen: »Nun fand sie an mir, was sie bedurfte, ein junges, lebhaftes, auch nach einem unbekannten Heile strebendes Wesen, das, ob es sich gleich nicht für außerordentlich sündhaft halten konnte, sich doch in keinem behaglichen Zustand befand und weder an Leib noch Seele ganz gesund war ... Meine Unruhe, meine Ungeduld, mein Streben, mein Suchen, Forschen, Sinnen und Schwanken legte sie auf ihre Weise aus und verhehlte mir ihre Überzeugung nicht, sondern versicherte mir unbewunden, das alles komme daher, weil ich keinen versöhnten Gott habe.« Es zeigt sich jedoch, daß das »Hallische Bekehrungssystem« auf ihn nicht passen will, daß er gegen ein nur mäßiges Sündenbewußtsein »meinen unendlich guten Willen« in Gegenrechnung stellt und deshalb »glaubt, mit meinem Gott ganz gut zu stehen« (*Dichtung und Wahrheit* II, 8). Diese Einstellung wird Goethe dann in den *Bekenntnissen einer schönen Seele* in *Wilhelm Meisters Lehrjahren* auf das Fräulein selber übertragen: »Wenn ich Gott aufrichtig suchte, so ließ er sich finden und hielt mir von vergangenen Dingen nichts vor ... die Erkenntnis meiner Gebrechen war ohne alle Angst. Nicht einen Augenblick ist mir eine Furcht vor der Hölle angekommen, ja die Idee eines bösen Geistes und eines Straf- und Quälortes nach dem Tode konnte keineswegs in dem Kreise meiner Ideen Platz finden. Ich fand die Menschen, die ohne Gott lebten, deren Herz dem Vertrauen und der Liebe gegen den Unsichtbaren zugeschlossen war, schon so unglücklich, daß eine Hölle und äußere Strafen mir eher für sie eine Linderung zu versprechen, als eine Schärfung der Strafe zu drohen schienen.« Wollte Goethe sich fünfundzwanzig Jahre später so gelinde für den Bekehrungsversuch rächen? Auf sein Verhältnis zu Gott und Teufel, zum »Unsichtbaren« und zur »Idee eines bösen Geistes« wird in den noch zu betrachtenden restlichen zweiundsechzig Jahren seines Lebens wiederholt zurückzukommen sein.

Als in den zwanziger Jahren des vorigen Jahrhunderts Goethes Briefe an Ernst Theodor Langer, den Nachfolger Behrischs als Hofmeister des jungen Grafen Lindenau in Leipzig, aufgefunden und veröffentlicht wurden, staunten die Goethe-Verehrer nicht schlecht, als sie dort unter dem 17. Januar 1769 lasen: »Sehen Sie lieber Langer es steht kurios mit uns; Mich hat der Heiland endlich erhascht, ich lief ihm zu lang und zu geschwind, da kriegt er mich bei den Haaren.« Das klang bis in die Bildlichkeit hinein nach einem Bekehrungserlebnis; stellt der erweckte Pietist sich die Nähe des Heilands doch gern als erfahrene, erlebte, gefühlte und gespürte körperliche Nähe dar; Christus redet mit dem Wiedererweckten wie einst Gott mit Mose, »von Angesicht zu Angesicht, so wie ein Mann mit seinem Freunde redet« (2. Mose 33, 11).

Im vorangehenden Brief vom 24. November 1768 hatte Goethe sich noch, auch im Verhältnis zum Frankfurter Pietistenzirkel, »als einen Menschen« bezeichnet, »der einen guten Willen und einige Rührung hat, der aber noch zusehr durch die Anhänglichkeit an die Welt zerflattert ist ... Ich binn Ihnen viel schuldig, Langer, und Mellin hat das fortgesetzt was Sie angefangen haben, für eine Seele wie die meine, war es allen Priestern der Welt unmöglich sie zurühren, besonders bey dem unevangelischen (= nicht dem Evangelium gemäßen) Gewäsche unsrer jetzigen Kantzeln, Ihre Liebe, Ihre Aufrichtigkeit konnte das allein.« Typisch ist, daß personale »Liebe« und »Aufrichtigkeit« »eine Seele ... zu rühren« vermögen, nicht aber die »Priester« der Amtskirche, weshalb Goethe auch Langer explizit die »Gabe zum Apostel« zuspricht.

Der von Goethe gegenüber Langer immer wieder erwähnte gemeinsame Bekannte Johann Christian Mellin, an den Langer Goethe wohl ein Empfehlungsschreiben mitgegeben hat, nimmt sich im Kreis der Erweckten Goethes besonders an. Zwischen den beiden Briefen hat zwar kein Erweckungs-, wohl aber ein Heilungserlebnis stattgefunden: In der schwersten Krise Mitte Dezember 1768 haben »Mellin und einige andre aus den Brüdern ... bey mir« gewacht. »Mein Vater« – der die Unorthodoxie bei Frau und Kindern eher geduldet als begrüßt hatte –, »der in der Noth stack, war über diese Gefälligkeit vergnügt, und war sehr freundlich und höflich. Und seit der Zeit, haben wir ein etwas freieres Exercitium Religionis.« Am 15. Januar 1769 hat sogar eine Erbauungsstunde in Goethes Elternhaus stattgefunden; zu Wein, Würsten und Milchbrot, zu Flügel und Flöten sang man herrnhutische Lieder. Am 21. und 22. September 1769 nimmt Goethe an einem Herrnhuter Konvent in Marienborn in der Wetterau teil, nach dem es laut *Dichtung und Wahrheit* (III, 15) trotz wechselseitigen besten Willens zur Trennung kam – Goethe stieß das von den Herrnhutern gepflegte extreme Sündenbewußtsein ab, wie es am krassesten in der bekannten Persiflage des 19. Jahrhunders zum Ausdruck kommt, die Thomas Mann in den Buddenbrooks überliefert hat:

Ich bin ein rechtes Rabenaas,
Ein wahrer Sündenkrüppel,
Der seine Sünden in sich fraß,
Als wie der Rost den Zwippel.
Ach Herr, so nimm mich Hund beim Ohr,
Wirf mir den Gnadenknochen vor
Und nimm mich Sündenlümmel
In deinen Gnadenhimmel!

Dementgegen gab Goethe »zwar die erbsündlichen Mängel der Menschen sehr gern zu, wollte aber der Natur inwendig noch einen gewissen Keim zugestehen, welcher, durch göttliche Gnade belebt, zu einem frohen Baume geistiger Glückseligkeit emporwachsen könne.« Was ihn von den Herrnhutern und anderen pietistischen Gruppierungen, aber auch von der lutherischen Orthodoxie scheidet, ist die Anthropologie – Goethes durchaus wechselvolles Verhältnis zur Theologie wird lebenslang eine Funktion seiner Anthropologie bleiben.

In der Zeit während und nach der Italienischen Reise dachte Goethe am höchsten vom Menschen; in dieser Zeit schreibt er zu Kants *Die Religion innerhalb der Grenzen der bloßen Vernunft* (1793) an die Herders, Kant habe »seinen philosophischen Mantel, nachdem er ein langes Menschenleben gebraucht hat, ihn von mancherlei sudelhaften Vorurtheilen zu reinigen, freventlich mit dem Schandfleck des radicalen Bösen beschlabbert« (7. 6. 1793). Rund dreißig Jahre später bekennt er sich 1824 bei der Besprechung eines französischen historischen Romans in *Über Kunst und Altertum* selbst dazu, läßt das »radicale Böse« aber von einer Erbtugend konterkarieren:

Wenn gewisse Erscheinungen an der menschlichen Natur, betrachtet von Seiten der Sittlichkeit, uns nötigen, ihr eine Art von radicalem Bösen, eine *Erbsünde* zuzuschreiben, so fordern andere Manifestationen derselben: ihr gleichfalls eine *Erbtugend*, eine angeborene Güte, Rechtlichkeit und besonders eine Neigung zur Ehrfurcht zuzugestehen.

Krise und Genesung

Zum Krankheitsverlauf heißt es im ›Bekehrungsbrief‹ an Langer vom 17. Januar 1769: »Es ist viel mit mir vorgegangen; ich habe gelitten, und binn wieder frey, meiner Seele war diese Calcination (= Ausglühen, Entfeuchten eines Körpers durch den Alchimisten – V. N.) sehr nütze, ... und wenn mein Cörper (wie sie behaupten) auch jetzo eine wahre Hoffnung zur Besserung haben kann, weil sich die nächste Ursache meiner Kranckheiten entdeckt hat; so weiß ich keinen glücklichern Vorfall in meinem Leben, als diesen schröcklichen« (17. 1. 1769). Auch den Durchbruch durch die Krise und die jetzige »Hoffnung zur Besserung« verdankt Goethe den Zirkeln, in denen er seit seiner Rückkehr aus Leipzig verkehrt. *Dichtung und Wahrheit* berichtet ausführlich, wenn auch etwas abschätzig, über den namenlos bleibenden Arzt aus dem »frommen Kreise«, der ihn behandelte. In seinen chymisch-alchymischen-alchymistischen Studien und Praktiken hatte er es sogar bis zur ›Panazee‹, zur »Universalmedizin«, gebracht, wovon aber niemand etwas wissen durfte. Dies nicht nur, weil den Ärzten »die eigene Dispensation streng verboten war«, wie es in *Dichtung und Wahrheit* heißt, sondern weil diese alchymistische Tradition, die bis zu den Goldmachern und Adepten des späten Mittelalters zurückging, ebenso im Abseits der Schulwissenschaften lag wie der Pietismus im Abseits der Amtskirche.

Beiden Wirkungsfeldern des Arztes war so der Untergrund, das Verbotene, ja Verfolgte und zugleich ›Hermetische‹, als sozialer Ort gemeinsam, an dem esoterische Religion und alchimistische Medizin nebeneinander, häufig gemeinsam und oft verbündet jahrhundertelang im Abseits wirkten und in Konventikeln ihre Lehre weitergaben. Die von Dr. Metz durch das flehentlichste Bitten der Mutter fast erzwungene Medikation der Panazee rettet dem jungen Goethe das Leben – wenn er sie in seinem Lebensrückblick zum starken Abführmittel bagatellisiert, sollte man das nur insofern gelten lassen, als durch die »Universalmedizin« die Krankheit selbst ›abgeführt‹ worden ist.

Es ist das Verdienst Rolf Christian Zimmermanns, im ersten Band seiner Kölner Habilitationsschrift *Das Weltbild des jungen Goethe. Studien zur hermetischen Tradition des deutschen achtzehnten Jahrhunderts. Elemente und Fundamente* (1969), diesen in *Dichtung und Wahrheit* so ungerecht behandelten »unerklärlichen, schlaublickenden, freundlich sprechenden, übrigens abstrusen Mann« (II, 8) ins klare Licht der Wissenschaft gerückt und Dr. med Johann Friedrich Metz (1720–1782) in einen breiten, von Paracelsus über Jacob Böhme bis zum jungen Goethe reichenden Strom hermetischer Tradition eingeordnet zu haben..

Das uns Heutige etwas befremdende Bild von einem Jesus, der den Ungläubigen »endlich erhascht« und »bey den Haaren« kriegt, erklärt Goethe indirekt selbst: Ihm erging es wie dem Freund der Schönen Seele in den *Lehrjahren*, dem nach deren Einschätzung »einige Versuche, in meiner Sprache zu reden, nicht gelungen waren«. Genauso scheitert auch Goethe letztlich an der Sondersprache der Wiedergeborenen, und das Urbild der Schönen Seele versichert ihm, es sei ihr lieber, er ›gebe sich‹ »als einen Heiden«, als daß er sich »der christlichen Terminologie bedient, deren Anwendung mir nie recht habe glücken wollen« (*Dichtung und Wahrheit* III, 15).

Bezeichnend ist die Formulierung, daß er sich gegenüber dem frommen Fräulein »als einen Heiden gab«: »Jedes ausgesprochene Wort erregt den Gegensinn«, heißt es dementsprechend in Ottilies Tagebuch in den *Wahlverwandtschaften*, und so wird Goethe noch oft gegenüber allzu Frommen den Verstockten spielen, was seine lebenslangen, oft sehr schroffen Äußerungen zur Religion stark kontextabhängig macht. So erklärt sich auch das bisweilen ostentativ zur

Schau getragene dezidierte Heidentum im Umfeld der Italienischen Reise aus dem im Vatikanstaat in jeder Hinsicht herrschenden Katholizismus.

Frühe naturwissenschaftliche Studien

Wie die Formulierung von der »Calzination« seiner Seele im selben Brief an Langer zeigt, erwirbt Goethe in dieser Zeit, wie er auch in *Dichtung und Wahrheit* berichtet, erste theoretische und praktische chemische Kenntnisse, noch in der Tradition der Alchimie und der Adepten. Sie bilden so die Grundlage für die Welt Fausts, bis zu Wagners Laboratorium im Zweiten Teil, aber sie führen auch dazu, daß Goethe die Entwicklungen der in seiner Zeit entstehenden modernen Chemie zeit seines Lebens mit großem Interesse verfolgen wird.

Rolf Christian Zimmermann hat gezeigt, wieviel von der Kosmogonie in *Dichtung und Wahrheit* (Schluß von II, 8), die vorher meist dem späten Goethe zugewiesen wurde, bereits in den hermetischen Studien seiner Jugend gemeinsam mit Susanna Katharina von Klettenberg angelegt war. Dokumente aus der Zeit selber bestätigen das: So stoßen wir in einem Brief an Friederike Oeser vom 13. Februar 1769 bereits auf einen Vorklang dessen, was der Literaturwissenschaftler Albrecht Schöne beim mittleren und späten Goethe dessen »Farbentheologie« nennen wird:

> O, meine Freundinn, das Licht ist die Wahrheit, doch die Sonne ist nicht die Wahrheit, von der doch das Licht quillt. Die Nacht ist Unwahrheit. Und was ist Schönheit? Sie ist nicht Licht und nicht Nacht. Dämmerung; eine Gebuhrt von Wahrheit und Unwahrheit. Ein Mittelding.

Und im Gedicht *Zueignung* (1785), das Goethe dann als Proömium an die Spitze seiner ersten Gesamtausgabe von 1786 ff. stellen wird, empfängt das lyrische Ich, »aus Morgenduft gewebt und Sonnenklarheit, / Der Dichtung Schleier aus der Hand der Wahrheit«.

Den größeren Zusammenhang dieser frühen »farbentheologischen« Fragen und Überlegungen schildert derselbe Brief unmittelbar im Anschluß an diese Stelle:

> Meine Gegenwärtige Lebensart ist der Philosophie gewidmet. Eingesperrt, allein, Circkel, Papier, Feder und Dinte, und zwey Bücher, mein ganzes Rüstzeug. Und auf diesem einfachen Weege, komme ich in Erkenntniss der Wahrheit, offt so weit, und weiter, als andre mit ihrer Bibliothekarwissenschafft (= Buchgelehrsamkeit). Ein groser Gelehrter ist selten ein grosser Philosoph, und wer mit Mühe viel Bücher durchblättert hat, verachtet das leichte einfältige Buch der Natur; und es ist doch nichts wahr als was einfältig ist.

Die ästhetische Lehre, die Goethe dem Vater der Adressatin verdankt (s. S. 14 f.), wird hier auf die Naturwissenschaft angewendet: Der unvoreingenommene Blick ins »leichte einfältige Buch der Natur« wird lebenslang Goethes Richtschnur sein.

Die »Philosophie« mit dem »Circkel« ist aber nichts anderes als Oetingers »Theologia emblematica«. Von daher kann man Goethes Ansicht erweitern: »... ich behauptete, eine abgesonderte Philosophie sei nicht nötig, indem sie schon in der Religion und Poesie vollkommen enthalten sei« (DuW II, 6). Schon 1768 und 1769 wäre zu ergänzen, die Philosophie sei in Naturwissenschaft, Religion und Poesie »vollkommen enthalten«. Das erklärt den für Philosophen so ärgerlichen Satz, mit dem Goethe ausgerechnet den Aufsatz *Einwirkung der neuern Philosophie* (1817, gedr. 1820) eröffnet: »Für Philosophie im eigentlichen Sinne hatte ich kein Organ.« Ähnlich drastisch heißt es in einem Brief an C. F. von Reinhardt vom 28. August 1807 – nebenbei: Goethes 58. Geburtstag –, gegenüber der Philosophie befinde er sich, seit man ihn »in meiner Jugend aus den Philosophischen Schulen vertrieb«, in einem »Huronischen Zustand« – Voltaires von formaler Bildung unbeleckter *Ingenu*, ins Deutsche als *Der Hurone* übersetzt, ist eine beliebte Selbstcharakterisierung Goethes.

Formel des Lebens: Systole und Diastole, Ein- und Ausatmen

In diesem überaus wichtigen Frankfurter »Zwischenzustand« findet auch, vermittelt durch ein Werk Oetingers aus der Bibliothek seines Vaters, die Aufnahme und Anverwandlung der Lehre von Systole und Diastole statt, die, in wörtlicher wie übertragener Bedeutung als Puls und Rhythmus des Lebens im Wortsinne Goethe nie mehr verlassen wird, sind doch unsere elementarsten Lebensäußerungen, Herzschlag und Atmung, so organisiert. Das später *Willkomm und Abschied* betitelte Gedicht von 1771 ist vom Eingangssatz an: »Es schlug mein Herz«, mit dem Pulsschlag in Beziehung gesetzt, und ebenso wird in dem in die allerletzte Genesungszeit, ins Frühjahr 1770, zu datierenden Prosafragment *Arianne an Wetty* das Ein- und Ausatmen zum Symbol des ›Lebens‹ und seiner diversen Phänomene schlechthin:

> Es ist mit der Liebe wie mit dem Leben, wie mit dem Athemholen. Freylich ziehe ich die Lufft in mich; willst du das auch Eigennutz nennen? Aber ich hauche sie wieder aus, und sage mir, ... ist das Hauchen nicht eine grössere Wonne als das Athemholen, denn das ist Mühe, eins ist Ruhe; und wenn uns die Entzückung manchmal aus voller Brust die Frühlingslufft einziehen macht, so ist es doch nur um sie von ganzen Herzen wieder ausgeben zu dürffen. Und ebenso ist s mit der Liebe, und ihr meynt, leben und nicht leben wäre eins. O meine Freundinn was nicht lebt hat keine anziehende Krafft, es fliesst keine Atmosphäre von ihm aus deren Wirbel uns hinreissen könnten.

Vom Atem über die Liebe und die Physik bis zur Meteorologie ist hier der Bogen gespannt, und die Grundlagen der Atmung wird Goethe exakt fünfundvierzig Jahre in einem *Divan*-Gedicht wiederholen. Poetisch sind es höchstwahrscheinlich die schlechtesten Verse, die er je gemacht hat, der Möchtegernlyrikerin Friederike Kempner vom Anfang des vorigen Jahrhunderts würdig, aber von nicht zu überbietender Klarheit:

Im Athemholen sind zweyerley Gnaden:
Die Luft einziehn, sich ihrer entladen.
Jenes bedrängt, dieses erfrischt;
So wunderbar ist das Leben gemischt.
Du dancke Gott wenn er dich preßt,
Und danck ihm wenn er dich wieder entläßt.

Von den Studien in der Frankfurter Krankenstube an wird sich Goethe das Leben immer im Gegensätzlichen zeigen, das aber aufeinander bezogen ist wie Herzschlag und Atmung, wie Plus- und Minuspol eines Magneten, Zentrifugal- und Zentripetalkraft, Licht und Materie, Mann und Frau.

Auch die Religion zeigt sich ihm nicht anders: Nachdem er in einem nachgelassenen Fragment seine eigene Kosmogonie am Ende des achten Buches von *Dichtung und Wahrheit* grundlegend kritisiert hat, weil sie »aus dem Vollkommenen das Unvollkommene, aus dem Licht die Finsternis, aus der Tätigkeit den Widerstand, aus dem Guten das Böse entwickeln« wolle, reduziert Goethe seine eigenen Schöpfungs- und Emanationsschemata auf eine grundlegende Gemeinsamkeit »aller Religionen und Philosophien«, die conditio humana, »daß wir uns in einem Zustande befinden, der, wenn er uns auch niederzuziehen und zu drücken scheint, dennoch Gelegenheit gibt und zur Pflicht macht, uns zu erheben und die Absichten der Gottheit dadurch zu erfüllen, daß wir, indem wir von einer Seite uns zu verselbsten genötigt sind, von der andern in regelmäßigen Pulsen uns zu entselbstigen nicht versäumen«. Exakt im Zentrum der Marienbader *Elegie* wird er diese Entselbstung der Liebe und der Religion zuschreiben:

Dem Frieden Gottes, welcher euch hienieden
Mehr als Vernunft beseliget – wir lesen's –
Vergleich ich wohl der Liebe heitern Frieden …

In unsers Busens Reine wohnt ein Streben,
Sich einem höhern, reinern, unbekannten,
Aus Dankbarkeit freiwillig hinzugeben,

Enträtselnd sich den ewig Ungenannten;
Wir heißen's fromm sein! – Solcher seligen Höhe
Fühl' ich mich teilhaft, wenn ich vor ihr stehe.

Die Mitschuldigen

Neben den hermetischen Versuchen in Alchimie-Chemie und Physik und der »Philosophie« mit dem »Circkel«, woran Mutter und Schwester nach ihren Kräften Anteil haben, der Vater aber nicht, überliefert ein weiteres Fragment zu *Dichtung und Wahrheit* einen geradezu rührenden Zug. Um mit seinem Vater, der »seinen Unmut« über die nahezu hoffnungslose Lage seines einst so hoffnungsvollen Sohnes, »so gut er konnte«, »verhehlte« (II, 8), »einige Unterhaltung zu haben«, trieb Goethe auch Jura »bei der unendlich langen Zeit, welche mir meine Rekonvaleszenz und Einsamkeit gewährte«, und arbeitet »dem Vater zuliebe« Augustin von Leysers fünfzehnbändigen (!) lateinischen (!) Pandektenkommentar *Meditationes ad Pandectas* von 1717–1748 »von einem Ende zum andern« durch.

»Auf die neue Literatur« hat er »fast ganz jetzo renunciert«; »Verse ... fließen« nach der Leipziger Flut »keine mehr, außer wenn mich ein Räuschgen ermuntert« (an Friederike Oeser, 13. 2. 1769). Stattdessen macht er die von Breitkopf vertonten *Neuen Lieder* für den Druck fertig und arbeitet die noch in Leipzig konzipierten *Mitschuldigen* unter dem Arbeitstitel *Lustspiel in Leipzig* »mit besonderer Liebe« (*Dichtung und Wahrheit* II, 8) gleich in zwei Fassungen aus. Gattungsmäßig ist es zunächst eine Farce, ein kurzes, anspruchsloses Stück, wie sie auf den Bühnen als Nachspiel zu größeren Werken gegeben werden, wie einst in Athen das Satyrspiel. Ein Gastwirt, seine Tochter und sein Schwiegersohn dringen heimlich in das Zimmer eines Gastes ein, der Schwiegersohn, um zu stehlen, der Wirt, um aus Neugier in der Korrespondenz des Fremden zu schnüffeln, und die Tochter zu einem – wie auch immer gearteten – Stelldichein mit dem früheren Bekannten. In der ersten einaktigen Fassung kommen die

Gestalten in der Art eines anspruchslosen Schwanks auf die Bühne und erklären ihre Gegenwart selbst; in der zweiten, dreiaktigen, wendet Goethe seine ganze am »Zimmerwerk der französischen Theaterstücke« (Fragment zu *Dichtung und Wahrheit*) geschulte dramaturgische Kunst auf die Exposition an, »um sie zugleich bewegter und klarer zu machen. Lessing hatte in den zwei ersten Akten der ›Minna‹ ein unerreichbares Muster aufgestellt, wie ein Drama zu exponieren sei, und es war mir nichts angelegener, als in seinen Sinn und seine Absichten einzudringen« (*Dichtung und Wahrheit* II, 8). Obwohl hier eine in einem leichten, extrem spielerisch locker gehandhabten Alexandriner perfekt gemachte ›pièce bien faite‹, wie wir sie im Deutschen kaum haben, vorliegt, die alle damaligen Mittel des Komischen ausreizt, beklagt Goethe wiederholt den geringen Erfolg des von ihm geliebten Stückes. Zu erklären ist er wohl mit dem ungewöhnlichen vollständigen Fehlen einer Katharsis selbst im Goetheschen Sinne, der ja in der *Nachlese zu Aristoteles* durch Vergewaltigung des griechischen Textes daraus einen »Ausgleich im Stück selber« macht. Gerade der fehlt in den *Mitschuldigen* als den miteinander samt und sonders Schuldigen – der Vater wird weiter die Tochter um einer Neuigkeit willen verraten, die Tochter bleibt unglücklich mit einem Tunichtgut, Spieler und Dieb verheiratet und wird weiter auf Abenteuer ausgehen wie wohl auch der durchreisende Jugendfreund, der diesmal nicht zum Zuge gekommen ist.

Goethe selbst hat das eigenartig zynische Stück auf seine frühe Kenntnis der Doppelbödigkeit der »bürgerlichen Sozietät« und des »städtischen Daseins« mit seinen »Banquerutten, Ehescheidungen, verführten Töchtern, Morden, Hausdiebstählen, Vergiftungen« zurückgeführt, so daß es »bei der Vorstellung im ganzen ängstiget, wenn es im einzelnen ergötzt. Die hart ausgesprochenen widergesetzlichen Handlungen verletzen das ästhetische und moralische Gefühl und deswegen konnte das Stück auf dem deutschen Theater keinen Eingang gewinnen« (*Dichtung und Wahrheit* II, 7).

Gerade in diesem Unbehagen, welches das Stück »bei der Vorstellung« oder nach der Lektüre zurückläßt, wird es zum düsteren Dokument der Krise, die die Zeit vom August 1768 bis zum Frühjahr 1770 in Goethes Leben bedeutet. Auch wenn es »in etwas herben und derben Zügen jenes höchst christliche Wort spielend aus(spricht): Wer sich ohne Sünde fühlt, der hebe den ersten Stein auf« (*Dichtung und Wahrheit* II, 7), macht es uns doch stutzen, daß gerade der Dichter, der die Einstellung zur »Erbsünde« zum entscheidenden Differenzierungspunkt zwischen sich und den ›Frommen‹ erklärt hat, in allen Lebensabschnitten so extrem pessimistische, ja im Moralischen geradezu nihilistische »erbsündliche« Dichtungen und Sentenzen niederschreibt – sie werden uns immer wieder begegnen.

Der »Zwischenzustand« als Systole

Was Goethe aber aus seinen pietistischen Bemühungen im Positiven bleibt, ist Ehrfurcht vor und Liebe zur Bibel und souveräne theologische Kenntnisse, die ihn bei seiner lebenslangen Auseinandersetzung mit dem Christentum auf höchstem Niveau hilfreich begleiten werden: »Da mir meine Neigung zu den heiligen Schriften sowie zu dem Stiftern und den früheren Bekennern nicht geraubt werden konnte, so bildete ich mir ein Christentum zu meinem Privatgebrauch« (*Dichtung und Wahrheit* III, 15). »Ich hatte … überhaupt zu viel Gemüt an dieses Buch verwandt, als daß ich es jemals wieder hätte entbehren können. Eben von dieser gemütlichen Seite her war ich gegen alle Spöttereien geschützt« (ebd. III, 12).

Zudem geben ihm seine neu erworbenen Einsichten in die Grundprinzipien alles Lebens die Möglichkeit, den »Zwischenzustand zu Hause 1768–1770« trotz allem positiv als wichtige Lebensetappe zu begreifen, als Phase einer extremen Systole, der die fast noch extremere elsässische Diastole folgen wird. In einer unterdrückten, aber als Fragment erhaltenen Vorrede zum Dritten Buch berichtet Goethe von seiner ursprünglichen Absicht, *Dichtung und Wahrheit* »nach jenen Gesetzen zu bilden, wovon uns die Metamorphose der Pflanzen belehrt«. Sie wird uns anläßlich des gleichnamigen Gedichts von 1798 noch weiter beschäftigen: Auch die Pflanze entwickelt sich in Systole und Diastole, Samen und Keim, Knoten und Stengel und Blatt, bis zur höchsten Diastole in der Blüte, die dann wieder zur Systole des Samens führt – *Die Spiraltendenz der Vegetation*, wie er dies Phänomen noch 1831 in einer Schrift nennen wird. In der ersten Skizze dieser Naturschau im berühmten Brief an Herder aus Rom vom 17. Mai 1787 heißt es bereits: »Daßelbe Gesetz wird sich auf alles Lebendige ausdehnen lassen« – nicht zuletzt auf sein eigenes Leben.

Studium in Straßburg 1770 / 71

Wenn Goethe es überhaupt wagt, in der von Krisen, Rückfällen und mühsamer Rekonvaleszenz geprägten Zeit Pläne zu machen, sind es immer dieselben: Der Genesene wird auf Wunsch des Vaters in Straßburg promovieren, anschließend nach Paris als erster Station des Grand Tour weitergehen und ›dann die ganze sublunare Welt durchlaufen‹ (an Langer, 9. 11. 1768). Straßburg wählt der Vater wohl wegen seines französisch-deutschen Charakters und des dort seit kurzem eingerichteten staatsrechtlichen Studiengangs, den nach Goethe zukünftige Staatsmänner wie Metternich oder Graf Montgelas, der Schöpfer des modernen Bayern, absolvieren sollten. Den Grand Tour, den er selber so intensiv erlebt hatte, hielt Johann Caspar selbstverständlich für unerläßlich und war mehr als bereit, einen Teil seines Vermögens für diese Reise seines Sohnes aufzuwenden. Ein solcher Tour vor der Seßhaftwerdung war die einzige Gelegenheit, den jungen Bürger einer deutschen Stadt oder eines der zahllosen Duodezstaaten aus der überall obwaltenden deutschen Provinz in die Welt zu führen – das Unternehmen wird sechs Jahre lang zwischen Vater und Sohn strittig bleiben; die schließlich erfolgte eigenwillige Umdeutung in die Italienische Reise des Sohnes wird Johann Caspar nicht mehr erleben.

Nach Goethes späterer schwerer Erkrankung, Anfang 1801, die ebenfalls die Atemwege bis zur Erstickungsgefahr affiziert hatte und über deren Verlauf, Krise und glückliches Ende sogar die deutschsprachigen Zeitungen berichteten, erinnert ihn seine Mutter am 7. Februar 1801 an seine Straßburger Anfänge. Bei der Ankunft um den 4. April 1770, »da deine Gesundheit noch schwankend war«, schlägt der noch ganz im Banne des Pietismus stehende Zwanzigjährige ein Andachtsbuch auf, das ihm ein väterlicher Freund mit auf den Weg in den neuen Lebensabschnitt gegeben hat, und stößt auf die Stelle aus dem 54. Kapitel des Jesajabuchs: »Mache den Raum deiner Hütte weit, und breite aus die Teppiche deiner Wohnung; spare nicht! Dehne deine Seile lang und stecke deine Nägel fest! Denn du wirst ausbrechen zur Rechten und zur Linken ...« Wie einst in der Krise seiner Krankheit im Dezember 1768 wird ihm wieder gleichsam von oben ein Wink hinsichtlich seines künftigen Schicksals gegeben, ja mehr, eine Prophezeiung, die prompt eintritt – genau das ist es, was der Pietist ›Erfahrung‹ nennt.

Goethes Gesundungsprogramm oder: Selbsterziehung I

Goethes Gesundheit blieb noch lange Zeit »schwankend«, ja, es gibt keinen Grund, die Angabe gegenüber Langer, seinem Leipziger Mentor, zu einem lebendigeren Christentum, im Brief vom 27. Oktober 1773, anzuzweifeln: Sogar noch nach Straßburg als Frankfurter Advokat fühlte er sich in seinen Wirkungsmöglichkeiten durch seine Gesundheit eingeschränkt. Sorge um seine Gesundheit ist uns auch aus der Straßburger Zeit bezeugt, wenn Goethe am 28. Juli 1770 an seinen Jugendfreund Trapp schreibt: »Noch etwas. Wie steht's mit Ihrer Gesundheit? Ich bitte sorgen Sie doch für diesen Leib mit anhaltender Treue. Die Seele muß nun einmal durch diese Augen sehen, und wenn sie trüb sind, so ist's in der ganzen Welt Regenwetter. Vielleicht weiss ich das so gut als iemand.« Und im Brief an seinen väterlichen Straßburger Freund Salzmann aus Sesenheim (so Goethes Schreibung, eigentlich Sessenheim) heißt es, vermutlich am 19. Juni 1771: » ... und meine Gesundheit schwankt wie gewöhnlich.«

In dieser anhaltenden und lange nachwirkenden intensiven Krankheitserfahrung ist wohl der Grund für Goethes lebenslange Hypochondrie zu sehen. Der Goethe äußerst wohlgesinnte, ja ihm in verehrender Freundschaft verbundene Kanzler von Müller notiert am 17. November 1823 anläßlich eines langwierigen »Krampfhustens« des Geheimrats tadelnd im Tagebuch: »Seine entsetzliche Ungeduld und Weichlichkeit beim Hustenanfall.« Bekanntlich reagierte Goethes Körper massiv auf seelisch erschütternde Vorgänge – sowohl beim Tod Schillers 1805 wie beim Tod seiner Frau 1816 oder beim Untergang des alten Preußens in der Doppelschlacht von Jena und Auerstedt 1806 in Weimars unmittelbarer Nachbarschaft lag Goethe jeweils schwerkrank zu Bett.

So dürfen wir dem Bericht in *Dichtung und Wahrheit* Glauben schenken, daß der junge Mann in Straßburg ein förmliches Erziehungsprogramm gegen die noch nachwirkende Schwäche des Körpers in Gang setzt: Er ist lärmempfindlich – also marschiert er neben einer Militärkapelle her. Er empfindet Höhenschwindel – also klettert er gewagt auf der Plattform des Straßburger Münsterturms herum. Er ekelt sich leicht – also widmet er sich wie ein angehender Mediziner der Anatomie, was ihm natürlich später bei seinen Studien zur vergleichenden Osteologie zustatten kommen wird. Er ist nicht unempfänglich »gegen die Anfechtungen der Einbildungskraft«, deshalb weiß er sich »die ahnungs- und schauervollen Eindrücke der Finsternis, der Kirchhöfe, einsamer Örter, nächtlicher Kirchen und Kapellen ... ebenfalls gleichgültig zu machen«. Das ist gut aufgeklärt – aber Goethe lebt gleichzeitig in der Epoche, welche die vom Literaturwissenschaftler Richard Alewyn beschriebene Lust an der Angst evoziert und genießt, woran Goethe durchaus seinen Anteil hat; man braucht nur seine populären Balladen, den *Erlkönig* oder den *Totentanz*, zu nennen. Hier erweist sich der Straßburger Abhärtungsprozeß als hinderlich – wenn ihn »in später Zeit ... die Lust ankam, wieder einmal in solcher Umgebung die angenehmen Schauer der Jugend zu fühlen«, kann er dies kaum »durch die seltsamsten und fürchterlichsten Bilder, die ich hervorrief, wieder einigermaßen erzwingen« (*Dichtung und Wahrheit* II, 9).

Goethe der ›sportsman‹

Neben den Turnübungen auf dem Münsterturm ist es ein fast zweiwöchiger Ritt durchs Elsaß nach Saarbrücken, auf dem uns der Goethe dieser Zeit und der nächsten zwei Jahrzehnte fast als ›sportsman‹ erscheint – ein Begriff, den es im Englischen damals seit etwa zwei Menschenaltern gab. In Straßburg hat Goethe sich angewöhnt, »alle abzumüßigenden Tage und Stunden zu Pferde und in freier Luft zuzubringen« (DuW II, 10); später kommen Schwimmen, Rudern und, nach Klopstocks großem Vorbild, Schlittschuhlaufen hinzu, das früh gelernte Fechten wird wieder aufgenommen, und Goethe scheint es zu sein, der das Wandern im romantischen Sinne erfunden hat, nicht den unvermeidlichen Fußweg des einfach Reisenden, nicht die Walz der Handwerksburschen, nicht den Spaziergang des Stadtbürgers, sondern das ziel- und planlose Umherschweifen um des Umherschweifens willen. Uns Späteren erscheint es als der Inbegriff des Romantischen und trägt ihm im Darmstädter empfindsamen Zirkel den Beinamen »der Wanderer« ein, der dann in die Titel einiger seiner berühmtesten Gedichte eingegangen ist.

In einem Schema zu *Dichtung und Wahrheit* hat das Jahr 1772 den eigenen Eintrag: »Körperliche Übungen. Schrittschuhlaufen« – auf dieser Schreibung bestand Klopstock, da er den Namen von ›Schreiten‹ ableitete. »Ich bin sehr in der Lufft. Schlafen Essen Trincken Baden Reiten Fahren, war so ein paar Tage her der seelige inhalt meines Lebens«, schreibt er am 5. Juni 1775 aus Emmendingen, dem Wohnort seiner Schwester und seines Schwagers Schlosser, an Johanna Fahlmer. Auf der weiteren Schweizerreise ergeben sich Bergtouren mit seinem Jugendfreund Passavant, und »das frische Schneewasser« der Wildbäche schreckt nicht etwa ab, sondern lädt zum Bade (DuW IV, 18). In Weimar kommen dann an der Seite des Herzogs Carl August die diversen Formen der Jagd hinzu, nicht nur Pirschgänge, sondern auch die halsbrecherischen Parforcejagden und die lebensgefährliche Sauhatz. Von einer solchen entfernt er sich Anfang Dezember 1777, um allein »durch Schloßen, Frost und Koth auf Nordhausen den Harz hinein in die Baumannshöhle über Wernigerode auf den hohen Harz«

zu reiten, wo er die Erstbesteigung des Brockens bei Tiefschnee erzwingt, die der zuständige Förster für unmöglich hält (Brief an Merck, 5. 8. 1778), so wie er auch mit dem Herzog auf der gemeinsamen Schweizerreise 1779 den zugeschneiten Furka-Paß überquert.

Ein neues Naturgefühl

In einem erhaltenen Briefkonzept über den Ritt durchs Elsaß und das Saarland vom 27. Juni 1770 aus Saarbrücken begegnet uns zum ersten Mal bei Goethe ein nicht von Topoi, Konventionen und Traditionen geformtes und verformtes Naturbild, und es begegnet in einer Form, die ihn sein weiteres Leben lang begleiten wird: In einer Reihe paralleler Nebensätze werden die auf das Ich eindringenden Landschaftsbilder beschworen, um dann im Hauptsatz im Ich an ihr Ziel zu kommen, in der Begegnung von Subjekt und Objekt, Seele und Welt, Ich und Natur, außen und innen im Akt des ruhigen ›Anschauens‹:

> Gestern waren wir den ganzen Tag geritten, die Nacht kam herbey und wir kamen eben auf s Lothringische Gebürg, da die Saar im lieblichen Thale unten vorbey fliesst. Wie ich so rechter Hand über die grüne Tiefe hinaussah und der Fluss in der Dämmerung so graulich und still floss, und lincker Hand die schweere Finsterniss des Buchenwaldes vom Berg über mich herabhing, wie um die dunckeln Felsen durchs Gebüsch die leuchtenden Vögelgen still und geheimnissvoll zogen; da wurds in meinem Herzen so still wie in der Gegend und die ganze Beschweerlichkeit des Tages war vergessen wie ein Traum …

Eine fast exakt gleiche Konstruktion begegnet uns fünfundvierzig Jahre später in einem Brief von seiner Rheinreise im Jahre 1815. Am 27. Mai schreibt er an seine Frau:

> Wenn man von der Höhe vor Wiesbaden den Rhein sieht, von Oppenheim herab bey Mayntz vorbey fließen und wie er dann, gegen Elfeld

(Eltville), die große Aue in sich faßt und weiter die Reihe von Ortschaften, der Johannesberg und bis Bingen die Landschaft erscheint; so weis man doch warum man Augen hat. Dies zu erfahren war mir sehr nötig.

In seinem Brief an Johann Christian Kestner vom Weihnachtsmorgen 1772 steht das Ich, die »seele«, an erster Stelle:

> Nun muss ich dir sagen das ist immer eine Sympathie für meine seele wenn die Sonne lang hinunter ist und die Nacht von Morgen herauf nach Nord und Süd um sich gegriffen hat, und nur noch ein dämmernder Kreis von abend heraufleuchtet.

Das frappanteste Beispiel für diese Hypotaxe findet sich im berühmten Brief Werthers vom 10. Mai:

> Wenn das liebe Thal um mich dampft, und die hohe Sonne an der Oberfläche der undurchdrunglichen Finsterniß meines Waldes ruht, und nur einzelne Strahlen sich in das innere Heiligthum stehlen, und ich dann im hohen Grase am fallenden Bach liege, und näher an der Erde tausend mannigfaltige Gräsgen mir merkwürdig werden. Wenn ich das Wimmeln der kleinen Welt zwischen Halmen, die unzähligen, unergründlichen Gestalten all der Würmgen, der Mückgen, näher an meinem Herzen fühle, und fühle die Gegenwart des Allmächtigen, der uns nach seinem Bilde schuf, das Wehen des Allliebenden, der uns in ewiger Wonne schwebend trägt und erhält. Mein Freund, wenn's denn um meine Augen dämmert, und die Welt um mich her und der Himmel ganz in meiner Seele ruht, wie die Gestalt einer Geliebten; dann sehn ich mich oft und denke: ach könntest du das wieder ausdrücken, könntest du dem Papier das einhauchen, was so voll, so warm in dir lebt, daß es würde der Spiegel deiner Seele, wie deine Seele ist der Spiegel des unendlichen Gottes. Mein Freund – Aber ich gehe darüber zu Grunde, ich erliege unter der Gewalt der Herrlichkeit dieser Erscheinungen.

Goethe hat seiner Romanfigur Werther seine Fähigkeit verliehen, Welt extensiv und intensiv auf sich eindringen zu lassen, aber er hat seinem Alter ego die Gabe versagt, die er selber besaß – in der ruhigen Anschauung der Phänomene im Herzen selbst zur Ruhe zu kommen, die im Brief an Kestner beschworene »Sympathie« zwischen Natur und »seele«.

In *Dichtung und Wahrheit* datiert Goethe auf diesen Ritt von 1770 durch das Elsaß ins Saarland auch den Beginn seines lebenslangen Interesses für die hinter den Naturansichten wirksamen Kräfte, für Geologie, Bergbau, Industrie und Wirtschaftsgeographie:

> Hier wurde ich nun eigentlich in das Interesse der Berggegenden eingeweiht, und die Lust zu ökonomischen und technischen Betrachtungen, welche mich einen großen Teil meines Lebens beschäftigt haben, zuerst erregt. Wir hörten von den reichen Dudweiler Steinkohlegruben, von Eisen- und Alaunwerken, ja sogar von einem brennenden Berge und rüsteten uns, diese Wunder in der Nähe zu beschauen (II, 10).

Studium generale bei Herder – privatissime et gratis

Den intensivsten Erziehungsprozeß in Straßburg aber vollzieht der Student Goethe nicht an sich selbst, ihm setzt er sich einfach aus und unterwirft sich bedingungslos dem Einfluß des nur fünf Jahre älteren Johann Gottfried Herder, der schon eine Berühmtheit und daher auch Goethes Straßburger Tischrunde durchaus ein Begriff war. Dort wußte man, daß er in Straßburg eingetroffen war, und Goethe erkannte ihn bei einer zufälligen Begegnung an seiner geistlichen Kleidung und stellte sich ihm vor. So zufällig der Anlaß zu diesem Gespräch war, so konsequent war seine intensive Fortsetzung – seit Sokrates und Platon sind wohl selten solch ein Lehrer und solch ein Schüler zusammengetroffen, und der Weltgeist leistete sich den kleinen Scherz, daß das erste zufällige Treffen im Gasthof »Zum Geist« stattfand.

Geboren im ostpreußischen Mohrungen, hatte Herder in Königsberg Theologie studiert, Kant gehört und in Riga als Prediger und Lehrer gewirkt. 1767 hatte er seine *Fragmente über die neuere deutsche*

Literatur veröffentlicht und 1769 seine in numerierte *Wäldchen* abgeteilten *Kritischen Wälder*.

Die Titel sind typisch für Herders lebenslange Denk- und Wirkungsweise, er liefert anregende, aber bewußt unsystematische »Fragmente« und »Wälder«, eine der Spätantike entlehnte Gattung, die einerseits wie der Mischwald – lateinisch ›silvae‹ – Diverses zum Inhalt hat, andererseits Rohstoff liefert – griechisch ›hylai‹ –, ›Hölzer‹, die andere dann weiterverarbeiten mögen. Eine wichtige spätere Schrift will ganz ähnlich lediglich *Ideen zur Philosophie der Geschichte der Menschheit* liefern, keine Ergebnisse. Goethe hat Herders stets rhapsodische Behandlungsart gegenüber F. H. Jacobi treffend gekennzeichnet: Herder »existierte in einem unaufhörlichen Blasenwerfen. – Auch zerplatzt ihm alles, und alles ekelt ihn im voraus schon an« (Brief Jacobis an Ch. J. Kraus, 14. 9. 1788). Goethe neckt ihn noch auf dem Höhepunkt ihrer Freundschaft – Herder hat soeben die Hauptlast bei der Edition von Goethes Schriften in acht Bänden getragen – in einem Brief von seiner Schlesienreise mit dieser Eigenschaft: Der Minister und bergbaukundige Goethe hat sich in der ihm noch unbekannten preußischen Provinz und deren Hauptstadt Breslau gründlich umgesehen, u. a. das oberschlesische Bergwesen studiert und die erste Dampfmaschine auf dem Kontinent kennengelernt und schreibt am 21. August 1790 an Herder: »Wenn du ein Freund von Resultaten wärest, so könnte ich gegenwärtig damit aufwarten.«

Herder ist kein Freund von Resultaten, auch der frühe Ruhm und die Verehrung seiner Gemeinde und seiner Hörer in Riga ›zerplatzen‹ ihm bald und ›ekeln ihn an‹. Er bricht zu einer Schiffsreise nach Frankreich auf; in Nantes schreibt er deren ›Resultate‹ nieder, die für ihn lauter Anregungen zu neuen Denkansätzen sind, das *Journal meiner Reise im Jahre 1769*. Die bücherlose Existenz als »Philosoph auf dem Schiffe«, als »Philosoph der Natur«, wird dem philosophischen Theologen zum säkularisierten Erlebnis einer pietistischen Wiedergeburt, der Durchbruch zum Neuen »kostet Tränen, Reue, Herauswindung aus dem Alten, Selbstverdammung«.

Die reale Seereise wird zum schlagenden Bild eines Aufbruchs zu neuen Ufern, es gilt eine neue Weltphilosophie allein aus der Erfahrung, aus der Anschauung heraus zu entwickeln: Die Wanderungen der Heringsschwärme assoziiert er mit den Völkerwanderungen; von Winden und Wellen her will er eine Physik der Erdbewegung und des Erdmagnetismus entwickeln; die Hierarchie an Bord stößt eine Regierungslehre bei ihm an, die auch den Zusammenhang zwischen Volkscharakter und Regierungsform untersuchen will. Der Aberglaube der Seeleute erschließt ihm die griechische Mythologie als die eines seefahrenden Volkes; ihr Seemannsgarn läßt ihn Homer neu verstehen; Homer und Pindar muß man auf einem Schiff lesen. Aus dieser Kongruenz des jetzigen Volkstümlichen mit dem literarisch von den Anfängen der Menschheit Überlieferten entwickelt er eine Kulturpsychologie – die Kindheit des einzelnen wie die der Menschheit sind Epochen des Wunderbaren; frühe Epochen erläutern sich so gegenseitig; man kann Homer vom Alten Testament und das Alte Testament von Homer her verstehen. Das führt zu der Grunderkenntnis, daß die Grenzen zwischen dem Wahrscheinlichen und dem Unwahrscheinlichen nicht von einer unwandelbaren Vernunft absolut gezogen werden, sondern relativ sind, anders zu verschiedenen Zeiten und anders in den verschiedenen sozialen Schichten derselben Zeit.

Schon in den *Fragmenten* von 1766 hatte Herder die grundlegende Einsicht formuliert, daß alles Menschliche ein Geschichtliches ist, den Einsichten und Empfindungen der Epoche unterworfen. Zur selben Zeit war Lessing in der *Hamburgischen Dramaturgie* noch von einer Kontinuität ausgegangen, die von Sophokles und Aristoteles über Shakespeare bis zu ihm reiche, und hatte die Franzosen, die von einem Vervollkommnungsprozeß von Aischylos, Sophokles und Euripides bis zu Corneille, Racine und Voltaire ausgingen, mit ihren eigenen Waffen zu schlagen versucht. Er will nachweisen, daß Shakespeare bei aller Un-Aristotelik des Dramenbaus näher bei den unwandelbaren, nachgerade ewigen Vorschriften des griechischen Philosophen sei als der französische Klassizismus. Am nächsten kommt ihnen natürlich Lessing selbst, indem er – anders als Shakespeare – sogar noch die äußeren aristotelischen Dramenbauvorschriften in aller Strenge befolgt.

Hatte Lessing auf diese Weise die Kunst aller Zeiten vor den Richterstuhl des Homo sapiens beordert, so forderte Herder sie vor den des Homo historicus – alles zu Verstehende ist nur historisch und organisch zu verstehen:

> So wie der Mensch auf verschiedenen Stufen des Alters erscheinet, so verändert die Zeit alles. Das ganze Menschengeschlecht, ja die tote Welt selbst, jede Nation und jede Familie haben einerlei Gesetze der Veränderung: vom Schlechten zum Guten, vom Guten zum Vortrefflichen, vom Vortrefflichen zum Schlechtern und zum Schlechten; dieses ist der Kreislauf aller Dinge. So ists mit jeder Kunst und Wissenschaft: sie keimt, trägt Knospen, blüht auf und verblühet. So ists auch mit der Sprache.

Repristinationen, Wiederherstellung und Wiederbelebung des Vergangenen, jegliche Formen von ›Renaissance‹ sind unmöglich; für Herder gibt es nur Strukturhomologien zwischen den diversen Keim-, Blüte- und Verfallszeiten, etwa zwischen den frühesten uns bekannten Dokumenten der Menschheit und den ›Wilden‹, etwa im Nordamerika des 18. Jahrhunderts.

Es mußte hier etwas ausführlicher auf Herders Denken um 1770 eingegangen werden, weil uns das einen Eindruck gibt von dem, was zwischen Herder und Goethe in dem guten halben Jahr von Anfang September 1770 bis April 1771 verhandelt wurde. Es waren Themen, die europaweit in der Luft lagen, aber es war Herder, der sie auf den Punkt bringen, und Goethe, der sie propagieren sollte.

Herder war 1769 von Nantes nach Paris gegangen, wo er mit den führenden Geistern in Verbindung trat, dann weiter nach Hamburg, wo er Lessing und Claudius kennenlernte, und war schließlich an den Hof des – protestantischen – Fürstbischofs von Lübeck in Eutin gekommen, dessen Sohn er auf dem Grand Tour begleiten sollte – eine seinerzeit von vielen ärmeren Intellektuellen genutzte Möglichkeit, Weltläufigkeit und Bildung auf einer Bildungsreise zu erwerben.

Eine der Reisestationen war Darmstadt gewesen, wo sich um die Landgräfin eine empfindsame Klopstock-Gemeinde gebildet hatte, in der später auch Goethe verkehren sollte und in der Herder 1770 seine spätere Frau Caroline Flachsland traf. In Straßburg trennte sich der bischöfliche Prinz schon von seinem geistlichen Hofmeister; es war wohl zu Unstimmigkeiten gekommen – nichts war leichter, als mit Herder zu zerfallen.

Herder blieb in Straßburg, um den für einen öffentlich auf Kanzel und Katheder Wirkenden äußerst störenden ständigen Tränenfluß, unter dem er litt, operativ beheben zu lassen. Ein künstlicher Abfluß wurde vom inneren Augenwinkel zur Nase gebohrt und mittels eines eingeführten und regelmäßig bewegten Roßhaars am Zuwachsen gehindert – Goethe assistierte bei der letztlich vergeblichen Operation und war wohl auch später beim ständigen Bewegen des Roßhaars tätig und suchte generell den Umgang mit Herder, trotz dessen durch die ebenso lästige wie schmerzhafte Prozedur noch gesteigerten Übellaunigkeit.

Wie Günter Arnold in seinem *Herder*-Artikel im neuen *Goethe Handbuch* vorschlägt, kann man das Motto zum Ersten Teil von *Dichtung und Wahrheit* adäquater auf den im Zweiten Teil geschilderten Umgang mit Herder beziehen: »Der Mensch, der nicht geschunden wird, wird nicht erzogen«, das »geschunden« des griechischen Spruchs wurde bis ins zwanzigste Jahrhundert hinein als Aufforderung zur körperlichen Züchtigung, zur Prügel gedeutet. Die bezieht der Einundzwanzigjährige – allerdings im übertragenen Sinne – tüchtig vom wenig Älteren, aber erheblich weiter Fortgeschrittenen. Als Goethe 1772 einen Herderschen Verriß im *Wandsbecker Boten* liest, kommt ihm »ein bissgen Hundereminiszenz«, und die ihm vor einem Jahr von Herder zugefügten »Striemen« fangen wieder »zu jucken an« (Anfang 1772 an Herder).

Das bestätigt den bisweilen überkritischen Bericht in *Dichtung und Wahrheit*. Wie auch in den Fällen der Jugendfreunde Lenz und Merck trübt das unerfreuliche Ende der Beziehung deren Darstellung in den Jugenderinnerungen. Herders dort geschilderte Reaktion auf die Urfassung des *Götz*, die *Geschichte Gottfriedens von Berlichingen mit der eisernen Hand. Dramatisirt* stimmt in keiner Weise zu den Dokumenten aus der Zeit. Auch wenn es fraglich ist, ob Herder Goethe wirklich mit einem recht primitiven Wortwitz begrüßt hat – »Der von Göttern du stammst, von Goten oder vom Kothe« (DuW II, 10) –, sicher ist, daß ihre letzte Begegnung mit einem Wortwitz endete. Herder hielt es wohl lebenslang mit dem Motto »Potius amicum quam verbum perdere« – lieber einen Freund verloren als einen guten Einfall. »Man kam nicht zu ihm, ohne sich seiner Milde zu erfreuen, man ging nicht von ihm, ohne verletzt zu sein«, heißt es in Goethes kurzem, erst aus dem Nachlaß veröffentlichtem Nachruf auf den engen Freund. Nach drei Jahren der Entfremdung soll Herder im Mai 1803, ein halbes Jahr vor seinem Tod, durch einen Wortwitz Goethe gleich zweifach beleidigt haben. In »einem zwar heiter ausgesprochenen, aber höchst widerwärtigen Trumpf« hat Herder entweder Goethes Familienverhältnisse oder seine jüngste Dichtung verspottet: In der einen Version hat er erklärt, Goethes natürlicher Sohn gefalle ihm besser als seine soeben uraufgeführte *Natürliche Tochter*, in der anderen zog er umgekehrt das Drama dem Sohn vor, der immerhin sein Konfirmand war.

Der weitere Verlauf dieser – neben dem besonderen Verhältnis zum Herzog und den elf Jahren der Gemeinsamkeit mit Schiller – wichtigsten und im Grunde lebenslangen Männerfreundschaft Goethes sei hier kurz vorweggenommen. Die in Straßburg erworbene grundsätzliche Verehrung Herders durch Goethe bleibt bestehen. Im Mai 1775 schreibt er ihm: »Deine Art ..., den Kehrigt zur lebenden Pflanze umzupalingenesieren (= neu zu schaffen), legt mich immer auf die Knie meines Herzens« – eine in Pietistenkreisen beliebte Wendung aus dem alttestamentlich apokryphen *Gebet Menasses*, die genau so Heinrich von Kleist am 24. Januar 1808 in einem Brief an Goethe verwenden wird. Eine der ersten Amtshandlungen Goethes in Weimar ist es, geschickt und diplomatisch mit Rückendeckung des Herzogs, gegen den Widerstand der thüringischen Geistlichkeit Herder zum Generalsuperintendenten berufen zu lassen, bei dessen Heterodoxie eine höchst heikle und prekäre Angelegenheit, bei der auf die Unverletztheit der Briefsiegel geachtet werden und gelegentlich ein Brief nach Lektüre »gewissenhaft« vernichtet werden muß. Ende Dezember 1783 nennt Goethe in einem Brief an Lavater es als »eine der vorzüglichsten Glückseligkeiten meines Lebens ... daß ich und Herder nichts mehr zwischen uns haben das uns trennte ... Denn eines edlern Herzens und weitern Geistes ist nicht wohl ein Mensch.«

Trübungen ergaben sich immer wieder aus Herders übler Laune aufgrund seiner seit etwa 1790 schlechten Gesundheit sowie aus Rang-,

Titel-, Besoldungs- und Versorgungsproblemen. »Herders Kränklichkeit sowie die leidenschaftliche, oft tolle Frau habe ihn überreizt«, urteilt der Herzog Carl August, Herders wie Goethes Dienstherr, rückblickend am 27. Mai 1828, kurz vor seinem Tod, gegenüber dem Kanzler von Müller. Letztlich sind es von Caroline Herder immer wieder geschürte Probleme mit Goethes höherem Rang, seinem höheren Einkommen, seinem ererbten Wohlstand. Goethe beschwört sie gelegentlich, doch die Freundschaft über die Hierarchie zu stellen: »Behalten Sie mich als Freund lieb, wenn ich Ihnen als Minister fatal werden muß.« (11. Mai 1784) Als er auf der zweiten Italienreise die falsche Nachricht von Herders Tod bekommt, findet er sogar zum alten burschikosen Ton, der einst zwischen ihnen herrschte, als Ausdruck seiner Herzlichkeit zurück (9. 6. 1790).

Ein anderes Mal gibt er Herder sehr diskret Verhaltensvorschläge, damit er nicht bei Hof aneckt (WA IV, Bd. 9, Nr. 2902). Als Herder 1789 einen Ruf nach Göttingen bekommt, führt Goethe als Minister und Freund intensivste Bleibeverhandlungen, in denen er für die Kinder Herders sogar Erziehungsbeihilfen und zukünftige Studienförderung aus den herzoglichen Privatschatullen erbettelt und erstreitet. Als diese dann von den Herders sehr massiv, fast dreist und ohne jegliches Geschick in Anspruch genommen werden, kommt es 1795 zur großen Krise, die Goethe am 30. Oktober mit einer dreizehnteiligen minuziösen Punktuation gegenüber Caroline abschließt: »Ich werde keine Replick auf dieses Blat lesen und von dem Vergangenem kein Wort mehr sprechen ... Ich weiß wohl daß man dem das mögliche nicht danckt von dem man das unmögliche gefordert hat; aber das soll mich nicht abhalten für Sie und die Ihrigen zu thun was ich thun kann. G.« Sosehr man Goethe in dieser Angelegenheit Recht geben wird, entschuldigt sie doch nicht manche offenkundige Ungerechtigkeit in den Lebenserinnerungen, aber man versteht seine Äußerung vom 8. Juni 1821 zum Kanzler von Müller: »Je mehr man Herdern geliebt, je mehr habe man sich von ihm entfernt, entfernt halten müssen, um ihn nicht totzuschlagen.«

In dem reichlichen halben Jahr des engen Straßburger Umgangs mit Herder zerstört der alles, was nach der Krankheit und dem Herrnhuter Einfluß im einstigen Leipziger Stutzer noch an »Selbstgefälligkeit, Bespiegelungslust, Eitelkeit, Stolz und Hochmut ruhen oder wirken mochte« (DuW II, 10), und wenn sein »Umgang mit Herdern« »ein gewisses Mißtrauen gegen mich selbst … völlig zur Reife kommen« läßt (ebd. 11), kann das bei allem, was wir vom jungen Goethe wissen, nur heilsam gewesen sein. Die überwältigende Wirkung im Negativen wie im Positiven faßt *Dichtung und Wahrheit* noch einmal zusammen: Herder »hatte den Vorhang zerrissen, der mir die Armut der deutschen Literatur bedeckte; er hatte mir so manches Vorurteil mit Grausamkeit zerstört; an dem vaterländischen Himmel blieben nur wenige bedeutende Sterne, indem er die übrigen alle nur als vorüberfahrende Schnuppen behandelte … Zu gleicher Zeit jedoch riß er mich fort auf den herrlichen breiten Weg, den er selbst zu durchwandern geneigt war, machte mich aufmerksam auf seine Lieblingsschriftsteller, unter denen Swift und Hamann obenan standen, und schüttelte mich kräftiger auf, als er mich gebeugt hatte« (III, 11).

Direkte Resultate ihres Straßburger Umgangs finden sich in der von Herder herausgegebenen Schrift *Von deutscher Art und Kunst. Einige fliegende Blätter* (1773), die neben zwei Aufsätzen Herders, einem von Goethe und einer Übersetzung aus dem Italienischen auch eine Schrift Justus Mösers enthält, auf dessen historisch fundierte kulturwissenschaftliche Studien Herder Goethe hingewiesen hatte. Daneben aber gilt, daß der junge Goethe nach 1771 ohne Herder nicht denkbar ist; der überaus anregende Denker gibt ihm das theoretische Rüstzeug, auf der von ihm geschaffenen Tabula rasa Neues zu schaffen, das erst seine deutschen Altersgenossen und letztlich ganz Europa mitreißen wird.

Examen und Promotion

Diese reiche Straßburger Diastole nach der langen Frankfurter Systole ist nur durch die Voraussetzung möglich, daß ihm sein Jurastudium kaum Mühe macht. Wie heute noch bereiten sich die Kommilitonen beim Repetitor aufs Examen vor, und Goethe muß wie schon in Leipzig feststellen, daß er diesen Stoff bereits in frühester Jugend bei seinem Vater gelernt hat. Vom 25. bis zum 27. September 1770 legt er mühelos sein Vorexamen »insigni cum laude« – mit besonderem Lob – ab und kann mit der Arbeit an einer Dissertation beginnen. Daneben macht er regen Gebrauch von den Vorlesungen und Forschungen zum Straßburger Studienschwerpunkt Staatsrecht, so daß ihm seine Lehrer, wie bereits erwähnt, eine wissenschaftliche Karriere auf diesem Feld in Aussicht stellen.

Die Dissertation *De legislatoribus* wird jedoch abgelehnt, da sie in Frankreich nie die Druckzensur passieren würde. Der Bericht in *Dichtung und Wahrheit* (III, 11) dürfte hier zuverlässig sein: Vor allem die These, der Staat könne einen Kultus bestimmen, der für Geistlichkeit wie Bürger verpflichtend sei, wie es in Frankfurt und in allen deutschen Oktav- und Duodezstaaten gängige Praxis war, habe im französischen Umfeld Anstoß erregt. Friedrichs des Großen Ausspruch, in seinem Staat könne jeder nach seiner Façon selig werden, ist ja nur so berühmt geworden, weil er in seiner Zeit revolutionär war.

Wir haben zudem ein zuverlässiges zeitgenössisches Zeugnis für diesen Vorgang: In einem Brief aus Goethes weiterem Straßburger Umkreis vom 4./5. Juli 1772 heißt es, Goethe habe sich in Straßburg »als einen überwitzigen Halbgelehrten und als einen wahnsinnigen Religions-Verächter ... bekannt gemacht«. Seine Dissertation habe die Fakultät daher »*ex capite religionis et prudentiae* (unter dem Gesichtspunkt der Religion und der Klugheit) unterdrückt ..., weil sie hier nicht hätte können abgedruckt werden«. Der Schreiber erweitert diese Feststellung zwei Tage später noch: »Sie dörfte wohl bei keiner guten Polizei zum Druck erlaubt oder gelassen werden; wiewohl der Herr Autor damit gedrohet.« Ob Goethe entgegen dieser letzten Bemerkung nach seinem Bericht in *Dichtung und Wahrheit* einen Druck gar nicht gewünscht hat, sei dahingestellt.

Promoviert wurde er dann am 6. August 1771 zum Lizentiaten mit einer traditionellen Disputation in lateinischer Sprache über von ihm aufgestellte 56 *Positiones iuris*, die er laut Universitätsmatrikel »mascule«, d. i ›mannhaft‹ verteidigte. Im Gegensatz zur Dissertation sind sie erhalten und decken die gesamte Breite der Rechtslehre und -pflege ab. Traditionell gebührte auch diesem akademischen Grad der Doktortitel, und Goethe kehrte zur Befriedigung des Vaters mit einer – wenn auch abgelehnten – Dissertation und als Dr. Goethe zurück, der er in einer titelsüchtigen Zeit blieb, bis er zum »Geheimrat« avancierte.

»Deutschheit emergierend«

Wenn sich sein Vater aber von Straßburg eine Annäherung an die französische Kultur als europäische Leitkultur erhofft hatte, so war der Versuch fehlgeschlagen. In einem Schema zu *Dichtung und Wahrheit* heißt es lapidar: »Deutschheit emergierend«. In der festen Tischgesellschaft, in der jeder ohne eigenen Haushalt sein Mittagsmahl einzunehmen pflegte und der in Goethes Fall bei den Jungfern Lauth ein von ihm sehr verehrter älterer Jurist, Johann Daniel Salzmann, vorsaß, wurde kaum Französisch gesprochen; statt dessen wurde sie eher zur Keimzelle einer Gegenbewegung.

In dem seit 1681 zu Frankreich gehörigen Straßburg opponiert die deutschstämmige Jugend gegen die bislang nie in Frage gestellte sprachliche, literarische und kulturelle Hegemonie des Französischen, wie sie stellvertretend für die Mehrzahl der deutschen Höfe Friedrich II. von Preußen bedingungslos vertrat. Deutsch erscheint der Jugend in einer noch deutsch geprägten Stadt in Frankreich nun als geschichtlich gewachsen, echt, bieder, ehrlich, das Französische hingegen als oktroyiert, falsch, oberflächlich und verlogen – und das fast zur selben Zeit, da Lessing seinen Kampf gegen alles Französische im Namen eines ›nordischen, germanischen‹ Shakespeares führt.

So nimmt es nicht wunder, daß eines der Resultate der Straßburger Zeit ebenjene Schrift mit dem durchaus provokant gemeinten Titel *Von deutscher Art und Kunst* ist, in der Ossian, Shakespeare und das Straßburger Münster emphatisch als ›deutsch‹ reklamiert werden. Von »deutscher Natur- und Wahrheitsliebe … und … Redlichkeit« ist in *Dichtung und Wahrheit* die Rede, und sie werden ausgespielt gegen »die parteiische Unredlichkeit Voltaires«, ebenfalls eines Lieblingsgegners Lessings. Als Goethe seine Lebenserinnerungen schreibt, ist ihm die fröhliche Urständ gegenwärtig und verhaßt, welche die gepriesene deutsche Derb-, ja Grobheit im Umfeld der Freiheitskriege erlebt hat, und er geht auf Distanz zu ihr:

> Schon früher und wiederholt auf die Natur gewiesen, wollten wir daher nichts gelten lassen als Wahrheit und Aufrichtigkeit des Gefühls und den raschen derben Ausdruck desselben.
>
> Freundschaft, Liebe, Brüderschaft,
> trägt sich das nicht von selber vor?
>
> war Losung und Feldgeschrei, woran sich die Glieder unserer kleinen akademischen Horde zu erkennen und zu erquicken pflegten. Diese Maxime lag zum Grund allen unsern geselligen Gelagen, bei welchen uns dann freilich manchen Abend Vetter Michel in seiner wohlbekannten Deutschheit zu besuchen nicht verfehlte. (III, 11)

Zur Korrektur des Spruches aus dem *Urfaust* dient dann unter anderem der flegelhafte Baccalaureus aus *Faust II*, der einstige Schüler aus dem Ersten Teil, der gerade die Unhöflichkeit zur deutschen Tugend macht: »Im Deutschen lügt man, wenn man höflich ist.«

»Unsere kleine akademische Horde« hatte es allerdings in sich – mehr als der halbe »Sturm und Drang« unserer späteren Literaturgeschichte war 1770/71 gelegentlich am Tisch der Jungfern Lauth versammelt, außer Goethe der andere wichtige Dramatiker der Epoche, Jacob Michael Reinhold Lenz, Heinrich Leopold Wagner als wichtiges Glied der zweiten Reihe und der Pietist Johann Heinrich Jung, den Goethe als unverfälschte Stimme aus dem von Herder soeben entdeckten Volk, wie schon erwähnt, zur Niederschrift seiner Jugenderinnerungen im ländlichen Siegerland ermuntert. Und sicherlich wird auch der große Anreger Herder selber dort gelegentlich zu Mittag gegessen haben.

Im Namen der von Herder angestoßenen Volksliedforschung wird Goethe sogar zum ersten uns bekannten Feldforscher auf diesem Gebiet. Während Herder seine Volkslieder bei Kollegen und in Büchern sucht, »hascht« Goethe sie »auf (s)einen Streiffereyen aus denen Kehlen der ältsten Müttergens auf… Ein Glück! Denn ihre Enckel singen alle: ich liebte nur Ismenen« (an Herder, September 1771).

Im Zusammenhang mit diesen Bemühungen Herders und seines Adlatus um das Volkslied ist auch die Entstehung von Goethes berühmtestem ›Volkslied‹ zu sehen, des *Heidenrösleins*. Die Grundsituation und den Refrain verdankt Goethe einem Lied aus dem 16. Jahrhundert in einer Anthologie in Herders Besitz; vom Dichter autorisiert ist allein die berühmte Fassung, die erstmals 1789 in den *Schriften* erschien. Herder zitiert 1773 eine abweichende Fassung, die möglicherweise Goethes Urfassung darstellt. Eine frühe Umdichtung Herders zeigt, daß Goethe eine Fassung jedenfalls vor Juni 1771 aufgezeichnet hat.

Heidenröslein

Sah ein Knab ein Röslein stehn,
Röslein auf der Heiden,
War so jung und morgenschön.
Lief er schnell es nah zu sehn,
Sah's mit vielen Freuden.
Röslein, Röslein, Röslein rot,
Röslein auf der Heiden.

Knabe sprach: ich breche dich,
Röslein auf der Heiden!
Röslein sprach: ich steche dich,
Daß du ewig denkst an mich,
Und ich will's nicht leiden.
Röslein. Röslein. Röslein rot,
Röslein auf der Heiden.

Und der wilde Knabe brach
's Röslein auf der Heiden;

Röslein wehrte sich und stach,
Half ihr doch kein Weh und Ach,
Mußt es eben leiden.
Röslein, Röslein, Röslein rot,
Röslein auf der Heiden.

Unsere politisch bisweilen überkorrekte Gegenwart hat in dem Lied gar die Geschichte einer Vergewaltigung sehen wollen – das ist es nicht, sondern es ist die ins Volksliedhafte übersetzte Gestaltung von Rollenbildern, die wohl älter und neuer sind als die heutigen Diskussionen um ›sex‹ und ›gender‹ – der Mann als der Begehrende und die Frau als die Gewährende. Mit dem gleichfalls volksliedhaften *Gefunden* nimmt Goethe im August 1813 zur ›Silberhochzeit‹ seiner »Gewissensehe« mit Christiane, d. h. zum 25. Jahrestags des Anfangs ihrer Beziehung, das Thema reifer und versöhnlicher wieder auf:

Gefunden

Ich ging im Walde
So für mich hin,
Und nichts zu suchen
Das war mein Sinn.

Im Schatten sah ich
Ein Blümchen stehn,
Wie Sterne leuchtend,
Wie Äuglein schön.

Ich wollt' es brechen;
Da sagt es fein:
Soll ich zum Welken
Gebrochen sein?

Ich grub's mit allen
Den Würzlein aus,

Zum Garten trug ich's
Am hübschen Haus.

Und pflanzt es wieder
Am stillen Ort;
Nun zweigt es immer
Und blüht so fort.

Die Friederiken-Novelle

Uns mag das *Heidenröslein* als Überleitung zu dem Thema dienen, zu dem *Dichtung und Wahrheit* immer wieder ansetzt und fast ebensooft wieder abbricht: der Liebe zu Friederike – sie wurde in der Tat von Goethe »zum Welken gebrochen«. Die sentimentalische Entdeckung des ›Volkes‹, das nach Brechts bekanntem Diktum eigentlich nicht ›tümlich‹ ist, spielt sicherlich auch bei diesem neben Herder und Studium wichtigsten Erlebnis eine Rolle, bei der Liebe zu Friederike Brion, der zur Legende gewordenen Pfarrerstochter aus Sesenheim. Einer völkischen Germanistik pflegte über einhundert Jahre lang an dieser Stelle das Herz aufzugehen, wenn der große Goethe sich mit der Elsässerin in »deutscher« Volkstracht verbindet.

Wohl an keiner anderen Stelle dichtet *Dichtung und Wahrheit* so stark wie in der Friederikennovelle, -idylle, -tragödie, wie immer man es nennen will. Das durchgehende Grundmuster nennt Goethe wieder und wieder – er entnimmt es Oliver Goldsmiths damals äußerst populärem *Landprediger von Wakefield*, aber auch die *Luise* von Johann Heinrich Voß schlägt durch, und gelegentlich genießt er gar »an der Seite des lieben Mädchens der herrlichen Sonntagsfrühe, wie sie uns der unschätzbare Hebel vergegenwärtigt hat« – wohlgemerkt: dessen *Sonntagsfrühe* erschien mehr als ein Menschenalter nach dem Friederiken-Erlebnis. Der spätere Interpret kann bestenfalls die Stilisierungstendenzen herausarbeiten und die vierzig Jahre später von Goethe ›verkündigte‹ Friederike zu erfassen versuchen, die ›wirkliche‹ ist uns so wenig greifbar, wie man aufgrund der vierzig und mehr Jahre späteren Evangelien ein ›Leben Jesu‹ schreiben kann.

Die Stilisierung beginnt höchst dramatisch mit einem Fluch. Goethe hatte in Straßburg einen Auffrischungskurs für seine seit Leipzig verschütteten Tanzkünste besucht und dabei, ohne es zu ahnen, wohl die Zuneigung seiner Tanzpartnerinnen, der beiden Töchter seines Tanzlehrers, geweckt. Aus Eifersucht auf die jüngere Schwester versiegelt die ältere Goethes Lippen zum Abschied mit einem Fluch: »Nun fürchte meine Verwünschung: Unglück über Unglück für immer und immer auf diejenige, die zum ersten Male nach mir diese Lippen küßt« – und das wird Friederike sein.

Nicht minder stilisiert ist das Ende der Novelle: Beim Wegreiten nach der endgültigen Trennung von Friederike sieht Goethe »mit den Augen ... des Geistes mich mir selbst denselben Weg zu Pferde wieder entgegen kommen«, worin er »einige Beruhigung« empfand.

Goethe will damals seinen Besuch in Sesenheim vom 25. September 1779 auf der zweiten Schweizerreise vorausgesehen haben.

Goethe benutzt die mit dem Herzog Carl August zusammen unternommene Reise, um, soeben dreißig und Geheimrat geworden, auf der Hinreise zum eigentlichen Ziel, alle losen Fäden aus seiner Frankfurter Jugend abzuschneiden oder festzuknüpfen: Stolz kehrt er nach fünf Jahren als ein vom Erfolg Verwöhnter ins Elternhaus zurück, in Emmendingen besucht er das Grab seiner Schwester, deren Tod vor zwei Jahren ihn tief getroffen hatte. In Straßburg sieht er seine ehemalige Verlobte Lili Schönemann als glücklich verheiratete Frau von Türckheim »mit einer Puppe von sieben Wochen spielen», und in Sesenheim sucht er Familie Brion auf. Daß Friederike ihm dabei ohne Vorwürfe freundschaftlich begegnet, läßt eine seit acht Jahren schwärende Wunde sich endlich schließen. Dieses Wiedersehen hilft Goethe, der aufgrund seiner ›konzilianten Natur‹ »nicht zum tragischen Dichter geboren« ist (an Zelter, 31. 10. 1831), der Friederiken-Tragödie einen versöhnlichen Schluß zu geben; er erinnert an Clärchens Auftritt als Freiheitsgöttin im Kerker des todgeweihten Egmont oder an das »Ist gerettet« der »Stimme von oben« am Schluß von *Faust I*.

Goethe berichtet über diese Aussöhnung nach acht Jahren ausführlich in einem Brief an Charlotte von Stein vom 28. September 1779. Da es die am wenigsten verfälschte und relativ zeitnahe Darstellung des Friederiken-Erlebnisses ist, sei der entsprechende Passus hier wiedergegeben. Daß Goethe sich darin mehr als Geliebten denn als Liebenden schildert, ist leicht daraus zu erklären, daß er an seine derzeitige Freundin und Geliebte schreibt:

> d. 25. Abends ritt ich etwas seitwärts nach Sessenheim, indem die andern ihre Reise grad fortsetzten, und fand daselbst eine Famielie wie ich sie vor acht Jahren verlassen hatte beysammen, und ich wurde gar freundlich und gut aufgenommen. Da ich ietzt so rein und still bin wie die Luft so ist mir der Athem guter und stiller Menschen sehr willkommen. Die zweyte Tochter vom Hause hatte mich einstmals geliebt schöner als ichs verdiente, und mehr als andre an die ich viel Leidenschafft und Treue verwendet habe, ich musste sie in einem Augenblick verlassen, wo es ihr fast das Leben kostete, sie gieng leise drüber weg mir zu sagen was ihr von einer Kranckheit iener Zeit noch überbliebe, betrug sich allerliebst mit soviel herzlicher Freundschafft vom ersten Augenblick da ich ihr unerwartet auf der Schwelle ins Gesicht tratt, und wir mit den Nasen aneinander stiesen daß mir's ganz wohl wurde. Nachsagen muss ich ihr, daß sie auch nicht durch die leiseste Berührung irgend ein altes Gefühl in meiner Seele zu wecken unternahm. Sie führte mich in iede Laube, und da mußt ich sizzen und so wars gut. Wir hatten den schönsten Vollmond. Ich erkundigte mich nach allen. Ein Nachbaar der uns sonst hatte künsteln helfen wurde herbeygerufen und bezeugt daß er noch vor acht Tagen nach mir gefragt hatte, der Barbir mußte auch kommen, ich fand alte Lieder die ich gestifftet hatte, eine Kutsche die ich gemahlt hatte, wir erinnerten uns an manche Streiche iener guten Zeit, und ich fand mein Andencken so lebhaft unter ihnen als ob ich kaum ein halb Jahr weg wäre. Die Alten waren treuherzig man fand ich sey iünger geworden. Ich blieb die Nacht und schied den andern Morgen bei Sonnenaufgang, von freundlichen Gesichtern verabschiedet daß ich nun auch wieder mit Zufriedenheit an das Eckgen der Welt hindencken, und in Friede mit den Geistern dieser ausgesöhnten in mir leben kan.

Die Schilderung ist komplementär zu der in *Dichtung und Wahrheit*: Wo es dort lakonisch heißt »Es waren peinliche Tage, deren Erinnerung mir nicht geblieben ist«, ist der Brief ehrlicher und ausführlicher; wo im Brief ein lapidares »ich musste sie … verlassen« steht, klingt in der Autobiographie eine ganze Reihe von Gründen an, am deutlichsten im Märchen von der *Neuen Melusine*, das Goethe in der Sesenheimer Laube erzählt haben will, das er aber den Lesern des Zweiten Teils von *Dichtung und Wahrheit* 1812 noch vorenthält. Wer neugierig gemacht wurde, was da wohl erzählt worden war, mußte damals bis zu Cottas *Taschenbuch für Damen auf das Jahr 1817* und für den Schluß gar auf den Jahrgang 1819 warten, der heutige Leser findet es in *Wilhelm Meisters Wanderjahren.*

Der Erzähler verliebt sich in ein elbisches Wesen, nimmt ihm zuliebe Zwergengröße an, was ihn bald reut. Am meisten fürchtet er die Hochzeit, flieht vor ihr, wird aber wieder eingefangen, und am nächsten Tage kommt es dann zu einer vom Schwiegervater gewaltsam erzwungenen Heirat. Eine Ehe, der er eines Tages entflieht, indem er den Ring durchfeilt – die Parallele zum Meerschweinchen-Sack-Traum im Brief an Behrisch vom 13. 10. 1767 (s.o) ist überdeutlich.

Wohl unter dem Einfluß dieses Märchens stilisiert Goethe Friederike durchgehend zum naiven Naturwesen: »Friederike … tanzte, wie sie ging, sprang und lief«, und wenn sie schreibt, ist es, »als wenn sie auch mit der Feder gehend, kommend, laufend, springend so leicht aufträte als sicher« (II, 10); er findet sie »so frei wie den Vogel auf den Zweigen« (III, 11). Ebendiese Natürlichkeit, die er an ihr liebt, wird er in der Liebe zu ihr zerstören – in der durchstilisierten Version in *Dichtung und Wahrheit* gerät er gleich beim ersten Besuch zufällig an einen idyllischen Ort »mit der Inschrift ›Friederikens Ruhe‹«, und es fällt ihm nicht ein, »daß ich gekommen sein könnte, diese Ruhe zu stören«.

Anfang Oktober 1770 wird Goethe anläßlich eines Ausflugs von seinem Elsässer Kommilitonen Weyland bei der Pfarrersfamilie eingeführt, vom 15. Oktober datiert der einzige erhaltene Brief Goethes an Friederike, in dem schon von ein »Wenig Herzwehe« die Rede ist. Dreißig Briefe soll es insgesamt gegeben haben; sie wurden von Friederikes jüngerer Schwester Sophie verbrannt, wohl kaum aus Rache dafür, daß sie in *Dichtung und Wahrheit* nicht vorkommt, weil Goethes Muster, Goldsmiths *Vicar of Wakefield*, eine dritte Tochter nicht vorsah.

Nach weiteren Kurzbesuchen erreicht die Beziehung ihren Höhepunkt in Goethes fünfwöchigem Aufenthalt in Sesenheim vom 18. Mai bis zum 23. Juni 1771, um mit einem letzten Besuch um den 7. August zu enden, ohne daß Goethe Friederike über das Ende ins Bild setzt. In *Dichtung und Wahrheit* schwankt auf Goethes Seite die leidenschaftliche Liebschaft zwischen bedingungsloser Hingabe – es ist von »Erklärungen« ihr gegenüber die Rede, von der »treulichsten Versicherung, daß wir uns von Grund auf liebten« – und ängstlicher Bedenklichkeit. Es heißt, daß ihn die »angehende Leidenschaft … zu verschlingen drohte«, schon bald wünscht er sich, »über alle Berge zu sein«, weil ihn sein »leidenschaftliches Verhältnis zu Friederike nunmehr zu ängstigen anfing. Eine solche jugendliche, aufs Geratewohl gehegte Neigung ist der nächtlich geworfenen Bombe zu vergleichen, die in einer sanften, glänzenden Linie aufsteigt, sich unter die Sterne mischt, ja einen Augenblick unter ihnen zu verweilen scheint. Alsdann aber abwärts, zwar wieder dieselbe Bahn, nur umgekehrt, bezeichnet und zuletzt da, wo sie ihren Lauf geendet, Verderben hinbringt.« (III, 11) Scheitelpunkt und beginnenden Abstieg der Liebesbrandbombe bezeichnet ein Brief an seinen Straßburger Mentor Salzmann vom 29. Mai 1771:

> Um mich herum ist's aber nicht sehr hell, die Kleine fährt fort, traurig kranck zu seyn, und das giebt dem Ganzen ein schiefes Ansehn. Nicht gerechnet conscia mens, und leider nicht recti, die mit mir herumgeht. Doch ists immer Land.

Eine kranke Geliebte, ein Liebhaber mit schlechtem Gewissen, der Hinweis auf das »Land«, wohl im Sinne der Redensart ›ländlich – sittlich‹ – nimmt man das alles zusammen und den bewußt zweideutigen Bericht über diesen Liebesfrühsommer in *Dichtung und Wahrheit* hinzu, erscheint mir die Angelegenheit eindeutig. In der Autobiographie heißt es:

> Die Gewohnheit zusammen zu sein, befestigte sich immer mehr; man wußte nicht anders als daß ich diesem Kreis angehöre. Man ließ es geschehn und gehen, ohne geradezu zu fragen, was daraus werden sollte … Man *glaubte* sowohl auf Friederikens Gesinnungen als auch auf meine Rechtlichkeit, für die man … ein günstiges *Vorurteil gefaßt* hatte, *völlig vertrauen zu können*. … und hätten uns hier, in den traulichen Fischerhütten, vielleicht *mehr als billig* angesiedelt, hätten uns nicht die entsetzlichen Rheinschnaken *nach einigen Stunden* wieder weggetrieben. Über diese unerträgliche Störung einer der schönsten Lustpartieen, wo sonst alles glückte, wo die Neigung der Liebenden mit dem guten Erfolge des Unternehmens nur zu wachsen schien, brach ich wirklich, als wir *zu früh, ungeschickt und ungelegen* nach Hause kamen, in Gegenwart des guten geistlichen Vaters, in gotteslästerliche Reden aus und versicherte, daß diese Schnaken allein mich von dem Gedanken abbringen könnten, als habe ein guter und weiser Gott die Welt erschaffen. Der alte fromme Herr rief mich dagegen ernstlich zur Ordnung und verständigte mich, daß diese Mücken und anderes Ungeziefer erst *nach dem Falle* unserer ersten Eltern entstanden, oder wenn deren im Paradies gewesen, daselbst nur angenehm gesummet und nicht gestochen hätten. … ich versicherte jedoch, es habe des Engels mit dem feurigen Schwert gar nicht bedurft, *um das sündige Ehepaar aus dem Garten zu treiben*; er müsse mir vielmehr erlauben, mir vorzustellen, daß dies durch große Schnaken des Tigris und Euphrat geschehen sei (III, 11; Hervorhebungen V. N.).

Zu »Friederikens Gesinnungen« und »meiner Rechtlichkeit« sei nur die Erkenntnis der »Schönen Seele« aus *Wilhelm Meisters Lehrjahren* zitiert, »was für ein schwacher Schutz die so genannte Tugend gegen die Aufforderungen des Affekts sei«. »Mehr als billig« ist Goethes feste Formel für das Unerlaubte einer Beziehung; in *Dichtung und Wahrheit* nennt er »das Verhältnis« zu Charlotte Buff als Kestners Verlobter »leidenschaftlicher als billig von meiner Seite« (III, 12); im Brief an Zelter vom 15. 1. 1813 (ähnlich im Postskript des Briefes an Christiane vom 6. 11. 1812) gesteht er, Minna Herzlieb »in ihrem sechszehnten« Jahr »mehr wie billig« geliebt zu haben – das war 1807, sie war achtzehn und er sozusagen frisch verheiratet.

Es ist nach den spärlichen Zeugnissen durchaus wahrscheinlich, daß Wolfgang und Friederike sich mit einem Problem konfrontiert sahen, das bis zum heutigen Tage eine junge Liebe auf die Probe stellen, ja geradezu zum Prüfstein auf ihre Echtheit werden kann – die Frau fühlt sich schwanger. Als sich in Friederikes Fall die Befürchtung als grundlos erwies und Goethe sich nicht mehr auszumalen brauchte, wie er mit bezopfter Braut in deutsch-elsässischer Volkstracht ins Elternhaus zurückkehren würde, hat er die Beine unter die Arme und Reißaus genommen.

Was diese Mutmaßung stützen könnte, sind die Verse Fausts aus dem *Urfaust*, die in unmittelbarer Nachbarschaft der Friederiken-Katastrophe – welche sie immerhin »fast das Leben kostete« und von der ihr eine »Kranckheit« zurückblieb – entstanden sind.

Was ist des Himmels Freud in ihren Armen
Das durch erschüttern durcherwarmen?
Verdrängt es diese Seelen Noth.

Im *Urfaust* stehen diese Verse hinter Valentins Tod und vor der Szene, die später *Trüber Tag. Feld* heißen wird, wo Gretchen bereits eingekerkert ist. In *Faust. Ein Fragment* stehen sie nach der Szene *Am Brunnen*, wo Gretchen schon ›gefallen‹ ist, und vor der Szene *Zwinger*, sind aber sprachlich extrem entschärft und in die Wunschform versetzt:

Was ist die Himmelsfreud' in ihren Armen?
Laß mich an ihrer Brust erwarmen!
Fühl' ich nicht immer ihre Not?

Im *Faust* von 1808 bleibt diese Formulierung erhalten, wandert aber noch weiter nach vorn und steht jetzt nach dem ersten Treffen in Marthes *Garten* und nach *Ein Gartenhäuschen* und vor *Gretchens Stube*; erst nach Gretchens Lied am Spinnrad wird Faust ihr in einer weiteren Gartenszene nach der Gretchenfrage das Fläschchen mit dem Schlafmittel für die Mutter geben, worauf in der ausgesparten Handlung vor der Szene *Am Brunnen* erst Gretchens ›Fall‹ erfolgt, die »Himmelsfreud' in ihren Armen« also wirklich noch Zukunftsmusik ist.

Ich deute diesen Befund so: Im *Urfaust*, der nur im Freundeskreis vorgelesen wurde und wohl auch als Manuskript zirkulierte, gestalten Fausts Worte vom »durch erschüttern durcherwarmen« in der Goethe gegenüber Freunden eigenen erotischen Offenheit gelebte Erfahrung in der körperlichen Liebe; die in pietistisch empfindsamer Tradition gebildeten Neologismen bringen die »Himmels Freud in ihren Armen« als Verschmelzungserlebnis zur Sprache. Nach unseren Kenntnissen kann Goethe diese Erfahrungen nur in Friederikes »Armen« gemacht haben, und ihr sehr direkter Ausdruck wird dann im für die Öffentlichkeit bestimmten Druck mehr und mehr entschärft, bis die Stelle zuletzt lange vor der geschlechtlichen Vereinigung zum bloßen diskreten Wunsch wird. Vergleichbar wäre Goethes Bitte an Göschen im Postskript des Briefes vom 6. November 1788:

> Ich habe Ursachen, warum ich die zwei letzten Gedichte der ersten Sammlung – Genuß und der Besuch – nicht abdrucken lassen will; haben Sie als die Güte, solche aus dem Manuskript zu schneiden und mir sie zurückzuschicken.

Ist *Der Besuch* tatsächlich ein Christiane-Gedicht, so ist *Der wahre Genuß* bereits in den Leipziger *Neuen Liedern* vor zwanzig Jahren erschienen, aber die Verse »Ich habe mir ein Kind gewählt, / Daß uns zum Glück der schönsten Ehe / Allein des Priesters Segen fehlt« wären für den um den Dichter wild blühenden Klatsch nur allzu willkommen gewesen. Nimmt er hier Rücksicht auf sein junges Glück mit Christiane, so veröffentlicht er eines seiner wichtigsten Gedichte *Warum gabst du uns die tiefen Blicke* überhaupt nicht und ein Gedicht aus der ersten Weimarer Zeit erst 1820, um Charlotte von Stein nicht bloßzustellen. Ich teile die Vermutung Karl Eibls im Kommentar der Frankfurter Ausgabe, daß die ersten sechs Verse von *Zwischen beiden Welten* um 1780 entstanden sind, wegen der eindeutigen Apostrophierung des »Glücks der nächsten Nähe« mit »Lida« aber zunächst unterdrückt und dann für den Druck um die abschließenden drei Verse erweitert wurden:

Einer Einzigen angehören,
Einen Einzigen verehren
Wie vereint es Herz und Sinn!
Lida! Glück der nächsten Nähe,
William! Stern der schönsten Höhe,
Euch verdank' ich was ich bin.
Tag' und Jahre sind verschwunden,
Und doch ruht auf jenen Stunden
Meines Wertes Vollgewinn.

So trug Goethe immer wieder durch Unterdrückung seiner eigenen Mahnung aus dem *West-östlichen Divan* Rechnung:

Erst sich im Geheimnis wiegen,
Dann verplaudern früh und spat!
Dichter ist umsonst verschwiegen,
Dichten selbst ist schon Verrat.

Das Urphänomen ›Schuld‹

Es ist kein postumer Voyeurismus, der mich so lange in Sesenheim und bei Friederike verweilen ließ, sondern das eindeutige knappe Fazit, das Goethe aus dem Friederiken-Erlebnis zieht: »...hier war ich zum erstenmal schuldig; ich hatte das schönste Herz in seinem Tiefsten verwundet, und so war die Epoche einer düsteren Reue bei dem Mangel einer gewohnten erquicklichen Liebe höchst peinlich, ja unerträglich.« (III, 12) Es geht auch nicht um positivistische Motivsuche, sondern um einen höchst Goetheschen Begriff, den des Urphänomens. Die prägnanteste Definition findet sich in den *Maximen und Reflexionen* unter Nr. 1369: »Urphänomen: ideal als das letzte Erkennbare, real als erkannt, symbolisch, weil es alle Fälle begreift, identisch mit allen Fällen.« Goethe geht dabei auf die griechische Urbedeutung zurück – phainesthai heißt ›sich zeigen, in Erscheinung treten, erscheinen‹. Das Partizip Perfekt dieses Deponens, ›to phainomenon‹ heißt entsprechend ›das, was sich zeigt, das, was erscheint‹. ›Urphänomen‹ ist dann das Sichzeigen, das Erscheinen eines Weltgesetzes, das sich dem Subjekt in der ›Anschauung‹ zeigt, die dem ›Phänomen‹ als Objekt korrespondiert. Das wortlose Verlassen Friederikes wird für Goethe zum Urphänomen der Schuld, in ihm ist ›Schuld‹ nicht abstrakt, sondern »real«, mit Augen zu sehen und mit Händen zu greifen. Die vertikale Dimension der ›Sünde‹ ist der Zeit nach 1770 abhanden gekommen, an ihre Stelle tritt mit all ihrer Last und ihrem Gewicht die horizontale Kategorie der ›Schuld‹.

Es gibt zahlreiche Belege aus dieser Zeit dafür, daß Goethe sich in seinen nächsten Dichtungen mit dem Urphänomen ›Schuld‹ als dem Versagen gegenüber einem geliebten Menschen auseinandersetzt; so in der Weislingen-Handlung des *Götz von Berlichingen* und im Drama *Clavigo*, den er in einem Brief an Schönborn vom 1. Juni 1774 als »ein Pendant zum Weislingen im *Götz*« bezeichnet, »Weislingen in der ganzen Rundheit einer Hauptperson«. Deshalb bemüht er sich, ein Exemplar des *Götz* Friedrike zuzuspielen, in der Hoffnung, daß sie sich an der Vergiftung des Schurken tröstet. Die Schuld, die Faust noch im Jenseits abzubüßen hat, ist die Urschuld an Gretchen, die ihn in den Bergschluchten des Schlußteils empfängt: »Der früh Geliebte / Nicht mehr Getrübte / er kommt zurück.« Bei der ebenfalls ohne Abschied erfolgten Trennung von Lili Schönemann – und einer weiteren »Holden Blume»? – schreibt Goethe am 30. Oktober 1775 in sein Reisetagebuch: »Bin ich denn nur in der Welt mich in ewiger unschuldiger Schuld zu winden –«

Friederike, geboren 1752, starb 1813 unverheiratet in Meisenheim im Schwarzwald. Auf ihrem Grabstein steht: »Ein Strahl der Dichtersonne fiel auf sie / So reich, daß er Unsterblichkeit verlieh«. Angemessener sind eindeutig die Verse von Lenz, der wohl nach Friederikes Schicksal die Ballade *Die Liebe auf dem Lande* geschrieben hat. Sie schließt:

Denn immer, immer, immer noch
Schwebt ihr das Bild an Wänden noch,
Von einem Menschen, welcher kam

Und ihr als Kind das Herze nahm.
Fast ausgelöscht ist sein Gesicht,
Doch seiner Worte Kraft noch nicht –
Und jener Stunden Seligkeit,
Ach jener Träume Würklichkeit
Die, angeboren jedermann,
Kein Mensch sich würklich machen kann.

Die Sesenheimer Lyrik

Die »alten Lieder, die ich gestifftet«, die Goethe im Brief an Charlotte von Stein vom 28. September 1779 erwähnt, hat der Philologe Heinrich Kruse 1835 im Besitz der Familie gefunden und abgeschrieben. Die Originale sind verloren, und die Krusesche Abschrift hat fast vier Jahrzehnte lang heftigste Forschungskontroversen ausgelöst, da sich herausstellte, daß Lenz in seinem – selbst für die Maßstäbe der Zeit – eigentümlich schwärmerischen Verhältnis zu Goethe sich nach dessen Abgang um die Verlassene bemüht und seinerseits Lieder auf sie geschrieben hat. Am besten unterrichtet heute darüber der von Hanna Fischer-Lamberg herausgegebene zweite Band von *Der junge Goethe*, der das gesamte Material präsentiert und im Gegensatz zur Münchner und Frankfurter Ausgabe auch das Briefcorpus aus der Zeit bietet. Dort finden sich auch die für Herder im Sommer 1771 aufgeschriebenen Volkslieder. Als sicher kann gelten, daß die Lieder, die die Situation des Verlassenseins schildern, Lenz zuzuschreiben sind; von den anderen hat Goethe selber nur zwei veröffentlicht, zum einen 1775 *Lied, das ein selbst gemaltes Band begleitete*, das spätere: *Mit einem gemalten Band*:

Kleine Blumen, kleine Blätter
Streuen mir mit leichter Hand
Gute iunge Frühlingsgötter
Tändlend auf ein luftig Band.

Zephir nimmt's auf Deine Flügel,
Schlings um meiner Liebe Kleid!
Und sie eilet vor den Spiegel
All in ihrer Munterkeit.

Sieht mit Rosen sich umgeben
Sie, wie eine Rose iung.
Einen Kuß! Geliebtes Leben,
Und ich bin belohnt genung.

Fühle was dies Herz empfindet,
Reiche frey mir deine Hand.
Und das Band, das uns verbindet,
Sey kein schwaches Rosenband.

Hier überwiegt das Konventionelle, das Anakreontische, was vielleicht auch der Anlaß mitbedingte, daß die Verse eben ein Geschenk zu begleiten hatten. Lediglich die vierte Strophe könnte man als Gestaltung der Gefühle auffassen, die der Dichter der Geliebten entgegenbrachte.

Wichtiger ist, daß in Kruses Abschrift auch die ersten zehn Verse des späteren *Willkommen und Abschied* enthalten sind, die so dieses wohl wichtigste Gedicht des jungen Goethe eindeutig in die Zeit seiner Liebe zu Friederike und der spontanen Ritte zu ihr nach Sesenheim setzen. Bei dem anderen berühmten Friederiken-Gedicht, dem *Mayfest* und späteren *Mailied*, ist der Sachverhalt nicht so eindeutig; es erschien erstmals 1775 in der Zeitschrift *Iris*, allerdings gleich nach dem eindeutig Friederike zuzuordnenden *Lied, das ein selbst gemaltes Band begleitete*. Ob man es direkt auf das Tanzfest am Pfingsmontag 1771, das Goethe in einem Brief an Salzmann am 29. Mai erwähnt, beziehen soll, erscheint mir zweifelhaft: Von den »Tänzen« in der drittletzten Zeile abgesehen, hat das Lied so gar nichts von einem Tanzboden im Saal des »Herrn Amtschulz von Reschwog« mit »braven Schnurranten«:

Wie herrlich leuchtet
Mir die Natur!
Wie glänzet die Sonne!
Wie lacht die Flur!

Es dringen Blüten
Aus iedem Zweig,
Und tausend Stimmen
Aus dem Gesträuch,

Und Freud und Wonne
Aus ieder Brust.
O Erd o Sonne
O Glück o Lust!

O Lieb' o Liebe
So golden schön,
Wie Morgenwolken
Auf ienen Höhn;

Du seegnest herrlich
Das frische Feld,
Im Blütendampfe
Die volle Welt.

O Mädchen Mädchen
Wie lieb' ich dich!
Wie blinkt dein Auge!
Wie liebst du mich!

So liebt die Lerche
Gesang und Luft,
Und Morgenblumen
Den Himmels Duft,

Wie ich dich liebe
Mit warmem Blut.
Die du mir Jugend
Und Freud und Muth

Zu neuen Liedern,
Und Tänzen giebst!
Sey ewig glücklich
Wie du mich liebst!

Die Umformung zum *Mailied* der *Schriften* von 1789 normiert lediglich die Rechtschreibung und verstreut die Ausrufezeichen anders im Text, wobei aus neun sogar dreizehn werden; die Änderung des Titels aber macht deutlich, daß Gegenstand und Gestaltung, ›Fest‹ und ›Lied‹ für den Dichter eins sind. Der exklamatorische, enthusiastisch aufgeregte Ton, die scheinbar vom Augenblick eingegebene Reihung, die auf den ersten Blick wie frei assoziiert wirken könnte, ist in Wirklichkeit höchst kunstvoll.

Gleich die ersten drei Zeilen sind typisch für den Goethe nach dem »Zwischenzustand zu Hause« 1768 bis 1770. Die Natur – sowohl die natura naturans, also die Schöpfungskraft, wie deren Ausprägungen, die natura naturata – erscheint dem Subjekt im ›leuchtenden‹ ›Glanz‹ der Gottheit, und das Gedicht eröffnet gleich in der dritten Zeile kosmische Dimensionen, die dann von oben nach unten erst herab- und dann wieder hinaufgeführt werden: »Sonne« – »Flur« – »Blüten, Zweig« – ›Vögel‹ (»tausend Stimmen«) – menschliche »Brust« – »o Erd« – »o Sonne« zum dies alles übersteigenden krönenden Höhepunkt: »O Glück o Lust! O Lieb' o Liebe«, die gleich doppelt beschworen wird. Es ergibt sich eine kleine »Aurea catena Homeri«, eine goldene Kette des Seins wie in der gleichnamigen Geheimschrift, aber ohne deren »phantastische Weise«, »wodurch die Natur … in einer schönen Verknüpfung dargestellt wird« (DuW II, 8). Der mittelalterliche Bamberger Reiter z. B. stellt eine ähnliche Kette des Seins vor – Erde, Pflanzenreich, Tierreich, Mensch –, aber wo über dem Haupt des Menschen dort das himmlische Jerusalem erscheint, endet die Seinskette bei Goethe in der Liebe, um von dort zur Landschaft zurückzukehren – die Liebe ist so »golden schön« wie die Morgenwolken über dem Schwarzwald, wenn denn unsere Lokalisierung und Datierung stimmt. Man erschrickt fast vor der eigenen Kühnheit: Sollte der Grund für die Gleichsetzung von Liebe und Morgenwolken derselbe sein, wie im fast 45 Jahre späteren *Divan*-Gedicht *Wiederfinden*, wo die »Morgenröte« das Urphänomen einer fruchtbaren Polarität ist, zwischen Licht und Materie, zwischen Frau und Mann, weshalb es das lyrische Ich »mit morgenhellen Flügeln« an den »Mund« der Geliebten »reißt«? Immerhin sind uns ja schon Vorklänge von Goethes späterer »Farbentheologie« (Schöne) in einem Brief vom 13. Februar 1769 begegnet.

Von dieser »golden schönen Liebe« heißt es dann in der fünften Strophe – der mittleren von neun! –, daß sie es ist, die alles, vom Feld über die Atmosphäre bis zur Welttotalen, »seegnet«. Und diese Liebe ist kein abstraktes Prinzip, sondern die konkrete Liebe zwischen einem »Ich« und seinem »Mädchen«. Er liebt sie, sie liebt ihn so selbstverständlich, so ›natürlich‹ wie die Lerche die Luft, in der sie sich bewegt und die sie trägt, oder den Gesang, in dem sie sich artikuliert, oder die Blumen die Luft, in der sie atmen.

Diese Bildlichkeit stützt in hohem Maße eine Beziehung des Gedichts auf Friederike; es mag sogar sein, daß der Goethe von *Dichtung und Wahrheit* die Charakterisierung der Geliebten als Naturwesen aus dem Gedicht entwickelt hat, wie ihm *Willkommen und Abschied* zur Vorlage für einen Abendritt nach Sesenheim wurde (III, 11). Wie im *Maifest* tanzt sie, »wie sie ging, sprang und lief«, schreibt sie, »als wenn sie auch mit der Feder gehend, kommend, laufend, springend so leicht aufträte als sicher« (II, 10); sie ist »so frei wie der Vogel auf den Zweigen« (III, 11). Die Natürlichkeit und Selbstverständlichkeit, die Friederike tanzen und schreiben läßt, macht das lyrische Ich singen und tanzen. Dieser Erfahrung ewige Dauer zu verleihen, ist sein Wunsch für die Zukunft, sein Schlußsegen, mit dem er der Liebe »Seegen« erwidert.

Gestaltungsprinzip des *Maifests* ist ein untrennbares Ineinander von Liebe und Natur, das man lückenlos an Zeilenzahlen veranschaulichen kann: 1–12: Natur; 13–14: Liebe; 15–16: Natur; 17: Liebe; 18– 20: Natur; 21–24 Liebe; 25–28 Natur; 29–36 Liebe. Aus der traditionellen Lyrik seit Walther von der Vogelweide kennen wir die Abfolge von Frühling der Natur und Frühling des Herzens; im *Maifest* wird dieses Nacheinander zum sich wechselseitig steigernden Ineinander.

Beim wohl wichtigsten Sesenheimer Gedicht, *Es schlug mein Herz*, ist die Überlieferungslage etwas schwieriger. Kruses Feldforschungen von 1834 datieren zumindest die ersten zehn Zeilen zweifellos auf die Zeit der Liebe selbst. Da sie für sich allein keinen Sinn ergeben und zwei zwingend geforderte Reime offenlassen und es für Goethes gesamtes lyrisches Schaffen singulär wäre, einen Anfang erst Jahre später mit einem zwingend geforderten Schluß zu versehen, ist ein Textverlust in dreiundsechzig Jahren familiärer Tradierung wahrscheinlicher. Somit kommen wir mit dem Erstdruck in der Zeitschrift *Iris* von 1775 dem Sesenheimer ›Urtext‹ recht nahe; daß der Anfang von Kruses Abschrift abweicht, dafür aber mit dem Anfang in den *Schriften* von 1789 übereinstimmt, sollte nicht zur Erstellung eines komplizierten Variantenstemmas führen – warum sollte Goethe wichtige frühere Gedichte nicht aus dem Gedächtnis niederschreiben und dabei geringfügig variieren?

Ich führe hier die *Willkomm und Abschied* überschriebene Fassung von 1789 an (ab 1810 *Willkommen und Abschied*), deren leichte Änderungen durchweg Verbesserungen sind; die entscheidenden Unterschiede, Überschrift und Schluß, werden Gegenstand der Interpretation sein.

Willkomm und Abschied

Es schlug mein Herz, geschwind zu Pferde!
Es war getan fast eh' gedacht;
Der Abend wiegte schon die Erde,
und an den Bergen hing die Nacht:
Schon stand im Nebelkleid die Eiche,
Ein aufgetürmter Riese, da,

Wo Finsternis aus dem Gesträuche
Mit hundert schwarzen Augen sah.

Der Mond auf einem Wolkenhügel
Sah kläglich aus dem Duft hervor,
Die Winde schwangen leise Flügel,
Umsaus'ten schauerlich mein Ohr;
Die Nacht schuf tausend Ungeheuer;
doch frisch und fröhlich war mein Mut:
In meinen Adern welches Feuer!
In meinem Herzen welche Glut!

Dich sah ich und die milde Freude
Floß von dem süßen Blick auf mich,
Ganz war mein Herz an deiner Seite,
Und jeder Atemzug für dich.
Ein rosenfarbnes Frühlingswetter
Umgab das liebliche Gesicht,
Und Zärtlichkeit für mich – Ihr Götter!
Ich hofft' es, ich verdient' es nicht!

Doch ach! Schon mit der Morgensonne
Verengt der Abschied mir das Herz:
In deinen Küssen, welche Wonne!
In deinem Auge, welcher Schmerz!
Ich ging, du standst und sahst zur Erden,
Und sahst mir nach mit nassem Blick:
Und doch, welch Glück geliebt zu werden!
Und lieben, Götter, welch ein Glück!

Maifest war die eher statische Feier eines Zustands, bei dem Bewegung nur durch das Hin und Her von Natur und Liebe, Liebe und Natur zustande kam und Vertauschungen von Versen denkbar wären. Darin erinnert es an das originelle Bild im vermutlich für Katharina Fabricius bestimmten Brief vom 27. Juni 1770: »Wenn ich Liebe sage, so versteh ich die wiegende Empfindung, in der unser Herz schwimmt, immer auf Einem Fleck sich hin und her bewegt … Wir sind wie Kinder auf dem Schaukelpferde immer in Bewegung, immer in Arbeit, und nimmer vom Fleck. Das ist das wahrste Bild eines Liebhabers.« Es schlug mein Herz gestaltet demgegenüber eine Veränderung, eine Entwicklung, erzählt eine Geschichte – eine »Ballade des Herzens und seiner Schicksale« hat der Germanist Benno von Wiese das Gedicht einmal in einer Vorlesung genannt. Es enthält übrigens nichts, was das Ich als männlich und das Du als weiblich festlegen würde – ich wage diese Setzung aufgrund meines biographischen Ansatzes und aus allgemeiner Goethe-Kenntnis heraus –, ein Rollengedicht scheint es jedenfalls nicht zu sein.

Das Gedicht beginnt mit der Chiasmus genannten kreuzweisen Anordnung der Begriffspaare ›Regung und Tat‹, ›Tat und Gedanke‹, der den gewaltigen Chiasmus des Schlusses vorbereitet. Es reißt das lyrische Ich förmlich zur Geliebten; das ausgiebig beschworene Szenario der Nacht, die niemandes Freund ist, dient, in der Tradition des Locus terribilis, des konventionalisierten Schreckensortes, stehend, nur dazu, durch den Aufbau der Hindernisse die treibende Leidenschaft des Herzens nur um so deutlicher herauszuarbeiten. »Der Abend wiegte schon die Erde« – zum Schlummer –, »Und an den Bergen hing die Nacht« sind keine traditionellen Personalisierungen mehr, sondern geschautes, gefühltes Erleben, dessen Gestaltung rund hundertachtzig Jahre in die Zukunft weist: Mörikes Nacht »lehnt träumend an der Berge Wand«, und in Benns *Astern* wird es eine Jahreszeit sein: »Der Sommer stand und lehnte / und sah den Schwalben zu.«

»Riesen« und »Ungeheuer« bedrohen in archaischer Urangst das Ich im nächtlichen Wald, das beim »kläglich« fahlen Mondlicht fast eine Paranoia entwickelt, »wo Finsternis aus dem Gesträuche / mit hundert schwarzen Augen sah«. In der Urfassung ist die Antwort auf die von der Nacht geschaffenen »tausend Ungeheuer« fast noch prägnanter: »Doch tausendfacher war mein Mut«; beide gemeinsam setzen der äußeren Bedrohung die Glut im Innern entgegen.

In der nächtlichen Begegnung mit der Geliebten – schlichter kann man sie nicht gestalten: »Dich sah ich« steht exakt im Mittelpunkt des

Gedichts – verklärt sich das Bedrohliche zur »milden Freude«, hellt ihr Gesicht die nächtliche Szene auf zum »rosenfarbnen Frühlingswetter«, kommt der Ritt in der »Zärtlichkeit« an sein Ziel, wobei zugleich erstmals mit dem Ruf »Ihr Götter!« Göttliches aufscheint. Die letzte Strophe gestaltet dann die Erfahrung, die Gegenstand zahlreicher Tagelieder ist, die im Minnesang von der Trennung der – illegitim – Liebenden im Morgengrauen erzählen: Die drohende Trennung steigert Liebe und Leidenschaft noch einmal – »In deinen Küssen, welche Wonne! / In deinem Auge, welcher Schmerz!« Daß Goethe die Tagelied-Tradition kannte, zeigt die Szene »Adelhaidens Schloss» im »Ur-Götz« von 1771.

In der *Iris*-Fassung – und damit wohl auch im Sesenheimer Original – lauten die viert- und die drittletzte Zeile: »Du gingst, ich stund und sah zur Erden / Und sah dir nach mit nassem Blick.« Wir können uns das einlösen: Nach der nächtlichen Begegnung außerhalb des Dorfes kehrt die Geliebte ins Haus zurück, während er samt Pferd noch am Waldrand wartet und ihr nachblickt. Dem unvermeidlichen Schmerz der Trennung, die auf jede Vereinigung notwendig folgt, setzt das lyrische Ich die Schlußzeilen entgegen: »Und doch, welch Glück geliebt zu werden! / Und lieben, Götter, welch ein Glück!« ›Liebe‹ und ›Glück‹ verschränken sich in der Form des griechischen Chi – »X« –, und im Herzen des Chiasmus, am Kreuzungspunkt, scheint mit den Göttern das Göttliche auf, das von jetzt ab für Goethe jeder Liebesbegegnung immer schon eingeschrieben ist.

Das vierte Wort des Gedichts, »Herz«, erschließt uns eine weitere, schon auf Seite 65 erwähnte Dimension: Das Gedicht ist konsequent vom Puls des Lebens, von Systole und Diastole, geprägt: Auf die Systole des Herzschlags folgt die Diastole der Tat, und der Diastole der nächtlichen Landschaft antwortet die Systole des Herzens – »In meinem Herzen welche Glut!« –, um sich sogleich in der Begegnung »Dich sah ich« der Geliebten doppelt diastolisch aufzuschließen: »Ganz war mein Herz an deiner Seite, / Und jeder Atemzug für dich«, bis der unvermeidliche Abschied ihm das »Herz« wieder »verengt«. Gelöst wird diese letzte Systole im trotzig jubelnden »Und doch« des die Liebe in allen ihren Erscheinungen, in Freude und Schmerz bejahenden und bejubelnden Chiasmus.

In der Umarbeitung für seine erste Gedichtsammlung in den *Schriften* von 1789 ändert Goethe die viert- und die drittletzte Zeile ab zu »Ich ging, du standst und sahst zur Erden, / Und sahst mir nach mit nassem Blick«. Aus dem Schicksal einer Liebesnacht ist das Schicksal einer Liebe geworden, bei der er es war, der gegangen ist und sie zurückgelassen hat. Was gleichbleibt, ist der Schluß: Goethe hat ihn von vornherein unpersönlich, besser: überpersonal gestaltet. Die Szenerie der Nacht und des Draußen ist verschwunden, kein Ich und kein Du erscheinen hier mehr, sondern lediglich die unpersönlichen Infinitive des Passivs und des Aktivs und in ihrem Kreuzungspunkt das Göttliche. Hier werden gleichsam nur die Leerstellen des Liebesakts eröffnet, denen dann jeweils die wechselnden Aktanten eingeschrieben werden. So stellen sie das Urphänomen ›Liebe‹ dar, das sich in jeder liebenden Begegnung ›zeigt‹ und in dem zugleich das Göttliche erscheint.

Eine ähnlich überpersönliche und metageschlechtliche Formulierung gelingt Goethe fast vierzig Jahre später gleich zweimal in seinem Roman *Die Wahlverwandtschaften* von 1809. Wenn sich Eduard und Ottilie zum ersten Male in die Arme fallen, heißt es: »… und sie hielten einander umfaßt. Wer das andere zuerst ergriffen, wäre nicht zu unterscheiden gewesen« (I, 12) – ergreifend ist man schon ergriffen, wie Ganymed im gleichnamigen Gedicht »umfangend umfangen« ist (s. S. 134/135). In der in die *Wahlverwandtschaften* eingelegten Novelle *Die wunderlichen Nachbarskinder* heißt es ähnlich: »Ganz verloren eins ins andre …«, und auch der Einsatz des Infinitivs findet sich hier: »Sich vom Wasser zur Erde, vom Tode zum Leben …, aus der Verzweiflung zum Entzücken, aus der Gleichgültigkeit zur Neigung, zur Leidenschaft gefunden zu haben …« Das *Divan*-Gedicht *Selige Sehnsucht* ist Goethes wohl dichteste Gestaltung der Unio mystica der Liebe, bei der im Akt des sexuellen Verschmelzens die Immanenz zur Transzendenz hin durchstoßen wird. In ihm gelingt Goethe eine durchgehende überpersönliche Entpersonalisierung: Nach dem priesterlichen »Ich» der ersten Strophe wird die Liebeserfahrung durchgehend in der Du-Form gestaltet, die hier im Deutschen für ›man‹ eintritt.

Mit der Änderung des Schlusses 1789 bekommt *Es schlug mein Herz* auch erstmals einen Titel: *Willkomm und Abschied*, später *Willkommen und Abschied*. Dies scheint schlicht das Liebesschicksal zwischen Begegnung und Trennung zu bezeichnen. Eckhardt Meyer-Krentler hat jedoch 1987 in seiner gleichnamigen Monographie nachgewiesen, daß *Willkomm und Abschied* zur Goethezeit ein feststehender Begriff der Rechtspflege war, der im Grimmschen Wörterbuch lexikalisiert ist. Er bezeichnet bei kürzeren Gefängnisstrafen die Tracht Prügel, die der Delinquent bei der Einlieferung wie bei der Entlassung erhielt, wohl um sich seinem Gedächtnis einzuschreiben und ihm das Wiederkommen zu verleiden.

In seiner Deutung hebt Meyer-Krentler allzusehr auf Unzuchtstrafen ab, bei denen das gang und gäbe war, und zieht als Parallele Goethes Gedicht heran, in dem eine ledige Mutter wegen Unzucht *Vor Gericht* steht. Ich möchte den »Willkomm« und den »Abschied« eher generell auf den Schmerz beziehen, der am Anfang und am Ende jeder Liebe steht, die Wehmut der ersten Sehnsucht, jeden Schmerz auch der vorübergehendsten Trennung und das letztliche Leiden am Verlust. Im einzig erhaltenen, wohl ersten Brief an Friederike spricht Goethe ja von ein »Wenig Herzwehe«, ansonsten sind die Belege für das untrennbare Ineinander von Liebe und Schmerz bei Goethe Legion, sei es Clärchens Lied im *Egmont* »Freudvoll und leidvoll … himmelhoch jauchzend, zu Tode betrübt«, seien es die »ganzen Hefte Leiden« im »wunderlichsten Buch der Bücher«, dem »Buch der Liebe« (*Lesebuch*), sei es der Rückblick im *West-östlichen Divan* auf die Zeiten, »da wir noch vor Liebe litten« (*Im Gegenwärtigen Vergangenes*), immer gilt: »Alle das Neigen / von Herzen zu Herzen. / Ach, wie so eigen / schaffet es Schmerzen!« (*Rastlose Liebe*). Eduard spricht in den *Wahlverwandtschaften* von »dem Glück, ja dem Unglück, Ottilien zu lieben«, und nennt sein »Talent des Liebens« »zwar … ein jammervolles, ein schmerzen- und ein tränenreiches«, aber zugleich »so natürlich, daß ich es wohl schwerlich je wieder aufgebe«.

In einer ersten Schicht gestaltet unser Gedicht im Frühsommer 1771 die Begegnung einer Nacht, die wie im Tagelied mit der Trennung am Morgen endet, wenn die Geliebte ins Haus zurückkehrt. In einer zweiten Schicht wird nach 1775 daraus die Geschichte einer konkreten Liebe und ihres Endes, wenn »er« geht und sie weinend zurückläßt. Und in der letzten Lesart wird das Gedicht zum *Willkomm und Abschied*, der zum Wesen der Liebe dazugehört. Wie ›urphänomenal‹ beide Schlußversionen sind, zeigt, daß sie das Ende bzw. die Schlußeinstellung zweier nach wie vor populärer Filme sind: »Du giengst, ich stund und sah zur Erden / Und sah dir nach mit naßem Blick« ist das Ende von Casablanca; »Ich ging, du standst und sahst zur Erden, / Und sahst mir nach mit nassem Blick« ist die Schlußeinstellung von *Vom Winde verweht*.

Goethes Liebestheologie

In *Dichtung und Wahrheit* reflektiert Goethe nach der Schilderung seiner Liebe zur mit einem anderen verlobten Charlotte Buff das Problem der letztlichen Endlichkeit nahezu jeder Liebe grundsätzlich im Zusammenhang mit dem Lebensüberdruß, dem »taedium vitae«, und Werthers Selbstmord.

> Nichts aber veranlaßt mehr diesen Überdruß als die Wiederkehr der Liebe. Die erste Liebe, sagt man mit Recht, sei die einzige: denn in der zweiten und durch die zweite geht schon der höchste Sinn der Liebe verloren. Der Begriff des Ewigen und Unendlichen, der sie eigentlich hebt und trägt, ist zerstört, sie erscheint vergänglich wie alles Wiederkehrende (III, 13).

Es ist das Dilemma jeder weiteren, nachfolgenden Liebe – sie fühlt sich ewig und unendlich und weiß sich doch begrenzt und endlich.

Das Gegenkonzept findet sich auch in *Dichtung und Wahrheit* beschrieben: »Wahrhaft Liebende betrachten alles, was sie bisher empfanden, nur als Vorbereitung zu ihrem gegenwärtigen Glück, nur als Base, worauf sich erst ihr Lebensgebäude erheben soll. Vergangene Neigungen erscheinen wie Nachtgespenster, die sich vor dem anbrechenden Tage wegschleichen«. Das ist das Konzept gewisser Hollywood-Schauspieler oder bundesdeutscher Politiker, daß gerade die nte Ehe die eigentliche und wahre ist, und danach die nplus1te, oder, wie Peter Maffay singt: »Auf dem Weg zu dir hab ich mich oft verlaufen.«

Das ist nicht Goethes Konzept. Keine seiner Lieben war für Goethe je bloße ›Vorstufe‹ oder gar Irrtum, lebenslang hatte er Ehrfurcht vor den Göttinnen seiner Jugend und seines reiferen Lebens. Was ewig an der Liebe ist, ist ihr Prinzip, das Urphänomen, das seinerseits in jeder liebenden Beziehung – und nur dort – zur Erscheinung kommt. Das kann dann durchaus zu frivol klingenden Äußerungen führen und auch Doppellieben zulassen – »Es ist eine sehr angenehme Empfindung, wenn sich eine neue Leidenschaft in uns zu regen anfängt, ehe die alte noch ganz verklungen ist« (DuW III, 13) – es ist ja die eine Liebe. Ihr kann auch die abstrakte Gewißheit entspringen, wieder zu »lieben«, ohne noch zu wissen, wen, wie bei Reisebeginn 1814 im Gedicht

Phänomen

So sollst du, muntrer Greis,
Dich nicht betrüben,
Sind gleich die Haare weiß,
Doch wirst du lieben.

Gestaltet hat Goethe dieses Prinzip der Liebe, das überdauert, wenn auch die Aktanten, die es zur Erscheinung bringen, wechseln, und das als solches ewig und göttlich ist, erstmals in den Schlußversen von *Willkomm und Abschied*. In den entpersönlichten beiden deutschen Infinitiven »geliebt werden« und »lieben« erscheint je und je das Glück und in ihm je und je das Göttliche. Die Entselbstung gegenüber der / dem Liebenden entspricht der gegenüber Gott – »wir heißen's fromm sein« (*Elegie*, S. 66 f.). Diesem Urphänomen, das ich analog zu Albrecht Schönes Begriff »Farbentheologie« Goethes Liebestheologie nennen möchte, werden wir bis zur *Elegie* von 1823, ja noch darüber hinaus in den Dornburger Gedichten von 1828 immer wieder begegnen.

›Erlebnislyrik‹ bei Goethe

Bei *Maifest* und *Es schlug mein Herz* stellt sich erstmals das Problem der ›Erlebnislyrik‹ oder des ›Gelegenheitsgedichts‹. Goethe hat ein solches durchgehendes Konzept fraglos für sein Gesamtwerk reklamiert:

> Was von meinen Arbeiten durchaus und so auch von meinen kleineren Gedichten gilt, ist, daß sie alle, durch mehr oder minder bedeutende Gelegenheit aufgeregt, in unmittelbaren Anschauen irgend eines Gegenstands verfaßt wurden, deshalb sie sich nicht gleichen, darin jedoch überein kommen, daß bei besonderen äußeren, oft gewöhnlichen Umständen ein Allgemeines, Inneres, Höheres dem Dichter vorschwebte (*Über Goethes Harzreise im Winter,* 1821).

Wenn der Anakreontiker Goethe vom allgemeinen Gesetz zu dessen konkreter Einkleidung ging, wie der Maler Seekatz von der Göttin, der Schäferin oder der Amazone, die er malen wollte oder sollte, zu seiner Frau, die allein er malen durfte, so vollzieht sich jetzt die umgekehrte Bewegung, bei der das Besondere, Einmalige gesteigert wird zum Allgemeinen und ewig Gültigen. Im Gedicht über die eine konkrete Liebesnacht erscheint in höherem Sinn die Geschichte einer Liebe und in ihr als letztes die Liebe als ewiges Gesetz. Das beruht auf Goethes Lehre vom ›Urphänomen‹; der Begriff »bedeutend«, wie auch im obigen Zitat, ist beim späten Goethe reserviert für die Fälle, wo sich das Urphänomen zeigt; das »Anschauen« einer »mehr oder minder bedeutenden Gelegenheit« bringt also ein Urphänomen zur Erscheinung.

Karl Otto Conrady hat wiederholt mit guten Gründen für die Aufgabe dieses Begriffs der ›Erlebnislyrik‹ plädiert, da mit ihm über einhundert Jahre lang Schindluder getrieben wurde. Bis in die sechziger Jahre des vorigen Jahrhunderts hinein wurden Goethes Erlebnislyrik oder seine »Gelegenheits«-Gedichte im obigen Sinne – nicht zu verwechseln mit antiker, humanistischer oder barocker Okkasionalpoesie – zum ahistorisch absoluten Maßstab genommen und mit Lyrik schlechthin gleichgesetzt, etwa in Emil Staigers *Grundbegriffen der*

Poetik. Vom ganzen Mittelalter blieben neben Wolfram von Eschenbachs Tageliedern nur Walther von der Vogelweides Gedichte übrig, weil sie als ›erlebt‹ galten, von der ganzen Barockdichtung nur Andreas Gryphius und Hans Jakob von Grimmelshausen, weil ihre durchgehende Topik negiert und etwa die dem gesamten Neostoizismus eigene Vergänglichkeitsklage bei ihnen als ›zutiefst erlebt‹ gedeutet wurde. Ebenso fiel alles ›nur‹ Kunstvolle, alles ›Komische‹, alles Experimentelle und vor allem alles Politische durchs poetische Netz, was in aller Regel als Vorzug dieses engen Lyrikbegriffs empfunden wurde.

Aber dennoch gilt der juristische Grundsatz: Abusus non tollit usum, der Mißbrauch setzt einen Brauch nicht außer Kraft. Ich möchte, wie auch Terence Reid im *Goethe Handbuch*, trotzdem für Goethe an dem Begriff der »Erlebnislyrik« festhalten, da er allein eine Goethe ureigene Produktionsform präzise erfassen kann, ihn jedoch ganz eng und präzise definieren und ausschließlich den Gedichten vorbehalten, denen ein ›Erlebnis‹, eine ›Gelegenheit‹ im strengen Sinne eines ›datierbaren Gefühls‹ zugrunde liegt. So wird sich etwa das Paradoxon ergeben, daß die *Elegie* von 1823, welche im Manuskript auf der Kutschfahrt von Karlsbad nach Weimar entstanden ist, nachdem er sich von seiner letzten Geliebten, von der jungen Ulrike von Levetzow, getrennt hat, ihre Vollendung erst in zwei typischen Okkasionalgedichten findet, einer Auftragsarbeit zur Jubiläumsausgabe des *Werther* und einem konventionellen Stammbucheintrag. Sie rahmen, wie noch zu zeigen sein wird, die *Elegie* zur *Trilogie der Leidenschaft*; erst in diesem Dreiklang ist die elegische Klage um das verlorene Ideal im Sinne des Hegelschen Wortspiels ›aufgehoben‹ – überwunden, auf eine höhere Stufe erhoben und damit zugleich für ewig bewahrt.

Anwalts- und Dichterjahre in Frankfurt 1771–1775

Am 14. August 1771 kehrt Goethe in seine Vaterstadt zurück; am 28. August, seinem zweiundzwanzigsten Geburtstag, beantragt er die Zulassung als Rechtsanwalt, die sogleich erfolgt. Exakt drei Jahre vorher war er an seinem 19. Geburtstag zu Tode krank, kaum reisefähig, ohne Studienabschluß, als »Schiffbrüchiger« in Leipzig aufgebrochen; jetzt kann er, bei noch eingeschränkter Gesundheit, als niedergelassener Anwalt im Hotel Mama in aller Ruhe nach einer Lebensstellung Umschau halten.

Der Eintritt seines Onkels Johann Jost Textor, des einzigen Bruders seiner Mutter, in den Frankfurter Rat hat für den jungen Berufsanfänger den angenehmen Effekt, daß er aus dessen nun aufgegebener Anwaltspraxis einige Fälle übernehmen kann. Andererseits schließt der Eintritt des Onkels in den Rat Goethe selbst auf eine weitere Generation von einem öffentlichen Amt in seiner Vaterstadt aus, da Verwandte bestimmten Grades nicht gleichzeitig in städtischen Diensten sein dürfen – Johann Jost konnte auch nur Senator werden, weil sein Vater Johann Wolfgang Textor, Goethes Großvater und Taufpate, soeben gestorben war.

Erst als Johann Jost dann relativ früh mit Anfang fünfzig stirbt, fühlen die städtischen Repräsentanten mehrfach bei Goethes Mutter vor, ob ihr nun schon berühmter Sohn sich einem Losverfahren um eine vakante Ratsstelle unterziehen würde – zu einem Zeitpunkt also, als er sich selbst bereits als Selfmademan eine ebenso geachtete wie einträgliche und ihm förmlich auf den Leib geschneiderte Stellung geschaffen hatte. So gern die Mutter ihren Sohn wieder in Frankfurt sähe, rät sie ihm doch in ihrem Schreiben vom 14. 12. 1792 uneigennützig ab, weil sie »allemal« glaubt, »daß dir in deiner jetzigen Verfaßung nach leib und Seele besser ist – als in einer neuen Laufbahn – denn du bist in dem eigentlichen Sinn des Worts ein Freyherr«.

In einem deutlich für die Augen Frankfurter Offizieller bestimmten Brief an die Mutter vom 24. 12. 1792 lehnt Goethe denn auch unter doppelter Berufung auf die durch die französischen Revolutionstruppen geschaffene Kriegssituation ab:

> Bey der unwiderstehlichen Vorliebe die jeder wohldenckende für sein Vaterland empfindet, würde es mir eine schmerzliche Verläugnung sein eine Stelle auszuschlagen die jeder Bürger mit Freuden übernimmt und besonders in der jetzigen Zeit übernehmen soll, wenn nicht an der an-

> dern Seite meine hiesigen Verhältniße so glücklich und ich darf wohl sagen über mein Verdienst günstig wären.
> Des Herzogs Durchlaucht haben mich seit so vielen jahren mit ausgezeichneter Gnade behandelt, ich bin ihnen soviel schuldig geworden daß es der größte Undanck sein würde meinen Posten in einem Augenblicke zu verlassen da der Staat treuer Diener am meisten bedarf.

Dieser zeitliche Vorgriff mag hier illustrieren, wie langsam der Gang reichsstädtischer Mühlen im alten Reich war und als wie begrenzt Goethe den Spielraum empfinden mußte, den ihm sein »Vaterland« eröffnen konnte. Fast vier Jahre lang wird Goethe sich diesen engen Verhältnissen aussetzen, vier Jahre, in denen er zugleich die Fundamente seines lebenslangen Ruhmes legt und im eigentlichen Sinne zu ›Goethe‹ wird, zum geistigen Führer eines jungen Deutschlands und zum ersten deutschen Schriftsteller von europäischer Sichtbarkeit. Während er in seinen Dichtungen eine neue Welt erbaut, bleibt seine soziale Existenz wortwörtlich umgrenzt von Frankfurter Stadtmauern, und diese ungeheure Spannung führt dann zum Befreiungsschlag des Aufbruchs nach Weimar. Am 11. August 1781 schreibt er an seine Mutter und erinnert sie an die letzte Frankfurter Zeit:

> … unter solchen fortwährenden Umständen würde ich gewiss zu Grunde gegangen seyn. Das Unverhältniß des engen und langsam bewegten bürgerlichen Kreyses, zu der Weite und Geschwindigkeit meines Wesens hätte mich rasend gemacht. Bey der lebhaften Einbildung und Ahndung menschlicher Dinge, wäre ich doch immer unbekannt mit der Welt, und in einer ewigen Kindheit geblieben, welche meist durch Eigendünkel, und alle verwandte Fehler, sich und andern unerträglich wird.

So bildet er zunächst die »Weite und Geschwindigkeit seines Wesens« aus, entwickelt seine »lebhafte Einbildung« und erwirbt eine »Ahndung menschlicher Dinge«. Voraussetzung dafür ist, daß ihn der Tribut an den »langsam bewegten bürgerlichen Kreys« (d. h. die alltäglichen Lebensumstände) in Form eines Brotberufs nicht viel

Mühe kostet. Prozesse wurden schriftlich geführt, der Anwalt trug im Schriftsatz im Namen des Mandanten dessen Tatsachenbehauptungen, Beweise und Rechtsauffassungen vor; die Gegenseite verfuhr entsprechend, und das nach strengen Regeln. Als gleich im ersten Prozeß sowohl der junge Goethe wie sein Gegenanwalt, sein nur zwei Jahre älterer Jugendfreund Maximilian Moors, mit einem frischeren bildkräftigen Ton sozusagen den Sturm und Drang in die Gattung Schriftsatz einbringen wollten, erhielten beide einen Verweis wegen dieser »unanständigen, nur zur Verbitterung der ohnehin aufgebrachten Gemüter ausschlagenden Schreibart«. Goethes Schreiber Johann Wilhelm Liebhold beherrschte die Formalien, vor allem die komplizierten, bis in den Wortlaut geregelten Anrede- und Unterzeichnungsformulare. Sein Vater, dessen Stand als Kaiserlicher Rat ihm jede eigene Tätigkeit verbot und der deshalb, wie schon berichtet, gelegentlich für Kollegen als Ghostwriter arbeitete, wurde für den Sohn als »geheimer Referendar« im ursprünglichen Sinne tätig: Er hielt seinem Sohn Vortrag zu den Akten und war immer wieder verwundert, wie rasch dieser seine Darlegungen in einen Schriftsatz umgoß – »wenn ich ihm fremd wäre, er würde mich beneiden«, war einmal des Vaters verblüffter Kommentar (DuW IV, 17). Da Goethe seine juristischen Fähigkeiten sonst eher herunterspielt, dürfen wir dem Bericht aus *Dichtung und Wahrheit* sicherlich glauben, zumal er durch die schriftlichen Zeugnisse aus der Weimarer amtlichen Tätigkeit bestätigt wird, in denen Goethe stets die Dinge auf den Punkt zu bringen versteht.

Ist die Juristerei somit nahezu in »Nebenstunden« abzuhandeln, hat Goethe um so mehr Zeit zu leben, und das heißt bei ihm in dieser Zeit: Wandern, Reiten, Segeln, Rudern, Lesen, Flirten, Dichten, Freundschaftenpflegen, Baden, Singen und Tanzen. Wie schon in Zusammenhang mit der Straßburger Zeit beschrieben wurde, setzt er das dort begonnene Leben eines ›sportsman‹ fort. Durch Vermittlung Herders lernt er den in hessen-darmstädtischen Diensten stehenden Johann Georg Merck kennen, dem seine hinreichend besoldete, nicht sehr fordernde Stelle Zeit läßt, als Schriftsteller, Übersetzer und Kritiker zu wirken. Aufgrund seiner praktischen Veranlagung wird er so etwas wie der Organisator des oberdeutschen Sturm-und-Drang-

Kreises, der ersten deutschen programmatischen kulturellen Jugendbewegung seit Humanismus und Reformation, vor allem als Redakteur der *Frankfurter Gelehrten Anzeigen*, die er mit dem Jahrgang 1772 zum führenden Organ der jungen Strömungen macht.

Nach Behrisch, Salzmann und Herder wird Merck zum letzten der älteren, ihn väterlich führenden Freunde, »der auf mein Leben den größten Einfluß gehabt« hat, wie es in *Dichtung und Wahrheit* heißt. Er zieht Goethe sowie dessen späteren Schwager Schlosser, den Darmstädter Rektor Wenck und Professor Petersen und den Gießener Juraprofessor Höpfner, aber auch Herder zur Mitarbeit an dem Rezensionsjournal heran. Die Arbeitsweise, die einzelnen Beiträge vor den jeweils anwesenden Mitarbeitern im Entwurf vorzulesen, zu diskutieren und die Endfassung als Schlußredaktion anonym zu veröffentlichen, kostete Goethe im Jahr 1772 so viel Zeit, daß er erst im folgenden Jahr an die Umarbeitung der *Geschichte Gottfriedens* zum *Götz von Berlichingen* gehen konnte; vor allem aber führte sie dazu, daß Goethe später selbst nicht mehr wußte, welche Beiträge von ihm waren. Letzte Sicherheit in dieser Frage gibt es trotz großer Bemühungen in der Forschung bis heute nicht.

Merck führt ihn in den Darmstädter empfindsamen Zirkel der »Gemeinde der Heiligen« ein, in dem Goethe u. a. Herders spätere Frau Caroline Flachsland kennenlernt und der das erste Publikum für seine neue Dichtungsphase wird.

Durch seinen Einfluß wird aus einem Kreis empfindsamer Seelen, die Klopstock verehren, die Freundschaft pflegen und viel und mit Genuß weinen, ein lebhafter geselliger Zirkel, mit Ausflügen, Tänzen und Rundgesängen, in dessen Mitte er sich selbst schildert als »einen Jüngling, der voller Jugendkraft und Munterkeit ... für seinen Kreis der beste Gesellschafter« ist, das artigste Spiel angibt, »das freudigste Liedchen« singt, »im Rundgesange den Chor« belebt, »dem die beste Tänzerin freudig die Hand« reicht, »um den neuesten, mannigfaltigsten Reihen vorzutanzen«. Caroline berichtet Herder von Goethes Kletterkünsten, seiner besonderen Art, mit Mercks Kindern umzugehen – einem Spezialtalent des jungen Goethe –, und seinen generellen Qualitäten als Universalentertainer. Der abwesende Herder scheint seinen Straßburger Zögling gar auf derlei Allotria reduzieren zu wollen – vielleicht ist er auch nur eifersüchtig: »Goethe ist ein guter Junge und wird euch mit seinen Wanderschaften wenigstens ein Bild vortragen, das Lust am leben hat, närrisch Zeug zu machen, in Felsen zu hauen, zu hüpfen und bei einem kleinen Vorfall sehr laut zu krähen« (13. Mai 1772).

Wetzlar 1772

Bei allem Verständnis für das Dichten und Treiben seines einzigen Sohnes, das er durch sein Wirken als »geheimer Referendar« ja noch befördert, sieht der Kaiserliche Rat Johann Caspar Goethe dessen Frankfurter Anwaltszeit nur als Vorstufe zu einer klassischen Juristenlaufbahn: Nach Stagen beim Reichskammergericht in Wetzlar, beim Ständigen Reichstag in Regensburg und beim Reichshofrat in Wien und dem Grand Tour, auf denen der Sohn wie einst der Vater seine Geschäftskenntnisse erweitern und Weltläufigkeit erwerben soll, kann auch Johann Wolfgang eine der »kollektiven Stellen« bekleiden: »Residentschaften, Agentschaften, die sich durch Tätigkeit grenzenlos erweitern lassen« (DuW IV, 17). Vielleicht wird er im gesetzteren Alter nach Rückzug des Oheims Textor dann auch noch einen hohen Posten im Stadtregiment bekleiden, wie sie in der Familie der Mutter Tradition waren.

Halbherzig macht sich Goethe diesen »Lebensplan, den sich mein Vater für mich ausgedacht hatte« (DuW III, 15), zu eigen. Einziges direktes Zugeständnis »nach einigem Zögern« ist der Aufenthalt am Reichskammergericht in Wetzlar von Mitte Mai bis 11. September 1772 und eine gewisse ambigue Haltung gegenüber dem Grand Tour: Sowohl bei der Schweizerreise von Mai bis Juli 1775 wie noch beim Aufbruch nach Weimar hoffte der Vater auf eine Erweiterung bzw. Abänderung der Pläne des Sohnes auf eine Große Bildungsreise, die dann auch zumindest kurz den Regensburger Reichstag und den Wiener Reichshofrat berühren sollte.

Wie wenig sich der Sohn in Wirklichkeit auf die Pläne des Vaters einzulassen bereit war, hat sein Freund – aber eben auch Rivale bei seiner Braut Charlotte Buff – Johann Christian Kestner in einem Briefkonzept vom Herbst 1772 aus Wetzlar mit nicht zu überbietender Lakonik festgehalten:

> Im Frühjahr kam hier ein gewisser Goethe aus Frankfurt, seiner Hantierung nach Dr. Juris, 23 Jahr alt, einziger Sohn eines sehr reichen Vaters, um sich hier, dies war seines Vaters Absicht, in Praxi umzusehen, der seinigen nach aber, den Homer, Pindar p. zu studieren und was sein Genie, seine Denkungsart und sein Herz ihm weiter für Beschäftigungen eingeben würde.

Die einzige juristische Handlung Goethes in Wetzlar scheint in der Tat die elf Wörter umfassende Einzeichnung in die Gerichtsmatrikel am 25. 5. 1772 gewesen zu sein. Ansonsten ist er überrascht, daß ihm unter den jungen Kollegen, Gesandtschaftssekretären, Assessoren oder Rechtspraktikanten »anstatt einer sauertöpfischen Gesellschaft ein drittes akademisches Leben entgegensprang« (DuW III,12). Wie in Leipzig und Straßburg genießt er es rückhaltlos. Werthers Art der Freizeitgestaltung im Ersten Teil der *Leiden*, der, auf 1771 vorversetzt, nicht zufällig zeitlich exakt parallel zu seinem eigenen Wetzlar-Aufenthalt verläuft, dürfte einen lebendigen Eindruck von Goethes Leben im Frühsommer und Sommer 1772 vermitteln.

Wie Werther verliebt sich auch sein Schöpfer bei einem Ball in eine Charlotte, nur weiß der Autor im Gegensatz zu seinem Geschöpf nicht, daß das junge Mädchen schon »versprochen« ist. Anders als Werther aber ist Goethe gesellig; neben dem ebenso extensiven wie intensiven Umgang mit Lotte und deren Verlobtem Kestner bestimmt, wie schon in Straßburg, der Mittagstisch seinen Umgang. Er tritt der seit einem Jahr bestehenden »Rittertafel« bei, die in ironischer Brechung Riten der damals aufkommenden Freimaurerei imitiert. Mit deren Mitgliedern Carl Wilhelm Jerusalem, dem einzigen Sohn des in seiner Zeit wohl bekanntesten protestantischen Theologen Friedrich Wilhelm Jerusalem, dem Baron Kielmannsegg und Friedrich Wilhelm

Gotter trat Goethe in nähere Beziehung. Gotter, dichtender Jurist und später auch thüringischer Hofbeamter wie er selbst, vermittelte erste Kontakte zu Heinrich Christian Boie nach Göttingen – die lokalen Jugendbewegungen des frühen Sturm und Drang beginnen Fühlung zu nehmen.

Die einsamen Stunden, die ihm dann noch bleiben, nutzt Goethe zum intensiven Griechischstudium, wie Werther es pflegt und Kestner es bezeugt hat – in Wetzlar bringt sich Goethe so weit, daß er Homer mit Genuß im Original lesen und Pindars Verse auswendig in Briefen wie Haushaltswörter zitieren kann: »Zuerst schränkt' ich mich auf den Homer ein, dann um den Sokrates forscht' ich in Xenophon und Platon. Da gingen mir die Augen über meine Unwürdigkeit erst auf, gerieth an Theokrit und Anakreon, zuletzt zog mich was an Pindarn, wo ich noch hänge. Sonst hab' ich gar nichts getan ...«, schreibt er Mitte Juli an Herder.

Sein Abschied von Wetzlar ist der Werthers am Ende des Ersten Teils. Unter demselben 10. September, an dem Werther an Wilhelm schreibt: »Ich werde sie nicht wieder sehen ... mit Sonnen Aufgang sind die Pferde bestellt«, schreibt Goethe an Kestner: »Er ist fort Kestner wenn Sie diesen Zettel kriegen, er ist fort«, und an Lotte: »Lotte wie war mirs, ... da ich wusste es ist das letzte Mal daß ich Sie sehe. Nicht das letzte Mal, und doch geh ich morgen fort.« Goethe reist allerdings nicht wie Werther in der Kutsche ab, sondern zu Fuß; er tritt eine Wanderung die Lahn hinunter nach Ehrenbreitstein an, wo er sich mit Merck bei der bekanntesten Schriftstellerin der Zeit, Wielands ehemaliger Verlobter und Rousseau-Anhängerin Sophie von La Roche, verabredet hat, die er schon von einem Besuch in Frankfurt her kannte. Dort beeindruckt ihn vor allem deren sechzehnjährige Tochter Maximiliane Euphrosyne vulgo Maxe, die Goethe auch schon von Frankfurt her kannte. Sie ist Balsam für sein von Lotte verwundetes Herz; das Wiedersehen mit ihr führt zu der bereits oben zitierten frivolen Bemerkung von der angenehmen Empfindung einer neuen Leidenschaft, »ehe die alte noch ganz verklungen ist« (DuW III, 13). Diese Empfindung hat Goethe noch mehrmals in seinem Leben: Als er sich bei seiner Ankunft in Weimar Hals über Kopf in Charlotte von

Stein verliebt, hat er gleichzeitig noch immer seine letzte Frankfurter Liebe Lili Schönemann im Sinn, so daß in *Jägers Abendlied* die Forscher sich uneins sind, wessen »liebes Bild« ihm plötzlich ›vorschwebt‹, und über den *Römischen Elegien* waltet der »Doppelglanz« der römischen Faustina und der weimarischen Christiane.

Die großen Hymnen

Von den Dichtungen der Frankfurter Jahre zwischen 1771 und 1775 heißt es in *Dichtung und Wahrheit* (III, 15):

> Meine Sachen, die so viel Beifall gefunden hatten, waren Kinder der Einsamkeit, und seitdem ich zu der Welt in einem breitern Verhältnis stand, fehlte es nicht an Kraft und Lust der Erfindung, aber die Ausführung stockte, weil ich weder in Prosa noch in Versen eigentlich einen Stil hatte und bei einer jeden neuen Arbeit, je nachdem der Gegenstand war, immer wieder von vorne tasten und versuchen mußte.

Klarer kann man Goethes dichterische Position nach Straßburg nicht auf den Punkt bringen: Die alte Dichtart mit ihrer Gattungs- und Stillehre, mit ihrer klaren Zuordnung von Gegenstand und Tonlage, Stoff und Form, deren ›Vollender‹ Goethe bis 1770 wurde, war, nicht zuletzt durch die Lehren Herders, für immer dahin. Es galt, allein aus dem ›Ich‹ heraus in ›tastenden Versuchen‹ als »Kinder der Einsamkeit« Neues zu schaffen, für das der ›Verwandler‹ Goethe den passenden »Stil« immer neu zu finden hatte. In diesen Frankfurter Jahren ist es die Gestalt des Prometheus aus der gleichnamigen Hymne, die dieses Schaffen allein aus dem »heilig glühend Herz« heraus am klarsten gestaltet. In der Tat folgt in *Dichtung und Wahrheit* der Abschnitt zu *Prometheus* unmittelbar auf den zitierten Passus.

Zum Stichwort »Stil« ist Goethes Definition in der kleinen Schrift *Einfache Nachahmung der Natur, Manier, Styl* von 1789 heranzuziehen: »Gelangt die Kunst durch Nachahmung der Natur, durch Bemühung sich eine allgemeine Sprache zu machen, durch genaues und tiefes Studium der Gegenstände selbst, endlich dahin, daß sie die Eigenschaften der Dinge und die Art wie sie bestehen genau und immer genauer kennen lernt, daß sie die Reihe der Gestalten übersieht und die verschiedenen charakteristischen Formen neben einander zu stellen und nachzuahmen weiß: dann wird der Styl der höchste Grad wohin sie gelangen kann; der Grad, wie sie sich den höchsten menschlichen Bemühungen gleichstellen darf.« Der Styl »ruht … auf den tiefsten Grundfesten der Erkenntnis, auf dem Wesen der Dinge, in so fern uns erlaubt ist es in sichtbaren und greiflichen Gestalten zu erkennen«.

Für den Rest seines Lebens wird sich Goethe, zumeist einsam, von 1794 bis 1805 in Gemeinschaft mit Schiller, darum bemühen, »das Wesen der Dinge« sowie »die verschiedenen charakteristischen Formen« zu erkennen und dichterisch gestaltend zusammenzubringen. Auf der Tabula rasa, der sich die europäische Menschheit nach 1770 metaphysisch, anthropologisch, soziologisch und ästhetisch mehr und mehr gegenübersieht, gilt es, auf der Grundlage einer vertieften Kenntnis der Gegenstände eine neue Formensprache zu entwickeln. »Morphologisch« nennt Goethe seine Studien, die der anorganischen wie der organischen sowie der künstlerischen Gestalt gelten.

Das geht nicht anders als »tastend« und durch ›Versuche‹; die überaus zahlreichen Fragmente in seinem Gesamtwerk, vor allem aber in den frühen siebziger Jahren, bezeugen dies eindrücklich. Selbst das Werk, das ihn in eine europäische Kunstmythologie eingehen ließ, der *Faust*, existierte im Kreis der literarisch Interessierten fast zwanzig Jahre nur als Gerücht und dann weitere achtzehn Jahre nur als *Ein Fragment*. Auf dem Rücken all dieser Fragmente wird Goethe immer wieder Vollendetes schaffen und die neuen Gegenstände in neuen Formen behandeln, deren er sich in seinen morphologischen Studien versichert. Auf diesem Wege entwickelt er ein neues Verständnis von Lyrik, schafft er das nur scheinbar formlose Geschichtsdrama des *Götz*, findet er zur leidenschaftlichen Rückhalt- und Rücksichtslosigkeit des *Werther*, zum neuartigen Stationendrama des *Faust*. So entstehen die alle bewegenden Zeitfragen diskutierenden und gestaltenden *Wilhelm Meisters Lehrjahre* und schließlich die lyrischen, epischen und dramatischen Altersmeisterwerke des *West-östlichen Divans*, der *Wanderjahre* und des *Faust. Zweiter Teil.*

Bestätigt wird der in *Dichtung und Wahrheit* beschriebene Rückblick auf den dichterischen Neuanfang durch den schon zitierten Brief an Herder von Mitte Juli 1772. Pindar öffnet ihm durch eine Hymne auf einen Sieger im Wagenrennen wie in einem Bekehrungserlebnis die Augen für eine anzustrebende dichterische Meisterschaft:

> Ich wohne ietzt in Pindar, und wenn die Herrlichkeit des Pallasts glücklich machte, müsst ichs sein ... doch fühl ich indes, was Horaz aussprechen konnte ... und was tätiges an mir ist lebt auf da ich Adel fühle und Zweck kenne ... Über den Worten Pindars epikratein dynasthai ist mirs aufgegangen. Wenn du kühn im Wagen stehst, und vier neue Pferde wild und unordentlich sich an deinen Zügeln bäumen, du ihre Kraft lenckst, den austretenden herbey, den aufbäumenden hinabpeitschest, und iagst und lenckst und wendest, peitschest, hältst, und wieder ausjagst biss alle sechzehn Füsse in einem Tackt ans ziel tragen. Das ist Meisterschafft, epikratein, Virtuosität ... Dreingreiffen, packen ist das Wesen ieder meisterschafft ... nichts ... hat mein Herz und Sinn mit warmer heiliger Gegenwart durch und durch belebt, als das wie *Gedanck* und *Empfindung* den *Ausdruck* bildet. So innig hab' ich das genossen.

Im wohl damals entstandenen *Wandrers Sturmlied*, einer Hymne auf den dichterischen Genius, der den von ihm Begeisterten und Beseelten auch durch den äußersten Aufruhr der Natur trägt, huldigt Goethe in der letzten Strophe Pindar, dem das Wagenrennen im olympischen Zeuskult Empfindungen und Worte eingab:

> Wenn die Räder rasselten Rad an Rad
> Rasch ums Ziel weg
> Hoch flog siegdurchglühter Jünglinge Peitschenknall
> Und sich Staub wälzt
> Wie vom Gebürg herab sich

Kieselwetter ins Tal wälzt
Glühte deine Seel Gefahren Pindar
Mut Pindar – Glühte –
Armes Herz –
Dort auf dem Hügel –
Himmlische Macht –
Nur so viel Glut –
Dort ist meine Hütte –
Zu waten bis dort hin.

Verglichen mit Pindars Seele und ihrer Glut fühlt das Ich noch seine Unzulänglichkeit, seinen Mangel an »Meisterschaft«. Im *Vorspiel auf dem Theater* zum *Faust* wird der Theaterdirektor dieses »epikratein dynasthai«, diese »Virtuosität« in den Imperativ kleiden: »Gebt ihr euch einmal für Poeten, / So kommandiert die Poesie.«

Der Schluß der Briefstelle bezieht sich auf Herders Ausführung in den *Fragmenten*, »daß Gedanke und Wort, Empfindung und Ausdruck sich zueinander verhalten wie Platons Seele und Körper.« Es gilt also, daß Gedanken und Empfindungen sich die angemessenen Worte und Ausdrücke bilden.

Die Gegenstände, denen Goethes Gedanken und Empfindungen in dieser Zeit gelten, sind die größten und höchsten. Die Zeit, in der Goethe zu Goethe wird, ist zugleich die, in der er am höchsten vom Menschen dachte und am weitesten vom übersteigerten Erbsündedogma der pietistischen Zirkel entfernt war. Es gilt, die Möglichkeiten der ›Menschheit‹ – was damals eher das Menschsein meint als den Kollektivbegriff – in ihren größten Vertretern auszuloten, da in ihnen zugleich auch die im heutigen Menschen schlummernden Möglichkeiten aufscheinen. »Von Verdiensten die wir zu schätzen wissen, haben wir den Keim in uns«, heißt es in der *Rede zum Schäkespears Tag*, wo diese eingeborene Fähigkeit zugleich einen Namen bekommt – »dank sei meinem erkenntlichen Genius«. Am deutlichsten zum Ausdruck kommt Goethes »erkenntlicher Genius«, sein lebenslanges Credo, daß Gleiches nur von Gleichem erkannt werden kann, in der Plotin-Paraphrase des Zahmen Xenions von 1805:

Wär' nicht das Auge sonnenhaft,
Die Sonne könnt' es nie erblicken;
Läg' nicht in uns des Gottes eigne Kraft,
Wie könnt' uns Göttliches entzücken?

Ins Negative gewendet, ist das für ihn der Grund, daß niemand vor seinem Kammerdiener ein Held ist. Es kann durchaus der Betrachter sein, der vor einem großen Eindruck nicht besteht, weshalb der Schluß des *Götz* lautet: »Edler Mann! Edler Mann! Wehe dem Jahrhundert das dich von sich stieß.« Und der allerletzte Satz gilt direkt den Lesern oder Zuschauern, die soeben dem einleitenden »Erzähl das noch einmal, vom Berlichingen«, gefolgt sind: »Wehe der Nachkommenschaft, die dich verkennt.«

Von den Plänen eines Sokrates-Dramas, für das er in Wetzlar Platon und Xenophon studierte, hatte Goethe Herder schon Anfang 1772 berichtet, als er seinem Lehrer die Urfassung des *Götz* zur Kritik zusandte. »Leben und Tod eines andern Helden«, eben des Sokrates, bilden sein nächstes Dramenprojekt – »ich ... dialogisir's in meinem Gehirn«. Er stellt dabei den von der Obrigkeit hingerichteten Denker motivisch neben Jesus, »Sokrates, den philosophischen Heldengeist, ... den göttlichen Beruf zum Lehrer der Menschen, die exousian des metanoeite («Vollmacht» des «tut Buße», nach Matthäus 3, 2 – V. N.), die Menge, die gafft, die wenigen, denen Ohren sind zu hören, das Pharisäische Philisterthum« seiner Ankläger – »ich brauche Zeit, das zum Gefühl zu entwickeln«. Und er weiß dabei nicht, »ob ich mich von dem Dienste des Götzenbildes, das Plato bemalt und verguldet, dem Xenophon räuchert, zu der wahren Religion hinaufschwingen kann, der statt des Heiligen ein großer Mensch erscheint, den ich nur mit Liebesenthusiasmus an meine Brust drücke und rufe: Mein Freund und Bruder! Und das mit Zuversicht zu einem großen Menschen sagen zu dürfen! – Wär' ich einen Tag und eine Nacht Alcibiades, und dann wollt' ich sterben.« Am 26. April 1774 schreibt er ähnlich enthusiastisch, aber in polemischer Zuspitzung an den Zürcher Pfarrer Johann Conrad Pfenninger, der ihn mit »Zeugnissen« aus Gottes Wort hatte bekehren wollen:

> ...nur so schäz, lieb, bet ich die Zeugnisse an, die mir darlegen, wie tausende vor mir eben das gefühlt haben, das mich kräftiget und stärket. Und so ist das Wort der Menschen mir Wort Gottes es mögens Pfaffen oder Huren gesammelt und zum Canon gerollt oder als Fragmente hingestreut haben. Und mit inniger Seele fall ich dem Bruder um den Hals Moses! Prophet! Evangelist! Apostel, Spinoza oder Machiavell.

Vom leiblichen ›Erscheinen‹ eines bedeutenden Menschen als »guter Freund« bei der empfindsamen Lektüre – und das durchaus im Wortsinn einer antiken Theophanie, der plötzlichen ›Erscheinung‹ eines Gottes – wird noch die Rede sein. Goethes »wahre Religion, der statt des Heiligen ein großer Mensch erscheint«, sucht in den Jahren bis 1774 ihren neuen Himmel, ihre neue Mythologie und schreitet neu die neu erlebte Erde aus, um sie neu zu vermessen.

Es ist verblüffend, was Goethe aus Religion, Mythos und Geschichte an Plänen zusammenträgt, die er in dieser Zeit bearbeiten will. Neben dem Sokrates-Drama arbeitet er an einer Dramatisierung des Prometheus-Stoffes, nicht im Sinne eines antiken Dramas, sondern als Gestaltung eines Privatsymbols, mit dessen Hilfe er Ureigenstes, sein Selbst- und Ichgefühl ausdrücken will. Jesus sollte in einem Epos um den Ewigen Juden auftreten, Mahomet in einem Drama; in Tagebuchnotizen finden sich Fragmente zu einem Cäsar-Stück. Das Genie, gleich ob mythisch, religiös oder historisches Genie der Tat, ist ihm wertvoll als Erfüllung von Möglichkeiten der ›Menschheit‹ in ihren höchsten Vertretern; sie dramatisch vorzustellen kann und soll den »erkenntlichen Genius« einer schwächeren »Nachkommenschaft« wecken.

Außer *Faust* und *Götz*, die natürlich auch in diese Reihe der ›Genies‹ gehören, hat Goethe keinen dieser Pläne über Dialogfetzen, Skizzen und Szenenentwürfe hinaus verwirklicht. Für ein Sokrates-, Cäsar- oder Mahomet-Drama fehlte es ihm an ›Fleisch‹, an lebendiger Anschaulichkeit, mit der er die Gestalten wie ihre Umgebung hätte vergegenwärtigen können. Dem durch die historistische Schule gegangenen jungen Autor verbietet sich die Unbefangenheit, mit der Cäsars Senatoren bei Shakespeare reden wie elisabethanische Adlige oder mit der noch Voltaire seinen Mahomet wie einen Höfling Ludwigs XV. klingen läßt. Man denke nur an die Sorgfalt, die Goethe an das Sprachkostüm in *Götz* und *Faust* wendet.

In der kleineren Form einer Hymne hat Goethe den Prometheus- und Mahomet-Stoff dann doch noch gestaltet. Goethe selbst hat das Gedicht *Prometheus* im Alter für einen Monolog des Titelhelden aus dem Dramenfragment gehalten, was sich aber durch Wiederholungen aus den vorangehenden Szenen und durch die Handlungsführung ausschließt. Am wahrscheinlichsten ist, daß Goethe die Verdichtung von Motiven aus dem Prometheus-Komplex zu einer Hymne vorgenommen hat, als er den Dramenplan aufgab; sie wäre dann irgendwann zwischen Ende 1773 und Anfang 1775 entstanden. Mit dem Drama verbindet sie immer noch die Form des Rollengedichts – Prometheus spricht.

Die Gattungsbezeichnung ›Hymne‹ hat sich für die Goetheschen freirhythmischen Dichtungen im feierlichen Ton durchgesetzt; Goethe selbst nannte sie in der Tradition des griechischen Dichters Pindar (ca. 518 – ca. 446 v. Chr.) Oden. Diese Dichtform war von Klopstock bis Hölderlin und danach in Repristinationen bis zu Rilke oder Toller immer wieder äußerst beliebt; Max Kommerell hat ihr als dem bevorzugten Ort des Erscheinens von Göttlichem im Dichterischen einen berühmten Aufsatz gewidmet, *Die freien Hymnen und der Gott der Dichter*. Dennoch beruht diese für die deutsche Literatur äußerst folgenreiche Pindar-Rezeption auf einem Mißverständnis; aber gerade Irrtümer können produktiv sein – aus Richtigkeiten entstehen in der Regel Hauptseminararbeiten oder Aufsätze.

Schon Horaz hatte diese irrige Rezeption angestoßen, wenn er in der Ode IV, 7 seinen griechischen Kollegen als den bezeichnet, »qui ruit immensus / ore profundo« – der aus tiefster Kehle Maßloses hervorbrechen läßt. Hier kam alles zusammen, was der Sturm und Drang als spezifisch ›deutsch‹ – andere Völker sagen eher ›teutonisch‹ – ansehen sollte: das wortwörtlich Maßlose, aber auch von jeglichem dichterischem Maße Freie, das ungemessen Weite, das zugleich ›Tiefe‹ verspricht und das gleichsam aus tiefster dichterischer Kehle naturwüchsig hervorbricht. So heißt es auch bei Klopstock: »ununterwürfig / Pindars Gesängen gleich« – die Kenntnis vom höchst kunstvoll komplexen Bau Pindarscher Odenstrophen war zwischenzeitlich schlicht verlorengegangen und wurde erst später wiederentdeckt.

Aber gerade in ihrer scheinbaren Regellosigkeit wirkten seine Strophen zusammen mit den von Herder als älteste Menschheitsdichtungen gewürdigten und ebenfalls freirhythmischen Psalmen als adäquate Form, in der menschliches Sprechen unter Neologismen und bisweilen gar unter Sprengung grammatischer Zwänge bis ans Unsagbare heranreicht. So erschienen sie zugleich von ehrwürdigstem Alter und innovativster Modernität, gleichermaßen sprunghaft wie schwungvoll; denn zum Sprung gehöre der Schwung, wie Richard Alewyn gern sagte. In dieser Form hat Goethe deshalb von der Mitte der siebziger bis Anfang der achtziger Jahre in Kulthymnen der »wahren Religion, in der statt des Heiligen ein großer Mensch erscheint«, sein Verhältnis zum Göttlichen gestaltet.

Prometheus

Wegen des bewußt regelsprengenden und neologischen Charakters der frühen Hymnik sei *Prometheus* hier in einer handschriftlichen Fassung von 1775 wiedergegeben, die der Erstdruck in den *Schriften* von 1789 stärker normiert, ohne am Inhalt etwas zu verändern:

Bedecke deinen Himmel Zeus
Mit Wolkendunst!
Und übe Knabengleich
Der Disteln köpft,
An Eichen dich und Bergeshöhn!
Mußt mir meine Erde
Doch lassen stehn.

Und meine Hütte
Die du nicht gebaut,

Und meinen Heerd
Um dessen Glut
Du mich beneidest.

Ich kenn nichts ärmers
Unter der Sonn als euch Götter.
Ihr nähret kümmerlich
Von Opfersteuern und Gebetshauch
Eure Majestät, und darbtet wären
Nicht Kinder und Bettler
Hoffnungsvolle Toren.

Als ich ein Kind war
Nicht wusste wo aus wo ein
Kehrt mein verirrtes Aug
Zur Sonne als wenn drüber wär
Ein Ohr zu hören meine Klage
Ein Herz wie meins
Sich des bedrängten zu erbarmen.

Wer half mir wider
Der Titanen Übermuth
Wer rettete vom Tode mich
Von Sklaverey?
Hast du's nicht alles selbst vollendet
Heilig glühend Herz?
Und glühtest jung und gut,
Betrogen, Rettungsdank
Dem Schlafenden dadroben.

Ich dich ehren? Wofür?
Hast du die Schmerzen gelindert
Je des Beladenen
Hast du die Tränen gestillt
Je des Geängsteten.

Hat nicht mich zum Manne geschmiedet
Die allmächtige Zeit
Und das ewige Schicksaal
Meine Herrn und deine.

Wähntest etwa
Ich sollt das Leben hassen
In Wüsten fliehn
Weil nicht alle Knabenmorgen
Blütenträume reifften.

Hier sitz ich forme Menschen
Nach meinem Bilde
Ein Geschlecht das mir gleich sey
Zu leiden weinen
Geniessen und zu freuen sich,
Und dein nicht zu achten
Wie ich.

In den *Schriften* von 1789 wird das Gedicht nicht nur in Semantik, Syntax und Interpunktion geglättet, ihm folgt auch unmittelbar der so ganz andere *Ganymed*, und dem folgen wiederum programmatisch *Grenzen der Menschheit* und *Das Göttliche*, dem Herder geradezu den Titel *Antiprometheus* beigelegt haben soll – eine Anordnung, an der Goethe bis zur *Ausgabe letzter Hand* festgehalten hat. Nur als Diptychon in Verbindung mit einem weiteren Diptychon konnten Leser nach dem Willen Goethes den *Prometheus* zur Kenntnis nehmen. Gerade die separate Veröffentlichung durch Friedrich Heinrich Jacobi als anonymer Raubdruck in seiner Schrift *Über die Lehre des Spinoza* 1785 hatte den von vielen Seiten mit großer Erbitterung geführten Pantheismus-Streit ausgelöst, in dessen Verlauf nach Herders Wort Goethe mit Lessing auf »Einem Scheiterhaufen zu sitzen« kam (Goethe an Jacobi, 11. 9. 1785).

Ich möchte hier der »Deutungstradition« (Karl Eibl) folgen und *Prometheus* und *Ganymed* als komplementäre Gestaltungen des Göttlichen sehen, die dem Weltgesetz von Systole und Diastole unterliegen und zudem gemeinsam eine zentrale Stelle aus dem Dramenfragment aufnehmen. Prometheus sagt zu Merkur:

Könnt ihr den weiten Raum
Des Himmels und der Erde
Mir ballen in meine Faust?
Vermögt ihr mich zu scheiden
Von mir selbst.
Vermögt ihr mich auszudehnen
Zu erweitern zu einer Welt.

Prometheus' rhetorische Frage an die Götter gilt denselben Extremen, die Faust vom Teufel erwartet und die der nach eigenem Eingeständnis nicht geben kann:

Und was der ganzen Menschheit zugeteilt ist
Will ich in meinem Innern Selbst genießen
Mit meinem Geist das Höchst' und Tiefste greifen,
Ihr Wohl und Weh auf meinen Busen häufen,
Und so mein eigen Selbst zu ihrem Selbst erweitern. (1770 ff.)

Und Mephisto antwortet ironisch:

Möchte selbst solch einen Herren kennen,
Würd' ihn Herrn Mikrokosmos nennen. (1801 f.)

Die Hymne *Prometheus* spricht diese äußerste Konzentration auf das Ich, diese Systole des Makrokosmos im Mikrokosmos aus: Das erste Wort »Bedecke deinen Himmel« ist ein Imperativ an Zeus und das letzte Wort heißt »Ich«, im Druck sogar mit der Emphase eines Ausrufungszeichens. Goethes radikale Loslösung von allem Überkommenen in seinen Dichtungen, seine völlige Unabhängigkeit vom Meinen und Wähnen der ›anderen‹, wie es auch, wie wir noch sehen werden, alle zeitgenössischen Zeugnisse zum Menschen Goethe in dieser Zeit belegen, spricht sich in der Prometheus-Rolle am unmittelbarsten aus.

Der englische Philosoph Shaftesbury hatte den Künstler 1731 als »indeed a true Prometheus, a second maker under Jove« definiert und damit Prometheus für das Jahrhundert des Geniekults zur Inkarnation des Künstlers gemacht. In Übersteigerung dieser Rolle und der in ihr liegenden, von allem unabhängigen künstlerischen Potenz streicht Goethe gleichsam das »under Jove«: Die Götter des Gedichts sind nur insofern etwas, als sie von »Kindern und Bettlern, hoffnungsvollen Toren« anerkannt werden. In Wirklichkeit sind sie »Schlafende«, ohne Auge, Ohr und Arm für die Nöte des Menschen.

Mächtig sind andere Gottheiten, »die allmächtige Zeit und das ewige Schicksal«, chronos und moira. Moira ist griechisch eine weibliche Gottheit, die über den Göttern steht, daneben gibt es die Moiren, die uns unser Lebensschicksal zumessen, nach anderer Vorstellung auch unsere Tage, von denen einer der Todestag sein wird.

Der »Zeit«-Gott ist eine Gottheit, die Goethe in dieser Epoche aus der schon vorliegenden Verschmelzung des Abstraktums chronos mit dem – etymologisch nicht verwandten – Gott Kronos schafft. Er ist der Herr des geschichtlichen Geschehens, wie Herder es Goethe verstehen gelehrt hat. Er ist Götz' eigentlicher Gegenspieler, der wie Kronos seine eigenen Kinder frißt und im noch zu behandelnden Gedicht *An Schwager Kronos* bei der Lebensreise auf dem Kutschbock sitzt.

Im Zentrum des Prometheus-Gedichts wie der von moira und ch[k]ronos beherrschten Welt steht das heiliggesprochene »glühend Herz« als Ort der Systole und als die eigentliche schöpferische Potenz – das Stichwort »Herz« erscheint in den Zeilen 25 und 32 von 56. Diese Hochschätzung führt in Übersteigerung der mythischen Prometheus-Rolle dazu, daß das Ich des Gedichts geradezu Erdschöpfer zu sein scheint, der von »meiner Erde« und »meiner Hütte, die du nicht gebaut«, sprechen kann. Goethe braucht in *Dichtung und Wahrheit* hierfür den Begriff einer »ungeheuren Opposition« (III,15), in die das prometheische Ich sich zurückzieht und aus der heraus es *seine* Welt und *seine* Menschen bildet: »Hier sitz ich forme Menschen / Nach meinem Bilde ...«

Ganymed

Gegenpol zu dieser »ungeheuren Opposition« des Prometheus ist im Kosmos des jungen Goethe die ebenfalls mythische Gestalt des Ganymed, im Urbild ein schöner Jüngling, den Zeus in Gestalt eines Adlers auf den Olymp entführt und zu seinem Mundschenk gemacht hat. Diese fast anekdotischen Details hat Goethe nicht in seine Hymne aufgenommen, nur der Titel spielt noch auf diese Entrückung in die Götterwelt an. Wie im Grunde auch im Falle des Prometheus dient die griechische Mythologie als Schatzkammer, die »einen unerschöpflichen Reichtum göttlicher und menschlicher Symbole darbietet«, wie es an derselben Stelle in *Dichtung und Wahrheit* heißt. Ich folge wieder einer handschriftlichen Fassung des wohl im Frühjahr 1774 entstandenen Gedichts:

Wie im Morgenroth du rings mich
Anglühst, Frühling, Geliebter!
Mit tausendfacher Liebeswonne
Sich an mein Herz drängt
Deiner ewigen Wonne
Heilig Gefühl
Unendliche Schöne!

Daß ich dich fassen mögt
In diesen Arm!

Ach an deinem Busen
Lieg ich, schmachte,
Und deine Blumen dein Gras
Drängen sich an mein Herz
Du kühl[s]t den brennenden
Durst meines Busens
Lieblicher Morgenwind!
Ruft drein die Nachtigall
Liebend nach mir

Aus dem Nebelthal.
Ich komm! Ich komme! –
Wohin! Ach Wohin! – –

Hinauf, hinauf strebts
Es schweben die Wolcken!
Abwärts die Wolcken!
Neigen sich der sehnenden Liebe
Mir! Mir! –
In deinem Schoose
Aufwärts!
Umfangend umfangen,
Aufwärts
An deinem Busen
Allfreundlicher Vater!

Das Gedicht gewinnt seine Gestalt in zwei aufeinander bezogenen Bewegungen. Die eine ist das »Anglühen« und »ans Herz Drängen«, ihr Subjekt ist der Frühling, personifiziert zum Geliebten und mit den Attributen der Gottheit »ewig, heilig, unendlich« versehen. Ob hier schon das anfänglich betonte »Morgenrot« wie im späteren *Wiederfinden* (s. S. 330) bewußt das Urphänomen der ›liebend‹ aufeinander bezogenen Polaritäten anspricht, sei dahingestellt. Träger der Gegenbewegung ist das Ich. In der Anrede des Frühlings als – vom lyrischen Ich – »Geliebter« klingt sie schon an und wird in der zweiten Strophe in aller Kürze ausgestaltet.

Dieses wechselseitige Aufeinanderzu-Bewegen setzt sich in engster Verschränkung und Durchdringung in der dritten Strophe fort: Das Ich schmachtet und dürstet, die Blumen drängen sich an sein Herz, der Morgenwind kühlt den Busen, und die Nachtigall, in der der Frühling seine Stimme gewonnen hat, antwortet der Liebesbewegung des Ichs.

Die letzte Strophe gestaltet die Vereinigung, in der die beiden Bewegungen zur Ruhe kommen. Sie hebt an in dem noch ziellos, aber nicht fragend gemeinten Ausruf »Wohin! Ach Wohin!«: »Hinauf«. »Schweben« und »abwärts« »Neigen« begegnen sich dann im androgyn erotisch konnotierten Aufgenommensein im allväterlichen »Schoose« und am allväterlichen »Busen«.

Die viertletzte Zeile »Umfangend umfangen« ist Gipfel und Summe des Gedichts. Die Liebe, das Umfassen-Wollen, das Schmachten, Dürsten, Kommen des Ichs zur Welt gipfeln im aktiven Tun, das das Partizip Präsens »umfangend« ausspricht. Das Anglühen, Drängen, das liebende Rufen und Neigen der Welt, die zugleich Vater, i.e. Gott, genannt werden kann, hin zum Ich nimmt das Partizip Passiv »umfangen« auf. Obwohl im Vers dem aktiven Partizip nachgestellt, kommt es dennoch dem Sinne nach dem aktiven Tun zuvor, da »umfangen« im Deutschen zugleich Vergangenheit ist: Das einzelne Ich, das sich liebend mit der Welt vereinigen, in ihr aufgehen will, findet sich schon geborgen, umfaßt, getragen von der göttlichen Kraft, die es schon immer umschließt.

Hier begegnet uns Goethes Liebestheologie als direkte Liebe zwischen Mensch und Universum, als Entselbstung und Diastole, als Hingabe an den »alliebenden Vater«, wie es in der Druckfassung heißt, wobei das überpersönliche »Umfangend umfangen« durchaus dem »geliebt zu werden und lieben« aus *Es schlug mein Herz* entspricht (s. S. 107 f.). Entselbstung gegenüber dem geliebten Wesen, die liebende Diastole an ein Gegenüber ist nicht nur Bild für die Diastole gegenüber der Gottheit, es ist diese Hingabe an das Göttliche, wie es in Goethes letztem Liebesgedicht *Elegie* 1823 heißt:

> In unsers Busens Reine wogt ein Streben,
> Sich einem Höhern, Reinern, Unbekannten
> Aus Dankbarkeit freiwillig hinzugeben,
> Enträtselnd sich den ewig Ungenannten,
> Wir heißens: fromm sein! – Solcher seligen Höhe
> Fühl ich mich teilhaft, wenn ich vor ihr stehe.

Genau in diesem Sinne schreibt er in der Zeit der Hymnen im Januar 1775 an Auguste Gräfin zu Stolberg:

> … was sind die Nahmen Freundinn Schwester, Geliebte Braut Gattin, oder ein Wort, das einen Complex von all denen nahmen begriffe, ge-

gen das unmittelbare Gefühl, zu dem – ich kann nicht weiter schreiben ...
Ich komme doch wieder – ich fühle Sie können ihn tragen diesen zerstückten, stammelnden Ausdruck wenn das Bild des Unendlichen in uns wühlt. Und was ist das als Liebe! – Mußte er Menschen machen nach seinem Bild, ein Geschlecht das ihm ähnlich sey, was müssen wir fühlen wenn wir Brüder finden, unser Gleichniß, uns selbst verdoppelt.

Dieses Verschmelzen mit dem Unendlichen als Verschmelzen mit Gottes Emanationen Natur und geliebtem Menschen, das im erfüllten Augenblick erlebte Einssein von Ich und Welt, etwa im *Ganymed*, ist für Goethes späteres Werk fruchtbarer und folgenreicher geworden als die »ungeheure Opposition« der Prometheus-Hymne. Nicht nur die *Elegie* greift es auf, noch Fausts Erlösung am Schluß des *Zweiten Teils* vollzieht sich in einer ganymedischen Aufwärtsbewegung, und die Engel, »schwebend in der höhern Atmosphäre, Faustens Unsterbliches tragend«, singen dazu:

›Wer immer strebend sich bemüht
Den können wir erlösen.‹
Und hat an ihm die Liebe gar
Von oben Teil genommen,
Begegnet ihm die selige Schar
Mit herzlichem Willkommen.

Mahomets Gesang

Neben dem Dramenfragment *Prometheus* findet auch der *Mahomet*-Plan seinen Abschluß in einer Hymne. Sie entstammt dem Drama, in dem sie einen Wechselgesang Alis mit Mahomets Tochter Fatima bildet. Als solcher wurde er im *Göttinger Musenalmanach* 1773 veröffentlicht. Man hat deshalb die Überschrift *Mahomets Gesang*, die die in Weimar erfolgte Umarbeitung trägt, traditionell als Gesang auf oder über Mahomet aufgefaßt. Neuerdings wird aber auch mit guten Gründen die Auffassung vertreten, der religiöse Führer, das prophetische Genie verkünde hier mit dem deiktischen Gestus des Propheten im einleitenden »Seht« sich selber oder bete um ein gelingendes Leben; es sei also durchaus ein Gesang Mahomets.

Seht den Felsenquell
Freudehell
Wie ein Sternenblick!
Über Wolken
Nährten seine Jugend
Gute Geister
Zwischen Klippen im Gebüsch.

Jünglingsfrisch
Tanzt er aus der Wolke
Auf die Marmorfelsen nieder
Jauchzet wieder
Nach dem Himmel

Durch die Gipfelgänge
Jagt er bunten Kieseln nach,
und mit frühem Führertritt
Reißt er seine Bruderquellen
Mit sich fort.

Drunten werden in dem Tal
Unter seinem Fußtritt Blumen
Und die Wiese
Lebt von seinem Hauch.

Doch ihn hält kein Schattental
Keine Blumen
Die ihm seine Knie umschlingen
Ihm mit Liebesaugen schmeicheln

Nach der Ebne dringt sein Lauf
Schlangewandelnd.

Bäche schmiegen
Sich gesellig an
Nun tritt er
In die Ebne silberprangend
Und die Ebne prangt mit ihm
Und die Flüsse von der Ebne
Und die Bäche von Gebürgen
Jauchzen ihm und rufen: Bruder!
Bruder nimm die Brüder mit!
trägt Mit zu deinem Alten Vater
Zu dem ewgen Ozean
Der mit weitverbreiten Armen
Unsrer wartet
Die sich ach vergebens öffnen
Seine Sehnenden zu fassen
Denn uns frißt in öder Wüste
Gier'ger Sand
Die Sonne droben
Saugt an unsrem Blut
Ein Hügel
Hemmet uns zum Teiche!
Bruder!
Nimm die Brüder von der Ebne
Nimm die Brüder von Gebürgen
Mit zu deinem Vater mit.

Kommt ihr alle!
Und nun schwillt er
Herrlicher, ein ganz Geschlechte
Trägt den Fürsten hoch empor
Und im rollenden Triumphe
Gibt er Ländern Namen, Städte
Werden unter seinem Fuß.

Unaufhaltsam rauscht er über
Läßt der Türme Flammengipfel
Marmorhäuser eine Schöpfung
Seiner Fülle hinter sich.

Zedernhäuser trägt der Atlas
Auf den Riesenschultern, sausend
Wehen über seinem Haupte
Tausend Segel auf zum Himmel
Seine Macht und Herrlichkeit

Und so trägt er seine Brüder
Seine Schätze seine Kinder
Dem erwarteten Erzeuger
Freudebrausend an das Herz.

Der Prophet wird als »Strom des Genies«, wie es im *Werther* heißt, gefeiert, ein in der Zeit so populäres Bild, daß Lichtenberg es verboten wissen wollte. Das Wasser ist dabei in biblisch-morgenländischer Tradition lebensspendend und zugleich in einem himmlisch-irdischen Kreislauf verhaftet. In der ersten Sammlung von 1789 schließt sich deshalb an *Mahomets Gesang* unmittelbar der 1779 – oder nach einer Vermutung Konrad Burdachs vielleicht doch gleichzeitig – entstandene *Gesang der Geister über den Wassern* an.

Des Menschen Seele
Gleicht dem Wasser:
Vom Himmel kommt es,
Zum Himmel steigt es,
Und wieder nieder
Zur Erde muß es,
Ewig wechselnd.

Strömt von der hohen
Steilen Felswand
Der reine Strahl,

Dann stäubt er lieblich
In Wolkenwellen
Zum glatten Fels,
Und leicht empfangen,
Wallt er verschleiernd,
Leisrauschend,
Zur Tiefe nieder.

Ragen Klippen
Dem Sturze entgegen,
Schäumt er unmutig
Stufenweise
Zum Abgrund.

Im flachen Bette
Schleicht er das Wiesental hin,
Und in dem glatten See
Weiden ihr Antlitz
Alle Gestirne.

Wind ist der Welle
Lieblicher Buhler;
Wind mischt vom Grund aus
Schäumende Wogen.

Seele des Menschen,
Wie gleichst du dem Wasser!
Schicksal des Menschen,
Wie gleichst du dem Wind!

Die Anfänge entsprechen sich: Vom Himmel kommt das Wasser und stäubt im Aufprall des Falls auf den Felsen ihm wieder entgegen. Während der *Gesang der Geister* aber ab der Gedichtmitte im Bild des Windes gleichsam von oben die Einwirkungen von Liebe und Schicksal – EROS und TYCHE in den *Urworten. Orphisch* (s. S. 337 f.) auf jedes Leben gestalten, feiert *Mahomets Gesang* den Führer, der solche eventuell »zum Teiche« gehemmte Durchschnittsgewässer dem Ozean zuführt und auf seinem Wege alles Land mit Leben und Segen erfüllt, um sich dann mitsamt »seinen Brüdern, seinen Schätzen, seinen Kindern« »freudebrausend« in den eigenen Ursprung zu ergießen.

Einen vierhebigen trochäischen Triumphmarsch hat man die Schlußverse genannt. Anfang und Ende, Erzeuger und Lebensziel fallen zusammen, wo – »umfangend umfangen« – der »Erzeuger« des Erzeugten »mit weitverbreiten Armen …wartet«. Stichwörter des Anfangs kehren dabei in den Schlußzeilen wieder, worauf Klaus Weimar hingewiesen hat. Vereinfacht ließen sich beide *Gesänge* als Gestaltung einer Rückkehr zum Ursprung auf den Augustinischen Punkt bringen: »Nos fecisti ad te, et cor nostrum inquietum donec requiescat in te« – »Auf dich hin hast du uns geschaffen, und unser Herz ist voll Unruhe, bis es wieder ruht in dir.«

An Schwager Kronos

Goethes »wahre Religion, in der statt des Heiligen ein großer Mensch erscheint«, muß sich natürlich auch dem Problem des Todes stellen. Der Tod ist das radikale Ende eines nur diesseitig gesehenen Menschenlebens. In der Hymne *Prometheus* klang das in der Apostrophierung der letzten Mächte als »die allmächtige Zeit und das ewige Schicksal« an – Chronos-Kronos, der uns unerbittlich altern läßt und zuletzt die eigenen Kinder frißt, moira, die den Lebensfaden spinnt und abschneidet, wie es ihr beliebt. Diesem Problem hat Goethe eine eigene Hymne gewidmet:

An Schwager Kronos
In der Postchaise d 10 Oktbr 1774

Spude dich Kronos
Fort den rasselnden Trott!
Bergab gleitet der Weg

Ekles Schwindeln zögert
Mir vor die Stirne dein Haudern
Frisch, den holpernden
Stock, Wurzeln, Steine den Trott
Rasch in's Leben hinein.

Nun schon wieder?
Den eratmenden Schritt
Mühsam Berg hinauf.
Auf denn! Nicht träge denn!
Strebend und hoffend an.

Weit hoch herrlich der Blick
Rings ins Leben hinein
Vom Gebürg zum Gebürg
Über der ewige Geist
Ewigen Lebens ahndevoll.

Seitwärts des Überdachs Schatten
Zieht dich an
Und der Frischung verheißende Blick
Auf der Schwelle des Mädgens da.
Labe dich – mir auch Mädgen
Diesen schäumenden Trunk
Und den freundlichen Gesundheits Blick.

Ab dann frischer hinab
Sieh die Sonne sinkt!
Eh sie sinkt, eh mich faßt
Greisen im Moore Nebelduft,
Entzahnte Kiefern schnattern
Und das schlackernde Gebein.

Trunknen vom letzten Strahl
Reiß mich ein Feuermeer
Mir im Schäumenden Aug,

Mich Geblendeten, Taumelnden,
In der Hölle nächtliches Tor

Töne Schwager dein Horn
Raßle den schallenden Trab
Daß der Orkus vernehme: ei Fürst kommt,
Drunten von ihren Sitzen
Sich die Gewaltigen lüften

Das Leben als Reise, ja als Kutschenreise ist ein bekanntes Bild, durch Rudolf Baumbachs Lied »Hoch auf dem gelben Wagen«, gut hundert Jahre nach Goethes Hymne entstanden, ist es, nicht zuletzt im Vortrag von Altbundespräsident Walter Scheel, äußerst populär. Aber Baumbachs Fassung des Motivs ist eine Allegorie auf die Vergänglichkeit allen Lebens und den Zwang für jedermann, einmal Abschied nehmen zu müssen. Goethe ist erkennbar umgekehrt verfahren, kam nicht vom Leben auf die Reise, sondern von der Reise aufs Leben.

Neben dem Ritt-Gedicht *Es schlug mein Herz* (s. S. 112) sind es zwei Kutschenfahrt-Gedichte, die den Begriff ›Erlebnislyrik‹ für Goethe rechtfertigen. Die *Elegie* von 1823 können wir aus einer Reihe von Zeugnissen exakt datieren: Die in ihr gestalteten Gefühle hatte Goethe in seiner Kutsche auf der Rückfahrt von Karlsbad nach Weimar vom 5. bis zum 17. September 1823 niedergeschrieben. *An Schwager Kronos* geht noch einen Schritt weiter; hier sind sowohl der Ort – »In der Postchaise« – wie das Datum, der 10. Oktober 1774, angegeben. In beiden Fällen handelt es sich um ›Erlebnisse‹ im prägnanten Sinne von datierbaren Gefühlen, beim *Schwager Kronos* sogar um ein von Goethe datiertes Gefühl.

Bei einem Besuch in Frankfurt im Herbst 1774 war Goethe erstmals dem von ihm seit langem glühend verehrten Klopstock persönlich begegnet und muß wohl entsetzt gewesen sein, den Führer der empfindsamen deutschen Jugend in Literatur wie im Leben, von der Lyrik über die Liebe bis hin zum ›Schrittschuhlaufen‹ fünfzigjährig als »Greisen« mit ›entzahnt schnatternden Kiefern‹ und ›schlockerndem Gebein‹ zu erleben.

Diese schockierend sichtbare Vergänglichkeit von Jugend und Feuer hat ihn dann, nachdem er Klopstock auf der Weiterreise nach Karlsruhe noch ein Stück weit, vielleicht bis Darmstadt, begleitet hat, auf der Rückreise die Kutschfahrt gesteigert als Lebensreise empfinden lassen. Im Trott (= Trab) soll es gehen, wenigstens bergab soll man die Minderwertigkeit des Hauderers, des Lohnkutschers, und seines Fuhrwerks nicht spüren, »rasch« soll es »in's Leben hinein« gehen. Bergauf ist es schon mühsam genug, aber für diese »mühsame« Strecke wird man wenigstens mit einem herrlichen Blick über das Gesamt des Lebens bis hin zur ›Ahnung‹ des »ewigen Geists ewigen Lebens« belohnt.

Nach kurzer »Frischung« mit »schäumendem Trunk« und dem ihm gleichsam zuprostenden Blick der Kellnerin geht es »frischer hinab«, der sinkenden Sonne entgegen – »So stirbt ein Held«, wird Karl Moor sechs Jahre später sagen. Ehe das Ich in »Nebelduft« und im »Moor« des Alters versinkt, will es, trunken vom Feuermeer der sinkenden Sonne geblendet, taumelnd ins Totenreich eingehen, und der Schwager soll dabei ins Horn stoßen, damit »die Gewaltigen«, die es alle vor ihm dahingerafft hat, ihn stehend als ihresgleichen empfangen.

Ottilie in den *Wahlverwandtschaften* trägt in ihr Tagebuch »eine Vorstellung der alten Völker« ein, die ihr zwar »ernst«, aber nicht »furchtbar« ›scheint‹:

> Sie dachten sich ihre Vorfahren in großen Höhlen rings umher auf Thronen sitzend in stummer Unterhaltung. Dem neuen der hereintrat, wenn er würdig genug war, standen sie auf und neigten ihm einen Willkommen.

Trotz Ottiliens späterer Billigung hat Goethe den Schluß wohl als allzu selbstbewußt für den Druck 1789 abgemildert – er wünscht sich jetzt lediglich, »Daß gleich an der Türe / Der Wirt uns freundlich empfange.« Die Urfassung betont stärker den Triumph des Untergangs – ein Leben der erfüllten Augenblicke endet im erfülltesten. Der Tod wird herbeigesehnt, ehe des Lebens Kraft zerrinnt, als letzte Erfüllung, als orgiastischer Höhepunkt, in dem alles, was die Erde dem sie Liebenden zu bieten hat, noch einmal als Quintessenz aufschäumt und in dem zugleich das Ich sein höchstes Selbstgefühl erlebt, in dem also Ich- und Weltgefühl zusammenfallen: Live fast – die young! »O süßes Verderben! o blühendes Sterben! / Berauschter Triumphtod zu Babylon!« schließt 1845 Heines Zuruf *An die Jungen*.

Noch am 17. Mai 1778 schreibt Goethe aus Berlin an Frau von Stein: »Ich habe die Götter gebeten daß sie mir meinen Muth und grad sein erhalten wollen biss ans Ende, und lieber mögen das Ende vorrücken als mich den lezten teil des Ziels lausig hinkriechen lassen«, und Faust preist den selig, dem der Tod »im Siegesglanze / Die blut'gen Lorbeer'n um die Schläfe windet, / Den er, nach rasch durchras'tem Tanze, / In eines Mädchens Armen findet« (V. 1573-1576).

Im Dramenfragment *Prometheus*, das als Weltschöpfungsdrama auch den Tod und die Rolle des Todes in dieser Welt zu gestalten hatte, wird das Lebensende genauso gesehen. Prometheus erklärt Pandora:

> Da ist ein Augenblick der alles erfüllt.
> Alles etwas wir gesehnt, erträumt, gehofft.
> Gefürchtet meine Beste. Das ist der Todt …
> Wenn aus dem innerst tiefen Grunde
> Du ganz erschüttert alles fühlst
> Was Freud und Schmerzen niemals dir ergossen.
> In Sturm dein herz erschwillt.
> In Tränen sich erleichtern will und seine Glut vermert
> Und alles klingt an dir und hebt und zittert.
> Und all die Sinne dir vergehn
> Und du dir zu vergehen scheinst
> Und sinkst und alles um dich Her
> Versinckt in Nacht, und du in inner eigenem Gefühle
> Umfassest eine Welt.
> Dann stirbt der Mensch.

Götz und *Werther*

Die Gedichte wurden erst mit dem letzten Band der Göschenschen Werkausgabe 1789 bekannt, nachdem es zuvor nur zu gelegentlichen Einzelveröffentlichungen und den damals weitverbreiteten Abschriften nach von Goethe großzügig versandten Manuskripten gekommen war. Sein deutscher und bald auch sein europäischer Ruhm beruht auf zwei Werken, die in diesen Jahren die Legende ›Goethe‹ stiften – dem *Götz* (1773) und dem *Werther* (1774).

Im Herbst 1771 schreibt er nach Lektüre von Götzens Autobiographie und vertieften Studien zum 16. Jahrhundert sowie langen Vorgesprächen mit seiner Schwester in nur vier Wochen die erhalten gebliebene Urfassung *Geschichte Gottfriedens von Berlichingen mit der eisernen Hand dramatisirt* und arbeitet sie, nach Aufgabe der Arbeit an den *Frankfurter Gelehrten Anzeigen*, in ähnlich kurzer Frist im Frühjahr 1773 um zu *Götz von Berlichingen mit der eisernen Hand. Ein Schauspiel.* Ein Jahr später schreibt er von Februar bis April in etwa zwei Monaten die *Leiden des jungen Werthers* nieder.

Man hat früher solche unglaublich kurzen Arbeitsfristen gern für eine überzogene Genieästhetik in Anspruch genommen. Dabei sprechen sie in Wirklichkeit gerade für seine handwerkliche Gewandtheit, hat Goethe doch, wie gesagt, schon als Kind die Dramaturgie der französischen Stücke auf der Bühne der Frankfurter Besatzungsmacht oder im Bücherschrank des Vaters studiert und verinnerlicht und, wie er in einem Fragment zu *Dichtung und Wahrheit* ›techne‹ höchst plastisch übersetzt, »auf das Zimmerwerk der französischen Theaterstücke aufmerksam« geachtet.

Imitiert er die französische Zimmerkunst in *Die Laune des Verliebten* und *Die Mitschuldigen* noch, setzt ihn diese Praxis ab 1771

> in den Stand, nach einigen Jahren mannigfaltigen Lebens die größern Arbeiten aufzustellen, in welchen alle Teile interessant waren und wo das Ganze, ungeachtet seiner anscheinenden Willkürlichkeit, noch immer in einer faßbaren Einheit erschien, indem ich mich aus der niedern,

mechanischen, einengenden Technik zur höheren emporgearbeitet hatte. In diesem Sinne entstanden »Werther«, »Götz von Berlichingen« und »Egmont«.

Gleichzeitig steht ihm das traditionelle »Zimmerwerk« noch jederzeit so perfekt zu Gebote, daß er ein konventionelles Stück wie den *Clavigo* in sage und schreibe einer Woche fertigstellen kann.

Zu seiner revolutionär neuen »höheren« Dramatik inspiriert ihn die Auseinandersetzung mit Shakespeare, so wie ihn die Begegnung mit Pindar zu einem völlig neuartigen lyrischen Schaffen begeistert hatte. Kennengelernt hatte er den in dieser Zeit neu entdeckten Dichter bereits in Leipzig, zunächst in William Dodds Anthologie *The Beauties of Shakespeare* und dann in Wielands bearbeiteter Prosaübertragung von 22 Dramen. Zu vertieftem Verständnis verhalfen ihm Herders Privatkollegs, von denen uns der zusammen mit Goethes *Von deutscher Baukunst* 1773 in *Von deutscher Art und Kunst* veröffentlichte Essay *Shakespeare* einen Eindruck geben mag.

Rede zum Shakespeare-Tag

Goethe hatte sich Herders damals entstehenden Text für seine Shakespeare-Feier gewünscht, die er an »Shakespeares Namenstag mit großem Pomp« begehen will – die Kosten für Bewirtung und eine kleine Musikkapelle sind in Rat Goethes Ausgabenbuch festgehalten. Aus Verlegenheit um ein historisches Datum wählt Goethe den 14. Oktober als den Wilhelmstag im protestantischen Kalender für seinen weltlichen Gottesdienst, bei dem Herders Aufsatz »einen Theil unsrer Lithurgie« bilden soll, wofür er schon »ein schön Publicum zusammen gepredigt« hat (an Herder, Herbst 1771).

Parallel zur Frankfurter Feier soll auch eine in Straßburg stattfinden. Goethe weiß um das Prekäre einer solchen säkularisierten Heiligenfeier und bittet deshalb den Studienfreund Johann Gottfried Röderer um Unterstützung seines Antrags auf einen »Ehrentag des edlen

Schäkespears«, »wenn Sie es als Theolog übers Herz bringen können« (21. 9. 1771). Es ist in aller Prägnanz eine Heiligenfeier der »wahren Religion, der statt des Heiligen ein großer Mensch erscheint«, die er wenig später Anfang 1772 Herder verkündigen wird.

An die Stelle des nicht verfügbaren Herder-Textes trat Goethes *Rede zum Shakespeare-Tag* als Predigt zu dieser Shakespeare-»Lithurgie«; die erhaltene Handschrift ist wohl der Entwurf für den Frankfurter Vortrag wie für die parallele Straßburger Feier, bei der Goethes Worte verlesen wurden, weshalb im Entwurf zweimal von ›schreiben‹ die Rede ist. Außer bei Büchners *Woyzeck*, der um 1835 entstand, aber erst 1879 veröffentlicht wurde, ist in der deutschen Literaturgeschichte wohl selten eine solche Differenz zwischen der innovativ revolutionären Sprengkraft eines Textes und seiner Wirkungsmöglichkeit zu konstatieren – die Festansprache wurde erst 1854 gedruckt.

Die *Rede zum Shakespeare-Tag* bündelt die epochalen Tendenzen in einem solchen Maße, daß sie geradezu zum Manifest des Sturm und Drang hätte werden können, wäre sie über die engen Zirkel von Frankfurt und Straßburg hinaus bekannt geworden.

Goethes Predigt verfolgt keine missionarische Absicht; sie ist eine Predigt für Erweckte. Gattungsgemäß, aber für ein literarisches Thema dennoch überraschend, beginnt sie mit einer allgemeinen Beschreibung menschlicher Existenz, der zwei Absätze gelten: Am Ende eines jeden Lebens warten auf ihn und seine Hörer die »allgemeine Nonexistenz« und »der unendliche Weg drüben«, für den die irdische Existenz nur die »Bereitung« ist. Schon der junge Goethe geht hier von einer Verknüpfung der irdischen Laufbahn mit der jenseitigen aus, wie er sie dann in Fausts Erlösung am Ende von *Faust II* gestalten wird. Auch wenn man über die eigene Kühnheit erschrickt: Man kann die Formulierung »denn wenn es einem auf seinem Gange auch noch so lang glückt, fällt er doch endlich, und oft im Augenblick des gehofften Zwecks, in eine Grube, die ihm, Gott weiß wer, gegraben hat«, geradezu als Inhaltsangabe von Fausts Sterbeszene *Großer Vorhof des Palasts* lesen.

Der Literatur wird in dieser Predigt im Rahmen einer religiös gefärbten Dichterfeier eine Funktion im Seelen-, nicht im Vernunfthaushalt zugewiesen: Vermittelt durch den »erkenntlichen Genius«, macht »die Betrachtung« von Shakespeares gewaltiger Leistung »die Seele feuriger und größer«. Der Verstand ist nicht länger der Ort der Dichtungsrezeption, sondern das Gefühl; entsprechend hat der Prediger »noch … wenig über Schäckespearen gedacht«, sondern »geahndet« und »empfunden«, so wie er sich auch über die ›Ganzheit‹ und ›Größe‹ griechischer Seelen »nicht erklären« kann, »aber ich fühls, und berufe mich der Kürze halber auf Homer, Sophokles und Theokrit die habens mich fühlen gelehrt«. Wer das nicht ebenso fühlt, wem Shakespeares »Wunderhand« – wie der Heiland – nicht bei der ersten Begegnung auf der Stelle die Augen öffnet, der bleibt gegenüber Shakespeares Größe blind, mit dem kann der Prediger nicht über den Dichter kommunizieren. Goethe verkündet hier nicht mehr und nicht weniger als das Ende jeglichen vernunftgeleiteten intersubjektiven Diskurses über Kunst und Literatur.

Und er verkündet einen neuen Naturbegriff: Der Aufklärungsphilosophie, -literatur und -poetik, war, gleichgültig ob bei Voltaire oder Gottsched, die Natur das Geregelte, weshalb Shakespeares Dramen als unnatürlich galten – König und Königin tränken Bier auf der Bühne und in der Pause zwischen dem vierten und dem fünften Akt im *Hamlet* erobere Fortinbras Polen, konstatiert Voltaire als Verstöße gegen die Regeln jeglicher Etikette und Vernunft. Dem neuen Naturbegriff der Stürmer und Dränger hingegen ist das Geregelte in der Natur geradezu die Ausnahme; es sind die Extreme, die ihr Bild bestimmen: Deshalb muß »Zona torrida brennen und Lapland einfrieren …, daß es einen gemäßigten Himmelsstrich gebe«. Und diese Natur »weissagt« aus Shakespeare; gerade von ihrer »*kolossalischen Größe*« gilt: »Natur! Natur! Nichts so Natur als Schäckespears Menschen.«

Indem Shakespeare nach Shaftesburys berühmtem Vergleich wie Prometheus Menschen schafft und »sie alle mit dem Hauch *seines* Geistes« belebt, gilt: »*Er* redet aus allen, und man erkennt ihre Verwandtschaft.« Neben dem Ende des vernünftigen Diskurses über Dichtung und der Absage an ein ›vernünftiges‹ Naturbild wird hier ein dritter generationstypischer innovativer Zug deutlich: Die Dichtung wird zum Medium der persönlichen Begegnung mit ihrem Schöpfer, und so heißt es »Ich schäme mich oft vor Schäkespearen« oder auch »Schäckespear, mein Freund«.

Entsprechend will Goethe »mit Lieb Enthusiasmus« Sokrates »an meine Brust drücke(n), und rufe(n) mein Freund und mein Bruder« (s. S. 125), und Herder schreibt 1778 in der Vorrede zur Sammlung der Volkslieder, dem, der Homer für einen bloßen Heldendichter halte, sei »Homer nicht erschienen«. In diesem Sinne »erscheint« Lotte und Werther Klopstock, als Lotte beim gemeinsamen Anschauen des abziehenden Gewitters seinen Namen nennt; er scheint plötzlich gegenwärtig wie ein antiker Gott in seiner Theophanie:

> Ich versank in dem Strome von Empfindungen, den sie in dieser Loosung über mich ausgoss. Ich ertrugs nicht, neigte mich auf ihre Hand und küßte sie unter den wonnevollesten Thränen. Und sah nach ihrem Auge wieder – Edler! Hättest du deine Vergötterung in diesem Blikke gesehn, und möchte ich nun deinen so oft entweihten Nahmen nie wieder nennen hören! (Brief vom 16. Juny)

Die Rolle der Literatur als Medium der Kommunikation erweitert sich hier noch. Am Dichternamen als »Loosung« erkennen sich die beiden als dem Dichter verwandt und damit als einander seelenverwandt. Richard Alewyn, der zu dieser Konfiguration im Zusammenhang mit der Klopstock-Lektüre ein ganzes Gelehrtenleben lang Material gesammelt hat, nannte sie ›das empfindsame Dreieck‹. Der Initiationsszene im Zeichen Klopstocks zu Beginn korrespondiert im Zeichen Ossians reimartig am Ende die letzte seelische Verschmelzung, nach der sich der inzwischen verheirateten Lotte ein Wiedersehen mit Werther verbietet:

> Ein Strohm von Thränen, der aus Lottens Augen brach und ihrem gepreßten Herzen Luft machte, hemmte Werthers Gesang, er warf das Papier hin. Und faßte ihre Hand und weinte die bittersten Thränen. Lotte ruhte auf der andern und verbarg ihre Augen in's Schnupftuch, die Bewegung beider war fürchterlich. Sie fühlten ihr eigenes Elend in dem Schiksal der Edlen, fühlten es zusammen und ihre Thränen vereinigten sie.

Götz von Berlichingen

Außer als nahezu ungehört verhalltes Manifest des Sturm und Drang ist die *Rede zum Shakespeare-Tag* aber auch als Arbeitsprogramm zum *Götz von Berlichingen* von größter Wichtigkeit, an dessen erster Fassung Goethe damals arbeitete. Zwei Sätze, die Shakespeare gelten, charakterisieren in Wirklichkeit den *Götz*, wie es knapper und prägnanter nicht sein könnte:

> Schäckespears Theater ist ein schöner Raritäten Kasten, in dem die Geschichte der Welt vor unseren Augen an dem unsichtbaren Faden der Zeit vorüberwallt. Seine Plane, sind nach dem gemeinern Styl zu reden, keine Plane, aber seine Stücke, drehen sich alle um den geheimen Punkt ... in dem das Eigentümliche unseres Ichs, die prätendierte Freiheit unsres Wollens mit dem notwendigen Gang des Ganzen zusammenstößt.

Da ist zum einen der Panoptikumscharakter des Ganzen, die große Eigenständigkeit der farbigen Szenen, die der *Götz* mit vielen Dramen Shakespeares teilt und die zum andern doch ein »Plan« – der ›Plot‹, die Fabel des Stücks, bei Aristoteles ›Mythos‹ genannt – zusammenhält: der »unsichtbare Faden der Zeit« und »der notwendige Gang des Ganzen«, der ganz Goethe und nicht Shakespeare angehört. Es ist die mit Herders Augen gesehene Lehre vom Aufblühen, Verwelken und Absterben historischer Epochen, im Falle Götz von Berlichingens die Ablösung des mittelalterlichen Personenverbandsstaats durch den modernen Territorialstaat, bei der die Zentralgewalt des Reichs, die ihr verbundenen Reichsritter und die Bauern die Verlierer sind.

Entspricht der *Urgötz* von 1771 eher der Panoptikumsästhetik des »schönen Raritäten Kastens«, so bringt die straffende Umarbeitung von 1773 zwingend »den notwendigen Gang des Ganzen« auf die Bühne. Gerade die sorgfältig beachtete Einheit der Handlung erlaubt eine Berechnung der Handlungszeit auf wenige Monate, in denen Götz zugleich vom rüstigen Kämpfer zum hinfälligen Greis wird, sein Sohn

Karl vom Knaben zum Mönch und der noch kindliche Wirtssohn Georg des ersten Akts als sein tapferster Streiter im letzten Kampf fällt: An einem solchen »Wendepunkt der Staatengeschichte« (DuW IV, 19) wird der Fluß der Geschichte zum reißenden Strom, der die Kräfte des Beharrens ins Abseits geraten läßt, weil sie sich »selbst überlebt« haben.

Die untergegangene ständische Freiheit des Ritters wird der mit Goethe jungen Generation der Stürmer und Dränger zum revolutionären Morgenrot einer zukünftigen bürgerlichen Freiheit. Revolutionär neue Form und emanzipatorisches Pathos hatten sich schon in der *Rede zum Shakespeare-Tag* wechselseitig durchdrungen, wenn Goethe vom »kerkermäßigen ... Loch« spricht, in dem »die Herren der Regel ... viel freie Seelen« krummgeschlossen haben, weshalb ihnen »Fehde angekündigt« wird, um »täglich ... ihre Türne zusammen zu schlagen«.

Gerade die begeistert zustimmenden Kritiker greifen diese Sprache auf. Matthias Claudius schreibt am 3. Juli 1773 in seinem *Wandsbecker Boten*: »Der Verfasser bricht gerade durch alle Schranken und Regeln durch, wie sein edler tapfrer Götz durch die Esquadrons feindlicher Reiter.« Und Gottfried August Bürger schreibt am 8. 7. 1773 an Heinrich Christian Boie: »Edel und frei wie sein Held tritt der Verfasser den elenden Regelkodex unter die Füße«; wie dieser will auch Bürger »Frei! Frei!« sein, »Keinem untertan als der Natur!«; seinen etwaigen Kritikern soll der Verfasser mit seinem Helden zurufen: »ihr Geschmeiß könnt mich allzusammen im –!«

Auch ökonomisch sollte das Stück revolutionär sein. Der in Finanzdingen – leider wohl eher theoretisch; er machte später als Unternehmer Konkurs – bewanderte Freund Merck hatte Goethe überredet, das Werk im von beiden finanzierten Selbstverlag herauszubringen. Schließlich seien es die Verleger, die den großen Reibach machten – Überlegungen, die noch zweihundert Jahre später zu ebenso erfolglosen Gründungen von Autorenverlagen und Buchhandlungen geführt haben.

Ehe die Erlöse langsam zu fließen begannen, hatte der junge Autor zunächst zwar nur Schulden, aber einen überwältigenden publizistischen Erfolg. Gegen jedes Marktgesetz wurde das Erstlingswerk eines jungen, auch ohne die Maske der Anonymität noch völlig namenlosen Juristen, das ohne Rückhalt eines renommierten Verlags und dessen Vertriebskanäle an einem literaturfernen Ort erschienen war, zu einem der sensationellsten Erfolge der deutschen Literaturgeschichte.

Mehr noch: Die noch unklaren, revolutionär innovativen, aber lokal begrenzten Bestrebungen vom Norden bis zum Süden Deutschlands schlossen sich in ihrer Begeisterung für den *Götz* zusammen zu dem, was dann »Sturm und Drang« genannt wird, während die traditionelle »Aufklärung« und ihre publizistischen Organe das Werk ablehnen. Lessing äußert sich privat sehr abschätzig, und der Verriß im damals tonangebenden *Deutschen Merkur* fiel so heftig aus, daß der Herausgeber Wieland ihn durch eine Fußnote und eine spätere eigene Besprechung abmilderte.

Von Claudius' *Wandsbecker Boten* über den Göttinger Hain bis zu Christian Friedrich Daniel Schubarts *Deutscher Chronik* aber wurde das Werk in den höchsten Tönen gelobt, und Goethe, dessen Name in den interessierten Kreisen schnell als Verfasser zirkuliert, wird quasi über Nacht für Bewunderer wie Gegner zum Führer der literarischen Revolte, deren verschiedene Strömungen die Nachwelt unter dem Namen ›Goethezeit‹ zusammenfassen wird.

International verzögert sich die Wirkung des *Götz* um fast eine Generation, bis Sir Walter Scott das Drama 1799 trotz völlig unzulänglicher Deutschkenntnisse ins Englische übersetzt und sich von ihm zu seinen *Waverley*-Romanen inspirieren läßt. In ihnen nimmt ebenfalls anhand meist erfundener niederer, andererseits historisch bezeugter höherer Personen die Tragik der Geschichte epische Gestalt an. Die alten Werte unterliegen und gehen im Kampf mit dem oft inferioreren Neuen unter. Sie machten Scott nicht nur zum im europäisch-amerikanischen Raum erfolgreichsten Autor der ersten Hälfte des 19. Jahrhunderts, der nach Goethes eigenen Worten mit *einem* Roman fast mehr verdiente als sein deutsches Vorbild mit seinem Gesamtwerk, sondern auch zum einflußreichsten: Der historische Roman der Scott-Schule wird fast im ganzen 19. Jahrhundert, dem Jahrhunderts des Historismus, episch zur herrschenden Gattung. Überspitzt gesagt: Ohne Goethes Eisenhand gäbe es keinen *Lederstrumpf* Coopers, keine *Verlobten* Manzonis, keinen europäischen historischen Roman bis hin zu Fontanes *Vor dem Sturm* und Tolstois *Krieg und Frieden*.

Noch eine Generation später war es 1821 bis 1825 die französische Gesamtausgabe der Dramen Goethes, durch die neben dem *Götz* auch *Faust* und *Egmont* in Frankreich populär wurden und die romantische Theaterrevolution durch Alexandre Dumas, Victor Hugo und ihre Kollegen anstießen.

Die Leiden des jungen Werthers

Nur ein Jahr später folgt dem nationalen Erfolg ein internationaler, wie ihn Goethe nie wieder und wie ihn die deutsche Literatur nur höchst selten erlebt. *Die Leiden des jungen Werthers* wurden binnen zweier Jahrzehnte europa- und amerikaweit begeistert gelesen, wie zuvor aus der deutschen Literatur nur Salomon Geßners heute vergeßne Idyllen. Erschienen diese jedoch als zeitgenössische Vollendung einer bis in die griechische Antike zurückreichenden Literaturtradition, wirkt der *Werther* durch seine radikale Innovation.

Herbert Schöffler hat ihn »in unserer neuzeitlichen Geistesgeschichte« geradezu als den »Urfall eines Leidens und Sterbens, in dem diesseitiger Wert entscheidet«, bezeichnet, als »die erste nichtdualistische Tragödie unserer Geistesentwicklung«. In einer Welt, der die bis dahin selbstverständliche transzendente Dimension um 1770 sozusagen schlagartig abhanden gekommen ist, sucht ein Individuum nach unendlicher Befriedigung im irdischen Diesseits – und scheitert. Es sucht sie in der Natur, in der Dichtung, im einfachen Leben, auf Reisen, in der Liebe, in der erstmals in der Literatur mit Rousseau nostalgisch gesehenen Kindheit und, für Werther bezeichnend, ganz zuletzt auch in einer beruflichen Tätigkeit. Als ihm statt einer Erfüllung überall, wie seinem Vetter Faust, nur ein »Entbehren sollst du! sollst entbehren!« (V. 1549) entgegenklingt, stirbt er lieber, als zu »resignieren« (24. 12. 1771); er erschießt sich eher, als mit dem reifen Goethe den Imperativ »Entsage!« zu akzeptieren.

Dieter Wellershoff hat den sozialen Ort der Literatur einmal als den eines ›fiktiven Probehandelns‹ bestimmt, in dem Seins- und Handlungsvarianten tentativ erprobt werden. In diesem Sinne bedient sich Goethe Werthers: Er läßt seinen Helden einen Anspruch ans Dasein auskosten, der in dieser Zeit durchaus auch der des Verfassers ist, und kommt zu dem Ergebnis, das Goethe gegenüber dem Theologen Lavater, der *Werthers Leiden* mit »Bedenklichkeiten« begegnet, so formuliert hat: »Siehe, das Ende dieser Krankheit ist Tod! Solcher Schwärmereien Ziel ist Selbstmord!«

So schließen *Die Leiden des jungen Werthers* exemplarisch die mit Straßburg beginnende Titanenzeit des jungen Goethe ab. Der in derselben Stimmungsphase konzipierte Faust wird Goethe ein Leben lang begleiten, aber auch er wird scheitern. Tiefste Schuldverstrikkung am Ende des *Ersten Teils* und ein bloßes »Vorgefühl von jenem höchsten Glück« einer irdischen Erfüllung in seiner Sterbestunde – mehr kann er selbst mit Hilfe von Magie und Teufelspakt nicht erreichen, er bleibt der ewigen Ergänzung, der Vollendung von oben bedürftig.

Goethes Briefe aus der Zeit entsprechen in vielem denen seines problematischen Helden Werther – Autor und Geschöpf unterscheidet aber die Gabe zum Werk. Wo Werther anläßlich der berühmten hymnischen Feier der Natur im Brief vom 10. Mai schreibt: »Ich könnte jetzt nicht zeichnen, nicht einen Strich, und bin nie ein größerer Maler gewesen als in diesen Augenblicken (übrigens der romantische Künstlerbegriff in nuce!) ... Ich gehe darüber zugrunde, ich erliege unter der Gewalt der Herrlichkeit dieser Erscheinungen«, rettet sich Goethe ins Kunstwerk des *Werthers*. Johann Christian Kestner, der sich und seine Frau in Albert und Lotte karikiert und prostituiert sah, antwortet Goethe am 21. 11. 1774: »Ich wollt um meines eignen Lebens Gefahr willen Werthern nicht zurückrufen ... Werther muss – muss sein ... Wenn ich noch lebe, so bist dus dem ichs danke ...«

Goethe schließt sein Gedicht *An Werther* zum fünfzigjährigen Jubiläum des Erscheinens (s. S. 352 ff.) mit einem abgewandelten Zitat aus seinem eigenen Drama *Torquato Tasso*: »Verstrickt in solche Qualen, halbverschuldet, / Geb ihm ein Gott zu sagen was er duldet.« Im Dichten des *Werthers* allein, im Aussprechen der »Qualen«, tritt schon eine Befähigung zur Selbstobjektivierung, ja Selbstironisierung an den Tag, über die Werther nie verfügte, weshalb er sterbend »in seiner Qual verstummt« (*Tasso* V. 3432). In *Dichtung und Wahrheit* schließt Goethe den Abschnitt über seine eigene Werthersche Hypochondrie, sein ›taedium vitae‹ entsprechend drastisch: »... so lachte ich mich zuletzt selbst aus, warf alle hypochondrischen Fratzen hinweg und beschloß zu leben. Um dies aber mit Heiterkeit tun zu können«, habe er zuvor den *Werther* schreiben müssen (III, 13).

Zum Schreibanstoß sei ihm die Nachricht vom Selbstmord Carl Wilhelm Jerusalems geworden, des Sohnes des wohl populärsten evangelischen Theologen der Zeit. Goethe hatte ihn in Wetzlar kennengelernt; zwei Monate später hatte der junge Kollege sich am 30. 10. 1772 mit einer von Goethes Freund Kestner geliehenen Pistole erschossen. Da Goethe über Kestner sogleich von diesem in ganz Deutschland Aufsehen erregenden Vorfall erfahren hatte, ist der Gedächtnisirrtum in *Dichtung und Wahrheit* wohl so zu verstehen, daß Goethe seit dem Herbst 1772 im Kopfe an seinem *Werther*-Plan arbeitete. Die von der Eifersucht des Gatten Peter Anton Brentano getrübte Neigung zu Maximiliane, der Tochter Sophie von La Roches, führte dann im Frühjahr 1774 zur Niederschrift des höchst kunstvoll komponierten Werks in wenigen Wochen.

Das im September 1774 bei Weygand in Leipzig erschienene Werk nennt keinen Verfasser; dem zeitgenössischen Leser begegnet lediglich ein Herausgeber, der angibt, »mit Fleiß gesammelt« und veröffentlicht zu haben, »was ich von der Geschichte des armen Werther nur habe auffinden können«. Da es sich innerhalb dieser Fiktion um reale Dokumente handelt, kommentiert er vorgenommene Änderungen in Fußnoten und ergänzt Lücken in der Überlieferung aus eigenen Recherchen aus Schonung für noch lebende Autoren. Vor allem verdankt sich ihm die Einteilung des Briefcorpus in zwei Teile; der erste enthält die Briefe vom 4. Mai bis zum 10. September 1771, der zweite umfaßt nach raffend wiedergegebenen Zeugnissen aus Herbst,

Winter und Frühjahr 71/72 im wesentlichen Herbst und Winter 1772; und die Teile verhalten sich zueinander wie Frühling und Sommer zu Herbst und Winter: »Wie man eine Hand umwendet, ist es anders mit mir«, heißt es programmatisch am 21. August 1772.

Der Herausgeber gibt in seinem Vorwort auch die Art der Lektüre vor: Das Buch, in dem ausnahmslos einfühlend, identifikatorisch – »sympathetisch« (29. Julius) – gelesen wird, in dem Werther so exklusiv wie emphatisch »in meinem Homer« liest (12. May), will selber so gelesen werden: »Und du, gute Seele, die du eben den Drang fühlst wie er, schöpfe Trost aus seinen Leiden, und laß das Büchlein deinen Freund sein, wenn du aus Geschick oder eigener Schuld keinen nähern finden kannst.« Einer neuen Lesergeneration, der bei der Lektüre Sokrates, Homer, Shakespeare oder Klopstock als »Freund« ›erscheinen‹, wird ein Buch, das Bein von seines Autors Bein, Fleisch von seines Autors Fleisch bietet, von vornherein als »Freund« offeriert. Eine ›Selbstmordwelle‹ im Gefolge des *Werther*, wie sie noch immer gerüchtweise kolportiert wird, hat es dennoch, Goethe sei Dank, nie gegeben: In mehr als zehn Jahren können lediglich drei Selbstmorde mit Goethes Briefroman in lockere Verbindung gebracht werden.

Die Form unterstreicht den Authentizitätsanspruch des Stoffes. Samuel Richardson hatte den aus Briefen komponierten Roman in drei äußerst erfolgreichen Werken seit 1740 entwickelt und war gerade mit dieser Neuerung dem Wahrheits- und Echtheitsanspruch der Empfindsamkeit entgegengekommen. (Da sich bis zur Münchner Ausgabe der Irrtum hält, Goethe habe den Briefroman aus Briefen nur eines Schreibers initiiert, sei ausdrücklich erwähnt, daß bereits Richardsons Erstling *Pamela or Virtue Rewarded* (1740) monoperspektivisch erzählt ist.) Rousseau und Sophie von La Roche waren Richardson im multiperspektivischen Briefroman gefolgt: Dichtung sollte und wollte nicht länger ›Kunst‹, sondern ›natürlich‹ sein, das bis dahin preisend gemeinte ›künstlich‹ wird ab jetzt von den Neuerern pejorativ gebraucht.

Gesteigert wurde der dem Werk immanente Anspruch auf Authentizität dadurch, daß die Leser ihn von Anfang an auch auf das

Buch selbst bezogen und den *Werther* als Schlüsselroman lasen. Schon die Realitätssimulation in Richardsons *Clarissa* hatte dazu geführt, daß Leser nach Hampstead pilgerten, um das Haus zu finden, wo Lovelace Clarissa gefangen hielt. Dem *Werther* lagen nun ›wahre‹ Geschehnisse und Erlebnisse zugrunde; Jerusalems Selbstmord war ein deutschlandweit beachteter Skandal gewesen, und die wie von Tränen erstickten knappen Schlußsätze des Romans stammen aus Kestners Bericht an Goethe über Jerusalems Tod und Beerdigung; erst Goethe hat sie durch Einfügung in den *Werther* zur ›Dichtung‹ gemacht. Goethe hatte sich einen Sommer nach Werthers fiktivem Aufenthalt real an denselben Stellen aufgehalten, sich letztlich unerwidert in die ihrerseits verlobte Lotte Buff verliebt, und der Dichter teilte sogar den Geburtstag mit seinem Helden. Was war Jerusalems Schicksal, was von Goethe erlebt, was ›gedichtet‹? fragte sich das Publikum, und wo es sich ergab, fragte man direkt den Autor, der sich so für seinen außerordentlichen Erfolg »genugsam, ja übermäßig durch solche unausweichliche Zudringlichkeiten bestraft« sah.

In der ursprünglichen Fassung der *Zweiten* (römischen) *Elegie* freut sich der Dichter über die literarische Unbedarftheit seiner römischen Geliebten, die ihn nie wie sonst alle Welt fragen wird:

> Ob denn auch Werther gelebt? Ob denn auch alles fein wahr sei?
> Welche Stadt sich mit Recht Lottens der Einzigen rühmt?
> Ach wie hab ich so oft die törigten Blätter verwünschet,
> Die mein jugendlich Leid unter die Menschen gebracht,
> Wäre Werther mein Bruder gewesen, ich hätt ihn erschlagen,
> Kaum verfolgte mich so rächend sein trauriger Geist.

In den achtziger Jahren suchte eine förmliche Werther-Mode England heim; Werther-Stiche, Werther-Fächer, jegliche Form von Werther-Kunstgewerbe war zu haben, welches oft auch schon, beim damaligen Stand der Globalisierung, in Entwicklungsländern produziert wurde. Goethe klagt im 38. der *Venezianischen Epigramme* darüber, wie wenig solcher Ruhm beim geltenden Urheberrecht dem Autor selbst nutzt:

Mich hat Europa gelobt, was hat mir Europa gegeben?
Nichts, ich habe noch oft meine Gedichte bezahlt.
Deutschland ahmte mich nach und Frankreich mochte mich lesen,
Und wie gefällig empfing England den leidenden Gast.
Doch was hilft es mir, daß auch sogar der Chinese
Malt mit geschäftiger Hand Werthern und Lotten auf Glas.

In Frankreich wurde der *Werther* seit den neunziger Jahren Modelektüre bei der entgötterten Jugend der Revolutionszeit und des Empire. Noch Gustave Flaubert hat ihn, wie die Dissertation von Dagmar Giersberg von 2003 zeigt, eifrig rezipiert; die bis heute international gespielte Oper *Werther* von Jules Massenet entstand 1893. Kurz vor dem Ersten Weltkrieg unternimmt der französische Starjournalist Jules Huret für den *Figaro* eine mehrjährige Deutschlandreise; seine Reportagen, die den rätselhaften Nachbarn jenseits des Rheins den Erben Descartes' und Voltaires in krisenhafter Zeit näherbringen sollen, füllen in der von 1909 bis 1912 erscheinenden Buchausgabe vier stattliche Bände. Zwei Orte nimmt er aus dem Reiseschema, das ihn vom nahen Westen in den äußersten Osten führt, heraus: Bad Ems, aus dem der Preußenkönig Wilhelm I. die Depesche schickte, die sein Ministerpräsident Bismarck 1870 zum Anlaß für den Deutsch-Französischen Krieg redigierte, und Wetzlar, wo hundert Jahre zuvor der deutsche Bilderbuchjüngling Werther das deutsche Mädchen schlechthin, seine Lotte, geliebt hatte.

Ob es Goethe passen mochte oder nicht: Noch stärker als Thomas Mann auf den Autor der *Buddenbrooks* reduziert wurde und Günter Grass Autor der *Blechtrommel* bleibt, blieb er international der Autor des *Werther*; ihm galt der ab den neunziger Jahren einsetzende und bis zu seinem Tode nicht abreißende Weimar-Tourismus. Der zwanzig Jahre jüngere Napoleon liebte den *Werther* seit seiner Jugend und führte ihn ständig in seiner Feldbibliothek mit sich. Als er sich 1808 auf dem Erfurter Fürstentag Goethe vorstellen ließ, wollte er den Autor des von ihm immer wieder gelesenen Erfolgsromans persönlich kennenlernen.

»Vom Wirbel bis zur Zehe Genie und Kraft und Stärke«

Und das wollte nicht nur Napoleon – der unmittelbare riesige Erfolg eines auf Identifikation und stellvertretende Freundschaft hin angelegten Buches bei Deutschlands literarischer Jugend führte dazu, daß der Autor fast der gesamten Jugend als potentieller Freund galt – wer Werther als verwandt empfand, mußte es auch mit seinem Schöpfer sein: »Man verlangte ihn zu sehen, zu sprechen, auch in der Ferne etwas von ihm zu vernehmen.« »Mißfiel es« auch »dem jungen Autor keineswegs, als ein literarisches Meteor angestaunt zu werden«, »so hatte er« doch als Folge davon »einen höchst bedeutenden, bald erfreulichen, bald unerquicklichen, immer aber zerstreuenden Zudrang zu erfahren« (DuW III, 13).

Goethe wird seit dem Erfolg des *Götz* in den gut zwei Jahren vom Frühsommer 1773 bis zum Aufbruch nach Weimar Ende Oktober 1775 zum unbestrittenen Führer der deutschen literarischen Aufbruchbewegung, der mit allen anderen heute noch bekannten Repräsentanten zumindest in brieflichem Kontakt steht: In diesen zwei Jahren wird Goethe zu Goethe, erwirbt er den Ruhm, den er nach Meinung vieler Übelwollender fast fünfzig Jahre lang nur verwalten, aber nicht mehr eigentlich vermehren wird; in dieser Zeitspanne fällt ihm aufgrund zweier Werke die Rolle zu, die er bis zu seinem Lebensende spielen wird: die des Repräsentanten des literarischen, ja des geistigen Deutschlands seiner Zeit – der Goethezeit.

Aber dieser frühe nahezu singuläre Ruhm beruht nicht nur auf zwei Werken, sondern auch auf seiner Persönlichkeit. Die letzten Frankfurter Jahre sind Goethes menschlich glänzendste Zeit. Auch noch fast zweieinhalb Jahrhunderte später kann man nur staunen, kindlich staunen über die persönlichen Zeugnisse aus dieser Zeit, wie sie zuerst Woldemar und Flodoard von Biedermann in ihrer Sammlung der *Gespräche mit Goethe* vorgelegt haben.

Als weitgehend unverdächtiger Zeuge sei Lottte Buffs Verlobter und späterer Ehemann Johann Christian Kestner zitiert, der Goethe nach Ausweis seines Tagebuchs »nicht gern ... bei meinem Mädchen allein« gesehen hat und nach seinem Weggang im Herbst 1772 ein schon oben zitiertes ausführliches Porträt des Fast-Rivalen (s. S. 119) konzipiert hat:

> Er besitzt, was man Genie nennt, und eine ganz außerordentlich lebhafte Einbildungskraft. Er ist in seinen Affekten heftig. Er hat eine edle Denkungsart. Er ist ein Mensch von Charakter. Er liebt die Kinder und kann sich mit ihnen beschäftigen . ... von Vorurteilen frei, handelt er, wie es ihm einfällt, ohne Rücksicht auf Mode, Gewohnheit oder Meinungen. ... Er hat schon viel getan und viele Kenntnisse; viel Lektüre, aber doch noch mehr gedacht und räsonieret ... Ich würde nicht fertig werden, wenn ich ihn ganz schildern wollte.

Wenn Lavater in seinem Tagebuch Goethe eine »ganz eigne, ganz neuere Chimie« attestiert und sicher ist, daß er hierin wie im »Zeichnen ... exzellieren« wird, »denn er exzelliert in allem«, oder Heinse ihn »vom Wirbel bis zur Zehe Genie und Kraft und Stärke« attestiert, ihm »Götterkraft in seinem Wesen« beilegt und ihn gar mit Pindar vergleicht – »ein Herz voll Gefühl, ein Geist voll Feuer mit Adlersflügeln, qui ruit immensus ore profundo« –, so überrascht das bei Mitstreitern im Geiste dessen, was man später Sturm und Drang nennen sollte, nicht. Zeugnisse aus diesem Kreis ließen sich anhand der Biedermannschen Sammlung fast beliebig vermehren.

Daß Heinse mit seinem »Da ist kein Widerstand; er reißt alles mit sich fort« grundsätzlich recht hat, zeigt sich vor allem an Goethes Begabung, aus eingefleischten Feinden binnen Minuten lebenslange Freunde und Bewunderer zu machen. In einer verlorengegangenen Satire *Das Unglück der Jacobis* hatte Goethe die Brüder Friedrich Heinrich und Johann Georg Jacobi verspottet. Höpfner, Goethes Freund und Mitarbeiter an den *Frankfurter Gelehrten Anzeigen*, berichtet im burschikosen Sturm-und-Drang-Ton darüber: »Die beiden Jacobis werden darin wacker gepeitscht. Goethe und Merck speien vor den Kerls aus, so wie wir.« Auf der mit Lavater und dem Pädagogen Basedow gemeinsam unternommenen Fahrt auf Lahn und Rhein im Sommer 1774 kommt es zu einer persönlichen Begegnung, und Johann Georg Jacobi notiert unmittelbar danach in seinem Tagebuch:

> Herr Goethe hatte mich in öffentlichen Blättern empfindlich beleidigt; aber auch hat er das Trauerspiel: Götz von Berlichingen geschrieben. Wir gaben uns die Hand. Ich sah einen der außerordentlichsten Männer, voll hohen Genies, glühender Einbildungskraft, tiefer Empfindung, rascher Laune, dessen starker, dann und wann riesenmäßiger Geist einen ganz eignen Gang nimmt. Seine Tafel-Reden hätt' ich aufzuzeichnen gewünscht.

Sein Bruder Friedrich Heinrich erinnert sich noch fast vierzig Jahre später am 28. Dezember 1812 in einem Brief an Goethe an die gemeinsame Zeit damals: »Welche Stunden! Welche Tage! – Um Mitternacht suchtest Du mich noch im Dunkeln auf. – Mir wurde wie eine neue Seele. Von dem Augenblick an konnte ich Dich nicht mehr lassen.« Und in derselben Mischung aus Heiligenverehrung und erotischer Terminologie schreibt er am 22. April 1775 an Christoph Martin Wieland, der durch Feindschaft zu Goethe und Kränkung von seiner Seite den Brüdern verbunden war:

> Wäre Goethe Ihnen erschienen, wie er vor neun Monaten mir erschien, in aller seiner Liebenswürdigkeit, und es hätte beider Seelen gegenseitige Liebe befruchtet, Ihr Inwendiges jenes gewaltige Weben erfüllt, das mit dem Aufkeimen des herrlichen Samens angeht, und zunimmt mit seinem Gedeihen zur Freundschaft: O wer hätte denn mehr viel an den ruhmlosen, in sich gekehrten Bruder Fritz (= ihn selber) gedacht!

In der Tat – als Goethe Ende dieses Jahres nach Weimar kommt und Wieland wirklich »erscheint«, ist der als Zyniker und Skeptiker geltende Weltmann der deutschen Literatur nicht weniger enthusiasmiert als Fritz Jacobi, nur daß er den Freund mit den älteren Rechten über der neuen Liebe nicht etwa vergißt, sondern ihn im Sinne des ›empfindsamen Dreiecks‹ im nun gemeinsamen Freund verstärkt liebt. Er schreibt am 10. November 1775:

Dienstag, den 7. d. M., morgens um fünf Uhr, ist Goethe in Weimar angelangt. O, bester Bruder, was soll ich Dir sagen? Wie ganz der Mensch beim ersten Anblick nach meinem Herzen war! Wie verliebt ich in ihn wurde, da ich am nämlichen Tage an der Seite des herrlichen Jünglings zu Tische saß!
Alles, was ich Ihnen (nach mehr als *einer* Krisis, die in mir diese Tage über vorging) jetzt von der Sache sagen kann, ist dies: Seit dem heutigen Morgen ist meine Seele so voll von Goethe, wie ein Tautropfe von der Morgensonne.
So unaussprechlich groß, wichtig und lieb mir Goethe geworden ist, so fühle ich doch im Innersten, daß auch Fritz Jacobi, anstatt dabei zu verlieren, mir noch teurer geworden ist, als jemals. Mir ist, ich liebe Sie nun auch in ihm, und das ist just noch einmal so viel.

Das ›empfindsame Dreieck‹ ist es auch, das Goethe fast in geometrischer Progression neue Freunde zuwachsen läßt. Ein gewisser W. Brenner schreibt ihm am 31. August 1775 aus der Schweiz: »Sie sind ein Freund von Herrn Pfarrer Lavater und Herrn Helfer Pfenninger in Zürich … da ich nun auch das Glück habe, mit diesen lieben Männern in Freundschaft zu stehen, so kommt es mir so vor, als ob ich auch einigermaßen mit Ihnen, mein lieber Herr Doktor, verwandt wäre.« Das Ergebnis solcher ›Freundschaften im Rösselsprung‹ (Richard Alewyn) finden wir in einer Momentaufnahme aus Goethes Leben am Ende der Frankfurter Zeit im Brief eines dieser vielen zu ihm Hindrängenden beschrieben:

Bei Goethe siehet es vornehm aus, und man glaubt, in das Haus eines Ministers zu kommen. Sein Besuchs- oder vielmehr Audienz-Zimmer ist nie leer, immer wechselt einer den anderen ab. Goethe ist aber wirklich sehr inkommodiert, denn jeder Reisender will ihn kennen lernen. Er hat sich aber jetzo auf den Fuß gesetzt, nur viermal wöchentlich Audienz zu geben und zwar des Vormittags. Die übrige Zeit gehört er seinen Freunden und Geschäften (G. Ch. Götz an seine Eltern, 30. 9. 1775).

Goethe bestach vor allem durch das Natürliche, Ungekünstelte und auch Unkonventionelle seines Wesens. Darauf bezieht sich der eingangs dieses Abschnitts zitierte Halbrivale Kestner in seinem ausführlichen Porträt vom Herbst 1772: Neben all seinen Vorzügen sei Goethe »bizarre und hat in seinem Betragen, seinem Äußerlichen Verschiedenes, das ihn unangenehm machen könnte: aber bei Kindern, bei Frauenzimmern und vielen andern ist er doch wohl angeschrieben«.

Goethe selbst hat eine feste Chiffre für diese fast autochthone, erdgeborene Unkonventionalität seines Auftretens, Voltaires Huronen aus *L'ingénu* von 1767. Bei diesem bei den Indianern Kanadas aufgewachsenen Naturkind haben tradierte Vorurteile nicht das natürliche eigenständige Urteilsvermögen getrübt – eine Haltung, die nach allen Zeugnissen auch den jungen Goethe auszeichnet. Wie der Wilde aus den nordamerikanischen Wäldern hinterfragt der junge Goethe jegliche Konvention und sagt, nicht immer zu aller Freude, »ganz naiv, was er denkt, und tut, was er will«. In einem Entwurf zu *Dichtung und Wahrheit* nennt der sechzigjährige Goethe sich entsprechend rückblickend eine: »Art von Voltairischen Huronen. Verwunderung erregend und belustigend. Den Frauen und Jünglingen gefällig ... Mein Wesen, so durchsichtig es war, älteren Personen apprehensiv und unbequem.«

Die ›Geniereise‹ in die Schweiz 1775

»Als Naturkinder« unternahmen dann auch die Reichsgrafen Christian und Friedrich Leopold zu Stolberg, die Goethe als Mitglieder des der Frankfurter dichterischen Jugend verwandten Göttinger Hainbundes verehrten, mit Goethe und dem schlesischen Grafen von Haugwitz eine ›Geniereise‹ in die Schweiz. So nannte man damals im Gegensatz zum Grand Tour mehr oder weniger planlose Reisen, die dem Erkunden der Fremde, des Fremden und berühmter Fremder galten, Kletterpartien, Bootsfahrten und Nacktbadefreuden einschlossen und bei denen man mehr oder weniger der Nase nach reiste. Goethe hat diese Reise der drei hohen Adligen – die Grafen Stolberg waren ein regierendes Haus – mit dem reichen Bürgersohn, bei dem die Reichsgrafen die Wildesten und Graf Haugwitz noch der Vernünftigste war, in *Dichtung und Wahrheit* distanziert, ja karikiert beschrieben.

Alle vier hatten sich für die Reise eigens Werthers Lieblingsanzug, einen blauen Frack mit gelber Hose, schneidern lassen; in diesem Aufzug hatten sich Jerusalem und Werther erschossen. Der ältere und realistischere Merck, dessen Nüchternheit laut Goethe Vorbild für Mephistos oft herzerfrischenden Realismus gewesen ist, hatte seinen ansonsten rückhaltlos bewunderten Dichterfreund »mephistophelisch querblickend« gewarnt: Goethes »unablenkbare Richtung« sei es, »dem Wirklichen eine poetische Gestalt zu geben; die anderen suchen das sogenannte Poetische, das Imaginative zu verwirklichen, und das gibt nichts wie dummes Zeug«. Riet Merck von der ›Geniereise‹ ab, so hoffte Goethes Vater im Gegenteil, daß sie sich zum für den Sohn so sehr ersehnten Grand Tour verstetigen möge.

Der klarblickende Merck scheint schon damals das Stürmen und Drängen im Alltag als Inszenierung, ja als Schmierenkomödie angesehen zu haben, so wie Karl Philipp Moritz 1790, als er im letzten Buch des *Anton Reiser* die in den ersten Teilen 1785 noch völlig ungebrochene Empfindsamkeit oder das Stürmer- und Drängertum seines Helden nach der Begegnung mit Goethe in Rom als bloße Komödie, die man durchaus auch vor sich selber spielte, entlarvte.

Neben Werther, dessen Exaltiertheiten man mittels seiner Tracht kopierte und ins Leben eintragen wollte, gibt der Rousseauismus mit seinem Naturkult den Stoff für die Inszenierung her sowie der spätestens seit dem *Werther* überbordende Geniebegriff und sein Mißbrauch: Nicht »die Kraft des Menschen, welche durch Handeln und Tun Gesetz und Regel gibt«, wurde darunter konstruktiv verstanden, sondern lediglich die Negation: »Damals manifestierte sichs nur, indem es die vorhandenen Gesetze überschritt, die eingeführten Regeln umwarf und sich für grenzenlos erklärte.« (DuW IV, 19).

Sprache und Betragen

Die Sprache des derart zu inszenierenden regellosen Stücks ist die ›burschikose‹, d. h. die allen vertraute, oft derbe bis unflätige und generell kaum salonfähige Studentensprache, wie Goethe sie weniger von Leipzig als von Straßburg und der Wetzlarer »Rittertafel« her kannte. Im akademischen Leben war auch die überständische Gleichheit der Empfindsamen vorgebildet, die Werther mit dem adligen Fräulein B… verbindet und die ihn am rechtzeitigen Abschied aus der Adelsgesellschaft hindert (Brief vom 15. März). In diesem Sinne setzt Goethe seinen intimen Briefwechsel mit einer Anonyma fort, auch als sie sich als Reichsgräfin Auguste von Stolberg entpuppt, und schreibt ebenso burschikos wie empfindsam an ihren reichsgräflichen Bruder Friedrich Leopold: »Gustgen ist ein Engel. Hols der Teufel, daß sie Reichsgräfin ist.«

Imitation von Rousseaus edlen Wilden, bewußter Bruch mit der Etikette, gezielte Regelverstöße und die burschikose Derbheit im Ausdruck, die der Frankfurter Goethe zunächst mit nach Weimar brachte und die ihn dort besuchende Freunde wie Lenz, Klinger oder die Stolbergs weiter perpetuierten, ließen den Weimarer Aufklärer Johann Carl August Musäus aus dem Kreis der Herzoginmutter Anna Amalia das »älteren Personen apprehensive« Genietreiben an seinem Rübezahl in den *Volksmärchen der Deutschen* verspotten:

> Denn Freund Rübezahl … ist geartet wie ein Kraftgenie: launisch, ungestüm, sonderbar; bengelhaft, roh, unbescheiden; stolz, eitel, wankelmütig, heute der wärmste Freund, morgen fremd und kalt; zu Zeiten gutmütig, edel und empfindsam; aber mit sich selbst in stetem Widerspruch; albern und weise, oft weich und hart in zween Augenblicken …; schalkhaft und bieder, störrisch und beugsam; nach der Stimmung, wie ihn der Humor und innrer Drang beim ersten Anblick jedes Ding ergreifen läßt.

Hier hatte Charlotte von Stein geb. von Schardt, aus altem Hofadel stammend und selbst mit einem hochrangigen Hofmann verheiratet, in Weimar noch viel Erziehungsarbeit an dem unbändigen Kraftgenie zu leisten. Ganz ist ihr das nie gelungen, aus fast allen Zeugnissen zum späteren Goethe spricht eine gewisse Förmlichkeit und Steifheit, hinter der er wenn nicht geradezu eine gesellschaftliche Unsicherheit, so doch ein lebenslanges Unbehagen in unvertrauter Gesellschaft verbarg. Nach Goethes eigenem Bericht beklagte sich die weltläufige Madame de Staël gelegentlich, er sei »wieder einmal gewohnterweise maussade und keine heitere Unterhaltung bei ihm zu finden«. Überhaupt möge sie Goethe nicht, »wenn er nicht eine Bouteille Champagner getrunken hat«. Wie für den Zauber der Jugend drängen sich auch für die damit kontrastierende Kälte und Steifheit späterer Jahre zahllose Zeugnisse aus der Biedermannschen Sammlung geradezu auf.

Stellvertretend für sie sei Franz Grillparzer zitiert, der direkt den Kontrast zum Image des jungen Goethe hervorhebt. Nach dem Besuch bei Goethe am 29. 9. 1826 notiert er im Tagebuch: »... das Ideal meiner Jugend, den Dichter des Faust, Clavigo und Egmont, als steifen Minister zu sehen, der seinen Gästen den Tee gesegnete, ließ mich aus all meinen Himmeln herabfallen. ... Ich bereute fast, nach Weimar gegangen zu sein.« Doch der Kanzler von Müller, Intimus und hochrangiger politischer Weggefährte des späten Goethe, tröstet den Verstimmten, »die Steifheit Goethes sei nichts als eigene Verlegenheit, so oft er mit einem Fremden das erste Mal zusammentreffe«. Bei einer Einladung zum Mittagessen am 1. Oktober erweist sich Goethe dann auch als äußerst liebenswürdig.

Einen ersten Zusammenprall zwischen genialer Autochthonie und gesellschaftlichen Gepflogenheiten erlebte Goethe in seinem Verhältnis zur Frankfurter Bankierstochter Lili Schönemann, das immerhin in eine wenn auch kurzfristige bürgerliche Verlobung mündete. Unmittelbar bevor er in *Dichtung und Wahrheit* von seiner ersten Begegnung mit der damals sechzehnjährigen Lili erzählt, schildert er seinen Ruf »als Bär wegen oftmaligen unfreundlichen Abweisens, dann wieder als Hurone Voltaires, Cumberlands Westindier, als Naturkind bei so vielen Talenten« (IV, 16).

Der Bär und die »Staatsdame«

Der Bär, dem Waldleben entwöhnt und ans Dasein im Zwinger noch nicht gewöhnt, seine Domestizierung und sein Freiheitsdrang spielen sowohl in den Briefen und Gedichten aus der Zeit wie im späteren Bericht in *Dichtung und Wahrheit* eine herausragende Rolle. Im Umgang mit Lili nähert sich Goethe zwangsläufig wieder der Gesellschaft, die er in Leipzig gesucht und seit Straßburg bewußt gemieden hatte.

Bei aller Repräsentanz des Gebäudes pflegte man in Goethes Elternhaus keine eigentliche Geselligkeit. Der Vater verkehrte mit Gleichgesinnten, meist vermögenden Männern, die neben einer einträglichen Praxis als Dilettanten im besten Sinne ihren wissenschaftlichen oder künstlerischen Neigungen nachgingen und wie sie uns schon bei der Schilderung von Goethes Kindheit begegnet sind; die Mutter liebte ihre religiösen Zirkel oder eine Plauderstunde im kleinen Kreis bei einer Handarbeit.

Ganz anders ging es bei den Schönemanns zu, einer reformierten Bankiersfamilie. Die Mutter führte mit einem Compagnon, unterstützt von Lilis älteren Brüdern, nach dem Tode ihres Mannes 1763 das Bankhaus fort, und Festlichkeiten aller Art gehörten, vor allem während der Messen, als Kundenpflege zum Geschäft. Musikalische Soireen – auf einer davon begegnet Goethe Lili zum erstenmal –, Diners, Empfänge und Bälle, auf denen die Jugend tanzt und das Alter spielt, sind an der Tagesordnung. Kein Wunder, daß Goethes Vater die Freundin des Sohnes hinter dessen Rücken nur ›die Staatsdame‹ zu nennen pflegte.

Will Goethe Lili so oft wie möglich sehen – und welcher Liebende möchte das nicht? –, muß er sich den vom Stürmer und Dränger verachteten »Tags- und Modemenschen« um sie herum anpassen. Goethe muß sich, was er seit Leipzig nicht mehr getan hat, ständig nach der neuesten Mode einkleiden und lebt gleichsam eine Doppelexistenz. Da ist der auf alle Etikette Pfeifende, der eine Reichsgräfin »Freundinn Schwester, Geliebte, Braut, Gattin« nennt (2. Hälfte Januar 1775) und ganz und allein der Natur und seiner Dichtung leben will, und der andere, der sich an Lilis Seite Hals über Kopf in die Fastnacht 1775 stürzt.

Dieser Goethe übersteigt das Vorstellungsvermögen der Reichsgräfin wohl so sehr, daß er sich vor ihr wegen dieses Wandels schämt:

> Wenn Sie sich, meine liebe, einen Goethe vorstellen können, der im galonirten Rock, sonst von Kopf bis Fuse auch in leidlich konsistenter Galanterie, umleuchtet vom unbedeutenden Prachtglanze der Wandleuchter und Kronenleuchter, mitten unter allerlei Leuten, von ein Paar schönen Augen am Spieltische gehalten wird, der in abwechselnder Zerstreuung aus der Gesellschaft ins Concert, und von da auf den Ball getrieben wird, und mit allem Interesse des Leichtsinns, einer niedlichen Blondine den Hof macht; so haben sie den gegenwärtigen Fassnachts Goethe, der Ihnen neulich einige dumpfe tiefe Gefühle vorstolperte, der nicht an Sie schreiben mag, der Sie auch manchmal vergißt, weil er sich in ihrer Gegenwart ganz unausstehlich fühlt (13. Februar 1775).

Die Gedichte aus dieser Zeit spiegeln seine innere Geschichte in diesen Monaten so unmittelbar wieder, daß Goethe über fünf Jahrzehnte später sich ihrer zur Gestaltung des Lili-Erlebnisses in *Dichtung und Wahrheit* bedient. In ihrem Gesamt ergeben sie eine kleine lyrische Novelle mit ihren charakteristischen Wendepunkten.

Da ist zunächst das Erschrecken über das Aufkeimen einer neuen Liebe, der Wunsch zu fliehen, ja die Bitte, doch dieses Mal noch einmal unversehrt davonzukommen, da das mit der »neuen Liebe« verbundene »neue Leben« allzusehr mit dem Gewohnten kontrastiert:

Neue Liebe neues Leben

Herz, mein Herz, was soll das geben?
Was bedränget dich so sehr?
Welch ein fremdes, neues Leben!
Ich erkenne dich nicht mehr.
Weg ist alles was du liebtest,
Weg warum du dich betrübtest,
Weg dein Fleiß und deine Ruh, –
Ach wie kamst du nur dazu?

Fesselt dich die Jugendblüte,
Diese liebliche Gestalt,
Dieser Blick voll Treu und Güte,
Mit unendlicher Gewalt?
Will ich rasch mich ihr entziehen
Mich ermannen ihr entfliehen;
Führte mich im Augenblick
Ach! mein Weg zu ihr zurück.

Und an diesem Zauberfädchen
Das sich nicht zerreißen läßt,
Hält das liebe, lose Mädgen
Mich so wider Willen fest;
Muß in ihrem Zauberkreise
Leben nun auf ihre Weise.
Die Verändrung ach wie groß!
Liebe! Liebe! Laß mich los!

Das nächste Gedicht, mit einem Rokoko-Hüllnamen *An Belinden* überschrieben, beschwört den früheren Zustand nur noch, ja sieht in ihm ein Erwarten, das nun erfüllt ist; Lilis Kunstwelt ist dem einstigen Naturschwärmer jetzt zur zweiten Natur geworden.

Warum ziehst du mich unwiderstehlich
Ach in jene Pracht?
War ich guter Junge nicht so selig
In der öden Nacht!

Heimlich in mein Zimmerchen verschlossen,
Lag im Mondenschein
Ganz von seinem Schauerlicht umflossen,
Und ich dämmert' ein;

Träumte da von vollen goldnen Stunden
Ungemischter Lust,

Hatte schon dein liebes Bild empfunden
Tief in meiner Brust.

Bin ich's noch, den du bei so viel Lichtern
An dem Spieltisch hältst,
Oft so unerträglichen Gesichtern
Gegen über stellst?

Reizender ist mir des Frühlings Blüte
Nun nicht auf der Flur;
Wo du, Engel, bist, ist Lieb' und Güte,
Wo du bist, Natur.

Trennungswünsche und Aufbruchsgelüste

Aber diese Befriedung, die das neue Leben in der neuen Liebe selbst am Spieltisch kurzerhand zur Natur erklärt, hält nicht vor. Das dritte Gedicht, das einen neuerlichen Wendepunkt in der Beziehung bezeichnet, erwähnt Goethe in *Dichtung und Wahrheit* nur, zitiert es aber nicht, »weil es ... mit genialer Heftigkeit das Widerwärtige zu erhöhn und durch komisch ärgerliche Bilder das Entsagen in Verzweiflung umzuwandeln trachtet«. Stärker noch als in *An Belinden* erscheint Lili hier als Schwester der Circe, die ihre in Tiergestalten verwandelten »Prinzen« durch »dumpfes Zauberwerk« in einen »gekünstelten« und »aufgestutzten« Rokokogarten unter fühllose (»porzellanene«) Wesen sperrt:

Lili's Park

Ist doch keine Menagerie
So bunt als meiner Lili ihre!
Sie hat darin die wunderbarsten Tiere,
Und kriegt sie 'rein, weiß selbst nicht wie.

O wie sie hüpfen, laufen, trappeln,
Mit abgestumpften Flügeln zappeln,
Die armen Prinzen allzumal,
In nie gelöschter Liebesqual!
[...]
Aber der Blick! Der Ton!
Wenn sie ruft Pipi! Pipi!
Zöge den Adler Jupiters vom Thron;
Der Venus Taubenpaar,
Ja der eitle Pfau sogar,
Ich schwöre, sie kämen,
Wenn sie den Ton von weitem nur vernähmen.

Denn so hat sie aus des Waldes Nacht
Einen Bären, ungeleckt und ungezogen,
Unter ihren Beschluß herein betrogen,
Unter die zahme Compagnie gebracht,
Und mit den andern zahm gemacht:
Bis auf einen gewissen Punkt versteht sich!
Wie schön und ach! Wie gut
Schien sie zu sein! Ich hätte mein Blut
Gegeben, um ihre Blumen zu begießen.

»Ihr sagtet *ich*! Wie? Wer?«
Gut denn, ihr Herrn, g'rad aus: *Ich* bin der Bär!
In einem Filetschurz gefangen,
An einem Seidenfaden ihr zu Füßen.
Doch wie das alles zugegangen,
Erzähl' ich euch zur andren Zeit;
Dazu bin ich zu wütig heut.
[...]
Dann fängt's auf einmal an zu rasen,
Ein mächt'ger Geist schnaubt aus der Nasen,
Es wildet die innere Natur.
Was, du ein Tor, ein Häschen nur!

So ein Pipi! Eichhörnchen, Nuß zu knacken!
Ich sträube meinen borst'gen Nacken,
Zu dienen ungewöhnt.
Ein jedes aufgestutztes Bäumchen höhnt
Mich an! Ich flieh' vom Boulingreen,
Vom niedlich glatt gemähten Grase,
Der Buchsbaum umzieht mir eine Nase,
Ich flieh ins dunkelste Gebüsche hin,
Durch's Gehäge zu dringen,
Über die Planken zu springen!
Mir versagt Klettern und Sprung,
Ein Zauber bleit mich nieder;
Ein Zauber häkelt mich wieder,
Ich arbeite mich ab, und bin ich matt genug,
Dann lieg ich an gekünstelten Kaskaden,
Und kau' und wein' und wälze mich halb tot,
Und ach! Es hören meine Not
Nur porzellanene Oreaden.

Auf Einmal! Ach es dringt
Ein seliges Gefühl durch alle meine Glieder!
Sie ist's die dort in ihrer Laube singt!
Ich höre die liebe, liebe Stimme wieder,
Die ganze Luft ist warm, ist blütevoll.
Ach! Singt sie wohl, daß ich sie hören soll?
Ich dringe zu, tret' alle Sträucher nieder,
Die Büsche fliehn, die Bäume weichen mir,
Und so – zu ihren Füßen liegt das Tier.

Sie sieht es an: »Ein Ungeheuer! Doch drollig!
Für einen Bären, zu mild,
Für einen Pudel zu wild,
So zottig, tapsig, knollig!«
Sie streicht ihm mit dem Füßchen übern Rücken,
Er denkt im Paradiese zu sein.

Wie ihn alle sieben Sinne jücken!
Und sie sieht ganz gelassen drein,
Ich küß' ihre Schuhe, kau' an den Sohlen,
So sittig als ein Bär nur mag,
Ganz sachte heb' ich mich, und schmiege mich verstohlen
Leis' an ihr Knie – Am günst'gen Tag
Läßt sie's geschehn, und kraut mir um die Ohren,
Und patscht mich mit mutwillig derben Schlag;
Ich knurr', in Wonne neu geboren;
Dann fordert sie mit süßem, eitlem Spotte:
‹allons tout doux! Eh la menotte!
Et faites Serviteur,
Comme un joli Seigneur.
So treibt sie's fort mit Spiel und Lachen;
Es hofft der oft betrogne Tor;
Doch will er sich ein bißchen unnütz machen,
Hält sie ihn kurz als wie zuvor.

Doch hat sie auch ein Fläschgen Balsam-Feuers,
Dem keiner Erde Honig gleicht.
Wovon sie wohl einmal, von Lieb' und Treu erweicht,
Ein Tröpfchen mit der Fingerspitze streicht,
Und wieder flieht und mich mir überläßt,
Und ich dann, losgebunden, fest
Gebannt bin, immer nach ihr ziehe,
Sie suche, schaudre, wieder fliehe –
So läßt sie den zerstörten Armen gehn,
Ist seiner Lust, ist seinen Schmerzen still;
Ha! Manchmal läßt sie mir die Tür halb offen stehn,
Seitblickt mich spottend an, ob ich nicht fliehen will.

Und ich! – Götter ist's in euern Händen,
Dieses dumpfe Zauberwerk zu enden:
Wie dank' ich, wenn ihr mir die Freiheit schafft!
Doch sendet ihr mir keine Hülfe nieder –

Nicht ganz umsonst reck' ich so meine Glieder,
Ich fühl's! Ich schwör's! Noch hab ich Kraft.

Liebe und Sinnlichkeit (erregt durch »Balsam-Feuer, dem keiner Erde Honig gleicht«) führen das lyrische Ich in eine Hörigkeit, aus der es nur die Götter befreien können – wenn es nicht selbst noch die Kraft zu einem Befreiungsschlag hat. Den zu führen ist der »Hauptzweck« der ›Geniereise‹ mit den Grafen Haugwitz und Stolberg, zu der er fast im direkten Anschluß an die Verlobung aufbricht, ohne sich von Lili zu verabschieden. In einem Brief an die vertraute Freundin Johanna Fahlmer vom 24. Mai 1775 aus Straßburg nennt er sich explizit einen »durchgebrochnen Bären« und eine »entlaufene Kazze«.

In Emmendingen besucht er seine Schwester Cornelia, die seit 1773 mit Goethes Kollegen, Mitstreiter und gutem Bekannten Johann Georg Schlosser verheiratet war, der dort als Oberamtsverweser der Markgrafschaft Hochberg residierte. Nach dem Bericht in *Dichtung und Wahrheit* soll die Schwester ihm dringend von einer Verbindung mit Lili abgeraten haben, zu verschieden seien die Lebenskreise beider. Von Emmendingen aus schreibt der durchgebrannte Liebhaber am 5. Juni an Johanna Fahlmer, er erhoffe sich viel von den noch vor ihm liegenden Schweizer Eindrücken: »Denn noch, fühl ich, ist der Hauptzweck meiner Reise verfehlt, und komm ich wieder, ists dem Bären schlimmer als vorher.«

Das ganze Dilemma spiegelt das Tagebuch wieder, das Goethe auf der Reise führt. Nach geselligen Scherzversen, die auf einer Bootspartie »den 15 Junius 1775 Donnerstag morgen aufm Zürchersee« entstanden sind, steht eins von Goethes berühmtesten Gedichten, das ein embryonal-säuglingshaftes Einssein mit der mütterlichen Natur feiert und als eigenes »Lieb und Leben« den Lili-Reminiszenzen und dem »Neue Liebe Neues Leben« mit ihr entgegensetzt.

Ich saug an meiner Nabelschnur
Nun Nahrung aus der Welt.
Und herrlich rings ist die Natur

Die mich am Busen hält.
Die Welle wieget unsern Kahn
Im Rudertakt hinauf
Und Berge Wolcken angetan
Entgegnen unserm Lauf.

Aug mein Aug was sinkst du nieder
Goldne Träume kommt ihr wieder
Weg du Traum so gold du bist
Hier auch Lieb und Leben ist.
Auf der Welle blincken
Tausend schwebende Sterne
Liebe Nebel trinken
Rings die türmende Ferne
Morgenwind umflügelt
Die beschattete Bucht
Und im See bespiegelt
sich die reifende Frucht

In Goethes erster Gedichtsammlung von 1789 schließt sich das Gedicht unter dem Titel *Auf dem See* in leicht gemilderter Bildlichkeit als Antwort an *Lilis Park an*: Ja, der Bär hat die Kraft gefunden, sich loszureißen, hat seine Natur in sich wieder gefunden und auch die Natur draußen, von der ihn der Zauberbann im Kunstgarten fernhielt.

Doch die im Tagebuch wie in der Sammlung folgenden Verse strafen diese trotzige Haltung Lügen; Lili schiebt sich nicht wie in *Auf dem See* kurzfristig störend in das Naturerleben ein, sondern dauernd davor. Ohne die Geliebte gibt es nirgendwo Glück:

Vom Berge

Wenn ich, liebe Lili, dich nicht liebte,
Welche Wonne gäb' mir dieser Blick!
Und doch wenn ich, Lili, dich nicht liebte,
Fänd' ich hier und fänd' ich dort mein Glück?

»Wär was wär mein Glück«, hatte die Schlußzeile 1775 etwas schwächer gelautet. Die räumliche Entfernung, die Ermahnungen der Schwester, die mannigfaltigen Reiseeindrücke haben nichts genutzt, am Ende sitzt er wieder bei der Geliebten »in Offenbach, so vereinfacht wie ein Kind, so beschränckt als ein Papagey auf der Stange« (3. August 1775 an Auguste von Stolberg). Lilis Tante gegenüber vergleicht er sich zur gleichen Zeit mit einem Käse, den er ihr schickt: »Der Kerl ist wie ich, solang er die Sonne nicht spürt und ich Lili nicht sehe, sind wir festre, tapfre Kerls. Drum in den Keller mit ihm, wie ich auch gegenwärtig in Frankfurt sizze, vollkommen wie in einer Eisgrube.« Aber er kann von Lili nicht loskommen; jeder Versuch, sich von ihr zu entfernen, bewirkt das Gegenteil: »Unglücklicher Weise macht der Abstand das Band nur fester das mich an sie zaubert« (14. 9. 75).

Mit burschikoser Drastik beschreibt er um den 8. August 1775 seine Lage gegenüber Freund Merck: »Ich bin wieder scheissig gestrandet, und möchte mir tausend Ohrfeigen geben, daß ich nicht zum Teufel gieng, da ich flott war. Ich passe wieder auf neue Gelegenheit abzudrücken (= den Absprung zu wagen).« Notfalls will er den Wünschen des Vaters gemäß nach Italien gehen: »Das heißt, zu Ende dieses Jahres muß ich fort. Daur' es kaum bis dahin, auf diesem Bassin herum zu gondoliren, und auf die Frösch- und Spinnenjagd mit großer Feierlichkeit auszuziehen.«

Zwei Lebenskonzepte

Sosehr auch die die Briefe wie die Gedichte der Zeit durchziehenden Bilder vom Zaubern und vom Bannen und vom gefangenen Bären an den Meerschweinchentraum bei seiner Leipziger Studentenliebe Käthchen oder an die Melusinengeschichte bei Friederike erinnern, so ist diesmal mehr als eine eventuelle Bindungsangst im Spiel. Es geht längst nicht mehr um Lili, sondern um zwei einander fast entgegengesetzte Lebenskonzepte. Wenn Johann Caspar Goethe seine Schwiegertochter in spe seiner Frau gegenüber auch kritisch als »Staatsdame«

bezeichnet, so ist trotz der verschiedenen Lebenssphären die Eheschließung des Sohnes mit Lili nicht unwillkommen. Man hatte zwar eine andere Partie für den Sohn im Auge gehabt, aber generell befanden die Eltern, daß nach Cornelias Eheschließung und Wegzug im November 1773 Goethe »eine Schwester, der Mutter eine Gehülfin, dem Vater ein Lehrling abgehe« (DuW III, 15).

Das junge Paar könnte ins geräumige Vaterhaus einziehen, wie Johann Caspar einst nach seiner Verheiratung ins Haus seiner Mutter gezogen war. Mit dem Rückhalt des väterlichen Vermögens könnte der Sohn dann »die bürgerlichen Geschäfte«, die er jetzt »so heimlich leise, als trieb ich Schleichhandel« (14. 4. 1775 an Knebel) ihren Gang gehen ließ, nach und nach erweitern. »Kollektive Stellen: Residentschaften, Agentschaften, die sich durch Tätigkeit grenzenlos erweitern lassen« (DuW IV, 17), würden hinzukommen und das Ihrige zu einem mehr als genügenden Auskommen beisteuern. Um es mit Goethe auszudrücken: Die feierliche Frösch- und Spinnenjagd ließe sich auf die Dauer durchaus zur Jagd auf Krammetsvögel und Enten steigern, und das Bassin mochte dann wohl auch für einen Teich durchgehen.

Demgegenüber tat sich plötzlich eine ganz andere Perspektive auf. Wie so viele andere Besucher Frankfurts hatte auch der Erbprinz von Sachsen-Weimar-Eisenach, Carl August, den Kometen an Deutschlands geistigem Himmel anstaunen wollen und hatte ihn sich auf seiner Bildungsreise nach Paris am 11. 12. 1774 vorstellen lassen. Danach hatte man sich wenige Tage später in Mainz und im Mai 1775 anläßlich der Verlobung Carl Augusts mit Louise von Hessen-Darmstadt in Karlsruhe wiedergesehen. Als der am 3. September 1774 mit achtzehn Jahren großjährig und damit Herzog Gewordene am 22. September 1775 auf dem Weg zu seiner Hochzeit mit Louise von Hessen-Darmstadt erneut durch Frankfurt kam, lud er den ihm und den Herren seiner Entourage überaus sympathischen Goethe spontan nach Weimar ein und erneuerte die Einladung am 12. Oktober auf der Rückreise, nunmehr auch im Namen seiner ihm frisch angetrauten Gemahlin.

Solche Einladungen herausragender Fremder an Höfe waren damals gang und gäbe, waren sie doch ein probates Mittel, Abwechslung und Anregung in das Hofleben einer provinziellen Residenz zu bringen – und welche deutsche Residenz war nicht provinziell? Die Einladung des jungen Friedrichs II. von Preußen an Voltaire ist das bekannteste Beispiel.

Aus einem Brief an Kestner (25. 12. 1773) wissen wir, daß Vater und Sohn Goethe durchaus auch an die Möglichkeiten eines auswärtigen Dienstes gedacht hatten. Goethe selbst befürchtete nur, dafür nicht zu taugen:

> ...ich bin von ieher gewohnt nur nach meinem Instinkt zu handeln, und damit könnte keinem Fürsten gedient sein. Und dann biss ich politische Subordination lernte – es ist ein verfluchtes Volck, die Frankfurter, pflegt der Präsident v. Moser zu sagen, man kann ihre eigensinnigen Köpfe nirgends hin brauchen.

Lavater hatte am 20. Oktober 1774 an den Arzt Zimmermann geschrieben: »Goethe wäre ein herrliches handelndes Wesen bei einem Fürsten. *Dahin* gehört er.« Nun bietet sich ein Jahr später diese Möglichkeit, und zwar zunächst für beide Seiten unverbindlich und doch mit allen Möglichkeiten einer Zusammenarbeit zwischen dem soeben zur Regierung gekommenen Herrscher und seinem genialen Günstling. Beider schon bald vertrautes, im damaligen Sprachgebrauch ›intimes‹ Verhältnis gibt Goethe die Hoffnung, weiter nach seinem Instinkt handeln zu können und gar nicht erst »politische Subordination lernen« zu müssen.

Weisen Verlobung und geplante Hochzeit, mag sich auch noch eine Bildungsreise des Bräutigams zwischen diese Daten schieben, in die Sphäre bürgerlicher Ordnung, so bedeutet die Einladung nach Weimar mit ihren unabsehbaren Konsequenzen Aufbruch ins Ungewisse und damit Abenteuer.

Durch ein Mißverständnis verzögert sich die Abreise nach Weimar. War es dem Fürsten wirklich ernst? So kommt es in der Tat zu der zugespitzten Entscheidungssituation, die das letzte Kapitel von *Dichtung und Wahrheit* in höchst kunstvoller Engführung beider Themen gestaltet. Ihr Wettstreit versinnbildlicht den Kampf eines genialen Sohnes mit einem bedeutenden und dominanten Vater, den Wettstreit zwischen einem durchaus ehrenvollen konventionellen Leben und dem Aufbruch ins Ungewisse, selbst erst zu Zimmernde, das dann in höchste Höhen hinaufreichen sollte.

Da nun einmal die Frankfurter Zelte abgebrochen sind – wieder ohne Abschied von Lili –, wird Johann Wolfgang auf jeden Fall reisen, wenn nicht dem eigenen Kopf nach Richtung Weimar, dann, den väterlichen Bahnen folgend, auf dem Grand Tour nach Italien. Die Nadel schwankt zwischen Nord und Süd, Weimar und Italien. Noch die Vertraute Demoiselle Delph, die die Verlobung mit Lili zwischen den Goethes und den Schönemanns ausgehandelt hatte und bei der er jetzt in Heidelberg Station macht, rät ihm zur Italienreise, bis auf der drittletzten Seite von *Dichtung und Wahrheit* endlich die Entscheidung fällt und das Eintreffen eines Kuriers den Schwankenden dann doch nach Weimar bestimmt. Der immer noch widerratenden Gastgeberin will Goethe zum Abschied die Worte Egmonts zugerufen haben, mit denen *Dichtung und Wahrheit* feierlich schließt:

> »Kind! Kind! Nicht weiter! Wie von unsichtbaren Geistern gepeitscht, gehen die Sonnenpferde der Zeit mit unsers Schicksals leichtem Wagen durch, und uns bleibt nichts, als mutig gefaßt die Zügel fest zu halten und bald rechts, bald links, vom Steine hier, vom Sturze da die Räder abzulenken. Wohin es geht, wer weiß es? Erinnert er sich doch kaum, woher er kam?«

Mit diesem Zitat hat Goethe selbst die Zügel seines Schicksals in die Hand genommen; Pindars »epikratein«, die unbedingte Meisterschaft in der Beherrschung der Mittel (s. S. 123 f.), gilt nun nicht mehr allein der Dichtung, sondern der Bewältigung des durchgehenden Vierergespanns, Leben genannt.

Mit der Auflösung des Dilemmas ›Italien – Weimar‹ zugunsten Weimars entscheidet sich Goethe für ein selbstbestimmtes Leben, verläßt er die konventionellen Bahnen eines Juristenlebens seiner Zeit, schafft sich binnen dreizehn Jahren eine vollkommen auf seine Fähigkeiten und seine Bedürfnisse zugeschnittene Existenz, die in dieser Form nicht vorgesehen war, die es erst gab, seit er sie sich geschaffen hatte. An der Schwelle einer neuen Epoche wird Goethe ebenfalls zum »fictor sui ipsius«, wie das Karlheinz Stierle so eindrucksvoll für Petrarca viereinhalb Jahrhunderte zuvor im gleichnamigen V. Kapitel seines *Francesco Petrarca* beschrieben hat.

Der Ausklang der Lili-Liebe

Der Verwirklichung dieses Programms opfert Goethe die Liebe zu Lili. Im Tagebuch, das er sich für den ersten Reisetag wieder vornimmt, notiert er: »Lili Adieu Lili zum zweiten Mal. Das erste Mal schied ich noch hoffnungsvoll unsere Schicksaale zu verbinden! Es hat sich entschieden – wir müssen einzeln unsere Rollen ausspielen. Mir ist in dem Augenblick weder bange für dich noch für mich, so verworren es aussieht!« Alles weitere erzählen die Gedichte, die Goethe selbst zum Teil in seine Erzählung in *Dichtung und Wahrheit* einlegt – ein einziges Mal erzählt er selber einen Abschnitt seines Lebens in den damals entstandenen Gedichten. Noch der, der sich diesmal erfolgreich von der Kette losgerissen hat, trägt die Halskette der Geliebten, empfindet den Schmerz des Verlustes:

An ein goldnes Herz, das er am Halse trug

Angedenken du verklungner Freude
Das ich immer noch am Halse trage,
Hältst du länger als das Seelenband uns beide?
Verlängerst du der Liebe kurze Tage?

Flieh ich, Lili, vor dir! Muß noch an deinem Bande
Durch fremde Lande,
Durch ferne Täler und Wälder wallen!
Ach, Lilis Herz konnte so bald nicht
Von meinem Herzen fallen.

Wie ein Vogel, der den Faden bricht
Und zum Walde kehrt,
Er schleppt des Gefängnisses Schmach
Noch ein Stückchen des Fadens nach;
Er ist der alte freigeborne Vogel nicht,
Er hat schon jemand angehört.

Die Verse, die er Weihnachten 1775 unvermittelt in einen Brief an den Herzog einfügt, zeigen, daß Lili in seinen Gedanken und in seinem Lied immer wieder präsent ist:

Noch ein Wort eh ich schlafen gehe. Wie ich so in der Nacht gegen das Fichtengebürg ritt; kam das Gefühl der Vergangenheit, meines Schicksaals und meiner Liebe über mich, und sang so bey mir selber:
Holde Lili warst so lang
All mein Lust und all mein Sang
Bist ach nun all mein Schmerz und doch
All mein Sang bist du noch.

Auch *Jägers Abendlied* wird so noch auf Lili gedeutet, wenn auch andere Interpreten darin phallische Erwartungen an die neue Weimarer Liebe Charlotte von Stein gestaltet sehen wollen – ein weiteres Mal lebt Goethe im »Doppelglanz« einer endenden und einer beginnenden Liebe und »sieht ... bei untergehender Sonne gern auf der entgegengesetzten Seite den Mond aufgehn« (DuW III, 13; s. S. 120 f.).

Jägers Abendlied

Im Felde schleich ich still und wild,
Gespannt mein Feuerrohr.
Da schwebt so licht dein liebes Bild,
Dein süßes Bild mir vor.

Du wandelst jetzt wohl still und mild
Durch Feld und liebes Tal,

Und ach, mein schnell verrauschend Bild,
Stellt sich dir's nicht einmal?

Des Menschen, der die Welt durchstreift
Voll Unmut und Verdruß,
Nach Osten und nach Westen schweift,
Weil er dich lassen muß.

Mir ist es, denk ich nur an dich,
Als in den Mond zu sehn;
Ein stiller Friede kommt auf mich,
Weiß nicht, wie mir geschehn

Die Lösung zeichnet sich schon in Gedichten der späten Frankfurter Zeit ab – das Aufgehen der konkreten Liebe zu Lili im überpersönlichen, weltgesetzlichen Phänomen Liebe, dem die wechselnden Aktanten jeweils eingeschrieben werden:

Im Herbst 1775

Fetter grüne, du Laub
Das Rebengeländer
Hier mein Fenster herauf
Gedrängter quillet
Zwillingsbeeren, und reifet
Schneller und glänzend voller
Euch brütet der Mutter Sonne
Scheideblick, euch umsäuselt
Des holden Himmels
Fruchtende Fülle.
Euch kühlet des Mondes
Freundlicher Zauberhauch
Und euch betauen, Ach!
Aus diesen Augen
Der ewig belebenden Liebe
Vollschwellende Tränen.

Stärker noch als die minimal, aber an entscheidenden Stellen veränderte Fassung von 1789 *Wonne der Wehmut* feiert die Frühfassung aus dem Herbst 1775 die Heiligkeit und Ewigkeit auch der unter Tränen scheiternden Liebe:

Trocknet nicht! trocknet nicht.
Tränen der heiligen Liebe.
Ach nur den halbtrocknen Augen schon
Wie öde, tot ist die Welt.
Trocknet nicht, trocknet nicht
Tränen der ewigen Liebe.

Wie in *Willkomm und Abschied* die Tragik des Friederikenerlebnisses in die trotzige Bejahung der Liebe im abstrakten »lieben« und »geliebt zu werden« übergeführt wird, so klingt auch das Lili-Erlebnis aus in die Bejahung der Liebe, in ›Willkomm‹ und ›Abschied‹, Freud und Schmerz, Jubel und Leid:

Rastlose Liebe

Dem Schnee, dem Regen,
Dem Wind entgegen
Im Dampf der Klüfte,
Durch Nebeldüfte,
Immer zu! Immer zu!
Ohne Rast und Ruh!

Lieber durch Leiden
Möcht ich mich schlagen,
Als so viel Freuden
Des Lebens ertragen.
Alle das Neigen
Von Herzen zu Herzen,
Ach, wie so eigen
Schaffet das Schmerzen!

Wie soll ich fliehen?
Wälderwärts ziehen?
Alles vergebens!
Krone des Lebens,
Glück ohne Ruh,
Liebe, bist du!

Der Goetheforscher und langjährige Präsident der Goethe-Gesellschaft, Werner Keller, hat in seiner Interpretation des Gedichts für Marcel Reich-Ranickis *Frankfurter Anthologie* die letzten Verse überzeugend entschlüsselt: Die »Krone des Lebens« ist »nach Jakobus 1, 12 denen vorbehalten ..., die Gott lieben und, der Offenbarung 2, 10 gemäß, ihm die Treue halten. Der junge Goethe war bibelfest. Seine Übertragung einer religiösen Verheißung auf den Eros zeigt, daß die von ihm mitvollzogene Säkularisierung das Sakrale zwar verweltlicht, zugleich aber das Profane heiligt: In der erotischen Liebe gipfelt die Lebensliebe, die das Dasein – ›wie es auch sei‹ – gutheißt.« Ich gehe noch weiter: In der Liebe, in der für Goethe Eros und Agape zusammenfallen, erfüllt sich das Weltgesetz in Polarität und Steigerung, liebt das Ich im anderen Menschen als dem Bilde Gottes letztlich Gott selbst, der die Liebe ist. Deshalb transzendiert die Liebe die Welt, deshalb ist sie »Krone des Lebens«, deshalb findet in ihr »das Paar ... die höhere Welt«, wie es in der Elegie *Die Metamorphose der Pflanzen* heißt (s. S. 273).

Goethe und die Ehe

Eckermann gegenüber hat Goethe im hohen Alter Lili Schönemann »in der Tat die Erste« genannt, »die ich tief und wahrhaft liebte. Auch kann ich sagen, daß sie die Letzte gewesen; denn alle kleinen Neigungen, die mich in der Folge meines Lebens berührten, waren, mit jener ersten verglichen, nur leicht und oberflächlich« (5.März 1830).

Dem Goethefreund und -verehrer stocken hier Atem und Herz: Friederike Brion, Charlotte von Stein, Marianne von Willemer, Ulrike von Levetzow, der gegen alle sich türmenden Berge konventioneller Schwierigkeiten perpetuierte und letztlich bürgerlich und kirchlich sanktionierte jahrzehntelange Rausch mit Christiane – alles »kleine Neigungen«, »leicht und oberflächlich«? Verglichen mit *Willkomm und Abschied, Warum gabst du uns die tiefen Blicke, Wiederfinden, Elegie* oder *Die Metamorphose der Pflanzen*, die wir diesen Lieben Goethes verdanken, erscheinen uns doch eher sämtliche Lili-Gedichte als »leicht und oberflächlich«.

Will man nicht schlicht die geringere Zuverlässigkeit und zweifelhafte Authentizität von Eckermanns drittem Band ins Feld führen und dem anstößigen Ausspruch einen wahren Kern zusprechen, läge der wohl am ehesten in Goethes eigentümlicher Hochschätzung der Ehe. Entgegen seiner aus dem Meerschweinchentraum bei Käthchen, dem Melusinenmärchen bei Friederike und den durchgehenden Circe-Bildern für Lili doch wohl zu diagnostizierenden massiven Bindungsangst und seiner lebenslang praktizierten diachronen Polygamie begegnet bei Goethe immer wieder die unbedingte Hochschätzung der Ehe. Sie ist für Goethe nicht wie für Fontane ›Ordnung‹, sondern der Glücksfall, bei dem Urphänomen und Phänomen ›Liebe‹ lebenslang zusammenfallen. In der lebenslangen Ehe sind die dem Weltprinzip ›Liebe‹ sonst variabel eingeschriebenen Aktanten ewig dieselben. Das dritte der *Urworte. Orphisch* lautet:

EROS, Liebe

Die bleibt nicht aus! – Er stürzt vom Himmel nieder,
Wohin er sich aus alter Öde schwang,
Er schwebt heran auf luftigem Gefieder
Um Stirn und Brust den Frühlingstag entlang,
Scheint jetzt zu fliehn, vom Fliehen kehrt er wieder:
Da wird ein Wohl im Weh, so süß und bang.
Gar manches Herz verschwebt im Allgemeinen,
Doch widmet sich das edelste dem Einen.

Goethe ist sicherlich lebenslang ›im Allgemeinen verschwebt‹. An Frau von Stein schreibt er am 20. März 1776: »Lassen Sie's gut sein, weil ich doch nun einmal die Schwachheit für die Weiber haben muss, will ich sie lieber für Sie haben als für eine andre.« Hand in Hand geht damit aber eine Sehnsucht nach der einen, großen Liebe. Am 16./17. Juli 1776 schreibt er an seine Weimarer Geliebte über ihre Schwester Louise: »Es ist ein liebes Geschöpf wie ich eins für mich haben mögte, und dann nichts weiter geliebt. Ich bin des Herztheilens überdrüssig.«

Die von Goethe im Alter so stark betonte Sonderstellung Lilis unter allen Frauen in seinem Leben läge dann darin begründet, daß sie die einzige war, mit der eine Heirat in Frage kam, was ja auch in der Verlobung seinen Ausdruck fand – alle anderen Geliebten waren in diesem Sinne keine angemessenen Partnerinnen – so Käthchen, so Friederike, so Christiane –, oder waren verheiratet – Charlotte von Stein –, oder Goethe war verheiratet – so bei Minna Herzlieb – oder gar beide, wie im Falle Marianne von Willemers – oder wiesen, wie Ulrike von Levetzow, den Heiratsantrag des 55 Jahre Älteren ab.

Während der Arbeit an den Lili-Passagen in *Dichtung und Wahrheit* entstand das rätselhafte Gedicht *Der Bräutigam*; zwischen den einschlägigen Stellen der Autobiographie (IV, 17) und dem Gedicht gibt es manche Bezüge. So spielen beide auf den biblischen Subtext »Ich schlafe, aber mein Herz wacht« aus dem *Hohen Lied* (5, 2) an.

In einem utopischen Rückblick gedenkt das lyrische Ich der lebenslang Geliebten. Im Gedenken verschwimmen Tag und Nacht, d. h., die Zeit ist aufgehoben, und »Bräutigam« ist das Ich insofern, als es der erneuten Vereinigung in Ewigkeit harrt. Die »Schwelle« des Brautgemachs ist ein fester Bestandteil der Hochzeitslieder wie der Hochzeitsbräuche; hier wird sie zur Schwelle der Ewigkeit, hinter der die irdische Ehefrau als ewige Braut wartet, zu deren utopisch idealer Gestalt alle Lieben eines ganzen Lebens zeitaufhebend verschmelzen. Das Phänomen ›Liebe‹ wird hier vom lyrischen Ich und der idealen, alle zeitlichen Lieben aufhebenden Geliebten als Aktanten ausgefüllt; als Phänomen ist es zeitentrückt und ewig; wie »der Sterne Glanz« im Makrokosmos ist die Liebe im Mikrokosmos Ausdruck derselben Ordnung und damit Garant für die Sentenz: »Wie es auch sei das Leben, es ist gut.«

Der Bräutigam

Um Mitternacht, ich schlief, im Busen wachte
Das liebevolle Herz, als wär es Tag;
Der Tag erschien, mir war, als ob es nachte –
Was ist es mir, soviel er bringen mag.

Sie fehlte ja, mein emsig Tun und Streben,
Für sie allein ertrug ich's durch die Glut
Der heißen Stunde; welch erquicktes Leben
Am kühlen Abend! lohnend war's und gut.

Die Sonne sank, und Hand in Hand verpflichtet
Begrüßten wir den letzten Segensblick,
Und Auge sprach, ins Auge klar gerichtet:
Von Osten, hoffe nur, sie kommt zurück.

Um Mitternacht – der Sterne Glanz geleitet
Im holden Traum zur Schwelle, wo sie ruht.
O sei auch mir dort auszuruhn bereitet,
Wie es auch sei das Leben, es ist gut.

In *Dichtung und Wahrheit* betont Goethe auch ebenso diskret wie deutlich die sexuelle Komponente der Ehe. Von der Verlobung gilt: »... die schroffsten Gegensätze sind gehoben, der hartnäckigste Zwiespalt geschlichtet, die vordringliche Natur, die ewig warnende Vernunft, die tyrannisierenden Triebe, das verständige Gesetz, welche sonst in immerwährendem Zwist uns bestritten, alle diese treten nunmehr in freundlicher Einigkeit heran, und bei allgemein gefeiertem frommem Feste wird das Verbotene gefordert und das Verpönte zur unerläßlichen Pflicht« (IV, 17).

Sexualität als solche ist verboten und verpönt, aber in der Ehe ist sie »gefordert« und nachgerade »Pflicht«, sie allein versöhnt die Natur mit der »ewig warnenden Vernunft«, »die tyrannisierenden Triebe« mit dem Gesetz; und die Verlobung ist ihr Vorschein. Vom *Hochzeitslied* des achtzehnjährigen Leipziger Studenten (s. S. 38 f.) bis zu den Reflexionen des achtundsiebzigjährigen Weimarer Geheimrats hat sich nicht viel geändert; nach wie vor ist die Ehe *remedium fornicationis*, Hilfsmittel gegen die Unzucht. »Trauschein Stechzettel« heißt es unverblümt in Goethes Fragment *Hanswursts Hochzeit*.

Goethes lange Zeit der Germanistenzunft peinlichstes Gedicht, das von ihm nie veröffentlichte, aber gern im vertrauten Freundeskreis vorgelesene *Tagebuch*, ist ein einziges Lob der Ehe als Ort lebenslang erfüllter Sexualität. Seine Existenz als Privatdruck, häufig genug von der Polizei wegen Pornographie konfisziert, hat dazu geführt, daß dieser Charakter oft übersehen wurde. In vielen Goetheausgaben bis hin zur Hamburger Ausgabe wurde das Gedicht über hundert Jahre lang unterdrückt.

Das Gedicht – natürlich ein Rollengedicht – kann man durchaus als Goethes sexuelle Wunschbiographie lesen: ein von Jugend an geglücktes Sexualleben als Eheleben ohne erektile und sonstige Dysfunktionen; von der spontanen Erektion beim ersten Treffen bis zum »heutigen Tage« ist das Paar »augenblicklich, unverdrossen und wiederholt« – »unermüdlich« »bedient vom treuen Knechte«. Im fast blasphemischen Reim des phallischen »iste« – ›der Kerl da‹ – auf »Christe« wird dem am Marterholz Leidenden – »blutrünstig« = ›blutüberronnen‹ – die strotzende Potenz entgegengesetzt. *Das Tagebuch* dürfte Gerhart Hauptmann die Anregung für seinen einst bei unsern Großvätern so beliebten und in jedem Sinne schwülstigen und geschwollenen *Ketzer von Soana* gestiftet haben.

Das Tagebuch

aliam tenui, sed iam quum gaudia adirem,
Admonuit dominae deseruitque Venus.

(Eine andre hielt ich im Arm, doch als ich die Freuden genießen wollte,
gemahnte Venus mich an meine Herrin und ließ mich im Stich.)

Wir hören's oft und glauben's wohl am Ende:
Das Menschenherz sei ewig unergründlich,
Und wie man auch sich hin und wider wende,
So sei der Christe wie der Heide sündlich.
Das Beste bleibt, wir geben uns die Hände
Und nehmen's mit der Lehre nicht empfindlich;
Denn zeigt sich auch ein Dämon, uns versuchend,
So waltet was, gerettet ist die Tugend.

Von meiner Trauten lange Zeit entfernet,
Wie's öfters geht, nach irdischem Gewinne,
Und was ich auch gewonnen und gelernet,
So hatt ich doch nur immer sie im Sinne;
Und wie zu Nacht der Himmel erst sich sternet,
Erinnrung uns umleuchtet ferner Minne:
So ward im Federzug des Tags Ereignis
Mit süßen Worten ihr ein freundlich Gleichnis.

Ich eilte nun zurück. Zerbrochen sollte
Mein Wagen mich noch eine Nacht verspäten;
Schon dacht ich mich, wie ich zu Hause rollte,
Allein da war Geduld und Werk vonnöten.
Und wie ich auch mit Schmied und Wagner tollte,
Sie hämmerten, verschmähten, viel zu reden.
Ein jedes Handwerk hat nun seine Schnurren.
Was blieb mir nun? Zu weilen und zu murren.

So stand ich nun. Der Stern des nächsten Schildes
Berief mich hin, die Wohnung schien erträglich.
Ein Mädchen kam, des seltensten Gebildes,
Das Licht erleuchtend. Mir ward gleich behäglich.
Hausflur und Treppe sah ich als ein Mildes,
Die Zimmerchen erfreuten mich unsäglich.
Den sündigen Menschen, der im Freien schwebet –
Die Schönheit spinnt, sie ist's, die ihn umwebet.

Nun setzt ich mich zu meiner Tasch und Briefen
Und meines Tagebuchs Genauigkeiten,
Um so wie sonst, wenn alle Menschen schliefen,
Mir und der Trauten Freude zu bereiten;
Doch weiß ich nicht, die Tintenworte liefen
Nicht so wie sonst in alle Kleinigkeiten:
Das Mädchen kam, des Abendessens Bürde
Verteilte sie gewandt mit Gruß und Würde.

Sie geht und kommt; ich spreche, sie erwidert;
Mit jedem Wort erscheint sie mir geschmückter.
Und wie sie leicht mir nun das Huhn zergliedert,
Bewegend Hand und Arm, geschickt, geschickter –
Was auch das tolle Zeug in uns befiedert –
Genug, ich bin verworrner, bin verrückter,
Den Stuhl umwerfend, spring ich auf und fasse
Das schöne Kind; sie lispelt: »Lasse, lasse!

Die Muhme drunten lauscht, ein alter Drache,
Sie zählt bedächtig des Geschäfts Minute;
Sie denkt sich unten, was ich oben mache,
Bei jedem Zögern schwenkt sie frisch die Rute.
Doch schließe deine Türe nicht und wache,
So kommt die Mitternacht uns wohl zugute.«
Rasch meinem Arm entwindet sie die Glieder
Und eilet fort und kommt nur dienend wieder;

Doch blickend auch! So daß aus jedem Blicke
Sich himmlisches Versprechen mir entfaltet.
Den stillen Seufzer drängt sie nicht zurücke,
Der ihren Busen herrlicher gestaltet.
Ich sehe, daß am Ohr, um Hals und G'nicke
Der flüchtigen Röte Liebesblüte waltet,
Und da sie nichts zu leisten weiter findet,
Geht sie und zögert, sieht sich um, verschwindet.

Der Mitternacht gehören Haus und Straßen,
Mir ist ein weites Lager aufgebreitet,
Wovon den kleinsten Teil mir anzumaßen
Die Liebe rät, die alles wohl bereitet;
Ich zaudre noch; die Kerzen auszublasen,
Nun hör ich sie, wie leise sie auch gleitet,
Mit gierigem Blick die Hochgestalt umschweif ich,
Sie senkt sich her, die Wohlgestalt ergreif ich.

Sie macht sich los: »Vergönne, daß ich rede,
Damit ich dir nicht völlig fremd gehöre.
Der Schein ist wider mich; sonst war ich blöde,
Stets gegen Männer setzt ich mich zur Wehre.
Mich nennt die Stadt, mich nennt die Gegend spröde;
Nun aber weiß ich, wie das Herz sich kehre:
Du bist mein Sieger, laß dich's nicht verdrießen,
Ich sah, ich liebte, schwur, dich zu genießen.

Du hast mich rein, und wenn ich's besser wüßte,
So gäb ich's dir; ich tue, was ich sage.«
So schließt sie mich an ihre süßen Brüste,
Als ob ihr nur an meiner Brust behage.
Und wie ich Mund und Aug und Stirne küßte,
So war ich doch in wunderbarer Lage:
Denn der so hitzig sonst den Meister spielet,
Weicht schülerhaft zurück und abgekühlet.

Ihr scheint ein süßes Wort, ein Kuß zu g'nügen,
Als wär es alles, was ihr Herz begehrte.
Wie keusch sie mir mit liebevollem Fügen
Des süßen Körpers Fülleform gewährte!
Entzückt und froh in allen ihren Zügen
Und ruhig dann, als wenn sie nichts entbehrte.
So ruht ich auch, gefällig sie beschauend,
Noch auf den Meister hoffend und vertrauend.

Doch als ich länger mein Geschick bedachte,
Von tausend Flüchen mir die Seele kochte,
Mich selbst verwünschend, grinsend mich belachte,
Nichts besser ward, wie ich auch zaudern mochte,
Da lag sie schlafend, schöner als sie wachte;
Die Lichter dämmerten mit langem Dochte.
Der Tagesarbeit, jugendlicher Mühe
Gesellt sich gern der Schlaf und nie zu frühe.

So lag sie himmlisch an bequemer Stelle,
Als wenn das Lager ihr allein gehörte,
Und an die Wand gedrückt, gequetscht zur Hölle,
Ohnmächtig jener, dem sie nichts verwehrte.
Vom Schlangenbisse fällt zunächst der Quelle
Ein Wandrer so, den schon der Durst verzehrte.
Sie atmet lieblich holdem Traum entgegen;
Er hält den Atem, sie nicht aufzuregen.

Gefaßt bei dem, was ihm noch nie begegnet,
Spricht er zu sich: So mußt du doch erfahren,
Warum der Bräutigam sich kreuzt und segnet,
Vor Nestelknüpfen scheu sich zu bewahren.
Weit lieber da, wo's Hellebarden regnet,
Als hier im Schimpf! So war es nicht vor Jahren,
Als deine Herrin dir zum ersten Male
Vors Auge trat im prachterhellten Saale.

Da quoll dein Herz, da quollen deine Sinnen,
So daß der ganze Mensch entzückt sich regte.
Zum raschen Tanze trugst du sie von hinnen,
Die kaum der Arm und schon der Busen hegte,
Als wolltest du dir selbst sie abgewinnen;
Vervielfacht war, was sich für sie bewegte:
Verstand und Witz und alle Lebensgeister,
Und rascher als die andern jener Meister.

So immerfort wuchs Neigung und Begierde,
Brautleute wurden wir im frühen Jahre,
Sie selbst des Maien schönste Blum und Zierde;
Wie wuchs die Kraft zur Lust im jungen Paare!
Und als ich endlich sie zur Kirche führte,
Gesteh ich's nur, vor Priester und Altare,
Vor deinem Jammerkreuz, blutrünst'ger Christe,
Verzeih mir's Gott, es regte sich der Iste.

Und ihr, der Brautnacht reiche Bettgehänge,
Ihr Pfühle, die ihr euch so breit erstrecktet,
Ihr Teppiche, die Lieb und Lustgedränge
Mit euren seidnen Fittichen bedecktet!
Ihr Käfigvögel, die durch Zwitschersänge
Zu neuer Lust und nie zu früh uns wecktet!
Ihr kanntet uns, von euerm Schutz umfriedet,
Teilnehmend sie, mich immer unermüdet.

Und wie wir oft sodann im Raub genossen
Nach Buhlenart des Ehstands heilige Rechte,
Von reifer Saat umwogt, vom Rohr umschlossen,
An manchem Unort, wo ich's mich erfrechte,
Wir waren augenblicklich, unverdrossen
Und wiederholt bedient vom braven Knechte!
Verfluchter Knecht, wie unerwecklich liegst du!
Und deinen Herrn ums schönste Glück betriegst du.

Doch Meister Iste hat nun seine Grillen
Und läßt sich nicht befehlen noch verachten,
Auf einmal ist er da, und ganz im stillen
Erhebt er sich zu allen seinen Prachten;
So steht es nun dem Wandrer ganz zu Willen,
Nicht lechzend mehr am Quell zu übernachten.
Er neigt sich hin, er will die Schläferin küssen,
Allein er stockt, er fühlt sich weggerissen.

Wer hat zur Kraft ihn wieder aufgestählet,
Als jenes Bild, das ihm auf ewig teuer,
Mit dem er sich in Jugendlust vermählet?
Dort leuchtet her ein frisch erquicklich Feuer,
Und wie er erst in Ohnmacht sich gequälet,
So wird nun hier dem Starken nicht geheuer;
Er schaudert weg, vorsichtig, leise, leise
Entzieht er sich dem holden Zauberkreise,

Sitzt, schreibt: »Ich nahte mich der heimischen Pforte,
Entfernen wollten mich die letzten Stunden,
Da hab ich nun am sonderbarsten Orte
Mein treues Herz aufs neue dir verbunden.
Zum Schlusse findest du geheime Worte:
Die Krankheit erst bewähret den Gesunden.
Dies Büchlein soll dir manches Gute zeigen,
Das Beste nur muß ich zuletzt verschweigen.«

Da kräht der Hahn. Das Mädchen schnell entwindet
Der Decke sich und wirft sich rasch ins Mieder.
Und da sie sich so seltsam wiederfindet,
So stutzt sie, blickt und schlägt die Augen nieder;
Und da sie ihm zum letztenmal verschwindet,
Im Auge bleiben ihm die schönen Glieder.
Das Posthorn tönt, er wirft sich in den Wagen
Und läßt getrost sich zu der Liebsten tragen

Und weil zuletzt bei jeder Dichtungsweise
Moralien uns ernstlich fördern sollen,
So will auch ich in so beliebtem Gleise
Euch gern bekennen, was die Verse wollen:
Wir stolpern wohl auf unsrer Lebensreise,
Und doch vermögen in der Welt, der tollen,
Zwei Hebel viel aufs irdische Getriebe:
Sehr viel die Pflicht, unendlich mehr die Liebe!

Sexualnot

Wenn Goethe bei der ersten Lili-Krise im Mai 1775 an Herder schreibt, er habe sich dem »Hafen häuslicher Glückseeligkeit« schon nahe gewähnt, sei jetzt aber wieder »hinaus ins weite Meer geworfen«, werden auch enttäuschte erotische Hoffnungen eine Rolle gespielt haben. Die erotisch erfüllte Wunschbiographie im *Tagebuch* ist nichts anderes als die Kehrseite gelebter Entbehrungen.

Über hundert Jahre nach Goethe hat Stefan Zweig der Sexualnot junger bürgerlicher Männer Ende des 19. Jahrhunderts ein eigenes Kapitel seiner Biographie *Die Welt von gestern* gewidmet, *Eros matutina*. Die Gründe sind dieselben wie zur Zeit des jungen Goethe: Die Mädchen der eigenen Schicht sind aufgrund der rigiden bürgerlichen Moral zur strengsten Enthaltsamkeit verpflichtet. Arthur Schopenhauer hat die materielle Basis dieser sich als ›weibliche Ehre‹ tarnenden Zweckmoral sarkastisch analysiert: Das gesamte weibliche Geschlecht sei einen Pakt eingegangen, der gesamten Männerwelt sexuelle Vergnügungen nur gegen lebenslange vollständige materielle und ideelle Versorgung zu gewähren – jede Frau, die dagegen verstoße, werde vom gesamten Geschlecht ausgestoßen und der bürgerlichen Ehre für verlustig erklärt, gleichgültig ob Dirne, gefallenes Mädchen oder Ehebrecherin, und die Männer hätten dieses Urteil mitzuvollstrecken. Dies ist die Haltung Valentins gegenüber dem gefallenen Gretchen in Goethes *Faust*, auch ohne daß er von ihrer Schwangerschaft etwas weiß, und so werden auch noch die Kurtisane Cécile und die Ehebrecherin Effi bei Fontane Ende des 19. Jahrhunderts gesellschaftlich geächtet.

Die Furcht vor der ungewollten Schwangerschaft ist der zweite Grund für die sexuelle Verweigerung der Frau oder die sexuelle Enthaltsamkeit des Mannes. Auch hier lassen sich die ungeheuren Folgen am Schicksal Gretchens (oder an dem der anderen Kindsmörderinnen) in der Dichtung wie in der Wirklichkeit bis in unsere Tage veranschaulichen. Der dritte Grund für die erzwungene sexuelle Abstinenz ist die Furcht vor Geschlechtskrankheiten, vor allem der damals unheilbaren Syphilis, in den Konsequenzen so furchtbar wie AIDS heute.

Das alles war Goethe ebenso wie Stefan Zweig bewußt; die im einschlägigen Kapitel (s. S. 188) in *Dichtung und Wahrheit* den »tyrannisierenden Trieben« entgegengesetzte »ewig warnende Vernunft« ist die Stimme der Syphilisfurcht, »das verständige Gesetz« Schopenhauers weiblicher Ehrencode. Die etwaigen sexuellen Aktivitäten des jungen Goethe wurden im Falle Friederikes von der Furcht vor einer Schwangerschaft, im Falle von Charlotte Buff, Lili oder später Charlotte von Stein durch bürgerliche Normen und im Falle etwaiger Abenteuer am Wegesrand von Ansteckungsfurcht überschattet oder verhindert. Genau diese Gründe zählt der in seinem 40. Lebensjahr stehende Goethe noch am 29. 12. 1787 in einem Brief an seinen Herzog Carl August auf:

> Mich hat der süße kleine Gott (Amor) in einen bösen Weltwinckel relegirt. Die öffentlichen Mädchen der Lust sind unsicher wie überall. Unverheurathete Mädchen sind keuscher als irgendwo ... Denn entweder sol man sie heurathen oder sie verheurathen und wenn sie einen Mann haben, dann ist die Messe gesungen. Ja man kann fast sagen, dass verheurathete Weiber dem zu Gebote stehen, der die Familie erhalten will. Das sind denn alles böse Bedingungen und zu naschen ist nur bei denen, die so unsicher sind als öffentliche Creaturen.

Diese auf der Hand liegenden historischen Gründe für eine weitgehende sexuelle Inaktivität Goethes bis zur Lebensmitte hat Kurt R. Eissler in seinem monumentalen *Goethe. Eine psychoanalytische Studie* (1983/85) m. E. zu wenig berücksichtigt, wenn er allein in Goethes Psyche nach Gründen sucht.

Die Syphilisangst hat Goethe in dieser Zeit sogar in einigen Gedichten behandelt. In der achtzehnten der *Römischen Elegien* heißt es:

> Eines ist mir verdrießlich vor vielen Dingen, ein andres
> Bleibt mir abscheulich, empört jegliche Faser in mir,
> Nur der bloße Gedanke. Ich will es euch Freunde gestehen:
> Gar verdrießlich ist mir einsam das Lager zu Nacht.
> Aber ganz abscheulich ists auf dem Wege der Liebe
> Schlangen zu fürchten und Gift unter den Rosen der Lust;

Wenn im schönsten Moment der hin sich gebenden Freude
Deinem sinkenden Haupt lispelnde Sorge sich naht ...

Das etwas spätere, zu Lebzeiten unterdrückte 40. *Venezianische Epigramm* ist ganz diesem Thema gewidmet, wobei zusätzlich noch die als ›verderblich‹ und »schädlich« geltende Masturbation angesprochen wird:

Sauber hast du dein Volk erlöst durch Wunder und Leiden
Nazarener! Wohin soll es dein Häufchen, wohin?
Leben sollen sie doch und Kinder zeugen doch christlich,
Leider dem früheren Reiz dienet die schädliche Hand
Will der Jüngling dem Übel entgehn sich selbst nicht verderben,
Bringet Lais (=Hetärenname) ihm nur brennende Qualen für Lust.
Komm noch einmal herab du Gott der Schöpfung und leide
Komm erlösen dein Volk von dem gedoppelten Weh!
Tu ein Wunder und reinige die Quellen der Freud und des Lebens
Paulus will ich dir sein Stephanus wie du's gebeutst.

Unverblümt spricht die Sexualnot eine in Verse gefaßte Klage über eine nächtliche Pollution aus – ob Goethe dieses Versfragment in einem größeren Zusammenhang zu Papier brachte, wissen wir nicht:

Und fand als ich mich aufgerafft
Verschüttet ach in meinem Bette
Des Lebens Balsam Füllekraft
Womit ein Fürstenkind sich wohl begnüget hätte

Und was sonst, wenn nicht Sexualnot, hätte den jungen Goethe getrieben, zig Blätter mit nichts als endlosen Listen schweinischster und zotigster Phantasienamen zu füllen, aufgelockert von solchen aus der Fäkalsphäre, und sie als Personenregister zum Fragment gebliebenen *mikrokosmischen Drama Hanswursts Hochzeit* zu deklarieren? Goethe hat sie über alle »Autodafé« genannten regelmäßigen Vernichtungsaktionen alter Papiere hinweg aufbewahrt; sie lagen ihm noch über fünfzig Jahre später bei der Arbeit am letzten Buch von *Dichtung und Wahrheit* vor, wo er bedauert, aus Rücksicht auf Lesungen »in guter Gesellschaft, auch wohl in anständigem Familienkreise« nicht einmal »unsre Personen hier der Reihe nach nennen« zu dürfen.

Wie wohl auch? – bei Namen wie »Ursel mit dem kalten Loch / Klingelt's nicht so klapperts doch: Tante«; Reck-Aerschgen. Schnuckfötzgen: Nichten; Mstr Hämmerlein: Lochkönig; Schwanz Kammerdiener; Quirinus Schweinigel bei Esprit; Spritzbüchse; Fotzenhut; Piphan; Schnudelbutz; Langhans; Lappsack; Voll Sack; Hengefrizze Page; Metze Dreyhaar Alte Hure Kupplerin; Hengst Mensch von einer Prinzeß usw.

Unter den wenigen ausgeführten Stellen findet sich die drastischste Attacke auf den *Werther*, weitaus gemeiner als Nicolais Parodie *Die Freuden des jungen Werthers*, die Goethe doch so erbost hatte:

Mir ist das liebe Wertherische Blut
Immer zu einem Probirhengst gut
Den lass ich mit meinem Weib spazieren
Vor ihren Augen sich abbranliren (= sich einen runterholen)

Und hinten drein komm ich bei Nacht
Und vögle sie daß alles kracht
Sie schwaumelt oben in höhern Sphären
Lässt sich unten mit Marcks der Erde nähren
Das gibt Jungs Leibseelig brav
Allein macht ich wohl ein Schweinisch Schaf.

Am Ende des Fragments wird nur noch krude Sexuelles aneinandergereiht:

Und um den Schwanz herum das
durch …
Arsch lecken
Und er beleckt beschnüffelt
den Beiskorb vor machen
Und hinten wo am Arsch die Hoden klunckern

Das Rückgrad sich biegt die Beine sich anziehn
das rothe Stücklein aus der Scheide treibt
Und der ganze Kerl herrlicher wird
Beleckt iede ihrer Brüste
Hizzig, der Schwanz sich krümt.
Das eingreifen der Pfoten
Hächzen Der unendliche ausdruck von Geilheit in Verbiegen und
Verschmiegen mit der ganzen Natur
Anbiegen und anschmiegen

Sauschwanzens Rosskäferheit
Schweinigel ein Zotenreisser
Mutter ich mögt ein Ding haben Ein Ding mit nem Polnischen Bock

Diese Zeugnisse dumpfester Sexualnot, die sich allein verbal Luft machen kann, sprechen für sich selbst. Noch 1777 notiert Goethe seine Erektionen beim engen Tanz mit Bauernmädchen: »Das mäulgen ziehen, rümpfen Augen niederschlagen der Mägdlein die den Schwanz spüren. Hosenknopf, Auf Wollsack reiten…« Jetzt versteht man, wieso Werther nach dem Walzer mit Lotte »den Schwur« tut, »daß ein Mädchen, das ich liebte… mir nie mit einem anderen walzen sollte als mit mir, und wenn ich darüber zugrunde gehen müßte. Du verstehst mich!« (Am 16. Junius) Man versteht aber auch den befreiten Jubel über die unproblematisch erfüllte Sexualität, die Goethe »in den Armen« und »am Busen« der römischen ›mantenuta‹, der von ihm finanziell unterstützten Geliebten, erstmals erleben wird (s. S. 249).

Weimar

Am 7. November 1775 um fünf Uhr morgens traf Goethe in der Hauptstadt des Herzogtums Sachsen-Weimar-Eisenach ein, der Stadt, die, weit mehr noch als seine Geburtsstadt Frankfurt, mit dem Namen ›Goethe‹ verbunden sein wird, so lange man diesen Namen nennen wird, der Stadt, die er zugleich zu einem Mythos machen wird, wie die deutsche Geschichte keinen zweiten kennt. Wenn es ein besseres Deutschland gibt als das immer noch sporadisch weltweit karikierte und gefürchtete, heißt es Weimar – nicht zufällig vollzog sich dort und unter seinem Namen 1919 der Versuch, einem besseren Deutschland staatliche Gestalt zu geben.

Die Voraussetzungen für eine solche Mythisierung ›Weimars‹ waren denkbar schlecht und dann doch wiederum eigentümlich günstig. Der Ort selbst war Haupt- und Residenzstadt der Herzogtümer Sachsen-Weimar und Sachsen-Eisenach mit dem Amt Ilmenau, wie dieses territorial nicht geschlossene Gebilde vollständig hieß. Das Ackerbürgerstädtchen, durch das morgens und abends noch Vieh getrieben wurde, hatte gerade einmal 6.000 Einwohner, der Gesamtstaat bei Goethes Ankunft wohl 90.000 Einwohner, um 1800 waren es etwa 100.000. Zu allem Unglück war auch noch der Mittelpunkt fürstlich-staatlicher Repräsentation, das Weimarer Stadtschloß, im Jahr von Carl Augusts Regierungsantritt abgebrannt, und die leeren öffentlichen Kassen erlaubten erst gegen Ende des Jahrhunderts einen Neubau, bei dem Goethe wesentliche Verantwortung trug.

Seit der ersten Teilung des Fürstenhauses der Wettiner in die albertinische Linie in Sachsen und die ernestinische in Kursachsen 1485 waren die ernestinischen Lande – die Kurwürde ging im Schmalkaldischen Krieg 1547 verloren – immer weiter aufgeteilt worden; neben Sachsen-Weimar-Eisenach gab es so noch Sachsen-Coburg-Saalfeld, Sachsen-Meiningen, Sachsen-Hildburghausen usw., und sie alle konnten bei Erbfällen getrennt oder zusammengelegt werden, denn staatsrechtlich galten sie immer noch als Reichslehen, die dem Herzoghaus Sachsen zur gesamten Hand verliehen waren.

Das Schicksal solcher sächsischer Unterterritorien hing allein am Bestand des Regentenhauses, deshalb die Heirat Carl Augusts mit gerade 18 Jahren. Hätte sein Vater Ernst August Constantin es nicht genauso gehalten, hätte es das Herzogtum in Goethes Kindheit schon nicht mehr gegeben. 1756 heiratet der Herzog Anna Amalia von Braunschweig-Wolfenbüttel – ihre Mutter war eine Schwester Friedrichs des Großen –, pünktlich 1757 wird der Erbprinz Carl August geboren.

Noch vor der Geburt des zweiten Sohnes Constantin 1758 stirbt der Herzog zwanzigjährig, und Anna Amalia übernimmt bis zur Großjährigkeit des Erbprinzen 1775 die Regentschaft für Carl August. Eine solche Regentschaft ist eine der wenigen Chancen selbständigen Regierens für fürstliche Frauen, und Anna Amalia nutzt sie glänzend. Sie steuert ihr Ländchen durch die Wirren des Siebenjährigen Krieges 1756 bis 1763, in dem die Weimarer Truppen zur Reichsarmee gehören, der preußische Oheim aber skrupellos seiner Nichte Werber ins Land schickt.

Vor allem aber sorgt sie, selbst aufs sorgfältigste u. a. vom braunschweigischen Hofprediger Jerusalem, dem Vater des unglücklichen Werther-Vorbildes, erzogen, für eine exzellente Ausbildung ihrer Kinder, insbesondere des Erbprinzen. Die Oberaufsicht hatte Graf Goertz, unter ihm arbeiteten Sprach-, Tanz-, Fecht- und Reitlehrer, später organisierte er Privatvorlesungen in Jura, Staatsrecht, Kameralistik (einem Vorläufer der heutigen Volkswirtschaftslehre), Politischer Wissenschaft, Geschichte usw. Um diesen vielfältigen Fertigkeiten und Wissensgebieten durch generelle Weltläufigkeit einen krönenden Abschluß zu geben, wurde 1772 der wohl populärste deutschsprachige Schriftsteller der Zeit, Christoph Martin Wieland, mit gutem Gehalt und solider Pensionszusage als zusätzlicher Erzieher berufen. Wieland hatte soeben seinen *Goldenen Spiegel* veröffentlicht, einen »Fürstenspiegel«, in den Regenten blicken sollten, um ihr Idealbild zu sehen, und galt als ›Philosoph‹ im vorkantischen Sinne, als Weltweiser. 1774 ergänzte Carl Ludwig von Knebel, dichtender Exmilitär, als Erzieher Constantins den Kreis.

Goethe schreibt in seinem zum Teil von den Kanzeln des Staates verlesenen Nachruf von 1807, Anna Amalia habe durch diese Wahl der Erzieher »zu einer Versammlung vorzüglicher Männer den Anlaß« gegeben »und alles dasjenige begründet, was später für dieses besondere Land, ja für das ganze deutsche Vaterland, so lebhaft und bedeutend wirkte«. In der Tat haben diese drei Erzieher ganz wesentlich zum Einwurzeln Goethes in Weimar beigetragen. Wieland und Goethe verband – nach noch in die Frankfurter Zeit fallenden Irritationen und trotz gelegentlicher Reibereien – ein lebenslanges positives, von wechselseitigem tiefem Respekt getragenes Verhältnis, Knebel wurde von Goethe geradezu der »Urfreund« genannt; lediglich zwischen Graf Goertz und Goethe kam es später zur Entfremdung, da Goertz sich bei seinem ehemaligen Zögling durch Goethe in den Schatten gestellt sah.

Auch Anna Amalia trug wesentlich zur Befestigung von Goethes Weimarer Stellung bei. In dem Kreis, den sie während ihrer Regentschaft aufgebaut hatte und ab 1775, von den Regierungsgeschäften entbunden, noch intensiver pflegte, vollzog sich jene Wendung nach innen, die gerade einen der kleinsten und ärmsten der vielen deutschen Duodezstaaten zum Mythos werden ließ. In ihrem Schloß Tiefurt und dessen Kreis erlebte Goethe eine Gesellschaft, in der Adel wie Bürgertum in dieselbe ästhetische Schule gingen, in der Amalies Kammerherren Stücke schrieben, übersetzten oder bearbeiteten, die die Herzoginwitwe mit Musik versah und in denen sie mit ihren Söhnen und Hofdamen auftrat. Im Sturm-und-Drang-Ton, in dem Goethe seinem Jugendfreund Merck berichtet, klingt das so: »Übrigens ist eine tolle Compagnie von Volk hier beysammen, auf so einem kleinen Fleck, wie in Einer Famielie findet sich's nicht wieder so.«

In diesem Kreis wurde Goethes *Iphigenie* in einer frühen Fassung 1779 uraufgeführt, mit der Schauspielerin Corona Schröter als Iphigenie, Goethe als Orest, von Knebel als Thoas und Prinz Constantin, für den bei einer späteren Aufführung sogar der Herzog selbst einsprang, als Pylades. William H. Bruford, den das *Goethe Handbuch* in seinen vier Bänden wegen eines inzwischen eingetretenen Methodenwechsels nicht einmal mehr nennt, hat 1962 in seinem Werk *Culture and Society in Classical Weimar: 1775–1806* literatursoziologisch überzeugend nachgewiesen, daß diese Amalgamierung des ästhetisch geprägten Adels mit dem gebildeten Bürgertum in der Weimarer Hofgesellschaft prägend für Goethes evolutionäre Antwort auf die Französische Revolution war. Ihr verklärtes und poetisch gesteigertes Abbild ist die Turmgesellschaft in *Wilhelm Meisters Lehrjahren*, in der sich gebildetes Bürgertum und landbesitzender wie militärischer Adel in einer ästhetischen Adels-, nicht Hofkultur nach liberal kapitalistischen Prinzipien in der Tat »wie in Einer Famielie« organisieren und ein weltoffener geistlicher Stand nach Art von Herders Weimarer Generalsuperintendentur für die rites de passage und die Kontingenzbewältigung zuständig ist.

Goethe als Staatsmann oder: Selbsterziehung II

Goethe kam nach Weimar als illustrer Gast und avancierte rasch zum Günstling. Günstlinge oder Favoriten gibt es überall dort, wo die Macht so stark personalisiert ist, daß persönliche Beziehungen zum Herrscher fast zwangsläufig zu Machtstellungen werden. Günstlinge haben keine andere Stellung als die am Ohr des Herrschers. Dies kann im staatsrechtlichen Sinne zu unverantwortlichen Küchenkabinetten führen, zu einer Camarilla, wie sie Friedrich Wilhelm IV. von Preußen nachgesagt wurde. Einer der letzten Günstlinge dieser Art in der deutschen Geschichte war Albert Speer: Als Architekt gewann er mehr und mehr Hitlers Bewunderung und Zuneigung, sein Einfluß wuchs, und er wurde schließlich zum wichtigsten Minister im sterbenden ›Dritten Reich‹.

Exakt so vollzog sich Goethes Aufstieg in Weimar, nur ungleich verantwortlicher und zum Wohle des Landes. Gut zwei Monate nach seiner Ankunft schreibt er bereits, er sei »nun ganz in alle Hof- und politische Händel verwickelt und werde fast nicht mehr weg können«, und Wieland schreibt zur selben Zeit: »Goethe kommt nicht wieder von hier los, Carl August kann nicht mehr ohne ihn schwimmen noch waten.« In dieser Günstlingsposition setzt er schon gegen den Widerstand fast aller Zuständigen und Verantwortlichen die Berufung des als äußerst heterodox geltenden Herder ins höchste geistliche Amt des Herzogtums durch.

Am 11. Juni 1776 wird aus der Günstlingsstellung eine amtliche: Herzog Carl August beruft Goethe zum Geheimen Legationsrat mit Sitz und Stimme im Geheimen Conseil, dem höchsten Gremium des Staates, das die Entscheidungen vorbereitete, die letztlich der Herzog traf. Aus dem Günstling ist im Horizont des Ancien régime der »Parvenu« geworden, wie Goethe sich selbst in Entwürfen zu *Dichtung und Wahrheit* bezeichnet. »Parvenus« seien »teils von Natur, teils aus Maxime redlich und uneigennützig«, gemäß der Maxime »›Ehrlich währt am längsten.‹« Grundlage auch hierfür ist die enge freundschaftliche Beziehung des Bürgerlichen zum regierenden Herrn. Entsprechend formuliert es Goethe im Brief an Lotte und Kestner. »Der Herzog mit dem ich nun schon an die 9 Monate in der wahrsten und innigsten Seelen Verbindung stehe, hat mich endlich auch an seine Geschäfte gebunden, aus unserer Liebschafft ist eine Ehe entstanden, die Gott segne.« (9. 7. 1776)

Daß dies natürlich Amalias bewährten Dienern gegen den Strich ging, war klar: Da hatte sich ein Teenager einen Twen als Berater geholt, und beide »stoßen so freilich allen Schlimmen, Mittelmäßigen und Guten für'n Kopf«, wie Goethe am 24. Juli 1776 an den Jugendfreund Merck schreibt. Die Proteste bleiben nicht aus; als Reaktion auf die geplante Ernennung Goethes zum Regierungsmitglied drohte Anna Amalias langjähriger Minister und seit 1772 Vorsitzender des Geheimen Conseils, Jacob Friedrich Freiherr von Fritsch, mit seinem Rücktritt.

Carl August antwortet dem ebenso fähigen wie treuen Diener sehr entschieden in einem Brief vom 10. Mai 1776: Man wünsche ihm allgemein Glück, diesen Mann zu besitzen, dessen Kopf und Genie bekannt seien. Man könne ihn nicht nach und nach erst Amtmann, dann Kammer- und -Regierungsrat werden lassen. Einen solchen Mann nicht an der Stelle einzusetzen, die seiner Begabung gemäß sei, »heißt denselben mißbrauchen«. Als sich auch noch Anna Amalia für den von ihr außerordentlich geschätzten Goethe vermittelnd einsetzt, lenkt von Fritsch, von dem die schöne Aufgabenbeschreibung stammt, es sei Aufgabe eines guten Ministers, Wasser in den Wein der Fürsten zu schütten, ein. Goethe wird mit ihm als Vorgesetztem bis 1800 unter beidseitiger Loyalität fruchtbar zusammenarbeiten.

Der achtzehnjährige herzogliche Berufsanfänger hat gegenüber dem altgedienten Staatsmann Recht behalten, vor der Mitwelt wie vor der Nachwelt. Es ist nicht Carl Augusts geringste Begabung, außergewöhnliche Befähigungen zu erkennen und an sich zu binden; er besitzt im hohen Maße »jene fürstliche Kenntniß: wozu Menschen zu brauchen sind«, die Goethe ihm am 17. März 1788 attestiert. Jahre später wird er beispielsweise mit dem Arzt Hufeland, dem Begründer der Makrobiotik, ähnlich verfahren und ihm nach einem überzeugenden Vortrag in Goethes Freitagsgesellschaft eine Professur in Jena übertragen. Bis zum Tode seines Freundes, Gönners und Herrn verband den Dichter mit seinem Souverän dreiundfünfzig Jahre lang eine tiefe Männerfreundschaft – hier ist das oft mißbrauchte Wort wirklich am Platze. Sie ließ beide über ein Jahrhundert hinweg alle (oft durch Frauen bewirkten) Krisen souverän meistern, wie Carl August kurz vor seinem Tode dem Kanzler von Müller am 27. Mai 1828 »so gemütlich« wie offen anvertraute: Goethe habe »stets zu viel in die Weiber gelegt, seine eigenen Ideen in ihnen geliebt«. »Seine längste Liebschaft, die Frau v. Stein, sei eine recht gute Frau gewesen, aber eben kein großes Licht. Die Vulpius habe alles verdorben, ihn der Gesellschaft entfremdet.« Das hat den Herzog aber nicht gehindert, die eigentümliche Liaison nach Kräften zu fördern, beiden gegen die Vorurteile der Zeit ein Heim zu schaffen, in dem sie Wand an Wand wohnen konnten, ohne ein öffentliches Ärgernis zu geben, und Pate ihres ersten Kindes zu werden.

Später sei seine eigene langjährige Geliebte, die Schauspielerin Caroline Jagemann alias Frau von Heygendorf, zwischen sie getreten, da Goethe die Partei der Herzogin, seiner Landsmännin, ergriffen habe. Nach dem Tode der Herzogin-Mutter Anna Amalia habe Weimar »ein zwangloser Zentralpunkt« gefehlt. Aber keine dieser Trübungen hat der intimen Freundschaft dieser beiden Männer etwas anhaben können, die sich sogar Details ihrer jeweiligen sexuellen Beziehungen anvertrauten. Will man den Mythos Weimar auf den Punkt bringen, so beruht er im letzten auf der lebenslangen bedingungslosen und von einem unerschütterlichen wechselseitigen Vertrauen getragenen Freundschaft eines außergewöhnlichen thüringischen Landesherrn mit einem genialen Frankfurter Bürger.

Goethe hat Carl August hierfür den schönsten Dank abgestattet, indem er während Christianes Schwangerschaft unter die entstehenden *Erotica Romana* 1789 ein Dankgedicht an den Herzog mischt, das er dann aber erst später veröffentlicht.

Klein ist unter den Fürsten Germaniens freilich der meine;
Kurz und schmal ist sein Land, mäßig nur, was er vermag.
Aber so wende nach innen, so wende nach außen die Kräfte
Jeder; da wär's ein Fest, Deutscher mit Deutschen zu sein.
Doch was priesest du ihn, den Taten und Werke verkünden?
Und bestochen erschien' deine Verehrung vielleicht;
Denn mir hat er gegeben, was Große selten gewähren,
Neigung, Muße, Vertraun, Felder und Garten und Haus.
Niemand braucht ich zu danken als ihm, und manches bedurft ich,
Der ich mich auf den Erwerb schlecht, als ein Dichter, verstand.

Es folgen die schon zitierten Verse über den Erfolg des *Werthers* bis hin zu in China gefertigten bemalten Gläsern, und fast barock schließt das Gedicht mit einer geistreichen Huldigung an den Namen seines Gönners: War Maecenas unter Augustus der geistreiche Förderer der Künste, darunter der des Horaz, so ist der Herzog mehr als Maecenas und mehr als Augustus; denn er ist beides:

Niemals frug ein Kaiser nach mir, es hat sich kein König
Um mich bekümmert, und er war mir August und Mäcen
(= Maecenas).

Auch die Rolle des lyrischen Ichs erscheint topisch geprägt, in der Druckfassung noch mehr als in den erhaltenen Handschriften. Daß ein Dichter sich schlecht auf Erwerb verstünde, erscheint schon in Ovids Lebensrückblick als Topos, für den mittleren und späten Goethe galt er weiß Gott nicht. Auch erscheinen die Gnadengaben des Herzogs als reines Geschenk; daß es nicht nur dem Dichter, sondern auch dem Staatsdiener galt, verschweigt der Druck. In den Handschriften heißt es noch differenzierter, der Herzog habe ihm »Stand, Vertrauen, Gewalt, Garten und Wohnung und Geld« gewährt, und die Standeserhöhung, die Nobilitierung, galt dem Geheimrat und Staatsmann.

Goethe war von 1776 bis zu seinem Tode ein hervorragender Diener seines Staates; selbst wenn er keine Zeile gedichtet hätte, würde die thüringische Landesgeschichte heute noch seiner gedenken. Immerhin war er so wichtig, daß ihn die vatikanische Polizei und der österreichische Botschafter auf seiner incognito angetretenen Italienreise bespitzeln ließen.

Mit dem Eintritt in die hohe amtliche Stellung legitimiert sich auch seine Stellung als Vertrauter des Herzogs; Goethe ist loyales Mitglied des mehrheitlich entscheidenden Kollegiums, es ist nicht bekannt, daß er den Zugang zu des Herzogs Ohr mißbraucht hätte, um Entscheidungen zu unterlaufen.

Seine Aufgaben über die Jahre hinweg waren vielfältig und reichten vom Brücken- und Wegebau – pontifex maximus des Herzogtums nannte er sich in frühen Jahren gern – und der Wasserbaukommission (mit dem Hauptgeschäft der Saaleregulierung) über die Bergwerkskommission und die Steueraufsicht und -sanierung im Amt Ilmenau bis hin zur Kriegskommission und der Leitung der Finanzverwaltung. Sein Schmerzens- und Lieblingskind war der Ilmenauer Bergbau, da er das einzige Gebiet war, das Goethes Neigungen zur Alchimie der Jugend entgegenkam; von ihm versprach sich der Herzog zudem eine Verbesserung der öffentlichen Einnahmen, die mangels eines geschlossenen Staatsgebietes mit festen Zollgrenzen sonst kaum zu steigern waren. Das endgültige Scheitern des Projekts durch einen Wassereinbruch Oktober 1796 bedeutete für das Herzogtum einen schmerzlichen finanziellen und für Goethe selbst zudem einen herben ideellen Verlust. Goethe aber bleibt das Verdienst, im schwierigen Amt des Kammerpräsidenten die Finanzen des Herzogtums und des Hofes einigermaßen saniert und durch Reorganisation der Kammer zukünftigen Mißständen vorgebeugt zu haben. Eine wichtige Maßnahme, die Goethe gerade heute viel Beifall eintragen sollte, war hierbei eine konsequente Abrüstungspolitik, d. h. die erhebliche Verringerung der weimarischen Truppen, wofür der kommißfreudige Herzog sich entschädigt, indem er nach dem Tod seines Großonkels Friedrich 1786 als General in preußische Dienste tritt.

Nach ziemlich genau zehn Jahren sieht Goethe diesen Selbsterziehungsprozeß in puncto Welterfahrung ebenso wie die Kärrnerdienste für Sachsen-Weimar-Eisenach für abgeschlossen an. Im Rückblick des Alters bescheinigt er sich für seine Geschäftsführung »Tätiges Selbstvertrauen. Sisyphisches Übernehmen. Unbegriff des zu Leistenden. Sichre Kühnheit, dass es zu überwinden sei«. Generell sei er besser im

Konstruktiven, Gestalterischen gewesen als im Verwalten und Improvisieren. Aber das liegt 1786 hinter ihm. Am 9. Juli 1786 schreibt er an Charlotte von Stein, als sein Aufbruch nach Karlsbad – und nach Italien (daß die Reise ihn auch nach Italien führen sollte, wußte damals niemand) – durch den erwarteten Nachwuchs in der Herzogsfamilie verzögert wird: »Ich bin nun fast so überreif wie die fürstliche Frucht, und harre eben so meiner Erlösung; meine Geschäfte sind geschlossen und wenn ich nicht wieder von vorne anfangen will mus ich gehen.« Als er am 2. September 1786 den Herzog »um einen unbestimmten Urlaub« bittet, hat er alles bestens vorbereitet: »Im Allgemeinen bin ich in diesem Augenblicke gewiß entbehrlich, und was die besonderen Geschäffte betrifft, die mir aufgetragen sind, diese hab ich so gestellt, dass sie eine Zeitlang bequem ohne mich fortgehen können; ja ich dürfte sterben und es würde keinen Ruck thun.«

Nach dem langen italienischen Aufenthalt wird er deshalb auch nicht wieder »von vorne anfangen«, aber deshalb auch keineswegs den amtlichen Geschäften entsagen. Er wird in den Jahren nach 1788 der eigentlich Verantwortliche für den Wiederaufbau des Residenzschlosses sein, die Bergwerkskommission weiterführen, die Intendanz des neugegründeten Weimarer Staatstheaters für 17 Jahre übernehmen und bis zu seinem Tode die Oberaufsicht über die teils von ihm geschaffenen künstlerischen und wissenschaftlichen Einrichtungen des Herzogtums haben und als Vertreter Weimars die Geschicke der von den thüringischen Ländern gemeinsam betriebenen Universität Jena lenken.

Reste der Günstlingsstellung mag man in der allerersten Zeit noch in dem wilden Treiben sehen, durch das Goethe und der Herzog ins Gerede kamen und »daß im Grunde zwar nichts ist als dass er jagd, scharff reit, mit der grosen Peitsche klatscht, alles in Gesellschaft des Herzogs«, wie Frau von Stein am 6. März 1776 in einem Brief schreibt. Sie wünscht, »er mögte etwas von dem wilden Wesen darum ihn hier die Leute so schieff beurtheilen, ablegen«.

Daß das Klatschen »mit der grosen Peitsche« auch im übertragenen Sinne galt, zeigt Goethes Formulierung im Januar 1776 gegenüber Herder, er »habe mit trefflichen Hezpeitschen die Kerls zusammengetrieben«, die sich dessen Berufung zum Generalsuperintenden widersetzt hätten, und bald erhalte er den Ruf. Goethe steht offensichtlich noch ganz im Banne des studentischen Grobianismus; im schon zitierten Brief Charlotte von Steins berichtet sie, Goethes »unanständiges betragen mit Fluchen mit pöbelhafften niedern Ausdrücken« verderbe »andre; der Herzog hat sich wunderbahr geändert, gestern war er bey mir behaubtete daß alle Leute mit Anstand und Manieren nicht den Namen eines ehrlichen Mannes tragen könten«.

Nun hatte Carl August ohnehin zeitlebens ein sehr traditionelles Männlichkeitsideal, bei dem die Jagd auf Wild – auch in ihren gefährlichen Varianten der Hetz- und der Saujagd – wie auf Frauen sowie ›scharfes Reiten‹, Kampftrinken und jegliche Form des Soldatenspielens zentrale Aspekte bildeten, und damals war er gerade achtzehn Jahre alt.

Ganz Deutschland redete offensichtlich über diesen merkwürdigen Bund zwischen dem jugendlichen Schöngeist und dem regierenden Jüngling. Klopstock glaubte von Hamburg aus mahnen zu müssen, der Herzog werde »erliegen«, »wenn er sich ferner bis zum Krankwerden betrinkt, anstatt, wie er sagt, seinen Körper dadurch zu stärken«.

Goethe verwahrt sich in scharfem Ton gegen solche Einmischung des deutschen Dichterpatriarchen. Charlotte von Stein ist sich in dem schon zitierten Brief sicher: »Gewiß sind dies seine Neigungen nicht, aber ein Weil muß ers so treiben um den Herzog zu gewinnen und dann gutes zu stifften, so denck ich davon«.

So sieht es auch Goethe etwa acht Jahre später vielleicht etwas verklärend, wenn er im Gedicht *Ilmenau* – des Herzogs bevorzugtes Jagdgebiet im Herzen des Thüringer Waldes – anläßlich des 26. Geburtstags des Herzogs am *3. September 1783* auf die frühen wilden Zeiten in diesen Gefilden zurückblickt. Aufgrund der außergewöhnlichen Länge des Poems präsentiere ich es in kommentierender Auswahl:

Anmutig Tal! du immergrüner Hain!
Mein Herz begrüßt euch wieder auf das beste;
Entfaltet mir die schwer behangnen Äste,
Nehmt freundlich mich in eure Schatten ein,
Erquickt von euren Höhn, am Tag der Lieb und Lust,
Mit frischer Luft und Balsam meine Brust!

Eines hat sich in der Zwischenzeit geändert, was Goethe bei Antritt seines Amtes noch nicht beschweren konnte – er hat durch eigene Anschauung die soziale Lage der Bewohner in den Walddörfern und -städtchen Thüringens kennengelernt. Aus Apolda schrieb er am 6. März 1779 an Charlotte von Stein über die Arbeit an der *Iphigenie*: »Hier will das Drama gar nicht fort, es ist verflucht, der König von Tauris soll reden als wenn kein Strumpfwürcker in Apolde hungerte.« Auf einem lose ins Tagebuch gelegten Blatt stellt er 1779 fünfundsechzig Jahre vor Heines *Weberlied* und weit über hundert Jahre vor Hauptmanns *Webern* präzise die Ursachen des Strumpfwirkerelends dar, indem er das ausbeuterische Verlagssystem analysiert. Und aus ebendiesem Ilmenau, das jetzt Titel und Schauplatz seines Gedichts ist, hat er am 17. April 1782 die Ursachen der generellen Misere des Landes gegenüber Carl von Knebel klar beim Namen genannt: Er sehe dort »den Bauersman der Erde das Nothdürftige abfordern, das doch auch ein behäglich auskommen wäre, wenn er nur für sich schwizte. Du weißt aber wenn die Blattläuse auf den Rosenzweigen sitzen und sich hübsch dick und grün gesogen haben, dann kommen die Ameisen und saugen ihnen den filtrirten Saft aus den Leibern. Und so geht's weiter, und wir habens so weit gebracht, dass oben immer in einem Tage mehr verzehrt wird, als unten in einem beygebracht werden kann.«

Auch ist ihm inzwischen aufgegangen, daß die Kehrseite des fürstlichen Jagdprivilegs die oft ruinösen Wildschäden auf den Feldern und in den Gärten sind, die die Bewohner ebenso wie die Flurschäden bei der Jagd dulden müssen. Ein gutes Jahr nach der Entstehung des Gedichts schreibt er am 26. Dezember 1784 einen scharfen Brief an den Herzog und beschwört ihn, in aller Stille die Sauen zu erlegen, die jener am Ettersberg hat aussetzen lassen und die dort unsägliche Schäden anrichten. Mit diesem Wissen läßt sich die Jagd nicht mehr unbeschwert genießen:

Laßt mich vergessen, daß auch hier die Welt
So manch Geschöpf in Erdefesseln hält,
Der Landmann leichtem Sand den Samen anvertraut
Und seinen Kohl dem frechen Wilde baut,

Der Knappe karges Brot in Klüften sucht,
Der Köhler zittert, wenn der Jäger flucht.
Verjüngt euch mir, wie ihr es oft getan,
Als fing' ich heut ein neues Leben an.

Wenn er dies vergißt, kann er die alte Szenerie wie in einem »Zaubermärchenland« wieder heraufführen:

Welch nächtliches Gelag am Fuß der Felsenwand?
Bei kleinen Hütten, dicht mit Reis bedecket,
Seh ich sie froh ans Feuer hingestrecket.
Es dringt der Glanz hoch durch den Fichtensaal;
Am niedern Herde kocht ein rohes Mahl;
Sie scherzen laut, indessen, bald geleeret,
Die Flasche frisch im Kreise wiederkehret.

Es ist weder das Wilde Heer, das hier lagert, noch sind es Gnomen oder Zigeuner, am ehesten noch Shakespearesche Gestalten, die ihrem Fürsten zwar nicht in den Ardennerwald, wohl aber in den Thüringer gefolgt sind: »Unbändig schwelgt ein Geist in ihrer Mitten, / Und durch die Roheit fühl ich edle Sitten.« Er sieht seinen »Urfreund« Knebel am Feuer sitzen und den Kammerherrn Carl von Seckendorff an einen Baum gelehnt. Carl August aber fehlt, er schlummert in einer abseits gelegenen Hütte; und davor sieht das jetzige lyrische Ich, der träumende Goethe, sich selbst sitzen:

Sei mir gegrüßt, der hier in später Nacht
Gedankenvoll an dieser Schwelle wacht!
Was sitzest du entfernt von jenen Freuden?
Du scheinst mir auf was Wichtiges bedacht.
Was ist's, daß du in Sinnen dich verlierest
Und nicht einmal dein kleines Feuer schürest?

Doch der Goethe von 1776, der hier gefragt wird, weiß die Antwort selbst nicht; er ist sich über seine eigene Rolle noch nicht im klaren –

als Dichter ist er nach Weimar gekommen, was tut er jetzt in einem Jagdbiwak am Kickelhahn? Wie verhält sich der Preis von »Mut«, »Redlichkeit« und »Freiheit sonder Zwang« zum »unbändigen ... Geist in ihrer Mitten«, zur »Roheit«, die die »edlen Sitten« verdeckt? Ist der Stürmer und Dränger vielleicht mitschuldig daran?

»Ich bin dir nicht imstande, selbst zu sagen,
Woher ich sei, wer mich hierher gesandt;
Von fremden Zonen bin ich her verschlagen
Und durch die Freundschaft festgebannt.
[...]
Ich brachte reines Feuer vom Altar;
Was ich entzündet, ist nicht reine Flamme.
Der Sturm vermehrt die Glut und die Gefahr,
Ich schwanke nicht, indem ich mich verdamme.

Und wenn ich unklug Mut und Freiheit sang
Und Redlichkeit und Freiheit sonder Zwang,
Stolz auf sich selbst und herzliches Behagen,
Erwarb ich mir der Menschen schöne Gunst:
Doch ach! ein Gott versagte mir die Kunst,
Die arme Kunst, mich künstlich zu betragen.
Nun sitz ich hier, zugleich erhoben und gedrückt,
Unschuldig und gestraft, und schuldig und beglückt.

Quelle seines Glücks und seines jetzigen »Ungemachs« ist der schlummernde Fürst, der auch seinen rechten Weg noch nicht kennt, dessen Geist sich noch nicht enthüllt hat, dessen Metamorphose – eine Lieblingsvorstellung des späteren Goethe – von der Raupe zum Schmetterling noch bevorsteht:

Doch rede sacht! denn unter diesem Dach
Ruht all mein Wohl und all mein Ungemach:
Ein edles Herz, vom Wege der Natur
Durch enges Schicksal abgeleitet,

Das, ahnungsvoll, nun auf der rechten Spur
Bald mit sich selbst und bald mit Zauberschatten streitet
Und, was ihm das Geschick durch die Geburt geschenkt,
Mit Müh und Schweiß erst zu erringen denkt.
Kein liebevolles Wort kann seinen Geist enthüllen
Und kein Gesang die hohen Wogen stillen.

Wer kann der Raupe, die am Zweige kriecht,
Von ihrem künft'gen Futter sprechen?
Und wer der Puppe, die im Boden liegt,
Die zarte Schale helfen durchzubrechen?
Es kommt die Zeit, sie drängt sich selber los
Und eilt auf Fittichen der Rose in den Schoß.

Gewiß, ihm geben auch die Jahre
Die rechte Richtung seiner Kraft.
Noch ist bei tiefer Neigung für das Wahre
Ihm Irrtum eine Leidenschaft.
Der Vorwitz lockt ihn in die Weite,
Kein Fels ist ihm zu schroff, kein Steg zu schmal;
Der Unfall lauert an der Seite
Und stürzt ihn in den Arm der Qual.
Dann treibt die schmerzlich überspannte Regung
Gewaltsam ihn bald da, bald dort hinaus,
Und von unmutiger Bewegung
Ruht er unmutig wieder aus.
Und düster wild an heiteren Tagen,
Unbändig, ohne froh zu sein,
Schläft er, an Seel und Leib verwundet und zerschlagen,
Auf einem harten Lager ein:
Indessen ich hier still und atmend kaum
Die Augen zu den freien Sternen kehre
Und, halb erwacht und halb im schweren Traum,
Mich kaum des schweren Traums erwehre.«

Mit dem zwischen die Strophen gesetzten harten Imperativ »Verschwinde, Traum!« kehrt das Ich in die Gegenwart seiner Dichtung zurück, die es aber utopisch überhöht. Es sieht wie nach einer eschatologischen Wende in der Zukunft »ein neues Leben«, das aber im jetzigen »schon lang begonnen« hat:

Ich sehe hier, wie man nach langer Reise
Im Vaterland sich wiederkennt,
Ein ruhig Volk in stillem Fleiße
Benutzen, was Natur an Gaben ihm gegönnt.
Der Faden eilet von dem Rocken
Des Webers raschem Stuhle zu;
Und Seil und Kübel wird in längrer Ruh
Nicht am verbrochnen Schachte stocken;
Es wird der Trug entdeckt, die Ordnung kehrt zurück,
Es folgt Gedeihn und festes ird'sches Glück.

Diese utopische Schau wird dem Fürsten als Spiegel vorgehalten: Ihm muß das Wohl des Landes über das eigene gehen. Im schon erwähnten Brief an den Herzog vom 26. Dezember 1784 über die Sauenplage und die fürstliche Jagdpassion heißt es in enger Parallele: »Ich habe Sie so manchem entsagen sehn und hoffe, Sie werden mit dieser Leidenschafft den Ihrigen ein Neujahrsgeschenk machen.«

So mög, o Fürst, der Winkel deines Landes
Ein Vorbild deiner Tage sein!
Du kennest lang die Pflichten deines Standes
Und schränkest nach und nach die freie Seele ein.
Der kann sich manchen Wunsch gewähren,
Der kalt sich selbst und seinem Willen lebt;
Allein wer andre wohl zu leiten strebt,
Muß fähig sein, viel zu entbehren.

So wandle du – der Lohn ist nicht gering –
Nicht schwankend hin, wie jener Sämann ging,

Daß bald ein Korn, des Zufalls leichtes Spiel,
Hier auf den Weg, dort zwischen Dornen fiel;
Nein! streue klug wie reich, mit männlich steter Hand,
Den Segen aus auf ein geackert Land;
Dann laß es ruhn: die Ernte wird erscheinen
Und dich beglücken und die Deinen.

Goethe hat diesen »Fürstenspiegel« dem Herzog als Handschrift 1782 zum Geburtstagsgeschenk gemacht, so wie er ihm offen den Weihnachtsbrief von 1783 wegen der verheerenden Sauenplage am Ettersberg geschrieben hat – veröffentlichen mochte er dieses zwar die Zukunft lobende, aber mit der Vergangenheit und auch noch mit dem gegenwärtigen Verhalten des Herzogs sehr kritisch ins Gericht gehende Gedicht nicht; *Ilmenau* erschien erst in der Werkausgabe von 1815.

Über zehn Jahre lang setzt sich Goethe den ganz alltäglichen Mühen und Verpflichtungen einer gestaltenden Verwaltungstätigkeit in leitender Funktion aus und übernimmt nach der Italienischen Reise für vierzig Jahre neue Ämter, die heutzutage die Portefeuilles mehrerer Ministerien sowie die Theaterintendanz eines kleineren Bundeslandes ausmachten. Es mangelte nicht an wohlmeinenden Kritikern, die ihn gemahnten, sich nicht als Verwaltungsmensch zu verzetteln und verplempern. Goethes Antworten machen deutlich, daß er in seiner amtlichen Stellung die Chance gesehen hat, sich – immerhin auf der Ebene eines souveränen Herzogtums und im unmittelbaren Umgang mit dessen Herrscher – konkret Welt anzueignen, ohne daß er dabei seine Rolle und die Bedeutung Weimars überschätzt hätte. Stellvertretend für vieles Einschlägige sei ein Brief an Merck vom 22. 1. 1776 zitiert, als sich eine amtliche Stellung erst abzeichnete: »Meine Lage ist vorteilhaft genug und die Herzogthümer Weimar und Eisenach immer ein Schauplatz, um zu versuchen, wie einem die Weltrolle zu Gesicht stünde ... ob ich gleich mehr als jemals am Platz bin, das durchaus Scheißige dieser zeitlichen Herrlichkeit zu erkennen.«

Auf die Weltstoff aufsaugende Phase der Leipziger Studienjahre war die Systole der Frankfurter Krankenstube mit ihren stillen, oft abseitigen Studien gefolgt, um ihrerseits von der gewaltigen Straßburger Diastole, dem »Ausbrechen zur Rechten wie zur Linken« des Bibelorakels (s. S. 71) abgelöst zu werden. Die Frankfurter Anwaltsjahre waren dann wieder eine Phase mit geringerer äußerer Aktivität gewesen, während er gleichzeitig mit innovativen Dichtungen und dem Schließen enthusiastischer Freundschaften das Fundament zu seinem Ruhm legte.

In Weimar erprobt Goethe, ohne seine und seines Staates Bedeutung zu überschätzen, die »Weltrolle«, und auch das mit durchschlagendem Erfolg. Ohne diese Phase der Diastole, ohne die in Regierungsverantwortung unmittelbar gewonnenen höfischen, staatsrechtlichen, politischen, diplomatischen, volkswirtschaftlichen und allgemein menschlichen Kenntnisse hätte Goethe weder die Turmgesellschaft in *Wilhelm Meisters Lehrjahren* noch den so überaus welthaltigen Zweiten Teil des *Faust* schaffen können. Den Dichtungen verdankte er seine europaweite Bekanntheit, aber dem Staatsdienst 1779 mit gerade dreißig Jahren den Geheimratstitel und drei Jahre später den erblichen Adel, die ihm wie selbstverständlich den Umgang mit höchsten Persönlichkeiten erschlossen wie kaum einem anderen Dichter jemals zuvor oder danach – der »Weltrolle« im Leben verdankt Goethe die Welthaltigkeit seines Werks.

Goethe selbst hat das in einem stolzen, aber durchaus berechtigten Wort gegenüber Eckermann auf den Punkt gebracht:

> Man muß alt werden, um dieses alles zu übersehen, und Geld genug haben, um seine Erfahrungen bezahlen zu können. Jedes Bonmot, das ich sage, kostet mir eine Börse voll Gold; eine halbe Million meines Privatvermögens ist durch meine Hände gegangen, um das zu lernen, was ich jetzt weiß, nicht allein das ganze Vermögen meines Vaters, sondern auch mein Gehalt und mein bedeutendes literarisches Einkommen seit mehr als fünfzig Jahren. Außerdem habe ich anderthalb Millionen zu großen Zwecken von fürstlichen Personen ausgeben sehen… Es ist nicht genug daß man Talent habe, es gehört mehr dazu, um gescheit zu werden; man muß auch in großen Verhältnissen leben, und Gelegenheit haben, den spielenden Figuren der Zeit in die Karten zu sehen und selber zu Gewinn und Verlust mitzuspielen.« (13. Februar 1829)

Charlotte von Stein oder: Selbsterziehung III

Die emotionale Ergänzung zur weltmännisch politischen Erziehung im Weimarer Staatsdienst wie zur emphatischen Männerfreundschaft zum Herzog stellt die Liebe zu Charlotte von Stein dar, der sieben Jahre älteren Weimarer Hofdame, die als geborene von Schardt selbst aus dem heimischen Hofadel stammte und kinderreich mit dem herzoglichen Oberstallmeister von Stein verheiratet war. Goethe verliebte sich ebenso schnell in sie, wie er dem Herzog als Freund bei seinen Geschäften unentbehrlich wurde. Goethes Briefe an sie wurden in ihrer Familie sorgfältig gehütet und bei der Eröffnung dem Goethe- und Schiller-Archiv gestiftet. Ihre eigenen Briefe hat Charlotte von Stein vernichtet; erhalten blieben nur wenige Altersdokumente.

Nach empfindsamer Mode hatten gemeinsame Freunde schon vor ihrer ersten Begegnung am 11. November 1776 eine Beziehung zu stiften versucht, und Goethe hatte schon für Lavater Charlottes Silhouette gedeutet. Vermutlich gedenkt die Nachwelt nicht der gescheiterten, wohl aber der erfolgreichen Kuppeleien der Gefühlskultur – diese jedenfalls war es über die Maßen. Schon der erste Brief Goethes an Frau von Stein von Anfang Januar 1776 spricht von »Liebe« und »lieb haben«, und noch im selben Monat beginnt Goethe damit, sie gelegentlich vertraulich zu duzen, was sie sich dann und wann immer wieder verbeten zu haben scheint. Am 23. Februar 1776 nennt er sie schon »du einzige unter den Weibern, die mir eine Liebe in's Herz gab, die mich glücklich macht«.

In gut zehn Jahren schickt Goethe der erst Angebeteten, dann Geliebten im Vollsinne rund 1650 Nachrichten, darunter auch Briefe von seinen Dienstreisen, aber vor allem kurze »Zettelgen« in den Phasen des täglichen Umgangs. Am 7. März 1779 macht er sich selber über diese Gewohnheit lustig: »Lavatern hab ich immer ausgelacht, dass er auf seinen Reisen iede Viertelstunde an die seinigen schrieb, und mit ieder Post Briefe und Zettelgen erhielt, worauf eigentlich nichts stund, als dass sie sich wie vor vier Wochen noch immer herzlich liebten. Und nun könnte man auch lachen.«

Genauso schickt Goethe Charlotte nach heutigen Gepflogenheiten ständig SMS – nur wurden diese nicht elektronisch übermittelt, sondern ebenfalls schnell durch Weimarer Husaren, deren sich der Minister als Kuriere bedienen konnte. Dadurch waren sie heutigen Kommunikationsformen sogar überlegen, denn Goethe konnte seinen SMS meist kleine Geschenke beifügen, Zeichnungen, Kuchenstücke, ganze Frühstücke sowie alle Produkte, die sein von ihm selbst bestellter Garten hergab.

Noch vor der Festanstellung hatte der Herzog seinem Günstling die später wohl populärste aller Goethestätten zum Geschenk gemacht, das Gartenhaus in den Ilmauen, ein früheres Weinberghaus. Goethe widmete der Anlage und Pflege des damit verbundenen Gartens sehr viel Mühe, war er doch vom Elternhaus her einen Garten vor der Stadt gewohnt und waren doch solche halbländlichen Refugien in dieser Zeit äußerst beliebt – Friedrichs des Großen Lieblingsschloß Sanssouci sollte die schlichte Weinberghütte eines stoischen Weisen sein, deshalb die einen Weinberg darstellenden Terrassen zu Füßen des Schlosses. Das Gartenhaus, das Goethe neben wechselnden Mietwohnungen in der Stadt bewohnte, erleichterte dem Stürmer und Dränger als außergesellschaftliches und außerhöfisches Refugium die allmähliche Annäherung an die Gesellschaft, für die Frau von Stein steht. Von hier aus sendet er ihr spontan Blumen, gut frankfurterisch »Pfirsche« und, wieder und wieder, selbstgestochenen Spargel.

Wenn der Dichter noch im Gedicht *Ilmenau* klagt »Doch ach! ein Gott versagte mir die Kunst, / Die arme Kunst, mich künstlich zu betragen«, so wird Charlotte von Stein darin zehn Jahre lang seine Lehrmeisterin. Sie hat selbst eine hervorragende Erziehung genossen, ist vielseitig gebildet und hat genügend Format, um dem großen Familiengut ihres Gatten, Großkochberg, nahezu selbständig vorzustehen, auch wenn der Großherzog ihr postum bescheinigt, intellektuell »kein großes Licht« gewesen zu sein (s. S. 206). Was Goethe an ihr liebte, war vor wohl vor allem das, was ihm abging und was ein gemeinsamer Bekannter, der Arzt Johann Georg Zimmermann, schon in der frühesten Charakteristik Charlottes auf den Punkt gebracht hatte: »Die Hofmanieren, die Sie vollkommen an sich hat, sind bey ihr zu einer sehr seltenen hohen Simplicität veredelt«, und gleich darauf nennt er sie »elegant mit Simplicität«.

Vor der Französischen Revolution war die höfische Kultur die in jeder Hinsicht herrschende. Eine bessere Lehrmeisterin als Charlotte von Stein hätte der dem Höfischen fremd bis feindlich gegenüberstehende junge bürgerliche Revolutionär Goethe nicht haben können, war sie doch am Hof aufgewachsen und lebte als Hofdame an ihm, in ihm, von ihm und durch ihn. Sie setzt, wie Prinzessin Eleonore im *Tasso*, seinem trotzigen »erlaubt ist was gefällt« ihr dem späteren Goethe so viel angemesseneres »erlaubt ist was sich ziemt« entgegen, zusammen mit dem Rat: »Willst du genau erfahren was sich ziemt; / So frage nur bei edlen Frauen an.« (V. 994, 1006, 1013f.) Vom Hofmeister Behrisch in Leipzig über Herder in Straßburg und Merck in der Frankfurter Zeit hat Goethe sich immer dankbar zur fordernden Förderung durch ältere Mentoren bekannt; eine Frau schließt diese Reihe ab, indem sie ihm über das Höfische und Höfliche die gesellschaftliche und sittliche Welt erschließt, die mehr als ein halbes Jahrhundert ganz überwiegend seine Lebenswelt sein wird.

In später veröffentlichten, wohl aber damals entstandenen Versen rückt er Charlottes Bedeutung für seine geistig-sittliche Existenz neben und vor die Shakespeares: »Lida! Glück der nächsten Nähe, / William! Stern der schönsten Höhe, / Euch verdank' ich was ich bin« (s. S. 97).

In den während dieses »Glücks der nächsten Nähe« – eine Formulierung, die wohl auch hinsichtlich des Grads der Beziehung keinen Zweifel läßt – entstandenen oder konzipierten Dramen wie *Iphigenie auf Tauris* und *Torqato Tasso* entfalten Frauen wie Iphigenie (auf Orest und Thoas) und Eleonore (auf Tasso und Antonio) ihre sittigende Kraft. Eine Kraft, wie sie Goethe seiner Geliebten Frau von Stein zugeschrieben hat.

Das schönste Zeugnis hierfür ist zugleich das früheste: Nur mit »G.« und dem Datum »d. 14. Apr. 76« unterschrieben, schickt Goethe Charlotte die wohl tiefsten Zeilen, die je eine Frau von einem Mann bekommen hat. Und dieses Gedicht hat nie den Raum der intimen Kommunikation verlassen, in die es gehörte – Goethe hat es ganz gegen sonstige Gewohnheiten der Öffentlichkeit vorenthalten, die es erst 1848 im ersten Druck der Briefe Goethes an seine Geliebte kennenlernte:

Warum gabst du uns die Tiefen Blicke,
Unsre Zukunft ahndungsvoll zu schaun,
Unsrer Liebe, unserm Erdenglücke
Wähnend selig nimmer hinzutraun?
Warum gabst uns Schicksal die Gefühle
Uns einander in das Herz zu sehn,
Um durch all die seltenen Gewühle
Unser wahr Verhältnis auszuspähn.

Ach so viele tausend Menschen kennen,
Dumpf sich treibend kaum ihr eigen Herz,
Schweben zwecklos hin und her und rennen
Hoffungslos in unversehnem Schmerz,
Jauchzen wieder wenn der schnellen Freuden
Unerwarte Morgenröte tagt.
Nur uns armen liebevollen beiden
Ist das wechselseitge Glück versagt
Uns zu lieben ohn uns zu verstehen,
In dem andern sehn was er nie war,
Immer frisch auf Traumglück auszugehen
Und zu schwanken auch in Traumgefahr.

Glücklich den ein leerer Traum beschäftigt!
Glücklich dem die Ahndung eitel wär!
Jede Gegenwart und jeder Blick bekräftigt
Traum und Ahndung leider uns noch mehr.
Sag was will das Schicksal uns bereiten?
Sag wie band es uns so rein genau?
Ach du warst in abgelebten Zeiten
Meine Schwester oder meine Frau.

Kanntest jeden Zug in meinem Wesen,
Spähtest wie die reinste Nerve klingt,

Konntest mich mit Einem Blicke lesen
Den so schwer ein sterblich Aug durchdringt.
Tropftest Mäßigung dem heißen Blute,
Richtetest den wilden irren Lauf,
Und in deinen Engelsarmen ruhte
Die zerstörte Brust sich wieder auf,
Hieltest zauberleicht ihn angebunden
Und vergaukeltest ihm manchen Tag.
Welche Seligkeit glich jenen Wonnestunden,
Da er dankbar dir zu Füßen lag.
Fühlt' sein Herz an deinem Herzen schwellen,
Fühlte sich in deinem Auge gut,
Alle seine Sinnen sich erhellen
Und beruhigen sein brausend Blut.

Und von allem dem schwebt ein Erinnern
Nur noch um das ungewisse Herz
Fühlt die alte Wahrheit ewig gleich im Innern,
Und der neue Zustand wird ihm Schmerz.
Und wir scheinen uns nur halb beseelet
Dämmernd ist um uns der hellste Tag.
Glücklich daß das Schicksal das uns quälet
Uns doch nicht verändern mag.

Jede Liebe fühlt sich unendlich – das weiß jeder Liebende. Goethes Überlegungen zur »Wiederkehr der Liebe« wurden schon zitiert (s. S. 110). Es ist das Dilemma der zweiten und jeder weiteren Liebe, daß sie sich ewig fühlt und sich endlich weiß. Die Liebe Goethes zu Charlotte von Stein kennt nicht diesen Hiatus zwischen Gefühl und Wissen, kann sich nicht einmal der Täuschung einer potentiellen Unendlichkeit hingeben – zu groß waren die bürgerlichen Widerstände, um an irgendeine Zukunft dieser Liebe glauben zu können, geschweige denn eine ewige.

In der Beziehung zu Friederike Brion hatte Goethe erstmals die Liebe zur Liebe entdeckt, hatte erkannt, daß das Urphänomen Liebe jenseits jeder realen Liebe existiert und nur jeweils in einem konkreten Paar zur Erscheinung kommt. Aber auch dieser Gedanke gewährt jetzt keinen Trost: Zu groß sind die Bindungen Charlottes als Frau und Mutter, zu tief ist ihre Religiosität, um sich ohne Rücksicht auf Vergangenheit und Zukunft ganz der gelebten Gegenwart hinzugeben.

Die ersten beiden Strophen und die beiden Eingangszeilen der dritten gestalten diese Einsicht der »Tiefen Blicke«, die vom Schicksal versagte Illusion eines Traumglücks, in dem doch sonst die Liebenden befangen zu sein pflegen.

In dieser Situation tritt das Ich – man kann auch sagen Goethe, denn es ist ja kein Gedicht, sondern ein Brief an die Geliebte – die Flucht zurück an: Gerade die Diskrepanz zwischen dem seelischen Verschmelzen, der grenzenlosen inneren Harmonie, der »rein genauen« Bindung, die beide empfinden, und ihrem äußeren Getrenntsein führt zu der Erklärung, daß sie in einem früheren Leben vollkommen vereinigt waren, dort »rein und genau« zu- und ineinander paßten wie die der ursprünglichen Einheit beraubten Kugelmenschen im Mythos des Aristophanes in Platons *Symposion*: Wenn sie sich wiederbegegnen, fügen sich ihre Hemisphären zur vollkommenen Gestalt der Kugel; und diese frühere Symbiose »in abgelebten Zeiten« führt zum »Schmerz« in der Gegenwart, in der die Liebenden aufgrund der früheren Ganzheit sich nur »halb beseelet … scheinen.«

Das Gedicht scheint in seinen sprachlichen Kühnheiten und seiner unregelmäßigen Strophik seine äußerst strenge Tektonik zu verbergen, seinen symmetrischen Bau um eine Mittelachse: Den einleitenden Versen 1–8 mit den Fragen der Liebenden nach ihrem »wahren Verhältnis« korrespondieren die letzten acht Verse, die dieses Verhältnis eben durch das Erinnern an die frühere Einheit und Ganzheit erklären. Die folgenden Verse 9–24 gestalten die Liebesblindheit vieler Tausender, die ihnen korrespondierenden Verse 29–44 die zurückliegende Einheit dieses einmaligen Paares in »abgelebten Zeiten«. Exakt im Herzen des 52zeiligen Gedichts stehen die Verse 25–28, die ins Zentrum des Liebesdiskurses das Bild von der Seelenwanderung stellen. Goethe schreibt in dieser Zeit an Wieland:

> Ich kann mir die Bedeutsamkeit – die Macht, die diese Frau über mich hat, anders nicht erklären als durch die Seelenwanderung. – Ja, wir waren einst Mann und Weib! – Nun wissen wir von uns – verhüllt, in Geisterduft. – Ich habe keine Namen für uns – die Vergangenheit – die Zukunft – das All.

Die Gegenwart bleibt ausgespart. Da »das Schicksal, das uns quälet, uns doch nicht verändern mag«, macht es die Liebenden in der Gegenwart einzig dadurch »glücklich«, daß es sie ewig rückwärts weist. In diese Vergangenheit aber erscheint verlagert, was Charlotte in der Gegenwart für Goethe als »alte Wahrheit« im schwebenden »Erinnern« bedeutet: Selbsterkenntnis im liebenden Erkanntwerden, »Mäßigung dem heißen Blute«, Sinn und Richtung im »wilden irren Lauf« des Lebens, Ruhe der »zerstörten Brust«, Hellwerden der dunklen Sinne, ›Beruhigung‹ des »brausenden Blutes« und die Aufrichtung eines Selbstideals, dem nachzustreben sich lohnt: »Fühlte sich in deinem Auge gut«.

»Schwester oder Frau« – Goethe wählt als Bilder die größte seelische Nähe, die er je erfahren hat, und die größte körperliche, die er sich erträumt. Am 16. Juni 1777 meldet er Charlotte den Tod seiner Schwester Cornelia am 8. Juni:

> Um achte war ich wohl in meinem Garten fand alles gut und wohl und ging mit mir selbst, mit unter lesend auf und ab. Um neune kriegt ich Briefe dass meine Schwester todt sey. – Ich kann nun weiter nichts sagen.

Mehr hat Goethe auch später nicht zum Tod der Schwester gesagt. Aus Dramen wie *Die Geschwister* oder auch *Iphigenie*, aber auch aus Stellen wie der aus dem Gedicht an Charlotte von Stein kann man die Bedeutung Cornelias für Goethe ermessen; explizit dazu geäußert hat er sich nie. In *Dichtung und Wahrheit* spricht er »ungern ... dies im allgemeinen aus, was ich vor Jahren darzustellen unternahm«, woran er aber gescheitert sei. Cornelia wäre nur in der Form »der Richardsonschen Romane«, d. h. in einem Briefroman wie dem *Werther* in seiner von Brief zu Brief, von Schreibansatz zu Schreibansatz wechselnden Zeitperspektivik adäquat darzustellen gewesen:

Nur durch das genauste Detail, durch unendliche Einzelheiten, die lebendig alle den Charakter des Ganzen tragen und, indem sie aus einer wundersamen Tiefe hervorspringen, eine Ahndung von dieser Tiefe geben; nur auf solche Weise hätte es einigermaßen gelingen können, eine Vorstellung dieser merkwürdigen Persönlichkeit mitzuteilen: denn die Quelle kann nur gedacht werden, insofern sie fließt.

Neubestimmung der *Grenzen der Menschheit* und des *Göttlichen*

Überspitzt könnte man das von Goethe als Phase strenger Selbsterziehung betrachtete erste Weimarer Jahrzehnt als Antwort auf das Scheitern seines populärsten Helden betrachten – Goethe wird persönlich zum Anti-Werther, der Titan begibt sich ins Joch. Das muß er auch, denn: »Siehe, das Ende dieser Krankheit ist Tod! Solcher Schwärmereien Ziel ist Selbstmord!«, hatte er zu Lavater gesagt und war einen anderen Weg gegangen: »So lachte ich mich zuletzt selbst aus, warf alle hypochondrischen Fratzen hinweg und beschloß zu leben«, schreibt er, wie bereits zitiert, in *Dichtung und Wahrheit* (III, 13). Wo Werther unter anderem an der Liebe zur Frau eines anderen zerbricht, gewinnt Goethe daraus Reife; was Werther als letzte Ausflucht aus seiner Lage in Betracht zieht und wie alles andere gleich wieder wegwirft, sucht Goethe bewußt: Er ergreift einen anständigen Beruf und bleibt auch lebenslang dabei. Und wo Werther an den »Grenzen der Menschheit« (Brief vom 15. August) scheitert, lernt Goethe, sie bewußt zu akzeptieren, und widmet ihnen eine Ode.

Grenzen der Menschheit

Wenn der uralte
Heilige Vater
Mit gelassener Hand
Aus rollenden Wolken

Segnende Blitze
Über die Erde sät,
Küß ich den letzten
Saum seines Kleides,
Kindliche Schauer
Treu in der Brust.

Denn mit Göttern
Soll sich nicht messen
Irgendein Mensch.
Hebt er sich aufwärts
Und berührt
Mit dem Scheitel die Sterne,
Nirgends haften dann
Die unsichern Sohlen,
Und mit ihm spielen
Wolken und Winde.

Steht er mit festen,
Markigen Knochen
Auf der wohlgegründeten,
Dauernden Erde,
Reicht er nicht auf,
Nur mit der Eiche
Oder der Rebe
Sich zu vergleichen.

Was unterscheidet
Götter von Menschen?
Daß viele Wellen
Vor jenen wandeln,
Ein ewiger Strom:
Uns hebt die Welle,
Verschlingt die Welle,
Und wir versinken.

Ein kleiner Ring
Begrenzt unser Leben,
Und viele Geschlechter
Reihen sich dauernd
An ihres Daseins
Unendliche Kette

Diese Neubestimmung des Menschen, die wohl irgendwann zwischen 1779 und 1781 entstand, widerruft die Jugendreligion, »der statt des Heiligen ein großer Mensch erscheint«. Wo in *Prometheus* der große Mensch sich verselbstet und den Göttern abschwört und in *Ganymed* sich entselbstet, um mit ihnen zu verschmelzen, wird hier die Grenze zwischen beiden betont und die kindliche Ehrfurcht gegenüber dem Vater wiederhergestellt. Betont wird die Entfremdung des Menschen in der Welt, die Conditio humana als letztlich schiefe Zwischenstellung zwischen der Natur und den Göttern – strebt er zu diesen, verliert er die Bodenhaftung, während er umgekehrt nie in den simplen Einklang mit der Schöpfung zurückkehren kann, wie »Eiche« oder »Rebe« ihn verkörpern.

In harter Fügung erscheinen hier »Götter« – »Mensch« – »Erde« getrennt voneinander nebeneinandergestellt – daß gerade die »Erde« alias die ›Natur‹ eine Vermittlerrolle göttlicher Gesetze an den Menschen übernehmen könnte, klingt erst in einzelnen Gedichten dieser Zeit an, von denen noch die Rede sein wird.

Die sozusagen negative Neubestimmung der *Grenzen der Menschheit* fordert zwingend auch eine Neudefinition für

Das Göttliche

Edel sei der Mensch,
Hülfreich und gut!
Denn das allein
Unterscheidet ihn
Von allen Wesen,
Die wir kennen.

Heil den unbekannten
Höhern Wesen,
Die wir ahnen!
Ihnen gleiche der Mensch;
Sein Beispiel lehr uns
Jene glauben.

Denn unfühlend
Ist die Natur:
Es leuchtet die Sonne
Über Bös' und Gute,
Und dem Verbrecher
Glänzen wie dem Besten
Der Mond und die Sterne.

Wind und Ströme,
Donner und Hagel
Rauschen ihren Weg
Und ergreifen,
Vorübereilend,
Einen um den andern.

Auch so das Glück
Tappt unter die Menge,
Faßt bald des Knaben
Lockige Unschuld,
Bald auch den kahlen,
Schuldigen Scheitel.

Nach ewigen, ehrnen,
Großen Gesetzen
Müssen wir alle
Unseres Daseins
Kreise vollenden.

Nur allein der Mensch
Vermag das Unmögliche:
Er unterscheidet,
Wählet und richtet;
Er kann dem Augenblick
Dauer verleihen.

Er allein darf
Den Guten lohnen,
Den Bösen strafen,
Heilen und retten,
Alles Irrende, Schweifende
Nützlich verbinden.

Und wir verehren
Die Unsterblichen,
Als wären sie Menschen,
Täten im Großen,
Was der Beste im Kleinen
Tut oder möchte.

Der edle Mensch
Sei hülfreich und gut!
Unermüdet schaff er
Das Nützliche, Rechte,
Sei uns ein Vorbild
Jener geahneten Wesen!

Bei diesem in der Entstehungszeit unklaren Gedicht springt die Ambiguität der Deutung ins Auge: Sind nun die Götter Vorbild der Menschen, Beispiel für ihn, oder verhält es sich umgekehrt? Die bis auf die griechische Aufklärungsbewegung der Sophisten zurückgehende Deutung der Götter als lediglich menschliche Projektionen liegt nahe – hätten die Löwen Götter, wären es Löwengötter.

Natürlich hat Goethe diese Ambiguität bewußt gestaltet, ich möchte sie jedoch einseitig auflösen: Das Göttliche existiert an sich, es erscheint aber auf Erden nur im sittlich handelnden Menschen. So manifestiert sich die Göttin in Goethes *Iphigenie* nur in ihrer Priesterin, und in der Auflösung des doppeldeutigen Orakels tritt die sittlich handelnde menschliche »Schwester« Iphigenie wortwörtlich an die Stelle des »Bildes« der Gottheit.

Gestützt wird meine Lesart durch einen Brief Goethes an Frau von Stein von seiner Berlinreise im Frühjahr 1778. In deren zeitliches Umfeld wäre dann auch *Das Göttliche* zu rücken:

> So viel kann ich sagen ie gröser die Welt desto garstiger wird die Farce und ich schwöre, keine Zote und Eseley der Hanswurstiaden ist so eckelhafft als das Wesen der Grosen Mittlern und Kleinen durch einander...Ich bete die Götter an und fühle mir doch muth genug ihnen ewigen Hass zu schwören, wenn sie sich gegen uns betragen wollen wir ihr bild die Menschen. (19. Mai 1778)

Grundlage ist bei Goethe gleichbleibend nicht eine etwaige religionskritische Anthropomorphisierung des Göttlichen durch die Menschen, sondern der biblische Schöpfungsbericht: »Und Gott schuf den Menschen ihm zum Bilde, zum Bilde Gottes schuf er ihn; und schuf sie einen Mann und ein Weib.« Gegenüber Auguste von Stolberg hatte Goethe dem Erscheinen des Göttlichen im menschlichen Liebesakt, also dem, was ich seine Liebestheologie genannt habe, die Tatsache zugrunde gelegt, daß der Liebende im Geliebten immer auch Gott in seinem Bilde liebt. Im *West-östlichen Divan* hat er diesem Thema ein eigenes Gedicht gewidmet, in dem er den jüngeren Schöpfungsbericht, in dem Gott durch das Wort Mann und Frau zugleich schafft, mit dem älteren verbindet, in dem er erst Adam aus Lehm und dann Eva aus dessen Rippe schafft:

Es ist gut

Bei Mondeschein im Paradeis
Fand Jehova im Schlafe tief
Adam versunken, legte leis
Zur Seit ein Evchen, das auch entschlief.

Da lagen nun, in Erdeschranken,
Gottes zwei lieblichste Gedanken. –
»Gut!!!« rief er sich zum Meisterlohn,
Er ging sogar nicht gern davon.

Kein Wunder, daß es uns berückt,
Wenn Auge frisch in Auge blickt,
Als hätten wir's so weit gebracht,
Bei dem zu sein der uns gedacht.
Und ruft er uns, wohlan! es sei!
Nur, das beding ich, alle zwei.
Dich halten dieser Arme Schranken,
Liebster von allen Gottesgedanken.

In der Liebe zu seinem Geschöpf fühlen und spüren wir etwas von der Liebe zu Gott und der göttlichen Liebe. Als er im Februar 1786 in Spinozas *Ethik* liest, die Liebe zu Gott könne nicht durch Affekte getrübt werden und sie wachse, »je mehr Menschen wir uns als durch das selbe Band der Liebe mit Gott verbunden vorstellen«, schreibt Goethe an das Ehepaar Herder, er

> habe ... den Spinoza aufgeschlagen und ... einige Blätter mit der größten Erbauung zum Abendsegen studirt ... Aus allem diesem folget, dass ich euch das Testament Johannis aber und abermal empfehle, dessen Inhalt Mosen und die Propheten, Evangelisten und Apostel begreift.
> Kindlein liebt euch
> Und so auch mich. Lebt wohl.

Gott ist die Liebe, und wer liebt, ist in Gott – das ist die Botschaft der Johanneischen Schriften wie die Goethes. Vom Eros der ehelichen Liebe der Herders bis zur Liebe zum Freund Goethe ist es die eine Liebe, die von Gott ist und die zugleich Gott selbst ist und in der wir ihn allein erfahren.

Nach der zum Teil gespielten Rokokoskepsis des Leipziger Studenten und der von pietistischer Zerknirschung geprägten negativen

Welt- und Menschensicht des Rekonvaleszenten hatte der Stürmer und Dränger der Straßburger Studenten- und Frankfurter Anwaltszeit den Menschen geradezu vergöttert und das »Heilige« durch ihn ersetzen wollen – hierfür ist der Überschwang von *Prometheus* wie *Ganymed* Zeugnis.

Auch auf dieses hyperbolische Menschenbild wirkt Weimar dämpfend; die tägliche Sisyphusarbeit, das intendierte Gute gegen alle menschlichen Widerstände vom Standesegoismus des Herzogs bis zur Untreue korrupter Subalterner durchsetzen zu müssen, lehrt Goethe vom Menschen niedriger denken – er bedarf zu seiner Sittigung des göttlichen Korrektivs, des jenseitigen Vorbilds. Der Aufenthalt in der großen Welt Berlins bestätigt und verstärkt dies noch: »ie gröser die Welt desto garstiger wird die Farce«. *Grenzen der Menschheit* und *Das Göttliche* sind die zwei Seiten derselben Medaille, die beiden Aspekte dieses skeptischeren Bildes vom Menschen – bei Goethe korrespondiert stets die Anthropologie mit der Theologie.

Vor die Öffentlichkeit aber trat Goethe stets mit dem Gesamt seiner eigentlich religiösen Hymnen – von der ersten Gedichtsammlung von 1789 bis zur *Ausgabe letzter Hand* folgte stets auf einen *Prometheus* ein *Ganymed* und auf beide ein Bekenntnis zu den *Grenzen der Menschheit* und zu einem unabhängig von ihr existierenden *Göttlichen*.

Das neue Naturgefühl

In diesen Jahren der Neubestimmung seines gesamten Lebens im öffentlichen Wirken, in der Liebe, im Göttlichen wie im Menschlichen klingt bei Goethe auch erstmals ein Erleben der Natur an, das offen wird für das Göttliche in ihr. Angelegt ist dies sicherlich in der emblematischen Theologie, in der Philosophie mit »Circkel, Papier, Feder« und seiner »Theologia emblematica« in der Frankfurter Krankenstube, aber hier atmet es nun keine Stubenluft, sondern wird gesättigt mit lebendig gefühlter Anschauung bis in die Entstehungsumstände hinein – nicht zufällig werden die so geschaffenen Werke zu seinen populärsten Gedichten. Schon zwei Monate vor *Warum gabst du uns die Tiefen Blicke* hatte Goethe an Frau von Stein ohne jedes weitere Beiwerk ein Gedicht als Brief geschickt:

Wandrers Nachtlied

Der du von dem Himmel bist
Alle Freud und Schmerzen stillest,
Den der doppelt elend ist
Doppelt mit Erquickung füllest.
Ach ich bin des Treibens müde!
Was soll all die Qual und Lust.
Süßer Friede,
Komm ach komm in meine Brust!

Am Hang des Ettersberg
d. 12. Febr. 76
G.

Hier haben wir wieder einen Text, auf den der Begriff Erlebnislyrik zutrifft – Erlebnis im präzisen Sinne eines lokalisierbaren und datierbaren Gefühls. Das Naturerleben beim Einnachten »am Hang des Ettersberg« hatte dem ziellos umherschweifenden Frankfurter ›Wanderer‹ (s. S. 73) die Ahnung eines Friedens geschenkt, der irdisches Leben und Erleben transzendiert. Auf die Rückseite des farbig umränderten Oktavblättchens hat Charlottes Mutter Concordia von Schardt den Vers geschrieben: »Den Frieden lasse ich euch, meinen Frieden gebe ich euch. Nicht gebe ich euch wie die Welt gibt. Euer Herz erschrecke nicht und furchte sich nicht.« (Joh 14, 27) Goethe wird bei diesem als Person im Gebet angesprochenen Frieden wohl auch an seinen Lieblingsvers zum Frieden gedacht haben, der im Philipperbrief (4, 7) steht und vom »Frieden Gottes, welcher höher ist als alle Vernunft«, spricht. Im typisch Goetheschen Chiasmus stillt er »Freud und Schmerzen«, »Qual und Lust« – in der Fassung der *Gedichte* von 1789 »Schmerz und Lust« – indem er menschliches Erleben im Positiven wie im Negativen übersteigt und umschließt.

Ein weiteres berühmtes Gedicht *Wandrers Nachtlied* läßt seine Entstehung auf den Tag bestimmen, weil Goethe am 6. September 1780 an Charlotte vom »Gickelhahn dem höchsten Berg des Reviers« schreibt:

> Es ist ein ganz reiner Himmel und ich gehe des Sonnen Untergangs mich zu freuen. Die Aussicht ist gros aber einfach.
> Die Sonne ist unter. Es ist eben die Gegend von der ich Ihnen die aufsteigenden Nebels zeichnete iezt ist sie so rein und ruhig, und so uninteressant als eine grose schöne Seele wenn sie sich am wohlsten befindet.
> Wenn nicht noch hie und da einige Vapeurs von den Meulern (=Holzkohlenmeilern) aufsteigen wäre die ganze Scene unbeweglich.

Dort am Kickelhahn befindet sich eine Jagdhütte, in der Goethe übernachten will. An die Wand der Hütte hat er sein populärstes Gedicht geschrieben, und es stand dort bis 1870, als ein Unglücksmensch den schlichten Bau aus Balken und Brettern abfackelte:

Wandrers Nachtlied

Über allen Gipfeln
Ist Ruh',
In allen Wipfeln
Spürest Du
Kaum einen Hauch;
Die Vögelein schweigen im Walde.
Warte nur! Balde
Ruhest du auch.

Von den Gipfeln der Ferne führt der Blick über die Wipfel zu den Vögeln in der Nähe; angesprochen werden Gesichts-, Tast- und Hörsinn und gestaltet werden, in je einem Satz, die Schichten des Seins: Erde – Pflanze – Tier – Mensch. Schlicht sind die Wahrnehmungen, schlicht die Gedanken dazu, eine universelle Ruhe liegt über der Szenerie, die den Menschen in ihren Bann schlägt – er erhofft sie für sich, am Abend des Tages wie am Abend des Lebens. Einzig der Rhythmus will dazu nicht recht passen; ein Versmaß ist nicht auszumachen, und wie bei manchen antiken Odenstrophen gleicht keine Zeile der anderen. Rührt dieser Kontrast zwischen der Unruhe im Äußeren und der Ruhe oder besser: der Sehnsucht nach Ruhe im Inneren vielleicht an das Geheimnis der wenigen Zeilen, erzeugt er die Spannung, die wir als Schönheit empfinden? Über zweihundertmal haben Komponisten diese Verse musikalisch zu erschließen versucht.

Auch wenn das Jagdhäuschen mit Goethes spontaner Wandkritzelei zu Asche verbrannte, es gibt einen Nachfolgebau an derselben Stelle, und der Blick von seiner Tür über die Gipfel des Thüringer Waldes und die Wipfel der Bäume ist derselbe geblieben, so wie der Wanderer auf Goethes Spuren auch heute noch die Szenerie seines Gedichts *An den Mond* erleben kann, an einem Sommerabend oder früh in einer Sommernacht in der Auenlandschaft der Ilm bei Goethes Gartenhaus:

Füllest wieder Busch und Tal
Still mit Nebelglanz,
Lösest endlich auch einmal
Meine Seele ganz;

Breitest über mein Gefild
Lindernd deinen Blick,
Wie des Freundes Auge mild
Über mein Geschick.

Jeden Nachklang fühlt mein Herz
Froh' und trüber Zeit,
Wandle zwischen Freud und Schmerz
In der Einsamkeit.

Fließe, fließe, lieber Fluß!
Nimmer werd ich froh,

So verrauschte Scherz und Kuß,
Und die Treue so.

Ich besaß es doch einmal,
Was so köstlich ist!
Daß man doch zu seiner Qual
Nimmer es vergißt!

Rausche, Fluß, das Tal entlang,
Ohne Rast und Ruh,
Rausche, flüstre meinem Sang
Melodien zu.

Wenn du in der Winternacht
Wütend überschwillst
Oder um die Frühlingspracht
Junger Knospen quillst.

Selig, wer sich vor der Welt
Ohne Haß verschließt,
Einen Freund am Busen hält
Und mit dem genießt,

Was, von Menschen nicht gewußt
Oder nicht bedacht,
Durch das Labyrinth der Brust
Wandelt in der Nacht.

Das Gedicht hat aufgrund seiner unklaren Entstehungszeit und verschiedener Varianten, darunter einer ›Parodie‹ im Sinne eines bitteren Gegengesanges aus der Feder Charlotte von Steins, höchst heterogene, meist biographische Deutungen erfahren. Markus Wallenborn hat diese Problematik soeben in seiner Dissertation über die dichterischen Antworten seiner Geliebten auf den großen Goethe ausführlich erörtert. Die vielfältigen Probleme, die das Gedicht ohne Zweifel stellt, erscheinen im Hegelschen Sinne als aufgehoben, wenn man sich an die Endfassung hält, die Goethe in der ersten Gedichtsammlung von 1789 veröffentlicht hat. In ihr ist das Gedicht gleichsam auf eine Abstraktionsstufe gehoben, mit der Fragen nach dem lyrischen Ich – männlich oder weiblich? – oder dessen biographischen Umständen gegenstandslos werden, so wie gleich die erste Zeile das konkrete »liebe Tal« der Urfassung zur topisch amönen Landschaft macht.

Sein Thema nennt das Gedicht in der ersten Strophe – den Zusammenklang zwischen mondbeglänzter Natur und menschlicher Seele. Wie schon *Warum gabst du uns die Tiefen Blicke* erschließt sich das Gedicht, wenn man die Zentrierung der neun Strophen auf die Mittelachse der fünften beachtet: Wie bei einem symmetrischen Gebäude entsprechen sich erste und neunte, zweite und achte, dritte und siebte, vierte und sechste Strophe in Bild- und Wortwahl. Die mittlere fünfte sagt aus, warum die Seele der Lösung bedarf – sie hat einen Verlust zu betrauern, wobei das »einmal« und das »nimmer« dem zweiten Wort des Gedichts »wieder« entgegengesetzt ist – ein zyklisches »wieder« gibt es nur in der Natur, nicht im menschlichen Leben. Daß trotzdem das »nimmer« der vierten wie fünften Strophe einen Trost erfahren, das vom »nimmer« verkrampfte Ich eine ›Lösung‹ erleben kann, liegt im Einlassen auf die Natur, auf Mond und Tal und Fluß. Stand der Fluß in der vierten nur für den Verlust – panta rhei –, so bedeutet er in der sechsten Gewinn: Er kann »meinem Sang Melodien« »zurauschen« und »zuflüstern«, kann »Freud und Schmerz« und »Einsamkeit« in »Winternacht« und »Frühlingspracht« artikulieren. Das »Lindernde« des Mondscheins der zweiten steigert sich so in der korrespondierenden achten Strophe zu einer Seligpreisung, und die eingangs einsetzende »endliche Lösung« der »Seele« kommt im gemeinsamen freundschaftlichen ›Genuß‹ – das mystische ›frui‹ eines menschliches ›Wissen‹ und ›Denken‹ transzendierenden Erlebnisses zur Erscheinung, das »das Labyrinth der Brust« öffnet für das gänzlich Andere. So gestaltet das Gedicht die Heilung eines im Schmerz des Verlustes erstarrten Ichs durch die im sich einlassenden Eingehen auf die Natur entstehende Unio mystica, die zugleich die irdische Empirie transzendiert.

Zwei Wege führen von diesem Text in die Zukunft. Goethe wird der hier gestalteten Unio mystica zwischen Mensch und Natur wissenschaftlich nachgehen; sie wird das leitende Interesse bei seinen morphologischen Studien sein. Wenige Jahre später wird *Die Metamorphose der Pflanzen* ähnlich schließen wie *An den Mond*: »Daß im gemeinsamen Anschaun / Sich verbinde das Paar, finde die höhere Welt.« Umgekehrt gilt, daß ein sich nicht Einlassen auf die Dingwelt in den Irrtum führt, wie es in der nachgelassenen Maxime 1379 heißt: »Alle Verhältnisse der Dinge wahr. Irrtum allein in dem Menschen. An ihm nichts wahr, als daß er irrt, sein Verhältnis zu sich, zu andern, zu den Dingen nicht finden kann.«

Im gleichen Maße wie in *An den Mond* erscheint die Ordnung der Natur menschlichem Irrtum und Leid entgegengesetzt im Türmerlied in *Faust II*, das skandalöserweise meist nur halb zitiert wird:

LYNKEUS DER TÜRMER
(auf der Schloßwarte, singend.)

Zum Sehen geboren,
Zum Schauen bestellt,
Dem Turme geschworen,
Gefällt mir die Welt.
Ich blick' in die Ferne,
Ich seh' in der Näh'
Den Mond und die Sterne,
Den Wald und das Reh.
So seh' ich in allen
Die ewige Zier,
Und wie mir's gefallen,
Gefall' ich auch mir.
Ihr glücklichen Augen,
Was je ihr gesehn,
Es sei wie es wolle,
Es war doch so schön! (Pause.)

Dies Lob, das in manche Ausgabe Goethescher Gedichte aufgenommen wurde, gilt dem Kosmos, der geordneten Natur, aber das ist auch für Goethe nur die Hälfte unserer Wirklichkeit. Ihr setzt er in unmittelbarem Anschluß komplementär die Menschenwelt mit dem Urfrevel schlechthin entgegen, dem Mord an Philemon und Baucis und ihrem Gast – und das ist in Ovids Vorlage immerhin Jupiter:

Nicht allein mich zu ergetzen,
Bin ich hier so hoch gestellt;
Welch ein greuliches Entsetzen
Droht mir aus der finstern Welt!

Die »finstere Welt« ist die des Menschen, »die ewige Zier« die der göttlichen Natur.

Führt der eine Weg zu Goethes naturwissenschaftlichen Studien, so wird in einer anderen Traditionslinie Goethes *An den Mond* bis in einzelne Wendungen hinein zum Prätext eines Schlüsselgedichts der Hochromantik aus Eichendorffs *Taugenichts* von 1826:

Der Abend

Schweigt der Menschen laute Lust:
Rauscht die Erde wie in Träumen
Wunderbar mit allen Bäumen,
Was dem Herzen kaum bewußt,
Alte Zeiten, linde Trauer,
Und es schweifen leise Schauer
Wetterleuchtend durch die Brust.

Die Italienische Reise

»Unser Leben währet siebzig Jahre, und wenn's hoch kommt, so sind es achtzig Jahre«, warnt der Psalmist uns Menschen, und man erschrickt fast, wenn man sieht, wie sich Goethe diese Warnung zu Herzen genommen hat: Der 37. Geburtstag markiert exakt die Halbzeit in der uns vom Psalmisten zugemessenen Frist, und Goethe sieht die Zeit um den 28. August 1786 in der Tat als eine Zeit, in der es Altes abzuschließen und Neues zu beginnen gilt, wie seine Geburtstage ihm generell zu Bojen im Lebensstrom wurden.

Die amtlichen Geschäfte schließt er äußerlich so ab, daß sogar sein Tod keinen »Ruck« machen würde. Innerlich hat er sich bereits von ihnen verabschiedet – wollte er darin fortfahren, müßte er nachgerade »wieder von vorne anfangen« (s. S. 209). Schweren Herzens hat er seit einiger Zeit eine andere Aufgabe in Angriff genommen – die Sammlung seiner Dichtungen. Nach der Unsitte der Zeit gab es neben illegalen Nachdrucken einzelner Werke, darunter etwa zwanzig des *Werthers*, nichtautorisierte Ausgaben von Goethes Schriften in vier verschiedenen Verlagen. Vor allem seine Lyrik war nur in von fremder Hand zusammengestellten willkürlichen Sammlungen greifbar. Und neue Raubdrucke und weitere Auflagen drohten, auf deren oft schludrige Textgestalt und äußere Ausstattung der Autor keinen Einfluß hatte. (Nebenbei: So bedauerlich das für die Einkünfte der Autoren und die philologische Zuverlässigkeit ihrer Texte sein mochte, hatte es doch den Vorteil, daß das lesende Publikum mit einer Vielzahl preiswerter Leseausgaben und Sammelbände versorgt wurde; Nachdrucke waren dergestalt die Studien- und Taschenbuchausgaben der Goethezeit.)

Was Goethe über zehn Jahre zögern ließ, den illegalen Ausgaben mit einer selbst besorgten entgegenzutreten, war die Hoffnung, den seit 1774 bekannten Werken Substantielles aus seiner Weimarer Zeit hinzufügen zu können, etwa *Iphigenie*, die immerhin in Prosa schon mehrmals im Weimarer Liebhabertheater aufgeführt worden war, *Egmont* oder *Tasso*, wovon einzelne Akte und Szenen ausgeführt waren, oder gar *Faust*, der als der uns noch bekannte *Urfaust* vorlag. Jahrelang hatte Goethe gewünscht, »meine schon bekannten Werke des Beyfalls, den sie erhalten, würdiger zu machen, an diejenigen, welche geendigt im Manuskript daliegen, bey mehrerer Freyheit und Muse den letzten Fleiß zu wenden, und in glücklicher Stimmung die unvollendeten zu vollenden. Allein dieß scheinen in meiner Lage fromme Wünsche zu bleiben; ein Jahr nach dem andern ist hingegangen«, und so bietet er nun durch Vermittlung des erfolgreichen Weimarer Geschäftsmanns F. J. Bertuch dem Leipziger Verleger Göschen die Herausgabe von acht Bänden oder Bändchen an. Sechs davon sind fertig, wenn man die für den dritten Band vorgesehene *Iphigenie* in Prosa als fertig ansehen will, zwei nennen fast nur die Rudimente, für die er sich »Raum und Ruhe« wünscht, »um die angefangnen Arbeiten... wo nicht sämmtlich doch zum Theil vollendet zu liefern«. Zur selben Zeit, da er Charlotte von Stein den Abschluß seiner Weimarer Geschäfte mitteilt, meldet er ihr die Vereinbarung mit Göschen.

Damaligem Brauch entsprechend will Goethe die schon publizierten Werke nicht nur kritisch durchsehen – so im Falle des *Götz* –, sondern sogar umarbeiten, so grundlegend den *Werther* und mehr oder weniger alle Gedichte, die der Aufnahme in den letzten Teil des achten Bandes für würdig befunden wurden. Seine Dichterkollegen Wieland und Herder nehmen großen Anteil und beraten ihn, und Herder wird während Goethes Abwesenheit in Italien selbstlos die größte Last der bei jeder Ausgabe anfallenden Kärrnerarbeit tragen. Goethe aber gelingt es in der Tat, während des italienischen Arbeitsurlaubs *Iphigenie* zu versifizieren, *Egmont* zu vollenden und die Arbeit an *Tasso* so weit voranzutreiben, daß er ihn in Weimar niederschreiben kann. Nur *Faust* erscheint als *Ein Fragment*.

Als Goethe dem Jugendfreund Friedrich Heinrich Jacobi am 3. März 1790 den Abschluß seiner Werkausgabe zu Ostern ankündigt, nennt er das geradezu eine »Epoche..., ich habe damit vieles abgethan«. An Frau von Stein hatte er aus Rom zur Sammlung seiner »kleinen Gedichte« geschrieben, es sei »doch ein wunderlich Ding, so ein Summa Summarum seines Lebens zu ziehen. Wie wenig bleibt doch von einer Existenz zurück.«

Gegenüber dem Herzog nennt Goethe die Reise, die er an dessen Geburtstag am 3. September 1786 antritt, »Hegire«, Hedschra, nach der Flucht Mohammeds von Mekka nach Medina, mit der der Islam seine Zeitrechnung beginnt. Für diesen wahrhaft epochalen Einschnitt hat er im wesentlichen drei Gründe: Nach dem Abschluß seiner zehnjährigen unermüdlichen Pflichterfüllung, die ihm und dem Herzogtum gleichermaßen gute Dienste getan hat, erbittet er beim Herzog

»einen unbestimmten Urlaub«, damit sein Geist »eine Zeitlang, sich selbst gelassen, der freyen Welt genießen kann« (2. September 1786). Die Epoche in der amtlichen Tätigkeit wird ihm zugleich zur Zäsur im dichterischen Werk – er will mit der Werkausgabe Altes »abthun«, hinter sich lassen, und der Urlaub wird ihm »Freyheit und Muse« gewähren, dies ohne Beschämung tun zu können und nicht überwiegend Fragmente geben zu müssen, wie es der Vertragsabschluß mit Göschen noch vorsah.

Und diese »Hegire« hat ein Ziel, das seit fünfzehn Jahren avisiert und anvisiert ist: Italien. Noch weiß das keiner, nicht Charlotte, nicht sein Dienstherr, nicht die Herders, nur sein langjähriger Diener und intimer Privatsekretär Seidel, inzwischen in Weimarer Diensten. Er ist die Gelenkstelle für schlechthin alles, von der Verwaltung der Goetheschen Häuser über Fragen in Amtsgeschäften und den Geschäftsverkehr mit Göschen bis zum Kontakt mit den Weimarer Freunden. Erst zwei Monate nach Antritt »seiner gleichsam unterirdischen Reise« gibt Goethe Anfang November in einem Zirkular und in Einzelschreiben aus Rom sein Reiseziel bekannt:

> Endlich bin ich in dieser Hauptstadt der alten Welt angelangt!...Die Begierde nach Rom zu kommen war so groß, wuchs so sehr mit jedem Augenblicke, dass kein Bleibens mehr war, und ich mich nur drey Stunden in Florenz aufhielt ... Alle Träume meiner Jugend seh ich nun lebendig, die ersten Kupferbilder deren ich mich erinnre (mein Vater hatte die Prospeckte von Rom auf einem Vorsaale aufgehänngt) seh ich nun in Wahrheit ... es ist alles wie ich mir's dachte und alles neu.

Ihm geht es wie Pygmalion, als die von ihm in Stein gehauene Frauengestalt plötzlich vor ihn trat »und sagte: ich bins! Wie anders war die Lebendige, als der gebildete Stein.« Dem Herzog gegenüber offenbart er das ganze Ausmaß des »unwiderstehlichen Bedürfnisses«, das ihn nach Italien zog:

> ... die letzten Jahre wurd es eine Art von Kranckheit von der mich nur der Anblick und die Gegenwart heilen konnte. Jetzt darf ich es

gestehen Zuletzt durft ich kein Lateinisch Buch mehr ansehn, keine Zeichnung einer italiänischen Gegend. Die Begierde dieses Land zu sehn war überreif, da sie befriedigt ist, werden mir Freunde und Vaterland erst wieder recht aus dem Grunde lieb und die Rückkehr wünschenswerth.

Die Rückkehr wird noch eineinhalb Jahre auf sich warten lassen. Es wurde schon öfter bemerkt, daß der eingebürgerte Terminus ›Italienische Reise‹ ein Understatement ist; in Wahrheit handelt es sich um einen veritablen Aufenthalt von fast eindreiviertel Jahren in Italien, wobei Goethe, von Ausflügen abgesehen, einmal vier und einmal über neun Monate in Rom lebt; auf einer Sizilienreise macht er erst einen, dann zwei Monate in Neapel Station.

Die Mutter jubelt ob der unverhofften Meldung aus Rom, die sie »wie eine Erscheinung aus der Unterwelt« trifft; sie weiß, wie lange die Italienreise in der Luft lag, wie heiß sie einst zwischen dem nun verstorbenen Vater und dem Sohn diskutiert wurde, und nun »ist der Wunsch der von frühester Jugend an in deiner Seele lag, ... in Erfüllung gegangen«. Der Herzog und Charlotte sind befremdet bis verstimmt, und Goethe bittet die Herders, die vollstes Verständnis für sein Verhalten haben, um ›versöhnliche‹ Vermittlung: Er habe »mit den Prämissen zu diesem Entschlusse« keinen »Freund betrüben« wollen (13.–16. Dezember 1786).

Einen »Salto mortale« nennt er seine für alle so unerwartete Reise in diesem Brief. Der im stillen sehr sorgfältig von langer Hand vorbereitete und doch so riskante Sprung sollte für Goethe zum Salto vitale werden, zum vielleicht wichtigsten Entschluß seines Lebens nächst dem Aufbruch nach Weimar, mit dem *Dichtung und Wahrheit* schließt. Vieles kommt hier zusammen, um Goethe »einen zweiten Geburtstag, eine wahre Wiedergeburt, von dem Tage, da ich Rom betrat«, erfahren zu lassen, wie es in der *Italienischen Reise* gleich zweimal heißt.

Grundvoraussetzung für alles andere ist wohl die Muße, die Goethe nun wieder im selben Maße vergönnt ist wie in den vier Frankfurter Anwaltsjahren. Er hat die Reise incognito angetreten und gilt ausweislich seines Passes als der deutsche Maler Philipp Möller. So zu reisen war damals bei Prominenten, etwa Souveränen oder Prinzen aus Herrscherhäusern, gang und gäbe, es bedeutete nicht, daß man nicht erkannt wurde, sondern daß man nicht erkannt werden wollte, um von allfälligen Repräsentationspflichten und lästigen Zeremonien verschont zu bleiben. Ein letztes Mal genießt der ehemalige Stürmer und Dränger nach zehn Jahren der Selbstdisziplinierung das außergesellschaftliche Leben im Boheme-Milieu der deutschen Künstler in Rom und widersetzt sich mannhaft allen »Versuchen ... mich aus meiner Dunckelheit zu ziehen«, wie er am 29./30. Dezember 1786 an das Ehepaar Herder schreibt. Die wichtigste römische Bekanntschaft ist ein Reisender und Dichter wie er: Karl Philipp Moritz, der Verfasser des in dieser Zeit erscheinenden *Anton Reiser*. Die in Rom beginnende Freundschaft dauert bis zu Moritz' frühem Tod 1793.

Goethe hat gleich Wohnung in Wilhelm Tischbeins geräumiger Unterkunft an der Via Corso gefunden. Den Maler, der dadurch innerhalb seiner großen malenden Sippe zum »Goethe-Tischbein« avancieren sollte, kannte er von dessen Werken her und durch gemeinsame Bekannte; jetzt führt Tischbein ihn zwanglos in Roms Altertümer, seine Umgebung und den Kreis der Künstler ein. Vom zweiten römischen Tag an, als er bei Tischbein einzog, konnte Goethe die Frage »Reisen Sie noch oder leben Sie schon?« guten Gewissens beantworten: Er lebte in Rom und sog die »Welt«, die es darstellte, mit allen Sinnen in sich ein. Der engen und vertrauten Beziehung des Dichters zum Maler verdanken wir das intimste und das repräsentativste aller Goethebilder: das leichte Aquarell, das Goethe am Fenster der gemeinsamen Wohnung zeigt, und das lebensgroße *Goethe in der Campagna*.

Weit von der höfischen und der großen Welt, in der er sich lebenslang nicht restlos wohlfühlte, ohne jede Verpflichtung außer der, bei günstiger Stimmung die als Fragment angekündigten Werke für Göschen doch noch zu vollenden, genießt Goethe eine aktive Muße, die er randvoll mit Aktivitäten auf fünf Gebieten ausfüllt, dem Dichten, dem Zeichnen, dem Reisen, dem Studium der Antike und der Renaissance und seinen nun einsetzenden naturwissenschaftlichen Studien.

Rom stand zunächst einmal im Mittelpunkt der Antikensehnsucht jener Zeit. Obwohl in Goethes Jugend die Griechen und Homer vermehrt in den Blick geraten waren, galt Griechenland, jetzt eine türkische Provinz und archäologisch noch völlig unerschlossen, keinem Reisenden als erstrebenswertes Ziel. Goethe sieht Roms und Italiens Denkmäler aus Antike und Renaissance mit den Augen Vitruvs, Palladios und Winckelmanns. Dessen Kunstgeschichte nennt er »ein sehr brauchbares Werk, das ich gleich angeschafft habe und hier am Orte in guter, auslegender und belehrender Gesellschaft sehr nützlich finde«. Mit ihrer Hilfe sucht er die Roma aeterna: »Ich will Rom sehen, das bestehende, nicht das mit jedem Jahrzehnt vorübergehende.« Neben den architektonischen Zeugnissen sind es die Gemälde, die Goethe oft schon aus Stichen kannte, die er aber jetzt endlich, nach früheren Besuchen in den wenigen exzellenten deutschen Sammlungen, wie etwa in Dresden, als Originale sehen konnte.

Auch die antike Dichtung erschließt sich ihm neu; bei der Homerlektüre fällt ihm geradezu »eine Decke von den Augen«, wie er am 17. Mai 1787 in der *Italienischen Reise* an Herder schreibt:

> Die Beschreibungen und Gleichnisse etc. kommen uns poetisch vor und sind doch unsäglich natürlich, aber freilich mit einer Reinheit und Innigkeit gezeichnet, vor der man erschrickt. Selbst die sonderbarsten erlogenen Begebenheiten haben eine Natürlichkeit, die ich nie so gefühlt habe als in der Nähe der beschriebenen Gegenstände … Nun ich alle diese Küsten und Vorgebirge, Golfe und Buchten, Inseln und Erdzungen, Felsen und Sandstreifen, buschige Hügel, sanfte Weiden, fruchtbare Felder, geschmückte Gärten, gepflegte Bäume, hängende Reben, Wolkenberge und immer heitere Ebnen, Klippen und Bänke und das alles umgebende Meer mit so vielen Abwechselungen und Mannigfaltigkeiten im Geiste gegenwärtig habe, nun ist mir erst die Odyssee ein lebendiges Wort.

Goethes künstlerisches Interesse überschneidet sich mit dem historischen; alle architektonischen Monumente Roms sind ihm zugleich historische, »denn an diesen Ort knüpft sich die ganze Geschichte der Welt an«, wie Goethe schreibt. Zudem ist Rom durch den prächtigen päpstlichen Hof immer noch Weltstadt, auch wenn es nur noch ein Drittel des Umfangs in der Antike einnimmt; Rom ist die größte Stadt, die Goethe jemals sehen wird, »New York mit Ruinen« hat Wolfgang Koeppen es genannt.

Zugleich fördert die üppige Vegetation Italiens die im Weimarer Garten begonnenen Studien zur Pflanzengenese und legt so den Grund für die naturwissenschaftlichen Studien der Folgezeit:

> Die vielen Pflanzen, die ich sonst nur in Kübeln und Töpfen, ja die größte Zeit des Jahres nur hinter Glasfenstern zu sehen gewohnt war, stehen hier froh und frisch unter freiem Himmel, und indem sie ihre Bestimmung vollkommen erfüllen, werden sie uns deutlicher. Im Angesicht so vielerlei neuen und erneuten Gebildes fiel mir die alte Grille wieder ein, ob ich nicht unter dieser Schar die Urpflanze entdecken könnte. Eine solche muß es denn doch geben! Woran würde ich sonst erkennen, daß dieses oder jenes Gebilde eine Pflanze sei, wenn sie nicht alle nach einem Muster gebildet wären?

Die »Urpflanze« ist dabei für Goethe nicht etwa die am Anfang eines Pflanzenstemmas stehende Urform – also so etwas wie das »Urpferd« –, sondern das Urphänomen ›Pflanze‹, das in allen Pflanzen erscheint, ohne mit einer identisch zu sein. Unter dem 17. Mai 1787 heißt es in der *Italienischen Reise*:

> Unter diesem Himmel kann man die schönsten Beobachtungen machen. Den Hauptpunkt, wo der Keim steckt, habe ich ganz klar und zweifellos gefunden; alles übrige seh' ich auch schon im ganzen, und nur noch einige Punkte müssen bestimmter werden. Die Urpflanze wird das wunderlichste Geschöpf von der Welt, um welches mich die Natur selbst beneiden soll. Mit diesem Modell und dem Schlüssel dazu kann man alsdann noch Pflanzen ins Unendliche erfinden, die konsequent sein müssen, das heißt, die, wenn sie auch nicht existieren, doch existieren könnten und nicht etwa malerische oder dichterische Schatten und Scheine sind, sondern eine innerliche Wahrheit und Notwendigkeit haben. Dasselbe Gesetz wird sich auf alles übrige Lebendige anwenden lassen.

Was hier beginnt, wird in der Schrift *Versuch die Metamorphose der Pflanzen zu erklären* von 1790 und in dem Gedicht *Die Metamorphose der Pflanzen* von 1798, das in der Tat »dasselbe Gesetz … auf alles Lebendige« anzuwenden trachtet (s. S. 69 f.), seinen Abschluß finden.

Das Leben als Maler unter Malern, die kleinen praktischen Hinweise, die er im täglichen Umgang mit dem Profi Tischbein erhält, beleben auch Goethes zeichnerische Aktivitäten neu. Sollte er sich allerdings zu diesem Zeitpunkt im stillen immer noch die Frage gestellt haben, ob er denn nun Dichter oder Maler sei, so wird sie von Philipp Hackert, dem neben Angelica Kauffmann bekanntesten italiendeutschen Maler, in Neapel eindeutig beantwortet. Goethe schreibt:

> Er sagte zu mir mit seiner gewöhnlichen bestimmten Aufrichtigkeit: »Sie haben Anlage, aber Sie können nichts machen. Bleiben Sie achtzehn Monate bei mir, so sollen Sie etwas hervorbringen, was Ihnen und andern Freude macht.« – Ist das nicht ein Text, über den man allen Dilettanten eine ewige Predigt halten sollte?

›Faustina‹ oder *Römische Elegien I*

Ihren Höhepunkt erfährt diese »Wiedergeburt« zu höchst tätiger Muße, diese grenzenlose produktive Offenheit, dieses schöpferische sich Gehen lassen in der Liebe zu ›Faustina‹, der römischen Geliebten Goethes. Von ihrer Leugnung bis zu den verschiedensten Identifikationen reicht das Spektrum einer unermüdlichen Forschung, denn für diese große Unbekannte scheint es nur zwei Zeugnisse zu geben. Eine karikierende Skizze seines WG-Partners Tischbein zeigt Goethe, wie er vom breiten Bett seines Zimmers ein zweites Kopfkissen entfernt, und ist entsprechend *Das verflixte zweite Kissen* betitelt. So nahe die Annahme liegt, Goethe habe hier die Spur eines heimlichen Besuches entfernen wollen, hat sie doch Widerspruch erfahren: Roberto Zapperis jüngste Deutung etwa liest das Gegenteil hinein: Goethe hat das Kissen für eine erwartete Besucherin hingelegt, genasführt entfernt er es nun wütend. Einen zweiten Beleg kann man in einer Klage Goethes in einem Brief an Charlotte vom 1. Juni 1789 sehen: »Was ich in Italien verlassen habe, mag ich nicht wiederhohlen, du hast mein Vertrauen darüber unfreundlich genug aufgenommen.«

Trotz dieser Dürftigkeit der Belege ist die Existenz einer ›Faustina‹ allzu evident; einer der schönsten erotischen Zyklen der europäischen Weltliteratur ist ein schlagender, ja für mich unwiderlegbarer Beweis: Das Kolorit der *Römischen Elegien* ist einfach zu römisch, Italien-, Rom- und Liebeserlebnis scheinen zu innig verwoben, um bloße Fiktion zu sein. Zweifellos verdanken die Elegien viel der rauschhaften ersten Liebeszeit mit Christiane Vulpius; doch mag man die Beziehung zu Christiane eher als die Funktion eines römischen Urbildes deuten, als daß man in ›Faustina‹ eine Rückprojektion Christianes ins Römische sehen möchte.

Die *Erotica Romana*, wie Goethe sie in der Arbeitsphase stets nennt, entstehen in Weimar 1789 und Anfang 1790. Als Goethe von März bis Juni 1790 erneut nach Italien fährt, um Anna Amalia nach Deutschland zurückzubegleiten, schreibt er aus Venedig am 3. April 1790 fast gleichlautend an den Herzog und an Herder, die Elegien hätten »ihre höchste Summe erreicht und das Büchlein« sei »geschlossen«. »Es ist gleichsam keine Spur dieser Ader mehr in mir.«

Trotz der Entstehung in Weimar sind die *Erotica* in unserem Zusammenhang wesentlich als Gestaltung des Italienerlebnisses zu betrachten. Schiller hat der Elegie als einem in Distichen – Hexameter und Pentameter im Wechsel – geschriebenen Langgedicht inhaltlich die Sehnsucht nach dem Unerreichbaren und die Klage um das verlorene Ideal zugeordnet – mithin konnten sie nur im nachhinein entstehen. Goethe hat ihnen ein Motto vorangestellt: »Wie wir einst so glücklich waren / Müssens jetzt durch euch erfahren.«

So sind die *Römischen Elegien* gleichsam als notwendige Ergänzung zur *Italienischen Reise* zu lesen; nur die Gedichte erklären, warum Goethe dort das in Italien entstandene Gedicht an Cupido, den Gott des geschlechtlichen Verlangens, programmatisch vor den Schlußteil zum Jahr 1788 gestellt hat:

Cupido, loser, eigensinniger Knabe,
Du batst mich um Quartier auf einige Stunden!
Wie viele Tag' und Nächte bist du geblieben,
Und bist nun herrisch und Meister im Hause geworden.

Von meinem breiten Lager bin ich vertrieben,
Nun sitz' ich an der Erde Nächte, gequälet,
Dein Mutwill' schüret Flamm' auf Flamme des Herdes,
Verbrennet den Vorrat des Winters und senget mich Armen.

Du hast mir mein Gerät verstellt und verschoben,
Ich such' und bin wie blind und irre geworden.
Du lärmst so ungeschickt, ich fürchte, das Seelchen
Entflieht, um dir zu entfliehn, und räumet die Hütte.

Harter Kern der *Erotica Romana* ist Goethes Liebe in Rom zu einer jungen Frau, einer »mantenuta«, »keiner ›meretrix‹«, wie Horst Rüdiger sie charakterisiert hat. Nach Ausweis der römischen Schicht in den Elegien hat sie materielle Vorteile von der sexuellen Beziehung zum »freien rüstigen Fremden«, »ergetzt sich an ihm«,

Freut sich, daß er das Gold nicht wie der Römer bedenkt.
Besser ist ihr Tisch nun bestellt; es fehlet an Kleidern,
Fehlet am Wagen ihr nicht, der nach der Oper sie bringt,

»und bewahrt Treue dem Treuen genau«; denn sie ist ja keine Dirne.

In ihren Armen, am »römischen Busen und Leib« erfährt Goethe erstmals eine andauernde, anhaltende, ungetrübte erotisch und sexuell erfüllte Beziehung. Was er auch immer mit Friederike erlebt hat, mit Bauernmädchen in Gesellschaft des Herzogs in beider wilden Jahren getrieben haben mag, wie immer das »Glück der nächsten Nähe« mit Charlotte von Stein, zu dem es wohl nach Ausweis der Briefe um den Frühlingsanfang 1781 gekommen ist, sich gestaltet haben kann – sich »des versicherten Guts lange bequem zu erfreun« war ihm dabei keineswegs beschieden, diese »Seligkeit« erlebt er erstmals in Rom. Wie das beschworene Wetter zeigt, wird das römische Glück mit dem in Christianes Armen im herbstlichen Weimar in eins gesehen:

Welche Seligkeit ist's! wir wechseln sichere Küsse,
  Atem und Leben getrost saugen und flößen wir ein.
So erfreuen wir uns der langen Nächte, wir lauschen,
  Busen an Busen gedrängt, Stürmen und Regen und Guß.
Und so dämmert der Morgen heran; es bringen die Stunden
  Neue Blumen herbei, schmücken uns festlich den Tag.
Gönnet mir, o Quiriten! das Glück, und jedem gewähre
  Aller Güter der Welt erstes und letztes der Gott!

Denn Cupido hat den Dichter nicht etwa »blind und irrend« gemacht, wie das Gedicht scherzhaft klagt, sondern ihm vielmehr erst Augen und Ohren geöffnet, die bis dahin stumme Antike zum Klingen gebracht, wie es gleich in der ersten Elegie heißt:

Saget, Steine, mir an, o sprecht, ihr hohen Paläste!
  Straßen, redet ein Wort! Genius, regst du dich nicht?
Ja, es ist alles beseelt in deinen heiligen Mauern,
  Ewige Roma; nur mir schweiget noch alles so still.
O wer flüstert mir zu, an welchem Fenster erblick ich
  Einst das holde Geschöpf, das mich versengend erquickt?
Ahn ich die Wege noch nicht, durch die ich immer und immer,
  Zu ihr und von ihr zu gehn, opfre die köstliche Zeit?
Noch betracht ich Kirch und Palast, Ruinen und Säulen,
  Wie ein bedächtiger Mann schicklich die Reise benutzt.
Doch bald ist es vorbei; dann wird ein einziger Tempel,
  Amors Tempel, nur sein, der den Geweihten empfängt.
Eine Welt zwar bist du, o Rom; doch ohne die Liebe
  Wäre die Welt nicht die Welt, wäre denn Rom auch nicht Rom.

Wie Goethe aus der italienischen Landschaft die Gegenwärtigkeit von Homers *Odyssee* erkannte, so erfährt er im unbeschwerten Genuß der körperlichen Liebe die antike Liebesdichtung neu. Goethe wollte ursprünglich zweiundzwanzig Elegien in Schillers *Horen* veröffentlichen, aber Freunde, darunter der Herzog, rieten ihm wegen des »allzu rüstigen« Tons ab. Eine der daraufhin ausgeschiedenen sollte ursprünglich an zweiter Stelle stehen.

Mehr, als ich ahndete, schön, das Glück, es ist mir geworden:
  Amor führte mich klug allen Palästen vorbei.
Ihm ist es lange bekannt, auch hab ich es selbst wohl erfahren,
  Was ein goldnes Gemach hinter Tapeten verbirgt
Nennet blind ihn und Knaben und ungezogen: ich kenne,
  Kluger Amor, dich wohl, nimmer bestechlicher Gott!
Uns verführten sie nicht, die majestät'schen Fassaden,
  Nicht der galante Balkon, weder das ernste Cortil.
Eilig ging es vorbei, und niedre, zierliche Pforte
  Nahm den Führer zugleich, nahm den Verlangenden auf.
Alles verschafft er mir da, hilft alles und alles erhalten
  Streuet jeglichen Tag frischere Rosen mir auf.
Hab ich den Himmel nicht hier? – Was gibst du, schöne Borghese,
  Nipotina, was gibst deinem Geliebten du mehr?
Tafel, Gesellschaft und Cors und Spiel und Oper und Bälle,
  Amorn rauben sie nur oft die gelegenste Zeit.
Ekel bleibt mir Gezier und Putz, und hebet am Ende
  Sich ein brokatener Rock nicht wie ein wollener auf?
Oder will sie bequem den Freund im Busen verbergen,
  Wünscht er von alle dem Schmuck nicht schon sie befreit?
Müssen nicht jene Juwelen und Spitzen, Polster und Fischbein
  Alle zusammen herab, eh er die Liebliche fühlt?
Näher haben wir das! Schon fällt dein wollenes Kleidchen,
  So wie der Freund es gelöst, faltig zum Boden hinab.
Eilig trägt er das Kind in leichter, linnener Hülle,
  Wie es der Amme geziemt, scherzend aufs Lager hinan.
Ohne das seidne Gehäng und ohne gestickte Matratzen
  Stehet es, zweien bequem, frei in dem weiten Gemach.
Nehme dann Jupiter mehr von seiner Juno, es lasse

Wohler sich, wenn er es kann, irgendein Sterblicher sein:
Uns ergötzen die Freuden des echten, nacketen Amors
Und des geschaukelten Betts lieblicher knarrender Ton.

Dieser Elegie gebührt im Zusammenhang des Zyklus unbedingt der zweite Platz; denn sie gestaltet die einzige Möglichkeit, heute noch Antikes unmittelbar sinnlich zu erfahren. Es ist Opinio communis, daß die *Elegien* in ihrem klassischen Versmaß Goethes klassische Periode einläuten; in den neunziger Jahren wird eine ganze Reihe von Gedichten im Versmaß des Distichons folgen. Eine vor Italien in Weimar entstandene Sammlung von Epigrammen bekam in der Werkausgabe von 1815 den Titel *Antiker Form sich nähernd*. Das mag zum einen durchaus, wie meist angenommen, ›auf dem Weg zur Klassik‹ heißen, bedeutet aber doch wohl auch, daß dem Modernen nur eine Annäherung an die Antike möglich ist. Dementsprechend lautet das Motto: »Stehn uns diese weiten Falten / Zu Gesichte, wie den Alten?« Wir sind keine »Alten« mehr, und im antiken Gewande verkleiden wir uns bloß.

›Klassiken‹ im Sinne einer ›Renaissance‹ der Antike hat es in der europäischen Geschichte immer wieder gegeben, mittlerweile spricht man nicht nur von der Renaissance selbst, sondern auch von einer karolingischen und einer ottonischen Renaissance, und die Franzosen nennen die Literatur unter Louis le Grand ihre »littérature classique«; sie Klassizismus zu nennen ist deutsche Abwertung. Weimars klassische Periode, die ich auf Teile der neunziger Jahre beschränken möchte, war die erste Renaissance nach dem Historismus. Bei aller Vorbildlichkeit der antiken Kunst und Literatur wußten Goethe wie Schiller – der Aufklärer Wieland noch nicht –, daß Athen und Rom dennoch auf ewig versunken waren; von ihnen trennte Weimar der »garstige Graben« der Geschichte.

Deshalb beschwört Goethe das, was ihm nicht den wechselnden Sitten und Moden unterworfen scheint – »die Freuden des echten nakketen Amors«. Die sexuelle Liebe, die unmittelbar sinnliche Erfahrung des weiblichen Körpers erlaubt ihm den Übersprung über den Graben in ein direkt erfahrenes Altertum. Amor belehrt ihn:

Du betrachtest mit Staunen die Trümmern alter Gebäude
Und durchwandelst mit Sinn diesen geheiligten Raum.
Du verehrest noch mehr die werten Reste des Bildens
Einziger Künstler, die stets ich in der Werkstatt besucht.
Diese Gestalten, ich formte sie selbst! Verzeih mir, ich prahle
Diesmal nicht; du gestehst, was ich dir sage, sei wahr.
Nun du mir lässiger dienst, wo sind die schönen Gestalten,
Wo die Farben, der Glanz deiner Erfindungen hin?
Denkst du nun wieder zu bilden, o Freund? Die Schule der Griechen
Blieb noch offen, das Tor schlossen die Jahre nicht zu.
Ich, der Lehrer, bin ewig jung und liebe die Jungen.
Altklug lieb ich dich nicht! Munter! Begreife mich wohl!
War das Antike doch neu, da jene Glücklichen lebten!
Lebe glücklich, und so lebe die Vorzeit in dir!
Stoff zum Liede, wo nimmst du ihn her? Ich muß dir ihn geben,
Und den höheren Stil lehret die Liebe dich nur.

Und Amor behält recht, wie die *Elegie V* zeigt:

Froh empfind ich mich nun auf klassischem Boden begeistert;
Vor- und Mitwelt spricht lauter und reizender mir.
Hier befolg ich den Rat, durchblättre die Werke der Alten
Mit geschäftiger Hand, täglich mit neuem Genuß.
Aber die Nächte hindurch hält Amor mich anders beschäftigt;
Werd ich auch halb nur gelehrt, bin ich doch doppelt beglückt.
Und belehr ich mich nicht, indem ich des lieblichen Busens
Formen spähe, die Hand leite die Hüften hinab?
Dann versteh ich den Marmor erst recht, ich denk und vergleiche,
Sehe mit fühlendem Aug, fühle mit sehender Hand.
Raubt die Liebste denn gleich mir einige Stunden des Tages,
Gibt sie Stunden der Nacht mir zur Entschädigung hin.
Wird doch nicht immer geküßt, es wird vernünftig gesprochen;
Überfällt sie der Schlaf, lieg ich und denke mir viel.
Oftmals hab ich auch schon in ihren Armen gedichtet
Und des Hexameters Maß leise mit fingernder Hand

Ihr auf den Rücken gezählt. Sie atmet in lieblichem Schlummer,
  Und es durchglühet ihr Hauch mir bis ins Tiefste die Brust.
Amor schüret die Lamp' indes und denket der Zeiten,
  Da er den nämlichen Dienst seinen Triumvirn getan.

In Leben und Dichtung schließt das Ich sich an die Elegiker Catull, Tibull und Properz an; Dichtung wird Leben, und Leben wird Dichtung; »des Hexameters Maß« ist der Daktylus, auf deutsch der ›Finger‹, nach dem langen und den beiden kurzen Fingergliedern, und der wird »mit fingernder Hand ihr auf den Rücken gezählt«, nicht in ein Buch geschrieben. Einige beseligende Akte lang verschmilzt das lyrische Ich dichtend nicht nur mit der Geliebten, sondern mit seinem Text und dem der klassischen Autoren, wird die Antike Gegenwart.

In der Dichtung wird solche Verschmelzung mit der Antike zur Entrückung auf den Olymp, wo der gastfreundliche Gott, Jupiter Xenius, ihn empfängt:

O wie fühl ich in Rom mich so froh! gedenk ich der Zeiten,
  Da mich ein graulicher Tag hinten im Norden umfing,
Trübe der Himmel und schwer auf meine Scheitel sich senkte,
  Farb- und gestaltlos die Welt um den Ermatteten lag
Und ich über mein Ich, des unbefriedigten Geistes
  Düstre Wege zu spähn, still in Betrachtung versank.
Nun umleuchtet der Glanz des helleren Äthers die Stirne;
  Phöbus rufet, der Gott, Formen und Farben hervor.
Sternhell glänzet die Nacht, sie klingt von weichen Gesängen,
  Und mir leuchtet der Mond heller als nordischer Tag.
Welche Seligkeit ward mir Sterblichem! Träum ich? Empfänget
  Dein ambrosisches Haus, Jupiter Vater, den Gast?
Ach! hier lieg ich und strecke nach deinen Knien die Hände
  Flehend aus. O vernimm, Jupiter Xenius, mich
Wie ich hereingekommen, ich kann's nicht sagen; es faßte
  Hebe den Wandrer und zog mich in die Hallen heran.
Hast du ihr einen Heroen herauf zu führen geboten?
  Irrte die Schöne? Vergib! Laß mir des Irrtums Gewinn!

Deine Tochter Fortuna, sie auch! die herrlichsten Gaben
Teilt als ein Mädchen sie aus, wie es die Laune gebeut.
Bist du der wirtliche Gott? O dann so verstoße den Gastfreund
Nicht von deinem Olymp wieder zur Erde hinab! –
»Dichter! wohin versteigest du dich?« – Vergib mir; der hohe
Kapitolinische Berg ist dir ein zweiter Olymp.
Dulde mich, Jupiter, hier, und Hermes führe mich später,
Cestius' Mal vorbei, leise zum Orkus hinab.

Am Grabmal des Cestius, einer imposanten Pyramide, liegt Roms protestantischer Friedhof; der Dichter wünscht sich, in Rom zu sterben. Als sein Sohn August auf seiner Italienreise vierzigjährig in Rom stirbt und an der Cestiuspyramide begraben wird, berührt Goethe dies fast wie eine Geste des Schicksals.

Über zweieinhalbtausend Jahre Geschichte, Architekturdenkmäler und Skulpturen ersten Ranges aus zweitausend Jahren, Gemälde von Goethes Lieblingsmalern aus den besten Schulen in Überfülle, das so bunte wie ungezwungene Leben in einem geistigen Zentrum der Welt, inmitten einer üppigen Natur größter Formenvielfalt und unter einem Licht, das einen erst begreifen lehrt, was Farben sind, und sogar die Epiphanie einer Verschmelzung mit der Antike muß Goethe zurücklassen, als er am 23. 4. 1788 Abschied von Rom nimmt.

Der Abschiedsschmerz läßt den Dichter selbst verstummen; denn sein lateinischer Lieblingsdichter Ovid hat seine eigene Verzweiflung schon 1800 Jahre früher in Versen gestaltet, als er im Exil am barbarischen Schwarzen Meer seinen Abschied von Rom erinnerte. Ein letztes Mal geht Goethe in einer Mondnacht vom Capitol über das Forum Romanum bis zum Kolosseum, und in dieser elegischen Stimmung will »sich in poetischer Form eine Elegie zusammenbilden«.

Und wie sollte mir gerade in solchen Augenblicken Ovids Elegie nicht ins Gedächtnis zurückkehren, der, auch verbannt, in einer Mondnacht Rom verlassen sollte. »Curn repeto noctem!« seine Rückerinnerung, weit hinten am Schwarzen Meere, im trauer- und jammervollen Zustande, kam mir nicht aus dem Sinn, ich wiederholte das Gedicht, das mir teilweise genau im Gedächtnis hervorstieg, aber mich wirklich an eigner Produktion irre werden ließ und hinderte; die auch, später unternommen, niemals zu Stande kommen konnte.

So ist Goethes letzte Römische Elegie nicht von Goethe, sondern von Publius Ovidius Naso – näher kann ein moderner Dichter der Antike nicht kommen. Auch dies ist, wie wir gesehen haben, eine Frucht des römischen Aufenthalts, vor allem aber seiner Liebe zu ›Faustina‹. Mit den Anfangsversen von Ovids Elegie in der Übersetzung seines Adlatus für die klassische Literatur, Friedrich Wilhelm Riemer, beschließt Goethe seine *Italienische Reise*:

Wandelt von jener Nacht mir das traurige Bild vor die Seele,
  Welche die letzte für mich ward in der römischen Stadt,
Wiederhol' ich die Nacht, wo des Teuren so viel mir zurückblieb,
  Gleitet vom Auge mir noch jetzt eine Träne herab.

…

Cum subit illius tristissima noctis imago,
  Quae mihi supremum tempus in Urbe fuit;
Cum repeto noctem, qua tot mihi cara reliqui;
  Labitur ex oculis nunc quoque gutta meis.

…

Christiane Vulpius oder *Römische Elegien II*

Einen entscheidenden Bestandteil des römischen Glücks kann Goethe in sein nordisches Exil, als das er Weimar fortan nach Ovids Vorbild empfinden wird, hinüberretten, die sexuelle Erfüllung. Am 18. Juni 1788 war er wieder in Weimar angekommen, am 12. Juli spricht ihn die dreiundzwanzigjährige Christiane Vulpius an, um ihm ein Bittgesuch für ihren stellenlosen Bruder Christian August zu übergeben. Goethe wollte zweifellos diese Situation ausnutzen, als er sie zur Besprechung näherer Einzelheiten in sein Gartenhaus bat. »Ich wollt' es brechen; / Da sagt es fein: / Soll ich zum Welken / Gebrochen sein?« dichtet Goethe zutreffend fünfundzwanzig Jahre später zur inoffiziellen Silberhochzeit 1813 (s. S. 88 f.). Daß eine »leidenschaftliche Liebe« (an Herders, 28. Mai 1790), eine langjährige innige Beziehung und endlich gar eine Ehe aus der intendierten Affäre werden würde, ahnten wohl beide nicht, haben aber später den 12. Juli als ihren ›Hochzeitstag‹ angesehen. Übrigens: Für den Bruder hat er sich in der Folgezeit geradezu rührend eingesetzt und ihm letztlich eine feste Stelle in Weimar verschafft, die ihm genug Muße ließ, einer der populärsten Unterhaltungsschriftsteller der Zeit zu werden.

Jedenfalls hat Goethe die Gelegenheit beim Schopfe ergriffen, wie wir noch heute sagen; denn die Göttin mit dem lateinischen Namen ›occasio‹ trägt, wie der ihr verwandte griechische Gott ›kairos‹, die Haare nach vorn, und nur dort sind sie zu packen; sieht man erst einmal ihr kahles Hinterhaupt, ist es zu spät. Goethe hat die Göttin in einer der *Römischen Elegien* gefeiert und uns dabei zugleich ein Porträt Christianes gezeichnet:

IV

Diese Göttin, sie heißt Gelegenheit; lernet sie kennen!
  Sie erscheinet euch oft, immer in andrer Gestalt.
Tochter des Proteus möchte sie sein, mit Thetis gezeuget,
  Deren verwandelte List manchen Heroen betrog.
So betriegt nun die Tochter den Unerfahrnen, den Blöden;
  Schlummernde necket sie stets, Wachende fliegt sie vorbei;
Gern ergibt sie sich nur dem raschen, tätigen Manne;
  Dieser findet sie zahm, spielend und zärtlich und hold.
Einst erschien sie auch mir, ein bräunliches Mädchen, die Haare
  Fielen ihr dunkel und reich über die Stirne herab,
Kurze Locken ringelten sich ums zierliche Hälschen,
  Ungeflochtenes Haar krauste vom Scheitel sich auf.
Und ich verkannte sie nicht, ergriff die Eilende, lieblich
  Gab sie Umarmung und Kuß bald mir gelehrig zurück.

O wie war ich beglückt! – Doch stille, die Zeit ist vorüber,
  Und umwunden bin ich, römische Flechten, von euch.

Der romanisierende Schluß verhüllt das Weimarer Original kaum. Christiane Vulpius war weder eine Fabrikarbeiterin, noch kam sie aus dem Proletariat, wie bisweilen zu lesen ist. Die Vulpius waren eine alte Beamten- und Gelehrtenfamilie, wie der aus Fuchs latinisierte Name zeigt, in jüngster Zeit waren sie vom Bürgertum ins Kleinbürgertum abgesunken und schließlich ins Elend; die Institution, in der Christiane für Weimars einzigen Unternehmer, Bertuch, als Putzmacherin tätig war, diente als eine Art Arbeitsbeschaffungsmaßnahme für weibliche Arme. Auch der jähe Beginn ihrer Beziehung hat Eingang in die Elegien gefunden, und auch hier verdeckt der römische Schluß kaum das Weimarer Substrat:

III

Laß dich, Geliebte, nicht reun, daß du mir so schnell dich ergeben!
  Glaub es, ich denke nicht frech, denke nicht niedrig von dir.
Vielfach wirken die Pfeile des Amor: einige ritzen,
  Und vom schleichenden Gift kranket auf Jahre das Herz.
Aber mächtig befiedert, mit frisch geschliffener Schärfe,
  Dringen die andern ins Mark, zünden behende das Blut.
In der heroischen Zeit, da Götter und Göttinnen liebten,
  Folgte Begierde dem Blick, folgte Genuß der Begier.
Glaubst du, es habe sich lange die Göttin der Liebe besonnen,
  Als im Idäischen Hain einst ihr Anchises gefiel?
Hätte Luna gesäumt, den schönen Schläfer zu küssen,
  O so hätt ihn geschwind, neidend, Aurora geweckt.
Hero erblickte Leandern am lauten Fest, und behende
  Stürzte der Liebende sich heiß in die nächtliche Flut.
Rhea Silvia wandelt, die fürstliche Jungfrau, der Tiber
  Wasser zu schöpfen, hinab, und sie ergreifet der Gott.
So erzeugte die Söhne sich Mars! – Die Zwillinge tränket
  Eine Wölfin, und Rom nennt sich die Fürstin der Welt.

Den verschwiegenen Nächten im Gartenhaus samt morgendlichen Erwachen ist eine weitere Elegie gewidmet:

IX

Herbstlich leuchtet die Flamme vom ländlich geselligen Herde,
 Knistert und glänzet, wie rasch! sausend vom Reisig empor.
Diesen Abend erfreut sie mich mehr; denn eh noch zur Kohle
 Sich das Bündel verzehrt, unter die Asche sich neigt,
Kommt mein liebliches Mädchen. Dann flammen Reisig und Scheite,
 Und die erwärmete Nacht wird uns ein glänzendes Fest.
Morgen frühe geschäftig verläßt sie das Lager der Liebe,
 Weckt aus der Asche behend Flammen aufs neue hervor.
Denn vor andern verlieh der Schmeichlerin Amor die Gabe,
 Freude zu wecken, die kaum still wie zu Asche versank.

Zunächst bleibt ihre Verbindung tatsächlich ein Geheimnis, bis der Weimarer Klatsch sich doch ihrer bemächtigt; im Gedicht wird der Zwang zur Geheimhaltung zum Movens für die Dichtung. Bei der »Freundin« ist konkret an Charlotte von Stein zu denken, die Goethe in dieser Zeit mißtrauisch beäugt. Trotz seiner unermüdlichen Briefe aus Rom hat die auch vor ihr geheimgehaltene unvermutete Reise der langjährigen, tief vertrauten Beziehung einen Stoß gegeben; als Charlotte von Christiane hört, bedeutet das verständlicherweise das Ende.

Keiner Freundin darf ich's vertraun: sie möchte mich schelten;
 Keinem Freunde: vielleicht brächte der Freund mir Gefahr.
Mein Entzücken dem Hain, dem schallenden Felsen zu sagen,
 Bin ich endlich nicht jung, bin ich nicht einsam genug.
Dir, Hexameter, dir, Pentameter, sei es vertrauet,
 Wie sie des Tags mich erfreut, wie sie des Nachts mich beglückt.
Sie, von vielen Männern gesucht, vermeidet die Schlingen,
 Die ihr der Kühnere frech, heimlich der Listige legt;
Klug und zierlich schlüpft sie vorbei und kennet die Wege,

Wo sie der Liebste gewiß lauschend begierig empfängt.
Zaudre, Luna, sie kommt! damit sie der Nachbar nicht sehe;
Rausche, Lüftchen, im Laub! niemand vernehme den Tritt.
Und ihr, wachset und blüht, geliebte Lieder, und wieget
Euch im leisesten Hauch lauer und liebender Luft,
Und entdeckt den Quiriten, wie jene Rohre geschwätzig,
Eines glücklichen Paars schönes Geheimnis zuletzt.

(Auszug aus der *XX. Elegie*)

Zwei eigenständige Elegien gehören zu einem rudimentären Zyklus für den Gott Priapus, einen volkstümlichen Gott, der meist in grob geschnitzten Stelen mit gewaltig erigiertem Phallus als Fruchtbarkeitsgott in römischen Gärten stand. Goethe studiert in dieser Zeit eigens eine Sammlung antiker obszöner Gedichte, *Priapeia*. Darin stößt er auch auf ein antikes Kamasutra, eine der Hetäre Philänis zugeschriebene Lehre von zwölf Liebesstellungen.

Antiker Gartengott und die sexuellen Freuden im realen Garten vor Weimars Toren verschmelzen mit dem traditionell erotischen Topos vom zu bestellenden Gärtchen zu einer lyrischen Einheit:

Hier ist mein Garten bestellt, hier wart ich die Blumen der Liebe,
Wie sie die Muse gewählt, weislich in Beete verteilt.
Früchtebringenden Zweig, die goldenen Früchte des Lebens,
Glücklich pflanzt ich sie an, warte mit Freuden sie nun.
Stehe du hier an der Seite, Priap! ich habe von Dieben
Nichts zu befürchten, und frei pflück und genieße, wer mag.
Nur bemerke die Heuchler, entnervte, verschämte Verbrecher;
Nahet sich einer und blinzt über den zierlichen Raum,
Ekelt an Früchten der reinen Natur, so straf ihn von hinten
Mit dem Pfahle, der dir rot von den Hüften entspringt.

Der so lange verachtete und nun solchergestalt wieder zu Ehren gebrachte Gott bedankt sich beim Dichter mit einem handfesten Segen:

Nun durch deine Bemühung, o redlicher Künstler, gewinn ich
Unter Göttern den Platz, der mir und andern gebührt.

(...)

Häßlich bin ich nicht mehr, bin ungeheuer nur stark.
Dafür soll dir denn auch halbfußlang die prächtige Rute
Strotzen vom Mittel herauf, wenn es die Liebste gebeut,
Soll das Glied nicht ermüden, als bis ihr die Dutzend Figuren
Durchgenossen, wie sie künstlich Philänis erfand.

Daß auch hier sich Dichtung und Leben durchdringen, zeigt ein Gedichtchen, das Goethe am 24. März 1791 an den Herzog schrieb:

Indeß macht draussen vor dem Thor,
Wo allerliebste Kätzchen blühen,
Durch alle zwölf Categorien
Mir Amor seine Späße vor.

Bei so viel Pflege der »Blumen der Liebe« lassen »die goldenen Früchte des Lebens« nicht lange auf sich warten; zu Frühlingsanfang 1789 wird Christiane schwanger. Goethe, der sich da längst schon »verheiratet« fühlt, »nur nicht durch Zeremonie«, regelt die mißliche Situation diskret und geschickt, und sein engster Freund, der Herzog, erweist sich als verständnisvoller Helfer, indem er dem Paar ermöglicht zusammenzuziehen, ohne einen Skandal zu erregen: Sie beziehen zwei getrennte Wohnungen in einer der herzoglichen Immobilien. Anhängern der systemischen Familientherapie nach Hellinger dürfte es Freude bereiten, daß Goethe fast exakt im selben Alter wie sein Vater eine Familie gründete. Am ersten Weihnachtstag 1789 wird Julius August Walther Vulpius geboren, wie der Rufname August zeigt, ist der Herzog Pate; Carl August wird im Gegenzug seinen ersten Sohn mit seiner Mätresse Caroline Jagemann Wolfgang nennen. Am 6. Februar 1790 berichtet Goethe dem Herzog vom Wohlergehen des »kleinen Pathen« und teilt ihm sogar mit, er habe »mit Vergünstigung der Göttin Lucina«, i.e. Junos als ›Schützerin des Wochenbettes, »auch der Liebe wieder zu pflegen angefangen«.

Keineswegs ist in Goethes Auszug aus der Wohnung am Frauenplan eine vom Hof ausgelöste Strafaktion zu sehen, wie man noch kürzlich lesen konnte. In einer deutschen Klein- und Residenzstadt konnte ein hoher Beamter nicht problemlos mit Geliebter und unehelichem Kind zusammenziehen. Als der damals von Goethe noch mit Mißachtung gestrafte Schiller munter mitklatscht, belehrt ihn sein Freund Körner: »In Weimar scheint man über das Konkubinat noch etwas anders zu denken als in Berlin.« K. R. Eissler hat darauf hingewiesen, daß rund einhundertsiebzig Jahre später, als er 1963 *Goethe. Eine psychoanalytische Studie* veröffentlichte, ein Politiker mit Goethes Privatleben in den USA kein öffentliches Amt von vergleichbarem Rang hätte bekleiden können. Dem ist nichts hinzuzufügen; heute gilt dies eher noch verstärkt.

Was man Christiane zum Vorwurf gemacht hat, ist ihre Unbildung, bis heute ablesbar an ihrer Orthographie, die sie nie gelernt hat – sie schreibt phonetisch ihrem breiten Thüringer Dialekt nach. 247 Briefe Christianes an Goethe und 354 Briefe Goethes an sie sind erhalten. Orthographisch unsicher waren aber auch Goethe und Frau von Stein; Goethes Mutter gar beherrschte die Orthographie nicht besser als Christiane; ihr Hochdeutsch war nur besser. Kein Wunder, daß Frau Rat sich prächtig mit dem »Bettschatz« ihres Sohnes und der Mutter ihres Enkels verstand. Auch ein weiterer Vorwurf, Christiane habe sehr gern dem Wein zugesprochen, kann nicht entkräftet werden, aber auf keinen Fall hat sie mehr getrunken als Goethe selbst.

Christiane ist ähnlich zupackend wie Goethes Mutter, eine sehr lebenstüchtige Frau, die dem Goetheschen Hauhalt perfekt vorsteht, nachdem sie Ende 1792 mit ihm in das »Goethehaus« am Frauenplan eingezogen ist, wo sie in den hinteren Gemächern schaltet und waltet und den verläßlichen Rückhalt zu Goethes »freilich etwas breyter Existenz« mit zahlreichen Dienstboten, ständigen Haus- und Essensgästen sowie aufwendigen repräsentativen Gastereien bildet – ein Haushalt, erst recht einer von Goetheschem Zuschnitt, war damals ein regelrechtes kleines Unternehmen.

Ihre handfeste Tüchtigkeit war es dann auch, die den krank zu Bett liegenden Goethe beim Untergang des alten Preußen in der Doppelschlacht von Jena und Auerstedt vor betrunkenen französischen Soldaten schützte, was diesen bewog, ihr Verhältnis wenige Tage später am 19. Oktober 1806 in der Sakristei der als Hofkirche dienenden Jakobskirche durch den Weimarer Oberkonsistorialrat und Hofprediger Wilhelm Günther legalisieren zu lassen.

K. R. Eissler, der für seine monumentale *Psychoanalytische Studie* sehr viel Material über die beiden zusammengetragen hat, nennt »diese Beziehung eine der wenigen wirklich glücklichen Ehen eines künstlerischen Genies, die wir kennen«. Gerade die Zeit nach der Legalisierung sieht er als schwierige Phase an, betont aber, »daß sich Christiane, wie immer Goethes Gefühle und Konflikte in diesen späteren Jahren ausgesehen haben, von ihm bis zum letzten Augenblick beschützt und geliebt fühlte«.

Dies gilt erst recht für die ersten Jahre, Christiane war nie das Opfer Goethes, als das sie in einer neueren Monographie und einem Film bisweilen erscheint. Nicht nur die *Erotica Romana*, die ja auch *Erotica Christianina* sind, zeugen von beidseitiger partnerschaftlicher erotischer und sexueller Harmonie, sondern auch ihre Briefe und die Kinder, die bis 1802 zur Welt kamen. Daß nur der erste Sohn die ersten Tage oder Wochen überlebte, spricht für eine Unverträglichkeit der Rhesus-Faktoren bei den Eltern. Bei der ersten Schwangerschaft bildet die rhesus-negative Mutter Antikörper gegen das rhesus-positive Kind, die sich dann bei späteren Schwangerschaften verhängnisvoll auswirken.

Viele Jahre wird der tägliche Umgang mit Christiane zudem für Goethe den außergesellschaftlichen Raum verkörpern, dessen der mühsam von Lili und Charlotte domestizierte Hurone zu seinem Glück bedarf. Daß Christiane sogar noch nach der Eheschließung mit Goethe gesellschaftlich geschnitten wurde, belegt am deutlichsten das bekannte Diktum Adele Schopenhauers: Man könne der Frau, der Goethe seinen Namen gegeben habe, doch wohl eine Tasse Tee geben.

Dennoch war Christiane keineswegs einsam oder isoliert; neben den Verwandten, die Goethe mit ihr ins Haus genommen hatte, fand sie einen lebhaften Freundeskreis im Umfeld des Weimarer Theaters.

Die spätere Mätresse des Herzogs, die hochtalentierte Sängerin und Schauspielerin Caroline Jagemann, war als ihr Nachbarskind aufgewachsen, und gegenseitige Zuneigung und das ähnliche Schicksal ließen die 1806 legitimierte Christiane und die 1809 als Frau von Heygendorf nobilitierte Caroline gute Freundinnen werden. Goethe hat sich des öfteren dankbar Christianes Vermittlung bedient, wenn es zu Spannungen zwischen ihm als Intendanten und dem Ensemble kam. Goethe hat den unschuldigen Vergnügungen, die seine Frau liebte – »Spiel und Tanz, Gespräch, Theater« (Rapuschchen ist ein dem Whist verwandtes Kartenspiel) – ein Gedicht gewidmet:

Die Lustigen von Weimar

Donnerstag nach Belvedere,
Freitag geht's nach Jena fort:
Denn das ist, bei meiner Ehre,
Doch ein allerliebster Ort!
Samstag ist's, worauf wir zielen,
Sonntag rutscht man auf das Land;
Zwäzen, Burgau, Schneidemühlen
Sind uns alle wohlbekannt.

Montag reizet uns die Bühne;
Dienstag schleicht dann auch herbei,
Doch er bringt zu stiller Sühne
Ein Rapuschchen frank und frei.
Mittwoch fehlt es nicht an Rührung:
Denn es gibt ein gutes Stück;
Donnerstag lenkt die Verführung
Uns nach Belveder' zurück.

Und es schlingt ununterbrochen
Immer sich der Freudenkreis
Durch die zweiundfunfzig Wochen,
Wenn man's recht zu führen weiß.
Spiel und Tanz, Gespräch, Theater,

Sie erfrischen unser Blut;
Laßt den Wienern ihren Prater;
Weimar, Jena, da ist's gut!

Das ist wohl auch der Grund dafür, daß die Eheleute selbst nach der Hochzeit im Sommer meist getrennte Bäder aufsuchten: Christiane liebte kleinere Bäder in der Nähe, in denen sie mit Bekannten tanzen, Musik hören und Schauspiel und Oper besuchen konnte, während Goethes Badereisen für ihn gerade Teil seiner offiziellen Existenz waren. Auf ihnen traf er die Spitzen der europäischen Gesellschaft und glich so die Defizite einer mitteldeutschen Kleinstadt aus.

Venetianische Epigramme, Campagne in Frankreich

Ausgerechnet in den allerersten Jahren des Glücks mit Christiane und August konnte Goethe es nicht vermeiden, mehr denn je in seinem Leben zu reisen; der Dienst rief ihn, obwohl in diesen Jahren die ›vis centripeta‹ die ›vis centrifugalis‹ bei ihm überwog, wie er von der schlesischen Reise an die Herders sehr offen schrieb: »... ich habe gewiß keine eigentlich vergnügliche Stunde, bis ich mit Euch zu Nacht gegesen und bei meinem Mädchen geschlafen habe« (1. September 1790). Schon kurz nach Augusts Geburt galt es, die Herzoginmutter Anna Amalia, die seit 1788 eine Italienreise unternahm, in Venedig abzuholen; vom 13. März bis zum 20. Juni 1790 ist er unterwegs und empfindet nichts als Heimweh nach der Geliebten und dem Sohn. Für Notfälle empfiehlt er sie dem Herzog und den Herders.

Der Strom der *Erotica Romana* versiegt und wird von der Flut der später so genannten *Venetianischen Epigramme* abgelöst. Goethe hat lebenslang das Prinzip der Moderne verkörpert, daß jedes Werk mit seiner Hervorbringung die Mittel verbraucht, mit denen es hervorgebracht wurde, und hat sich niemals wiederholt – augenfälliges Beispiel für diesen ständigen Aufbruch zu Neuem war Picasso. Die *Epigramme* folgen unmittelbar auf die *Elegien*, nach antikem Muster sind beide in Distichen verfaßt und unterscheiden sich nur durch die Länge, beide verdanken sich italienischen Städten, und doch könnten zwei Sammlungen nicht unterschiedlicher sein: In den *Epigrammen* wird die Begeisterung der *Elegien* zur Desillusion, das Heidentum zur Blasphemie, die Erotik zur Pornographie, das Pralle und Dralle zum Obszönitätenkabinett. Die meisten von ihnen taugten nicht zur Publikation und fristeten bis weit ins 20. Jahrhundert hinein eine Existenz als Privatdrucke, die mitteilbaren veröffentlichte Goethe nach und nach in Almanachen und seiner Werkausgabe von 1800. Einige, Christiane gewidmete, seien hier mitgeteilt, zum Druck geeignete und solche, die es nicht sind. Gleich im zweiten Epigramm artikuliert er seinen Verlust, der ihm dieses Mal die Reise vergällt:

Immer halt ich die Liebste begierig im Arme geschlossen,
  Immer drängt sich mein Herz fest an den Busen ihr an,
Immer lehnet mein Haupt an ihren Knien, ich blicke
  Nach dem lieblichen Mund, ihr nach den Augen hinauf.
»Weichling!« schölte mich einer, »und so verbringst du die Tage?«
  Ach, ich verbringe sie schlimm! Höre nur, wie mir geschieht:
Leider wend ich den Rücken der einzigen Freude des Lebens;
  Schon den zwanzigsten Tag schleppt mich der Wagen dahin.
Vetturine trotzen mir nun, es schmeichelt der Kämmrer,
  Und der Bediente vom Platz sinnet auf Lügen und Trug.
Will ich ihnen entgehn, so faßt mich der Meister der Posten,
  Postillone sind Herrn, dann die Dogane dazu!
»Ich verstehe dich nicht! du widersprichst dir! du schienest
  Paradiesisch zu ruhn, ganz, wie Rinaldo, beglückt.«
Ach! ich verstehe mich wohl: es ist mein Körper auf Reisen,
  Und es ruhet mein Geist stets der Geliebten im Schoß.

Verglichen mit der Zeit, da ihm im Arm der Geliebten die Verse zuströmten, fühlt er sich nun von allen Musen verlassen:

Alle neun, sie winkten mir oft ich meine die Musen;
  Doch ich achtet es nicht, hatte das Mädchen im Schoß.

Nun verließ ich mein Liebchen; mich haben die Musen verlassen,
Und ich schielte verwirrt, suchte nach Messer und Strick.
Doch von Göttern ist voll der Olymp; du kamst, mich zu retten,
Langeweile! du bist, Mutter der Musen, gegrüßt.

In den zu Lebzeiten unveröffentlichten wird er deutlicher und plaudert aus dem Bettkasten:

»Hat dich Hymen geflohn? Hast du ihn gemieden?« – Was sag ich?
Hymen! köstlich ist er, aber zu ernsthaft für mich.
Aus dem Ehbett darf man nicht schwätzen, und Dichter sind schwatzhaft;
Freie Liebe, sie läßt frei uns die Zunge, den Mut.

Deshalb erfahren wir auch Einzelheiten zu den Schlafpräferenzen der beiden:

Nackend willst du nicht neben mir liegen, du süße Geliebte,
Schamhaft hältst du dich noch mir im Gewande verhüllt.
Sag mir: begehr ich dein Kleid? begehr ich den lieblichen Körper?
Nun, die Scham ist ein Kleid! Zwischen Verliebten hinweg.

Selbst bisexuelle Frivolität gehört zur antiken Tradition des erotischen Scherzes:

Knaben liebt ich wohl auch, doch lieber sind mir die Mädchen;
Hab ich als Mädchen sie satt, dient sie als Knabe mir noch.

Nichts in der Fremde will ihm mehr gefallen; er schließt seinen Venedigaufenthalt ab mit der erotischen Metapher des ›Gärtchens‹, das er schon in den unterdrückten Elegien gepriesen hat und das ihm jetzt eine Welt ersetzt: Die Urfassung des Epigramms findet sich im letzten Brief aus Venedig an Caroline und Gottfried Herder:

Weit und schön ist die Welt, doch o wie dank ich dem Himmel,
Daß ein Gärtchen, beschränkt, zierlich, mein eigen gehört.

Bringet mich wieder nach Hause! was hat ein Gärtner zu reisen?
Ehre bringt's ihm und Glück, wenn er sein Gärtchen besorgt.

Seine weiteren Reisen sind militärischer Natur; er begleitet den Herzog in dessen Eigenschaft als preußischer General von Juli bis Oktober 1790 ins oberschlesische Feldlager und auf dem Feldzug gegen die Französische Republik vom 8. August bis zum 16. Dezember 1792 sowie zur Belagerung des jakobinischen Mainz vom 12. Mai bis zum 22. August 1793. Die später aus den Materialien zu diesen Feldzügen gestaltete *Campagne in Frankreich*, 1822 als Teil von *Aus meinem Leben* veröffentlicht, besticht heute noch durch Goethes völlige tief zivile Distanz gegenüber allem Militärischen, dem er bald spöttisch, bald fassungslos gegenübersteht und das er auch an seinem Freunde Carl August nie begreifen wollte. Schon am 2. April 1785 hatte er an den »Urfreund« von Knebel brieflich von der »Kriegslust« gesprochen, »die wie eine Art von Krätze unsern Prinzen unter der Haut sizt«; aus dem Feldlager in Oberschlesien schickt er jetzt am 21. August 1790 ein Spottgedicht an die Herders, als der erwartete preußisch-österreichische Krieg ausgeblieben ist. Es ist nicht nur wie die Christiane-Gedichte ebenfalls in Distichen geschrieben, sondern schließt auch mit einer auf sie zielenden Pointe, indem er den topischen ›Liebeskrieg‹ anspricht:

Grün ist der Boden der Wohnung, die Sonne scheint durch die Wände,
Und das Vögelchen singt über dem leinenen Dach
Kriegerisch reiten wir aus, besteigen Schlesiens Höhen,
Sehen mit muthigem Blick vorwärts nach Böhmen hinein;
Aber es zeigt sich kein Feind – und keine Feindin! – O bringe,
Wenn uns Mavors betrügt, bring' uns Cupido den Krieg.

Die Metamorphose der Pflanzen

Auch die Liebe zum Garten – nicht nur zum ›Gärtchen‹ – verbindet Christiane und Goethe. Die Pflege der Gärten, des Gartens an der

Ilm und des am Goethehaus, gehört zur Führung und Ökonomie eines großen Hauses und wird von Christiane gern übernommen. Zudem ist sie eine große Blumenfreundin, und Goethe wird ihr zahlreiche Blumengedichte widmen.

Daß auch das längste, schönste und wichtigste naturwissenschaftliche Gedicht Goethes in der Tradition des antiken Lehrgedichts als Blumengedicht Christiane gewidmet ist und im Liebesgedicht für sie gipfelt, zeigt, wie ernst Goethe sie auch als geistige Partnerin genommen hat. Es beginnt mit dem gemeinsamen Betrachten des ›verwirrenden‹ Blumengartens, in den die für Christiane nicht sehr hilfreiche Linnésche Nomenklatur wenig Ordnung bringt. Eine verborgene Pointe ist, daß ausgerechnet die lateinisch-griechischen Begriffe der Geliebten »barbarisch« klingen, meinte doch ›barbarisch‹ ursprünglich lautmalerisch alle nichtgriechischen Sprachen, die dem Griechen wie unverständliches Gemurmel klangen.

Dich verwirret, Geliebte, die tausendfältige Mischung
  Dieses Blumengewühls über dem Garten umher;
Viele Namen hörest du an, und immer verdränget
  Mit barbarischem Klang einer den andern im Ohr.
Alle Gestalten sind ähnlich, und keine gleichet der andern,
  Und so deutet das Chor auf ein geheimes Gesetz,
Auf ein heiliges Rätsel. O könnt ich dir, liebliche Freundin,
  Überliefern sogleich glücklich das lösende Wort!

Das Geheimnis liegt darin, nicht die fertigen Pflanzen zu betrachten, sondern sie »werdend« zu erfassen, d. h. in ihrer Genese:

Werdend betrachte sie nun, wie nach und nach sich die Pflanze,
  Stufenweise geführt, bildet zu Blüten und Frucht.
Aus dem Samen entwickelt sie sich, sobald ihn der Erde
  Stille befruchtender Schoß hold in das Leben entläßt
Und dem Reize des Lichts, des heiligen, ewig bewegten,
  Gleich den zärtesten Bau keimender Blätter empfiehlt.
Einfach schlief in dem Samen die Kraft; ein beginnendes Vorbild

Lag, verschlossen in sich, unter die Hülle gebeugt,
Blatt und Wurzel und Keim, nur halb geformet und farblos;
Trocken erhält so der Kern ruhiges Leben bewahrt,
Quillet strebend empor, sich milder Feuchte vertrauend,
Und erhebt sich sogleich aus der umgebenden Nacht.
Aber einfach bleibt die Gestalt der ersten Erscheinung;
Und so bezeichnet sich auch unter den Pflanzen das Kind.
Gleich darauf ein folgender Trieb, sich erhebend, erneuet,
Knoten auf Knoten getürmt, immer das erste Gebild.
Zwar nicht immer das gleiche; denn mannigfaltig erzeugt sich,
Ausgebildet, du siehst's, immer das folgende Blatt,
Ausgedehnter, gekerbter, getrennter in Spitzen und Teile,
Die verwachsen vorher ruhten im untern Organ.
Und so erreicht es zuerst die höchst bestimmte Vollendung,
Die bei manchem Geschlecht dich zum Erstaunen bewegt.
Viel gerippt und gezackt, auf mastig strotzender Fläche,
Scheinet die Fülle des Triebs frei und unendlich zu sein.
Doch hier hält die Natur, mit mächtigen Händen, die Bildung
An und lenket sie sanft in das Vollkommnere hin.
Mäßiger leitet sie nun den Saft, verengt die Gefäße,
Und gleich zeigt die Gestalt zärtere Wirkungen an.
Stille zieht sich der Trieb der strebenden Ränder zurücke,
Und die Rippe des Stiels bildet sich völliger aus.
Blattlos aber und schnell erhebt sich der zärtere Stengel,
Und ein Wundergebild zieht den Betrachtenden an.
Rings im Kreise stellet sich nun, gezählet und ohne
Zahl, das kleinere Blatt neben dem ähnlichen hin.
Um die Achse gedrängt, entscheidet der bergende Kelch sich,
Der zur höchsten Gestalt farbige Kronen entläßt.
Also prangt die Natur in hoher, voller Erscheinung,
Und sie zeiget, gereiht, Glieder an Glieder gestuft.
Immer staunst du aufs neue, sobald sich am Stengel die Blume
Über dem schlanken Gerüst wechselnder Blätter bewegt.
Aber die Herrlichkeit wird des neuen Schaffens Verkündung.
Ja, das farbige Blatt fühlet die göttliche Hand.

Und zusammen zieht es sich schnell; die zärtesten Formen,
Zwiefach streben sie vor, sich zu vereinen bestimmt.
Traulich stehen sie nun, die holden Paare, beisammen,
Zahlreich ordnen sie sich um den geweihten Altar.
Hymen schwebet herbei, und herrliche Düfte, gewaltig,
Strömen süßen Geruch, alles belebend, umher.
Nun vereinzelt schwellen sogleich unzählige Keime,
Hold in den Mutterschoß schwellender Früchte gehüllt.
Und hier schließt die Natur den Ring der ewigen Kräfte;
Doch ein neuer sogleich fasset den vorigen an,
Daß die Kette sich fort durch alle Zeiten verlänge
Und das Ganze belebt, so wie das Einzelne, sei.

Der Schlüssel liegt im Anschauen der Pflanzenentwicklung selbst. Sie gehorcht nämlich Gesetzen, ist »geführt« und geht in Stufen vor sich. Schon dem Samen wohnt ein Formprinzip inne; als ›Entelechie‹ – so der von Aristoteles entlehnte Goethesche Begriff – enthält er »Blatt und Wurzel und Keim«, wenn auch nur »halb geformet«, »trocken« und »farblos«

Der Übertritt des Formprinzips ins Leben, der Übergang von der schlafenden Ruhe zur quillenden Bewegung, wird durch die polaren Gegensätze hervorgerufen, erst die Feuchte, dann das Licht. »Einfach« ist die erste Gestalt, sowohl undifferenziert als auch unverdoppelt; im folgenden wird sie in der Wiederholung differenziert und abgewandelt. Alle Abschnitte »von Knoten zu Knoten« sind so nur neue Synthesen aus dem geformten Vorbild und der »Fülle des Triebs«. Wie »ausgedehnter«, »gekerbter« »gerippt und gezackt« auch alles ist, so »scheinet die Fülle des Triebs« doch nur »frei und unendlich zu sein«.

Die Säfte als Vertreter des quillenden Prinzips fließen spärlicher, und so ist diese Synthese zarter als die vorigen, der Stengel länger, während die Blätter zurücktreten. Die Blüte als nächste Stufe zeigt die umgekehrte Tendenz. Hier erscheinen Blätter »ohne Zahl« auf engstem Raum zusammengedrängt, und sind dennoch »gezählet«, nicht willkürlich gebildet, sondern dem Gesetz unterworfen. »In höchster

Gestalt«, »in hoher, voller Erscheinung« zeigt sich die Pflanze, und auf jeder Stufe ist das Urphänomen präsent.

Die nun folgende Bildung weist bereits über die Einzelpflanze hinaus. Die ausgebreitete Blüte zieht sich zu den männlichen und weiblichen Staubgefäßen zusammen. Deren Vereinigung im Zeichen des Hochzeitsgottes Hymen am »geweihten Altar« schafft »alles belebend« »unzählige Keime«. Der Ring ist geschlossen, das Leben weitergegeben an unzählige Samen, den Anfangspunkt der »werdenden« Betrachtung. Mit dem Leben werden auch die Gesetze der Polarität weitergegeben, unter denen es sich gebildet hat. Das zeitlich an eine Vegetationsperiode gebundene Gesetz verlängert sich so in eine irdische Ewigkeit.

> Wende nun, o Geliebte, den Blick zum bunten Gewimmel,
>   Das verwirrend nicht mehr sich vor dem Geiste bewegt.
> Jede Pflanze verkündet dir nun die ew'gen Gesetze,
>   Jede Blume, sie spricht lauter und lauter mit dir.
> Aber entzifferst du hier der Göttin heilige Lettern,
>   Überall siehst du sie dann, auch in verändertem Zug.
> Kriechend zaudre die Raupe, der Schmetterling eile geschäftig,
>   Bildsam ändre der Mensch selbst die bestimmte Gestalt.
> O gedenke denn auch, wie aus dem Keim der Bekanntschaft
>   Nach und nach in uns holde Gewohnheit entsproß,
> Freundschaft sich mit Macht aus unserm Innern enthüllte,
>   Und wie Amor zuletzt Blüten und Früchte gezeugt.
> Denke, wie mannigfach bald die, bald jene Gestalten,
>   Still entfaltend, Natur unsern Gefühlen geliehn!
> Freue dich auch des heutigen Tags! Die heilige Liebe
>   Strebt zu der höchsten Frucht gleicher Gesinnungen auf,
> Gleicher Ansicht der Dinge, damit in harmonischem Anschaun
>   Sich verbinde das Paar, finde die höhere Welt.

Mit dem feierlichen »O« der Anrede beginnt der dritte Teil. Die Geliebte kann ihren Blick von der Einzelpflanze zurück zum Ganzen wenden. Das »Gewühl« hat sich zum »Gewimmel« gemildert; es »verwirrt« nicht mehr, sondern verkündet gerade in seiner Vielfalt »die ew'gen Gesetze«. Alle Mannigfalt ist nur Abwandlung der ersten einfachen Keimgestalt unter dem Einfluß der Polarität zwischen Zusammenziehung und Ausdehnung, zwischen Systole und Diastole.

Dieses so angeschaute ewige Gesetz gilt auch über die Pflanzenwelt hinaus. Das einmal an einer Pflanze Ausgeführte braucht für die Tierwelt nur noch angedeutet zu werden an der Metamorphose der Raupe zum Schmetterling. Ebenso gilt es für den Menschen, auch der Mensch bildet sich unter der Polarität von bestimmter Gestalt und deren Abwandlung, wenn dies auch beim Menschen bewußt und selbsttätig, »bildsam« geschieht. Die komplexere ›Metamorphose des Menschen‹ werden rund zwanzig Jahre später die *Urworte. Orphisch* gestalten.

Ein neuerliches »O« leitet die letzte Steigerung ein. Das in allem Leben erscheinende Gesetz liegt auch der Liebe zweier Menschen zugrunde; sie ist des Gesetzes höchster Ausdruck. »Denn das Leben ist die Liebe / und des Lebens Leben Geist«, wird es im *West-östlichen Divan* heißen. Die Liebe ist Ausdruck der höchsten Polarität, der der Geschlechter, in ihrer Erfüllung und Überwindung »in harmonischem Anschaun« – Goethes Form des ›symphilosophein‹ – findet die letztmögliche Metamorphose, der Übergang in die »höhere Welt« statt. Während die Pflanze an den ewigen irdischen Kreislauf gebunden bleibt, erscheint in der menschlichen Liebe das »Göttliche«. In keinem früheren Gedicht Goethes wird seine Liebestheologie so naturwissenschaftlich fundiert; erst im Gedicht *Wiederfinden* aus dem *Divan* erscheint sie dann sogar ins Kosmische ausgeweitet.

Eine zusätzliche Dimension gewinnt das Gedicht durch seine Form. Es ist einer der letzten Versuche Goethes in der Annäherung an die antike Form, doch diesmal hat das Distichon einen eigenen Rang. In Schillers Deutung baut es sich in Diastole und Systole auf, wie die Pflanze selbst:

Im Hexameter steigt des Springquells flüssige Säule,
Im Pentameter drauf fällt sie melodisch herab.

Und wenn Goethe am 17. Mai 1787 in der *Italienischen Reise* schreibt, mit dem Modell der Urpflanze könne man »Pflanzen ins

Unendliche erfinden«, so zählt das Gedicht zu diesen Pflanzen und wächst in polaren Distichen vor unseren Augen vom Keim über Blätter und Stengel bis zu Blüte und Staubgefäßen und gestaltet zugleich wieder die bei Goethe so häufige Kette des Seins – Boden, Pflanze, Tier, Mensch, höhere Welt.

Nach fast siebenundzwanzig Jahren der »Freundschaft«, der »holden Gewohnheit« der »heiligen Liebe« und des gemeinsamen »Anschauns« stirbt Christiane am 6. Juni 1816. Sie leidet die letzten Tage unter fürchterlichen Schmerzen; und Goethe liegt, wie oft in existentiellen Krisen, selbst mit Fieberkrämpfen zu Bett. In sein Tagebuch schreibt er: »Nahes Ende meiner Frau. Letzter fürchterlicher Kampf ihrer Natur. Sie verschied gegen Mittag. Leere und Todtenstille in und außer mir.« An den intimen Freund seines Alters, den Berliner Komponisten Zelter, schreibt er als Postskriptum unter einen schon geendigten Brief: »Wenn ich Dir, derber, geprüfter Erdensohn, vermelde, dass meine liebe, kleine Frau uns in diesen Tagen verlassen; so weißt Du was es heißen soll. D. 8. Juni 1816.«

Das Todesdatum bildet zugleich die Überschrift eines gerade in seiner Schlichtheit erschütternden Vierzeilers:

Den 6. Juni 1816

Du versuchst, o Sonne, vergebens,
Durch die düstren Wolken zu scheinen!
Der ganze Gewinn meines Lebens
Ist, ihren Verlust zu beweinen.

Die Gemeinschaft mit Schiller

Um seine gefühlte Lebensmitte herum hatte Goethe die Geschäfte des ersten Weimarer Jahrzehnts abgeschlossen und nach dem langen Italienurlaub die neue Laufbahn eines Kultur-, Wissenschafts- und Bauministers begonnen. Auch die Sammlung seiner Werke und die Vollendung der Fragmente – bis auf den *Faust* – machte in seinem Leben »Epoche«. Der *Faust* schließe das alte ab, mit der fast gleichzeitig erscheinenden Broschüre über die Pflanzenmetamorphose »fange ich eine neue Laufbahn an«, schreibt er am 9. Juli 1790 an Knebel. Daß das keine vorübergehende Spielerei war, zeigt ein Brief vom 1. Juni 1791 an F. H. Jacobi: »Ich habe fast in allen Theilen der Naturlehre und Naturbeschreibung kleine und größere Abhandlungen entworfen und es kommt nur darauf an, daß ich sie in der Folge hintereinander wegarbeite«, und verspricht zudem »eine neue Theorie des Lichts, des Schattens und der Farben, an der ich schreibe«.

Diesen Aufbruch Goethes zu neuen Ufern konnten selbst enge Freunde nicht nach- oder gar mitvollziehen. Dem Kestnerschen Paar, seinen einstigen Wetzlarer Freunden, schickt er dergleichen gar nicht erst, »es kann Euch nichts nützen. Wenn ich etwas *lesbares* drucken lasse, soll es aufwarten«, vertröstet er sie.

»Lesbares« scheint Goethe in dieser Zeit nicht gelingen zu wollen. Die Gesamtausgabe bei Göschen war für den Verleger zum Verlustgeschäft geworden, so daß dieser die ihm angebotene Herausgabe von Goethes neuestem Werk, *Die Metamorphose der Pflanzen*, ablehnt. Goethe muß die Bemerkung wegstecken, daß seine »Sachen nicht so current sind als andere, an denen ein größer Publikum Geschmack findet« (an Göschen, 4. Juli 1791). Statt daß ihm die Manuskripte aus der Hand gerissen werden, muß sich der einstige Publikumsliebling mit Anfang vierzig nach einem Verleger umschauen und sieht »leider voraus dass sich der Verlag meiner künftigen Schriften gänzlich zerstreuen wird«. In der leidigen Erfahrung mit Göschen trafen für Goethe zwei Dinge empfindlich zusammen: Seit den Tagen des Sturm und Drang, seit *Götz* und *Werther*, war seine literarische Populärität erheblich gesunken; *Iphigenie*, *Egmont* und *Tasso* hatten, als sie endlich vorlagen, keineswegs in einem breiteren Publikum Furore gemacht; und die naturwissenschaftlichen Studien schienen erst recht niemanden zu interessieren.

Das intensive Verhältnis zu Christiane Vulpius bedeutete ebenfalls einen völlig neuen Lebensabschnitt und trieb Goethe weitgehend in die Isolation, »die Vulpius habe alles verdorben, ihn der Gesellschaft entfremdet«, wird der Großherzog noch vierzig Jahre später befinden. Daß Goethe selbst auch diesen Einschnitt als epochal empfand, zeigt sein Brief vom 13. Juli 1796 an Schiller: »Heute erlebe ich auch eine eigne Epoche, mein Ehstand ist eben 8 Jahre und die französische Revolution 7 Jahre alt.« Die Ereignisse in Frankreich hatten die deutsche Gesellschaft in Befürworter und Gegner der Revolution gespalten, und Goethe, der als Neptunist sogar die evolutionäre Erdentstehung durch die Urmeere dem gewaltsamen Modell der Vulkanisten vorzog, zählte natürlich zu deren entschiedenen Gegnern.

Goethe faßt diese vielfältigen, teils intendierten, teils unerwarteten Entwicklungen, die allesamt in der Zeit um seinen vierzigsten Geburtstag in seinem Leben »Epoche« machen, für seine zukünftige Lebensbeschreibung in sechs lapidare Wörter zusammen: »Neue Lebensverhältnisse. Nach innen. Nach außen.«

Schiller lebte seit 1789 in Jena, aber zu mehr als oberflächlichen Kontakten zwischen beiden kam es nicht. Goethe war seit den *Räubern* über den verspäteten Stürmer und Dränger, der das, was er aufzubauen versuchte, wieder zu zerstören drohte, verärgert; Schillers Wut auf den arrivierten Großen, der den ihm Nachstrebenden nicht adäquat zur Kenntnis nehmen oder gar würdigen wollte, verstieg sich bis zu Verbalinjurien. Bis in Details der Formulierungen hinein zeigt sich der verschmähte Liebhaber:

> Öfters um Goethe zu sein, würde mich unglücklich machen: er hat auch gegen seine nächsten Freunde kein Moment der Ergießung, er ist an nichts zu fassen ... Ein solches Wesen sollten die Menschen um sich herum nicht aufkommen lassen. Mir ist er dadurch verhaßt, ob ich gleich seinen Geist von ganzem Herzen liebe und groß von ihm denke. Ich betrachte ihn wie eine stolze Prüde, der man ein Kind machen muß, um sie vor der Welt zu demütigen. Eine ganz sonderbare Mischung von Haß und Liebe ist es, die er in mir erweckt hat, eine Empfindung, die derjenigen nicht ganz unähnlich ist, die Brutus und Cassius gegen Caesar gehabt haben müssen; ich könnte seinen Geist umbringen und ihn wieder von Herzen lieben (an Körner, 2. Februar 1789).

Zudem hielten beide ihr Wirken für extrem gegensätzlich, ohne daß sich die Extreme in diesem Fall zu berühren schienen. Schon am 1. 11. 1790 schreibt Schiller nach einer Begegnung an Körner, für Goethe sei »die ganze Philosophie subjektivistisch«, und da höre »Überzeugung und Streit zugleich auf. Seine Philosophie mag ich auch nicht ganz: sie holt zuviel aus der Sinnenwelt, wo ich aus der Seele hole. Überhaupt ist seine Vorstellungsart zu sinnlich und *betastet* mir zu viel.« Goethe hat den Gegensatz beider genau so gesehen und dabei Schiller, bei Lichte betrachtet, die genuine Dichtereigenschaft abgesprochen:

> Es ist ein großer Unterschied, ob der Dichter zum Allgemeinen das Besondere sucht oder im Besondern das Allgemeine schaut. Aus jener Art entsteht Allegorie, wo das Besondere nur als Beispiel, als Exempel des Allgemeinen gilt; die letztere aber ist eigentlich die Natur der Poesie, sie spricht ein Besonderes aus, ohne ans Allgemeine zu denken oder darauf hinzuweisen. Wer nun dieses Besondere lebendig faßt, erhält zugleich das Allgemeine (*Maximen und Reflexionen 279*).

Uns mutet solch eine fast gewaltsame Opposition beider arg konstruiert an, aber sie wurde die Grundlage ihrer Zusammenarbeit und der Beginn einer wundervollen Freundschaft. Goethe hat zwölf Jahre nach Schillers Tod unter dem Titel *Glückliches Ereignis* das Zustandekommern ihrer Annäherung als Anekdote festgehalten, bezeichnenderweise in den Schriften *Zur Morphologie*. Beide hatten nämlich um den 21. Juli 1794 einen naturwissenschaftlichen Vortrag in Jena besucht und zur selben Zeit verlassen und waren dabei in ein lebhaftes Gespräch gekommen, das sie in Schillers Haus fortsetzten. Goethe trug seine Vorstellung von der Urpflanze und ihren Metamorphosen »lebhaft« vor und fühlt sich von Schiller verstanden, bis der sagt: »Das ist keine Erfahrung, das ist eine Idee.« Damit war »die ungeheure Kluft zwischen unseren Denkweisen« quasi auf den Punkt gebracht, und Goethe reagierte verstimmt. Schiller, dem Goethe »viel mehr Lebensklugheit und Lebensart« als sich attestiert und der zudem, wie Goethe realistisch erinnert, seinen Gesprächspartner für die Mitarbeit an den geplanten *Horen* gewinnen will, lenkt das Gespräch in philosophische Bahnen, und dabei ergibt sich, daß die Kluft doch überbrückbar ist: »Wenn er das für eine Idee hielt, was ich als Erfahrung aussprach, so mußte doch zwischen beiden irgend etwas Vermittelndes, Bezügliches obwalten!« Und ausgerechnet das Gebiet der Naturwissenschaften war es, auf dem er sich geistig am stärksten isoliert fühlte und auf dem er jetzt Schiller begegnet. An Fritz von Stein, Sohn der langjährigen Freundin und fast so etwas wie ein Ziehsohn Goethes, schreibt er am 28. August 1794:

> Eine angenehme Aussicht bietet sich mir dar, dass ich mit Schillern in ein angenehmes Verhältniß komme, und hoffen kann, in manchen Fächern mit ihm gemeinschaftlich zu arbeiten zu einer Zeit, wo die leidige Politik und der unselige Parteygeist alle freundschaftlichen Verhältnisse aufzuheben, und alle wissenschaftliche Verbindungen zu zerstören droht.

Ihr »Bund, der ununterbrochen gedauert«, bestand fortan durch den größten, vielleicht nie ganz zu schlichtenden Wettkampf zwischen Objekt und Subjekt, oder, wie es in der schon zitierten Maxime heißt: »Mein Verhältnis zu Schiller gründete sich auf die entschiedene Richtung beider auf einen Zweck, unsere gemeinsame Tätigkeit auf die Verschiedenheit der Mittel, wodurch wir jenen zu erreichen strebten.« Entsprechend schließt Schiller seinen berühmten Brief zu Goethes fünfundfünfzigstem Geburtstag mit einer Vision von beider Zusammenarbeit. Auf den ersten Blick scheine es, »als könnte es keine größeren Opposita geben als den spekulativen Geist, der von der Einheit, und den intuitiven, der von der Mannigfaltigkeit ausgeht. Sucht aber der erste mit keuschem und treuem Sinn die Erfahrung und sucht der letzte mit selbsttätiger freier Denkkraft das Gesetz, so kann es gar nicht fehlen, daß nicht beide einander auf halbem Wege begegnen werden.«

Es wurde eine Begegnung, bei der sich beide auf weit mehr als halbem Wege begegneten, vielmehr rückhaltlos aufeinander zugingen und elf Jahre lang ihren Weg in enger Gemeinschaft fortsetzten. Goethe hat Schiller häufig in Jena besucht, und Schiller war oft lange in Goethes Haus in Weimar zu Gast, bis er 1799 nach Weimar zog. Man hat ausgerechnet, daß beide selbst in der Zeit der getrennten Wohnorte an 580 Tagen die Gelegenheit hatten, miteinander zu sprechen, oft von 17 Uhr bis nach Mitternacht. Es ist geradezu rührend zu sehen, wie der notorische Frühaufsteher Goethe auf den Nachtarbeiter und Morgenschläfer Schiller Rücksicht nahm. Zusätzlich zu diesen nie abreißenden mündlichen Kontakten wechselten beide weit über tausend meist ausführliche Briefe in den knapp elf Jahren ihrer Freundschaft; in den Buchausgaben nehmen sie über tausend eng bedruckte Seiten ein.

Beide hatten ihre prägende Phase in der Empfindsamkeit erlebt, der Hoch-Zeit der deutschen Briefkultur. Wie der Empfindsame zum Briefschreiben gezwungen war, weil er in seiner Umgebung niemanden hatte, der ihn im emphatischen Sinne ›verstand‹, so fühlen sich beide isoliert in ihren dichterischen und ästhetischen Bemühungen, vor allem Goethe betont diesen Aspekt immer wieder:

> Auf alle Fälle sind wir genötigt, unser Jahrhundert zu vergessen, wenn wir nach unserer Überzeugung arbeiten wollen. Denn so eine Salbaderei in Prinzipien; wie sie im allgemeinen jetzt gelten, ist wohl noch nicht auf der Welt gewesen (25. 11. 1797).
> Denn da unser Jahrhundert von außen noch manche Hindernisse in den Weg zu legen scheint, so ist es desto nötiger von innen einstimmig und unverrückt zu wirken (3. März 1798).

So dient der Briefwechsel der täglichen Abschirmung gegen ein feindliches Säkulum, der Abwehr verhaßter Prinzipien und der kontinuierlichen Absicherung der Einstimmigkeit in den gemeinsamen unverrückten Überzeugungen.

Schiller erweist sich in seinen Briefen, angefangen mit dem großen Geburtstagsschreiben, als einer der ersten Goethekenner. Seine fortlaufenden Kommentare zu *Wilhelm Meisters Lehrjahren* nehmen in ihrer Präzision und Prägnanz viele Ergebnisse späterer Forschungen gültig vorweg, so wie generell Schillers theoretische Beiträge viele Erkenntnisse der Poetik des 20. Jahrhunderts antizipieren. Umgekehrt hat Schiller spätestens seit dem Umzug nach Weimar lebendigsten Kontakt zu einer wirklichen Bühne, an deren täglichen Geschäften Goethe den Freund rasch teilnehmen läßt.

Goethes Beitrag zu Schillers *Wallenstein* ist im wahrsten Sinne des Wortes eine Sternstunde des Briefwechsels. Als Schiller sich noch unschlüssig ist, ob er überhaupt das astrologische Motiv übernehmen oder nicht viel mehr eine andere Orakelform benutzen solle, fragt er am 4. Dezember 1778 deshalb bei Goethe an. Der gibt »in großer Zerstreuung und in Beschäftigungen«, die ihn in Beschlag nehmen, postwendend einen Zwischenbescheid, um dann am 8. Dezember auf die anthropologischen und sittlichen Grundlagen der Astrologie einzugehen. Schiller dankt am 11. Dezember für die »Gottesgabe« eines »weisen und sorgfältigen Freundes«, der ihm soeben »das astrologische Motiv im Wallenstein« erschlossen habe, und gibt binnen kurzem den *Piccolomini* wie *Wallensteins Tod* eine völlig neue geistige und sittliche Dimension durch die Einarbeitung einer bisher fehlenden Sternensymbolik, ohne die wir uns heute das Doppeldrama gar nicht mehr denken können.

Die tägliche Abstimmung mit dem kongenialen Freund hilft Goethe zudem über Enttäuschungen wie die mangelnde Resonanz des mit so viel »Herzblut« geschriebenen *Tasso* und die teilweise unfreundliche Aufnahme der *Lehrjahre* hinweg, wie er am 10. Januar 1829 an C. L. F. Schultz schreibt. »Und ich weiß wirklich nicht, was ohne die Schillerische Anregung aus mir geworden wäre.« Vor allem die publizistischen Unternehmen, in die Schiller den Freund einbindet, hätten seine Produktion angeregt:

> Hätt es ihm nicht an Manuskript zu den Horen und Musenalmanachen gefehlt, ich hätte die Unterhaltungen der Ausgewanderten nicht geschrieben, den Cellini nicht übersetzt, ich hätte die sämtlichen Balladen und Lieder, wie sie die Musenalmanache geben, nicht verfasst, die Elegien wären, wenigstens damals nicht gedruckt worden, die Xenien hätten nicht gesummt …

Gemeinsame Unternehmungen – der *Xenien*- und der *Balladenalmanach*

Die erste gemeinsame Produktion regt Goethe 1795 an, in ihr wird der Freundesbund zum Angriffspakt: Goethe will in dem antiken Satiriker Martial nachempfundenen *Xenien*, also spöttisch so genannten kleinen Gastgeschenken, mit Kritikern der *Horen* abrechnen. Als Schiller darauf eingeht, entstehen in meist gemeinsamem Schaffen neben scharfen Polemiken gegen den beiden mißliebige Zeitschriften und Personen auch »philosophische und rein poetische, kurz unschuldige Distichen« (Schiller an Goethe, 1. August 1796), die bei der Veröffentlichung im *Musenalmanach auf das Jahr 1797* (erschienen Herbst 1796) in eigenen Gruppen von den polemischen *Xenien* gesondert werden. Die in den eigentlichen *Xenien* Angegriffenen reichen von Fossilien wie dem Altaufklärer Nicolai und dem Anakreontiker Gleim über populäre Autoren wie Jean Paul oder Kotzebue bis zu Friedrich Schlegel.

Vor allem die Anonymität der Veröffentlichung und die oft geübte Tarnung des Angriffsziels weckten ein reges Publikumsinteresse. Zwei Nachauflagen waren in rascher Folge fällig, und bald erschien eine Flut von Gegenpublikationen, Xenien gegen die Xenien. Uns zeigen sie vor allem, daß weder Goethe noch Schiller gegen Ende des ›klassischen Jahrzehnts‹ herrschende Autoren oder gar ›Klassiker‹ waren; der Xenienstreit zeigt sie als durchaus umstrittene Erscheinungen inmitten einer vielfältigen literarischen Landschaft.

Mehr noch, sie sind in dieser Zeit nicht einmal als ›Klassiker‹ in dem Sinne erkennbar, daß sie sich gemeinsam und programmatisch um eine Repristination antiker Formen und Vorbilder bemühten. Mit den *Xenien*, bei denen Goethe nie seinen eigenen Anteil kenntlich machen wollte, endet im Grunde die Annäherung an *antike Form* in der Goetheschen Lyrik. Episch folgt noch 1797 *Herrmann und Dorothea*, das uns heute über weite Strecken eher wie eine Parodie im antiken Sinne anmutet, eine Form, in der Kleines im großen Gewande einherkommt – immerhin hat Goethe zur Vorbereitung die *Batrachomyomachie,* den *Froschmäusekrieg*, gelesen, der schon in der Antike die *Ilias* parodierte. Auch wenn das Kleinepos die ewigen Ordnungen von Liebe, Verlobung, Ehe, Familie und Generationenfolge gestaltet und preist, zeigt es doch, daß uns »die weiten Falten« keineswegs »zu Gesicht stehen wie den Alten«, daß wir Modernen in ihnen vielmehr eher komisch und wie verkleidet dreinschauen. Daß die deutschen (Spieß- und Pfahl-) Bürger, denen Goethe darin, »was das Material betrifft ... einmal ihren Willen getan hat« (3. Januar 1798 an Schiller), über einhundertfünfzig Jahre lang in diesem Kleinepos ihre ungebrochene Verklärung gesehen haben, dürfte zu Goethes schönsten postumen Scherzen und Belustigungen zählen.

Die als Proömium zum Epos gedichtete Elegie, entstanden Ende 1796, aber auf Schillers Rat wegen der durch die *Xenien* ausgelösten Mißstimmung im Publikum erst 1800 veröffentlicht, beginnt bereits wie ein Nachruf auf des Dichters ›klassische‹, d. h. antikisierende Phase, die mit den von Properz inspirierten *Elegien* begann und inzwischen mit den *Xenien* in Martials Geist zu Ende gegangen ist:

Also das wäre Verbrechen, daß einst Properz mich begeistert,
  Daß Martial sich zu mir auch, der verwegne, gesellt?
Daß ich die Alten nicht hinter mir ließ, die Schule zu hüten,
  Daß sie nach Latium gern mir in das Leben gefolgt?
Daß ich Natur und Kunst zu schaun mich treulich bestrebe,
  Daß kein Name mich täuscht, daß mich kein Dogma beschränkt?
Daß des Lebens bedingender Drang mich, den Menschen verändert,
  Daß ich der Heuchelei dürftige Maske verschmäht?
Solcher Fehler, die du, o Muse, so emsig gepfleget,
  Zeihet der Pöbel mich; Pöbel nur sieht er in mir.
Ja, sogar der Bessere selbst, gutmütig und bieder,
  Will mich anders; doch du, Muse, befiehlst mir allein.
Denn du bist es allein, die noch mir die innere Jugend
  Frisch erneuest und sie mir bis zu Ende versprichst.

In bruchlosem Anschluß an die antikisierende Phase treibt ihn die »Muse« in der verheißenen frischen Erneuerung der »inneren Jugend« aufs romantische Terrain schlechthin, aufs Feld der Ballade – Goethe, der sich dem Postulat der Moderne gemäß nie wiederholt hat, vertauscht das ›Klassische‹, d. h. im damaligen exklusiven Sinne das Antike, mit dem Nordisch-Christlich-Mittelalterlichen, dem im weitesten Sinne Unantiken und damit Romantischen. Der Begriff bezeichnete damals Form und Stoffe der mittelalterlichen »Romane«, d. h. der in den das Lateinische ablösenden Dichtungen in den romanischen Volkssprachen.

Schon die Gattung Ballade galt als nordisch, mittelalterlich, volkstümlich schlechthin, deshalb hatten die Dichter des Sturm und Drang sie im Bruch mit der Aufklärungspoetik bevorzugt gepflegt. Auf den antikisierenden Xenienalmanach folgt der Balladenalmanach, für den Goethe wie Schiller 1797 gezielt Balladen dichten. Während Schiller in seinen Balladen, gleichgültig ob mittelalterlich (*Der Kampf mit dem Drachen, Der Taucher, Der Gang nach dem Eisenhammer, Ritter Toggenburg*) oder antik (*Die Bürgschaft, Der Ring des Polykrates, Die Kraniche des Ibykus*) ausnahmslos Themen einer in jeder Hinsicht ›klassischen‹ Ethik behandelt, sucht Goethe vom äußersten Norden bis zum bei den Romantikern beliebten Indien Regionen und Zeiten auf, die in ihrer Mythologie und Folklore gerade das Wunderbare (*Der Fischer*, 1778) und das Phantastische zulassen – Goethes weltweit populärer *Erlkönig* (1782) ist geradezu ein Musterbeispiel für Tzvetan Todorovs *Theorie der phantastischen Literatur*, indem der Schwebezustand zwischen der rationalen Lesart des Vaters und der gespenstischen des Sohnes bis zum Ende in der Balance bleibt.

Goethes fast lebenslanges Interesse für diese Gattung ist zudem nicht zu trennen von seinen spezifischen morphologischen Interessen: Die Ballade ist ihm das Ur-Ei der Poesie – in der Form lyrisch-strophig, als Erzählung episch und durch die meist ohne ›inquit‹-Formeln eingefügten Dialoge dramatisch. ›Ur‹ meint hier, wie stets bei Goethe, nicht ein zeitlich Frühestes, sondern ein allen Erscheinungen Zugrundeliegendes.

In zwei der Goetheschen Balladen des Almanachs, auf die ich mich hier konzentrieren möchte, begegnet die uns aus den *Erotica Romana* bekannte offen gestaltete nackte Sinnlichkeit diesmal in einem unantiken Gewand. In der *Braut von Korinth* verlegt Goethe die einer Sammlung von Gespenstergeschichten entnommene spätantike Erzählung von einer Totenbraut zeitlich in die Epoche des entstehenden Christentums und örtlich in einen von dessen Vororten, nach Korinth.

Nach Korinthus von Athen gezogen
Kam ein Jüngling, dort noch unbekannt.
Einen Bürger hofft' er sich gewogen;
Beide Väter waren gastverwandt,
Hatten frühe schon
Töchterchen und Sohn
Braut und Bräutigam voraus genannt.

Aber wird er auch willkommen scheinen,
Wenn er teuer nicht die Gunst erkauft?
Er ist noch ein Heide mit den Seinen,
Und sie sind schon Christen und getauft.
Keimt ein Glaube neu,
Wird oft Lieb und Treu
Wie ein böses Unkraut ausgerauft.

Und schon lag das ganze Haus im Stillen,
Vater, Töchter; nur die Mutter wacht;
Sie empfängt den Gast mit bestem Willen,
Gleich ins Prunkgemach wird er gebracht.
Wein und Essen prangt,
Eh er es verlangt:
So versorgend wünscht sie gute Nacht.

Aber bei dem wohlbestellten Essen
Wird die Lust der Speise nicht erregt;
Müdigkeit läßt Speis und Trank vergessen,
Daß er angekleidet sich aufs Bette legt;
Und er schlummert fast,
Als ein seltner Gast
Sich zur offnen Tür hereinbewegt.

Denn er sieht, bei seiner Lampe Schimmer
Tritt, mit weißem Schleier und Gewand,
Sittsam still ein Mädchen in das Zimmer,
Um die Stirn ein schwarz und goldnes Band.
Wie sie ihn erblickt,
Hebt sie, die erschrickt,
Mit Erstaunen eine weiße Hand.

»Bin ich«, rief sie aus, »so fremd im Hause,
Daß ich von dem Gaste nichts vernahm?
Ach, so hält man mich in meiner Klause!
Und nun überfällt mich hier die Scham.
Ruhe nur so fort
Auf dem Lager dort,
Und ich gehe schnell, so wie ich kam.«

»Bleibe, schönes Mädchen!« ruft der Knabe,
Rafft von seinem Lager sich geschwind:
»Hier ist Ceres', hier ist Bacchus' Gabe;
Und du bringst den Amor, liebes Kind!
Bist vor Schrecken blaß!
Liebe, komm und laß,
Laß uns sehn, wie froh die Götter sind.«

»Ferne bleib, o Jüngling! bleibe stehen;
Ich gehöre nicht den Freuden an.
Schon der letzte Schritt ist, ach! geschehen
Durch der guten Mutter kranken Wahn,
Die genesend schwur:
Jugend und Natur
Sei dem Himmel künftig untertan.

Und der alten Götter bunt Gewimmel
Hat sogleich das stille Haus geleert.
Unsichtbar wird einer nur im Himmel

Und ein Heiland wird am Kreuz verehrt;
Opfer fallen hier,
Weder Lamm noch Stier,
Aber Menschenopfer unerhört.«

Und er fragt und wäget alle Worte,
Deren keines seinem Geist entgeht:
Ist es möglich, daß am stillen Orte
Die geliebte Braut hier vor mir steht?
»Sei die Meine nur!
Unsrer Väter Schwur
Hat vom Himmel Segen uns erfleht.«

»Mich erhältst du nicht, du gute Seele!
Meiner zweiten Schwester gönnt man dich.
Wenn ich mich in stiller Klause quäle,
Ach! in ihren Armen denk an mich,
Die an dich nur denkt,
Die sich liebend kränkt;
In die Erde bald verbirgt sie sich.«

»Nein! bei dieser Flamme sei's geschworen,
Gütig zeigt sie Hymen uns voraus;
Bist der Freude nicht und mir verloren,
Kommst mit mir in meines Vaters Haus.
Liebchen, bleibe hier!
Feire gleich mit mir
Unerwartet unsern Hochzeitschmaus.«

Und schon wechseln sie der Treue Zeichen;
Golden reicht sie ihm die Kette dar,
Und er will ihr eine Schale reichen,
Silbern, künstlich, wie nicht eine war.
»Die ist nicht für mich;
Doch, ich bitte dich,
Eine Locke gib von deinem Haar.«

Eben schlug die dumpfe Geisterstunde,
Und nun schien es ihr erst wohl zu sein.
Gierig schlürfte sie mit blassem Munde
Nun den dunkel blutgefärbten Wein;
Doch vom Weizenbrot,
Das er freundlich bot,
Nahm sie nicht den kleinsten Bissen ein.

Und dem Jüngling reichte sie die Schale,
Der, wie sie, nun hastig lüstern trank.
Liebe fordert er beim stillen Mahle,
Ach, sein armes Herz war liebekrank.
Doch sie widersteht,
Wie er immer fleht,
Bis er weinend auf das Bette sank.

Und sie kommt und wirft sich zu ihm nieder:
»Ach, wie ungern seh ich dich gequält!
Aber, ach! berührst du meine Glieder,
Fühlst du schaudernd, was ich dir verhehlt.
Wie der Schnee so weiß,
Aber kalt wie Eis
Ist das Liebchen, das du dir erwählt.«

Heftig faßt er sie mit starken Armen,
Von der Liebe Jugendkraft durchmannt:
»Hoffe doch, bei mir noch zu erwarmen,
Wärst du selbst mir aus dem Grab gesandt!
Wechselhauch und Kuß!
Liebesüberfluß!
Brennst du nicht und fühlest mich entbrannt?«

Liebe schließet fester sie zusammen,
Tränen mischen sich in ihre Lust;
Gierig saugt sie seines Mundes Flammen,

Eins ist nur im andern sich bewußt.
Seine Liebeswut
Wärmt ihr starres Blut,
Doch es schlagt kein Herz in ihrer Brust.

Unterdessen schleichet auf dem Gange
Häuslich spät die Mutter noch vorbei,
Horchet an der Tür und horchet lange,
Welch ein sonderbarer Ton es sei:
Klag- und Wonnelaut
Bräutigams und Braut
Und des Liebestammelns Raserei.

Unbeweglich bleibt sie an der Türe,
Weil sie erst sich überzeugen muß,
Und sie hört die höchsten Liebesschwüre,
Lieb- und Schmeichelworte, mit Verdruß:
»Still! der Hahn erwacht!«
»Aber morgen nacht
Bist du wieder da?« – und Kuß auf Kuß.

Länger hält die Mutter nicht das Zürnen,
Öffnet das bekannte Schloß geschwind:
»Gibt es hier im Hause solche Dirnen,
Die dem Fremden gleich zu Willen sind?«
So zur Tür hinein.
Bei der Lampe Schein
Sieht sie – Gott! sie sieht ihr eigen Kind.

Und der Jüngling will im ersten Schrecken
Mit des Mädchens eignem Schleierflor,
Mit dem Teppich die Geliebte decken;
Doch sie windet gleich sich selbst hervor.
Wie mit Geists Gewalt
Hebet die Gestalt
Lang und langsam sich im Bett empor.

»Mutter! Mutter!« spricht sie hohle Worte:
»So mißgönnt Ihr mir die schöne Nacht!
Ihr vertreibt mich von dem warmen Orte.
Bin ich zur Verzweiflung nur erwacht?
Ist's Euch nicht genug,
Daß ins Leichentuch,
Daß Ihr früh mich in das Grab gebracht?

Aber aus der schwerbedeckten Enge
Treibet mich ein eigenes Gericht.
Eurer Priester summende Gesänge
Und ihr Segen haben kein Gewicht;
Salz und Wasser kühlt
Nicht, wo Jugend fühlt;
Ach! die Erde kühlt die Liebe nicht.

Dieser Jüngling war mir erst versprochen,
Als noch Venus' heitrer Tempel stand.
Mutter, habt Ihr doch das Wort gebrochen,
Weil ein fremd, ein falsch Gelübd' Euch band!
Doch kein Gott erhört,
Wenn die Mutter schwört,
Zu versagen ihrer Tochter Hand.

Aus dem Grabe werd ich ausgetrieben,
Noch zu suchen das vermißte Gut,
Noch den schon verlornen Mann zu lieben
Und zu saugen seines Herzens Blut.
Ist's um den geschehn,
Muß nach andern gehn,
Und das junge Volk erliegt der Wut.

Schöner Jüngling! kannst nicht länger leben;
Du versiechest nun an diesem Ort.
Meine Kette hab ich dir gegeben;

Deine Locke nehm ich mit mir fort.
Sieh sie an genau!
Morgen bist du grau,
Und nur braun erscheinst du wieder dort.

Höre, Mutter, nun die letzte Bitte:
Einen Scheiterhaufen schichte du;
Öffne meine bange kleine Hütte,
Bring in Flammen Liebende zur Ruh!
Wenn der Funke sprüht,
Wenn die Asche glüht,
Eilen wir den alten Göttern zu.«

Ich möchte das Gedicht von vornherei als Diptychon zusammen mit der im unmittelbaren Anschluß daran entstandenen Ballade *Der Gott und die Bajadere* betrachten; vom 4. bis zum 6. Juni 1797 dichtet Goethe die *Braut* und vom 6. bis zum 9. Juni die *Bajadere*.

Indische Legende

Mahadöh, der Herr der Erde,
Kommt herab zum sechsten Mal,
Daß er unsersgleichen werde,
Mitzufühlen Freud und Qual.
Er bequemt sich, hier zu wohnen,
Läßt sich alles selbst geschehn.
Soll er strafen oder schonen,
Muß er Menschen menschlich sehn.
Und hat er die Stadt sich als Wandrer betrachtet,
Die Großen belauert, auf Kleine geachtet,
Verläßt er sie abends, um weiterzugehn.

Als er nun hinausgegangen,
Wo die letzten Häuser sind,
Sieht er, mit gemalten Wangen,
Ein verlornes schönes Kind.

»Grüß dich, Jungfrau!« – »Dank der Ehre!
Wart, ich komme gleich hinaus.«
»Und wer bist du?« – »Bajadere,
Und dies ist der Liebe Haus.«
Sie rührt sich, die Cymbeln zum Tanze zu schlagen;
Sie weiß sich so lieblich im Kreise zu tragen,
Sie neigt sich und biegt sich und reicht ihm den Strauß.

Schmeichelnd zieht sie ihn zur Schwelle,
Lebhaft ihn ins Haus hinein.
»Schöner Fremdling, lampenhelle
Soll sogleich die Hütte sein.
Bist du müd, ich will dich laben,
Lindern deiner Füße Schmerz.
Was du willst, das sollst du haben,
Ruhe, Freuden oder Scherz.«
Sie lindert geschäftig geheuchelte Leiden.
Der Göttliche lächelt; er siehet mit Freuden
Durch tiefes Verderben ein menschliches Herz.

Und er fordert Sklavendienste;
Immer heitrer wird sie nur,
Und des Mädchens frühe Künste
Werden nach und nach Natur.
Und so stellet auf die Blüte
Bald und bald die Frucht sich ein;
Ist Gehorsam im Gemüte,
Wird nicht fern die Liebe sein.
Aber sie schärfer und schärfer zu prüfen,
Wählet der Kenner der Höhen und Tiefen
Lust und Entsetzen und grimmige Pein.

Und er küßt die bunten Wangen,
Und sie fühlt der Liebe Qual,
Und das Mädchen steht gefangen,
Und sie weint zum erstenmal;

Sinkt zu seinen Füßen nieder,
Nicht um Wollust noch Gewinst,
Ach! und die gelenken Glieder,
Sie versagen allen Dienst.
Und so zu des Lagers vergnüglicher Feier
Bereiten den dunklen, behaglichen Schleier
Die nächtlichen Stunden, das schöne Gespinst.

Spät entschlummert unter Scherzen,
Früh erwacht nach kurzer Rast,
Findet sie an ihrem Herzen
Tot den vielgeliebten Gast.
Schreiend stürzt sie auf ihn nieder;
Aber nicht erweckt sie ihn,
Und man trägt die starren Glieder
Bald zur Flammengrube hin.
Sie höret die Priester, die Totengesänge,
Sie raset und rennet und teilet die Menge.
»Wer bist du? was drängt zu der Grube dich hin?«

Bei der Bahre stürzt sie nieder,
Ihr Geschrei durchdringt die Luft:
»Meinen Gatten will ich wieder!
Und ich such ihn in der Gruft.
Soll zu Asche mir zerfallen
Dieser Glieder Götterpracht?
Mein! er war es, mein vor allen!
Ach, nur eine süße Nacht!«
Es singen die Priester: »Wir tragen die Alten,
Nach langem Ermatten und spätem Erkalten,
Wir tragen die Jugend, noch eh sie's gedacht.

Höre deiner Priester Lehre:
Dieser war dein Gatte nicht.
Lebst du doch als Bajadere,
Und so hast du keine Pflicht.

Nur dem Körper folgt der Schatten
In das stille Totenreich;
Nur die Gattin folgt dem Gatten:
Das ist Pflicht und Ruhm zugleich.
Ertöne, Drommete, zu heiliger Klage!
O nehmet, ihr Götter! die Zierde der Tage,
O nehmet den Jüngling in Flammen zu euch!«

So das Chor, das ohn Erbarmen
Mehret ihres Herzens Not;
Und mit ausgestreckten Armen
Springt sie in den heißen Tod.
Doch der Götterjüngling hebet
Aus der Flamme sich empor,
Und in seinen Armen schwebet
Die Geliebte mit hervor.
Es freut sich die Gottheit der reuigen Sünder;
Unsterbliche heben verlorene Kinder
Mit feurigen Armen zum Himmel empor.

Legt man diese beiden gleichzeitig als eine Einheit entstandenen Gedichte gleichsam übereinander, fallen die Züge ins Auge, die in einem Buch zu Goethes Lyrik vor allem wichtig sind. Formal besticht die Souveränität, mit der Goethe Reim, Vers- und Strophenbau beherrscht. Zweimal schafft er eine eigene Balladenstrophe. Einmal verbindet das Reimschema ababccb fünf fünfhebig trochäische Zeilen mit Kadenzenwechsel, in die, gleichsam zwischen den vierten und siebten Reim, ein Paarreim dreihebiger Trochäen mit männlicher Kadenz eingehängt wird. In *Der Gott und die Bajadere* wählt er acht vierhebige Trochäen mit dem Reimschema ababcdcd, auf die drei daktylische Zeilen mit Auftakt folgen, und wieder ist dabei ein Reimpaar durch einen dritten d-Reim an die trochäischen Strophen angehängt. Der rhythmisch so deutlich variierte dreizeilige Schluß wirkt dabei wie ein Refrain, der die Strophik der Balladen betont, für Goethe geradezu ein Gattungsmerkmal.

In ihrem Inhalt stellen beide Gedichte epische Gestaltungen von Goethes Liebestheologie dar, und zwar in deren extremster Ausprägung. Wie schon in der III. und IV. Elegie (s. S. 257 f.) wird eine rein körperliche Liebesbeziehung gestaltet, ohne jeglichen Anschluß an die vielen traditionellen metasinnlichen Liebesdiskurse. Beide Paare begegnen sich zum ersten und einzigen Male auf ihrem Liebeslager – daß es einmal eine untote Tote und einmal ein Gott ist, spielt dabei keine Rolle. Aus dem Vollzug des Sexualaktes erwächst die Liebe: »Liebe schließet fester sie zusammen, / Tränen mischen sich in ihre Lust; / Gierig saugt sie seines Mundes Flammen, / Eins ist nur im andern sich bewußt«, heißt es in dem einen Gedicht und in dem andern: »Und er küßt die bunten Wangen, / Und sie fühlt der Liebe Qual, / Und das Mädchen steht gefangen, / Und sie weint zum erstenmal«.

Beide Liebesbegegnungen sind so erfüllt, daß sie zum Liebestod und zur Verschmelzung im gemeinsamen Aufflammen führen; einmal eilt das Paar vereint »den alten Göttern zu«, das andere Mal hebt »der Götterjüngling ... aus der Flamme sich empor, / Und in seinen Armen schwebet / DieGeliebte mit hervor.« In beiden Fällen transzendiert sich die mit äußerster Kühnheit in ihren akustischen oder gar sado-masochistischen Details gestaltete körperliche Vereinigung zur Verschmelzung und öffnet sich zur Transzendenz, »findet die höhere Welt«, wie es nur wenig später in der *Metamorphose der Pflanzen* heißt.

In dieser Betrachtung wird der sonst häufig angesprochene Gegensatz zwischen einer sinnenfrohen Antike und einem leibfeindlichen Christentum zur bloßen Frage des historischen Settings. In *Der Gott und die Bajadere* wird der indische Gott Mahadö durch einen winzigen Ein- und Kunstgriff geradezu zu einer Christusgestalt. Bei Goethe wird irgendein indischer Gott seiner Vorlage exklusiv zu »der Herr der Erde«, und die Formulierungen: »Daß er unsersgleichen werde, / Mitzufühlen Freud und Qual. / Er bequemt sich, hier zu wohnen, / Läßt sich alles selbst geschehn«, lesen sich wie eine Paraphrase der christlichen Inkarnationslehre.

In Goethes Theologie, in der Agape und Eros eins werden, ist auch der Gott der Liebe Eros und Agape zugleich.

Beide Balladen sind so epische Vorstufen der höchsten lyrischen Verdichtung, die das Motiv des erotischen Flammentods bei Goethe erfährt, das spätantike wie das indische Liebespaar werden beide der *Seligen Sehnsucht* aus dem *West-östlichen Divan* teilhaftig:

Sagt es niemand, nur den Weisen,
Weil die Menge gleich verhöhnet,
Das Lebend'ge will ich preisen,
Das nach Flammentod sich sehnet.

In der Liebesnächte Kühlung,
Die dich zeugte, wo du zeugtest,
Überfällt dich fremde Fühlung,
Wenn die stille Kerze leuchtet.

Nicht mehr bleibest du umfangen
In der Finsternis Beschattung,
Und dich reißet neu Verlangen
Auf zu höherer Begattung.

Keine Ferne macht dich schwierig,
Kommst geflogen und gebannt,
Und zuletzt, des Lichts begierig,
Bist du, Schmetterling, verbrannt.

Und solang du das nicht hast,
Dieses: Stirb und werde!
Bist du nur ein trüber Gast
Auf der dunklen Erde.

Erfüllte irdische Liebe ist das Urphänomen der himmlischen Liebe, was das Ich zur Verschmelzung mit dem Du »reißt«, ist immer auch zugleich das »Verlangen … zu höherer Begattung«, die selige Sehnsucht nach dem Licht »in der Finsternis Beschattung«, die ›Gier‹ nach Metamorphose unserer Sterblichkeit in die »Ferne« der Unvergänglichkeit.

Tod und Abschied

Knapp elf gemeinsame Jahre sind Schiller und Goethe vergönnt, in denen der »erkenntliche Genius« (s. S.124) beider aneinander wachsen kann, Größe an Größe sich aufgipfelt. Am 9. Mai 1805 stirbt der Freund an seinem nach der schweren Erkrankung von 1791 chronisch gewordenen Lungenleiden. Eine so fördernde wie fordernde Beziehung wird Goethe nie wieder erleben; kein anderer Mensch außerhalb seiner Familie hat ihm nach dem Urteil des Schillerforschers Norbert Oellers jemals so nahe gestanden wie Friedrich Schiller. Während der letzten Wochen des Freundes ist auch Goethe schwer erkrankt. An Zelter schreibt er am 1. Juni 1805:

> Ich dachte mich selbst zu verlieren und verliere nun einen Freund und in demselben die Hälfte meines Daseins. Eigentlich sollte ich nun eine neue Lebensweise anfangen; aber dazu ist in meinen Jahren auch kein Weg mehr. Ich sehe also jetzt nur jeden Tag unmittelbar vor mich hin, und tue das Nächste ohne an eine weitere Folge zu denken.

Am 10. August 1805 wird im Kur- und Sommertheater Bad Lauchstädt, das von der Weimarer Bühne bespielt wird, zu Schillers Gedächtnis sein *Lied von der Glocke* szenisch aufgeführt, und Goethe dichtet dazu zu Ehren des Freundes einen *Epilog*, in dem er an Schillers Tod erinnert und den geselligen, geistreichen, stets vermittelnden, ratenden, niemals schwankenden Menschen beschwört, der in Weimar seßhaft wurde und doch als Idealist im Ewigen zu Hause war.

> Da hör ich schreckhaft mitternächt'ges Läuten,
> Das dumpf und schwer die Trauertöne schwellt.
> Ist's möglich? Soll es unsern Freund bedeuten,
> An den sich jeder Wunsch geklammert hält?
> Den Lebenswürd'gen soll der Tod erbeuten?
> Ach! wie verwirrt solch ein Verlust die Welt!

Ach! was zerstört ein solcher Riß den Seinen!
Nun weint die Welt, und sollten wir nicht weinen?

Denn er war unser! Wie bequem gesellig
Den hohen Mann der gute Tag gezeigt,
Wie bald sein Ernst, anschließend, wohlgefällig,
Zur Wechselrede heiter sich geneigt,
Bald raschgewandt, geistreich und sicherstellig
Der Lebensplane tiefen Sinn erzeugt
Und fruchtbar sich in Rat und Tat ergossen;
Das haben wir erfahren und genossen.

Denn er war unser! Mag das stolze Wort
Den lauten Schmerz gewaltig übertönen!
Er mochte sich bei uns im sichern Port
Nach wildem Sturm zum Dauernden gewöhnen.
Indessen schritt sein Geist gewaltig fort
Ins Ewige des Wahren, Guten, Schönen,
Und hinter ihm, in wesenlosem Scheine,
Lag, was uns alle bändigt, das Gemeine.

Klassik und Romantik

Auf die relativ kurze Spanne antikisierender Dichtungen in Hexametern und Distichen – mit Odenstrophen hat Goethe im Gegensatz zu Klopstock oder Hölderlin nie experimentiert – folgt unmittelbar die ›romantische‹ Balladenphase und auf die wiederum die »Sonettenwut« von 1808; gerade das Sonett galt als romanisch und romantisch schlechthin. ›Klassische‹ oder ›romantische‹ Muster standen Goethe gleichermaßen zu Gebote. Doch hat Goethe sich niemals selbst als ›Klassiker‹ gesehen oder gar bezeichnet.

Im Begriff und der Vorstellung einer deutschen ›Klassik‹ vermischen sich unauflöslich zwei Kategorien: Zum einen ist ›Klassik‹ im Sinne des lateinischen ›classicus‹ = ›hochvortrefflich‹ eine jede Literaturepoche, in der eine Nation ihre Blüteepoche sieht. Im Spanischen ist das das »Siglo d'oro«, in England »the Elizabethan Age«, im Französischen »l'âge classique«, im Deutschen die Zeit Goethes und Schillers. Und damit kommt in Frankreich wie in Deutschland die zweite Bedeutung von ›Klassik‹ ins Spiel: die regelgeleitete Adaptation antiker Muster, in Frankreich im siebzehnten, in Deutschland im späten achtzehnten Jahrhundert. Hinzu kommt in Deutschland eine spezifisch hegelianische Periodisierung unserer Literaturgeschichte, wie sie im neunzehnten Jahrhundert aufkam: Auf die rationale Aufklärung folgt erst die leise Sensibilisierung der Empfindsamkeit, dann die Revolte des Sturm und Drang, der sich zur Klassik klärt, um sich dann wieder zur Romantik zu entgrenzen.

Daß wir in der Zeit Lessings, Wielands, Herders, Goethes und Schillers unsere ›Klassik‹ im Sinne eines Höhepunktes unserer Literaturgeschichte sehen, macht uns weltweit niemand streitig, weil es ausschließlich unser Problem ist – im Ausland werden meist der Sturm und Drang und der Expressionismus als interessanter empfunden. Unsere hegelianische Konstruktion kauft uns jedoch keiner ab: Im europäischen, ja auch im damals sich bildenden nordamerikanischen Kontext und damit letztlich in der weltweiten Rezeption sind Empfindsamkeit, Sturm und Drang, Klassik und Romantik Vorreiter und Teile einer gesamteuropäischen Bewegung,»l'âge du romantisme, the romantic movement«. Vor allem unser von uns als deutscher Sonderweg so sehr geliebter Sturm und Drang gilt der internationalen Komparatistik, weniger der vom Mutterland beeinflußten Germanistik, als »préromantisme«, als »early romantic movement«. In der Tat kann man Goethe so erheblich besser verstehen. Sein Weltruhm, sofern es ihn gibt, beruht auf dem frühromantischen *Werther*, dem antiklassischen *Götz* und dem in beiden Teilen programmatisch antiklassischen *Faust*; der international nie rezeptierte *Wilhelm Meister* wurde innerdeutsch zum wichtigsten Anreger für den romantischen Roman. In globaler Perspektive ist Goethe der vielleicht wichtigste romantische Dichter überhaupt, und seine Helden gelten als repräsentativ für die Hauptbestrebungen der Romantik,

Werther als »embodiment of nostalgia« und Faust als »the hero of the quest«.

Goethes gelegentliche Polemik gegen ›Romantisches‹ ist nicht Kritik an einer Strömung, sondern Klage über die eigene Gegenwart. Maximen wie die folgenden sind so zu lesen und zu verstehen: »Klassisch ist das Gesunde, romantisch das Kranke«, »Ovid blieb klassisch auch im Exil: er sucht sein Unglück nicht in sich, sondern in seiner Entfernung von der Hauptstadt der Welt«, »Das Romantische ist schon in seinen Abgrund verlaufen; das Gräßlichste der neuern Produktionen ist kaum noch gesunkener zu denken.« »Engländer und Franzosen haben uns darin überboten. Körper, die bei Leibesleben verfaulen und sich in detaillierter Betrachtung ihres Verwesens erbauen, Tote, die zum Verderben anderer am Leben bleiben und ihren Tod am Lebendigen ernähren: dahin sind unsre Produzenten gelangt!« »Im Altertum spuken dergleichen Erscheinungen nur vor wie seltene Krankheitsfälle; bei den Neuern sind sie endemisch und epidemisch geworden.« Goethe hat diese Polemik sogar in eine Regiebemerkung von *Faust II* übernommen: »Die Nacht- und Grabdichter lassen sich entschuldigen, weil sie soeben im interessantesten Gespräch mit einem frisch erstandenen Vampiren begriffen seien, woraus eine neue Dichtart sich vielleicht entwickeln könnte; der Herold muß es gelten lassen und ruft indessen die griechische Mythologie hervor, die, selbst in moderner Maske, weder Charakter noch Gefälliges verliert.«

Goethe weiß, daß er selbst auf der Seite der »Neuern« steht, wie das mehrfach gebrauchte »uns« zeigt. Goethe weiß, daß es eine ungebrochene Repristination des ›Griechischen‹, an die Voltaire oder Wieland noch glauben mochten, nach den Erkenntnissen des Historismus nicht mehr geben kann. ›Griechisches‹ ist nur noch »in moderner Maske« möglich.

Was bleibt, ist, daß sich Goethe zu unterschiedlichen Zeiten unterschiedlicher Muster bediente, bald antiker, bald englisch-schottischer, bald indischer, bald mittelalterlicher oder, im Spätwerk des *Divans* gar orientalischer. Wenn Goethe in den Arbeitsnotizen zur *Braut von Korinth* – im originalen Untertitel *Eine Romanze* – die Ballade schlicht »das Vampyrische Gedicht« nennt, ist er sich doch wohl der

Tatsache bewußt, daß er hier selbst von »Toten, die zum Verderben anderer am Leben bleiben und ihren Tod am Lebendigen ernähren«, erzählt – übrigens meines Wissens die erste Vampirdichtung der neueren Literatur. Goethe nimmt so in einzelnen Zügen nicht nur Bram Stokers Klassiker *Dracula* (1897) um exakt einhundert Jahre vorweg, in einer seiner letzten Balladen begegnet uns auch als populärstes apotropäisches Mittel das Kreuz. In *Der Totentanz* von 1813 rettet den Totengräber, der einem Gerippe das Leichentuch gestohlen hat, nur das Kreuz an der Tür seines Wohnturms vor der Rache des Gespensts:

Nur einer, der trippelt und stolpert zuletzt
Und tappet und grapst an den Grüften;
Doch hat kein Geselle so schwer ihn verletzt;
Er wittert das Tuch in den Lüften.
Er rüttelt die Turmtür, sie schlägt ihn zurück,
Geziert und gesegnet, dem Türmer zum Glück,
Sie blinkt von metallenen Kreuzen.

Goethe hat sich des Romantischen wie des Klassischen wie vieler anderer Stoffe, Stile und Formen bedient, wohl wissend, daß er selbst zur Moderne verdammt war und niemals ›klassisch‹ sein konnte.

Die Sonette

Im Bekenntnis zu solcher Formenvielfalt setzt Goethe programmatisch als Motto über die Werkgruppe der *Sonette* in seiner Sammlung von 1815 den katholischen ›allumfassenden‹ Spruch: »Liebe will ich liebend loben, / Jede Form sie kommt von oben.« Gerade das Sonett war um 1800 ideologisch besetzt: Zum einen galt es nach der Sonettenschwemme des 17. Jahrhunderts dem 18. als obsolet, zum anderen war es eine ›romanische‹ Form, die deshalb von den ›Romantikern‹ um 1800 wiederbelebt werden sollte. Vermutlich war es als gefrorene Minnekanzone – die beiden Quartette als Stollen, die beiden Terzette als Abgesang – am Hof Friedrichs II. in Italien entstanden; seine Normierung hatte es durch den europaweit verehrten *Canzoniere* Petrarcas erfahren: Zwei Quartette reimen abba abba, zwei Terzette verschlingen drei Reime in freierer Form. Im Barock herrschte der Alexandriner vor, bei der Neubelebung der fünffüßige Jambus. Neben August Wilhelm Schlegel hatte auch Ludwig Tieck Sonette geschrieben und beide waren dabei von Klassizisten wie dem Homer-Übersetzer Johann Heinrich Voß heftig angegriffen worden.

Goethe, der die romantischen Bemühungen um diese Form vor allem bei dem von ihm geschätzten August Wilhelm Schlegel mit Interesse verfolgte, begann mit dem kunstvollen Sonett *Das Sonett* – in der Gattungstradition durchaus keine Seltenheit:

Sich in erneutem Kunstgebrauch zu üben
Ist heil'ge Pflicht, die wir dir auferlegen:
Du kannst dich auch, wie wir, bestimmt bewegen
Nach Tritt und Schritt, wie es dir vorgeschrieben.

Denn eben die Beschränkung läßt sich lieben,
Wenn sich die Geister gar gewaltig regen;
Und wie sie sich denn auch gebärden mögen,
Das Werk zuletzt ist doch vollendet blieben.

So möcht ich selbst in künstlichen Sonetten,
In sprachgewandter Maße kühnem Stolze,
Das Beste, was Gefühl mir gäbe, reimen;

Nur weiß ich hier mich nicht bequem zu betten,
Ich schneide sonst so gern aus ganzem Holze
Und müßte nun doch auch mitunter leimen.

Goethe hat in allen seinen Sonetten den Terzetten die Form cde cde gegeben, und die Pointe ist, daß er das Sonett kritisiert, indem er gerade seine Baugesetze erfüllt: Inhaltlich dienen die Quartette der

Exposition eines Gedankens – hier der Aufforderung der Sonettdichter an das lyrische Ich – und die Terzette seiner pointierten Fortführung. Bei Goethe folgt die Pointe in der letzten Zeile, ja im letzten Wort, das dem Schneiden aus dem ganzen Holze ein angeleimt wirkendes »Leimen« entgegensetzt.

Gerade der späte Goethe liebt durchaus koexistierende Widersprüche; und so findet sich im für Bad Lauchstädt bestimmten programmatischen Bühnenvorspiel *Was wir bringen* von 1802 der Widerruf, indem ausgerechnet das als romantisch verschrieene Sonett zum Sprachrohr einer ›klassischen‹ Ästhetik wird:

Natur und Kunst, sie scheinen sich zu fliehen
Und haben sich, eh man es denkt, gefunden;
Der Widerwille ist auch mir verschwunden,
Und beide scheinen gleich mich anzuziehen.

Es gilt wohl nur ein redliches Bemühen!
Und wenn wir erst in abgemeßnen Stunden
Mit Geist und Fleiß uns an die Kunst gebunden,
Mag frei Natur im Herzen wieder glühen.

So ist's mit aller Bildung auch beschaffen:
Vergebens werden ungebundne Geister
Nach der Vollendung reiner Höhe streben.

Wer Großes will, muß sich zusammenraffen;
In der Beschränkung zeigt sich erst der Meister,
Und das Gesetz nur kann uns Freiheit geben.

Gerade die von Goethe bevorzugte Terzettstruktur, bei der die drei abschließenden Verse wie reimlos wirken, läßt die parataktisch gefügten Schlußsätze wie Maximen eines klassischen Credos wirken; so ist der mittlere denn auch zum geflügelten Wort geworden.

Goethe war also bestens gerüstet, als im Winter 1807 auf 1808 mehreres zusammenkam, um bei ihm einen lyrischen Produktionsschub auszulösen, der in Sonetten Gestalt annahm. In Jena und Weimar hielt sich Zacharias Werner auf, der, unbeschadet vieler späterer gravierender Differenzen, ihm in dieser Zeit »Neigung abgewinnen« konnte. Werner las Sonette vor, die Goethe zu eigener Produktion anregten; es kam zu einem Sängerkrieg, an dem sich auch Goethes philologischer Berater Riemer beteiligte.

Stoff wuchs der so vorgegebenen Form zu in Goethes Neigung für Minna Herzlieb, der ihm seit ihrer Kindheit bekannten achtzehnjährigen Pflegetochter des Jenaer Verlegers Frommann, in dessen Haus er verkehrte. Er gestand selbst später gegenüber seiner Frau und auch gegenüber Zelter, Minna »mehr als billig« geliebt zu haben. In der entstehenden Sonettfolge enthüllt sie die letzte Nummer XVII in Form des Gesellschaftsrätsels der *Charade* als Adressatin:

Zwei Worte sind es, kurz, bequem zu sagen,
Die wir so oft mit holder Freude nennen,
Doch keineswegs die Dinge deutlich kennen,
Wovon sie eigentlich den Stempel tragen.

Es tut gar wohl in jung und alten Tagen,
Eins an dem andern kecklich zu verbrennen;
Und kann man sie vereint zusammen nennen,
So drückt man aus ein seliges Behagen.

Nun aber such ich ihnen zu gefallen
Und bitte, mit sich selbst mich zu beglücken;
Ich hoffe still, doch hoff ich's zu erlangen:

Als Namen der Geliebten sie zu lallen,
In einem Bild sie beide zu erblicken,
In einem Wesen beide zu umfangen.

Goethes wohl glühendste Verehrerin, Bettina von Arnim, die Tochter seiner einstigen Liebe Maxi Brentano geb. von La Roche, hat in ihrem einst berühmten und jetzt eher berüchtigten *Goethes Briefwech-*

sel mit einem Kinde sich als Adressatin der Sonette dargestellt, und in der Tat nehmen Goethes Gedichte Motive aus Bettinas Briefen in dieser Zeit auf. Als sei es damit nicht genug, wurde auch noch der Name der zweiundzwanzigjährigen Silvie von Ziegesar genannt, für die Goethe wohl auch 1807/08 entflammt war.

Hinzu kommt aber zweifellos auch die große Tradition der Gattung Sonett, die seit Dantes und Petrarcas Vorbild als hohe Gattung auch immer wieder die hohe Liebe gestaltet; und so vereinen sich die Neigung zu einer jungen Frau, das angenehme Gefühl, von einer weiteren jungen Dame förmlich angebetet zu werden, der Wettstreit mit geschätzten Kollegen und die wichtigste und reichste Gedichttradition der neueren Zeit zum Ganzen der Sonettfolge. Minna Herzlieb heiratete später und wurde wie ihre Nachfolgerinnen Marianne von Willemer und Ulrike von Levetzow alt genug, um noch von Goetheforschern, in ihrem Fall von Heinrich Düntzer, dem streitlustigen Positivisten, befragt zu werden. Ihre abschließende Bewertung sollte auch der heutige Interpret beherzigen: »Sie müssen immer denken, Goethe war ein Dichter.«

Gleich das erste Sonett schlägt schon in seiner Überschrift das zentrale Thema an:

I Mächtiges Überraschen

Ein Strom entrauscht umwölktem Felsensaale,
Dem Ozean sich eilig zu verbinden;
Was auch sich spiegeln mag von Grund zu Gründen,
Er wandelt unaufhaltsam fort zu Tale.

Dämonisch aber stürzt mit einem Male
Ihr folgen Berg und Wald in Wirbelwinden
Sich Oreas, Behagen dort zu finden,
Und hemmt den Lauf, begrenzt die weite Schale.

Die Welle sprüht, und staunt zurück und weichet,
Und schwillt bergan, sich immer selbst zu trinken;
Gehemmt ist nun zum Vater hin das Streben.

Sie schwankt und ruht, zum See zurückgedeichet;
Gestirne, spiegelnd sich, beschaun das Blinken
Des Wellenschlags am Fels, ein neues Leben.

Der Rückgriff auf die Bildlichkeit von *Mahomets Gesang* (S. 136 ff.) ist unverkennbar, ein Strom wandelt scheinbar unaufhaltsam seinem Ende im »Vater« entgegen, als sein Lauf »dämonisch« aufgehalten wird – Goethes Spezialbegriff für die Geschehnisse an sich reißende und sie dabei verändernde Persönlichkeiten, wie er sie beispielsweise im Mythos in Ödipus oder in seiner Zeit in Napoleon sah. Aber auch Geschehnisse selbst können »dämonisch« sein, was sich für Goethe nicht definieren, sondern nur negativ bestimmen läßt:

> Es war nicht göttlich, denn es schien unvernünftig, nicht menschlich, denn es hatte keinen Verstand, nicht teuflisch, denn es war wohltätig, nicht englisch, denn es ließ oft Schadenfreude merken. Es glich dem Zufall, denn es bewies keine Folge, es ähnelte der Vorsehung, denn es deutete auf Zusammenhang. Alles, was uns begrenzt, schien für dasselbe durchdringbar, es schien mit den notwendigen Elementen unsres Daseins willkürlich zu schalten, es zog die Zeit zusammen und dehnte den Raum aus. Nur im Unmöglichen schien es sich zu gefallen und das Mögliche mit Verachtung von sich zu stoßen. (DuW IV, 20)

So elementar wirkt auf den fast Sechzigjährigen die Liebe zu einer jungen Frau – das Leben erfährt im Bild des Flusses ein Zusammenziehen der Zeit wie eine Ausdehnung des Raums, und das so unvermittelt wie ein Bergsturz. Gleichzeitig ist es nicht nur »wohltätig« und keineswegs ›verständig‹; denn Goethe ist seit einem guten Jahr nun auch offiziell verheiratet; im Grunde ist es »unmöglich«, und doch bewirkt es »ein neues Leben«. Dies wird in den folgenden Sonetten entfaltet.

II Freundliches Begegnen

Im weiten Mantel bis ans Kinn verhüllet,
Ging ich den Felsenweg, den schroffen, grauen,

Hernieder dann zu winterhaften Auen,
Unruh'gen Sinns, zur nahen Flucht gewillet.

Auf einmal schien der neue Tag enthüllet:
Ein Mädchen kam, ein Himmel anzuschauen,
So musterhaft wie jene lieben Frauen
Der Dichterwelt. Mein Sehnen war gestillet.

Doch wandt ich mich hinweg und ließ sie gehen
Und wickelte mich enger in die Falten,
Als wollt ich trutzend in mir selbst erwarmen;

Und folgt ihr doch. Sie stand. Da war's geschehen
In meiner Hülle konnt ich mich nicht halten,
Die warf ich weg, sie lag in meinen Armen.

Scherzhaft gestaltet das nächste Sonett scheiternde Versuche des Entsagens:

III Kurz und gut

Sollt ich mich denn so ganz an sie gewöhnen?
Das wäre mir zuletzt doch reine Plage.
Darum versuch ich's gleich am heut'gen Tage
Und nahe nicht dem vielgewohnten Schönen.

Wie aber mag ich dich, mein Herz, versöhnen,
Daß ich im wicht'gen Fall dich nicht befrage?
Wohlan! Komm her! Wir äußern unsre Klage
In liebevollen, traurig heitern Tönen.

Siehst du, es geht! Des Dichters Wink gewärtig,
Melodisch klingt die durchgespielte Leier,
Ein Liebesopfer traulich darzubringen.

Du denkst es kaum, und sieh! das Lied ist fertig;
Allein was nun? – Ich dächt, im ersten Feuer
Wir eilten hin, es vor ihr selbst zu singen.

Scherzhaft und selbstironisch ist auch das folgende, in dem der Dichter mit seiner eigenen Büste konkurrieren muß. Wie auch in den Sonetten VIII, IX, X ist es das Mädchen, das hier spricht, zusammen mit den Dialoggedichten XIV und XV nehmen diese Mädchenstrophen die durchgehend dialogische Struktur der Liebesgedichte im *West-östlichen Divan* vorweg:

IV Das Mädchen spricht

Du siehst so ernst, Geliebter! Deinem Bilde
Von Marmor hier möcht ich dich wohl vergleichen;
Wie dieses gibst du mir kein Lebenszeichen;
Mit dir verglichen, zeigt der Stein sich milde.

Der Feind verbirgt sich hinter seinem Schilde,
Der Freund soll offen seine Stirn uns reichen.
Ich suche dich, du suchst mir zu entweichen;
Doch halte stand, wie dieses Kunstgebilde.

An wen von beiden soll ich nun mich wenden?
Sollt ich von beiden Kälte leiden müssen,
Da dieser tot und du lebendig heißest?

Kurz, um der Worte mehr nicht zu verschwenden,
So will ich diesen Stein so lange küssen,
Bis eifersüchtig du mich ihm entreißest.

Das die kleine Liebesgeschichte, aber nicht die Sonettfolge abschließende Gedicht VII *Abschied* nimmt das Strombild des Eingangssonetts wieder auf. Dem sich ins Meer Verströmenden ist auch diese Liebe unverloren, mit »allem, was ich je genossen«, erscheint sie aufgehoben im Urphänomen Liebe:

War unersättlich nach viel tausend Küssen,
Und mußt mit einem Kuß am Ende scheiden.
Nach herber Trennung tiefempfundnem Leiden
War mir das Ufer, dem ich mich entrissen,

Mit Wohnungen, mit Bergen, Hügeln, Flüssen,
Solang ich's deutlich sah, ein Schatz der Freuden;
Zuletzt im Blauen blieb ein Augenweiden
An fernentwichnen lichten Finsternissen.

Und endlich, als das Meer den Blick umgrenzte,
Fiel mir zurück ins Herz mein heiß Verlangen;
Ich suchte mein Verlornes gar verdrossen.

Da war es gleich, als ob der Himmel glänzte;
Mir schien, als wäre nichts mir, nichts entgangen,
Als hätt ich alles, was ich je genossen.

Da man mit Minna Herzlieb »immer denken« muß, »Goethe war ein Dichter«, fehlen auch die für die Gattung Sonett typischen selbstreferentiellen Sonette nicht. Den einstigen Verächter der Sonettseuche, die ihm als Kontamination aus ›Lacrimae‹ und ›Grimassen‹ erschienen waren, suchen sie jetzt als Rachegöttin *Nemesis* (XI) mit der Krankheit der »Sonettenwut und Raserei der Liebe« gleichzeitig heim:

Wenn durch das Volk die grimme Seuche wütet,
Soll man vorsichtig die Gesellschaft lassen.
Auch hab ich oft mit Zaudern und Verpassen
Vor manchen Influenzen mich gehütet.

Und ob gleich Amor öfters mich begütet,
Mocht ich zuletzt mich nicht mit ihm befassen.

So ging mir's auch mit jenen Lacrimassen,
Als vier – und dreifach reimend sie gebrütet.

Nun aber folgt die Strafe dem Verächter,
Als wenn die Schlangenfackel der Erinnen
Von Berg zu Tal, von Land zu Meer ihn triebe.

Ich höre wohl der Genien Gelächter;
Doch trennet mich von jeglichem Besinnen
Sonettenwut und Raserei der Liebe.

Huldigt das letzte Gedicht in der *Charade* der Geliebten, so das vorletzte dem Erzvater der Gattung, Petrarca, höchst kunstvoll und gerade in der kühnen Antithetik des Schlußreims »Karfreitag« – »Maitag« und der inhaltlichen von »Karfreitag« – Palmsonntag – »Advent«/ »Ankunft« von solcher Künstlichkeit, daß sie zur ironischen Brechung wird:

Mit Flammenschrift war innigst eingeschrieben
Petrarcas Brust vor allen andern Tagen
Karfreitag. Eben so, ich darf's wohl sagen,
Ist mir Advent von Achtzehnhundertsieben.

Ich fing nicht an, ich fuhr nur fort zu lieben
Sie, die ich früh im Herzen schon getragen,
Dann wieder weislich aus dem Sinn geschlagen,
Der ich nun wieder bin ans Herz getrieben.

Petrarcas Liebe, die unendlich hohe,
War leider unbelohnt und gar zu traurig,
Ein Herzensweh, ein ewiger Karfreitag;

Doch stets erscheine, fort und fort, die frohe,
Süß, unter Palmenjubel, wonneschaurig,
Der Herrin Ankunft mir, ein ew'ger Maitag.

Capriccio

Auch das ist ein konstituierendes Element der Goetheschen Lyrik seit den altklug ironischen Versen des letzten deutschen Anakreontikers – die schiere Virtuosität. Goethe hat sich im 29. der *Venetianischen Epigramme* kritisch zu seinen Talenten geäußert:

Vieles hab ich versucht, gezeichnet, in Kupfer gestochen,
  Öl gemalt, in Ton hab ich auch manches gedrückt,
Unbeständig jedoch, und nichts gelernt noch geleistet;
  Nur ein einzig Talent bracht ich der Meisterschaft nah:
Deutsch zu schreiben. …

Auf allen anderen Gebieten, denen er sich widmete, blieb Goethe Dilettant im damaligen positiven Sinne des Wortes – ein souveräner Kenner, der etwas aus Liebe betreibt, nicht als Brotberuf, und der diese Freiheit dem Profi voraushat. In *Dichtung und Wahrheit* heißt es: »Dem Dilettanten ist die Nähe des Künstlers unerläßlich, denn er sieht in diesem das Komplement seines eigenen Daseins, die Wünsche des Liebhabers erfüllen sich im Artisten.« Deshalb umgab sich Goethe mit seinen wandelnden Lexika, etwa Meyer für die Kunst und Riemer für die Philologie, die beide lange als Hausgäste mit ihm lebten, deshalb arbeitete er gern mit den Naturwissenschaftlern der Universität Jena zusammen, und deshalb scheute er auch nicht, seine »Meisterschaft … Deutsch zu schreiben« immer wieder einmal paradieren zu lassen und den Meister als Artisten zu präsentieren.

Das wohl schönste dieser virtuosen Gedichte um der Virtuosität willen ist für mich *Nachtgesang*, unter Goethes lyrischen Meisterwerken ist es das unauffälligste:

O gib vom weichen Pfühle,
Träumend, ein halb Gehör!
Bei meinem Saitenspiele
Schlafe! was willst du mehr?

Bei meinem Saitenspiele
Segnet der Sterne Heer
Die ewigen Gefühle;
Schlafe! was willst du mehr?

Die ewigen Gefühle
Heben mich, hoch und hehr,
Aus irdischem Gewühle;
Schlafe! was willst du mehr?

Vom irdischen Gewühle
Trennst du mich nur zu sehr,
Bannst mich in diese Kühle;
Schlafe! was willst du mehr?

Bannst mich in diese Kühle,
Gibst nur im Traum Gehör.
Ach, auf dem weichen Pfühle
Schlafe! was willst du mehr?

Erschienen ist das Gedicht in Goethes und Wielands *Taschenbuch auf das Jahr 1804* in einer Gruppe »der Geselligkeit gewidmeter Lieder«. Wir kennen auch den Schreibanlaß, Goethes Begegnung mit einer italienischen Vorlage, deren Refrain ihm blieb: »Dormi, che vuoi di più«. Ihn übernahm er und auch das Verfahren der Vorlage, die vorletzte Zeile jeder Strophe zur ersten der folgenden zu machen. Weitere Bezüge zu dem italienischen Volkslied als Prätext gibt es nicht.

Die Rückübersetzung des deutschen Titels ins Italienische ist ein wichtiger Schlüssel zu Goethes Version: Serenade. Ein »Ich« bringt einem »Du« ein Ständchen – mehr Personen kennt das Gedicht nicht. Das Du liegt auf dem »weichen Pfühle«, das »Ich« steht in der »Kühle« vor dem Fenster und singt zu seinem Saiteninstrument, und die fünf Verse mit ihren zwei wiederkehrenden Reimen erzählen eine ganze Liebesgeschichte von Willkomm und Abschied, eine kleine »Ballade des Herzens und seiner Schicksale«, wie Benno von Wiese einst das Gedicht mit diesem Titel nannte.

Das Ich wünscht für sein werbendes Lied nur »ein halb Gehör«, und das Du mag ruhig schlafen und soll keinesfalls »mehr« wollen – die uralte taktische Lüge des »Ich will wirklich nichts von dir«.

Die zweite Strophe beschwört nicht nur die nächtliche Situation des Sängers draußen mit seinem Saiteninstrument unter dem Sternenhimmel, sondern auch die Goethesche Liebeslehre: Die Liebesgefühle sind »ewig« wie »der Sterne Heer«, denn sie unterliegen denselben Gesetzen von »vis centripeta« und »vis centrifuga«.

Das Herausgehobensein des Ichs aus allem »irdischen Gewühle« bezeichnet in der Mitte des Gedichts zugleich dessen Höhepunkt. Wenn das Stichwort vom »irdischen Gewühle« dem Baugesetz des Gedichts gemäß vom Ende der dritten an den Anfang der vierten Strophe wandert, wird es bereits negativ gesehen: »Vom irdischen Gewühle / Trennst du mich nur zu sehr, / Bannst mich in diese Kühle« – dem Ich wird es langweilig und kalt. Mit der fünften Strophe endet der *Nachtgesang* mit der Beschwörung der Trennung: er in die Kühle gebannt, sie, die ihn »nur im Traum« hört und vor allem erhört; denn jemandem »Gehör geben« kann beides heißen. Mit dem Klagelaut »Ach« bricht das Ständchen ab.

Formal könnte es weitergehen; denn die vorletzte Zeile der letzten Strophe ist die erste der ersten, das Gedichtchen hat die Anlage zu einem endlosen Rundgesang, wäre da nicht die leichte Variation, in der das hoffnungsvolle »O« des Anfangs zum resignierten »Ach« des Schlusses geworden ist. Diese Liebe konnte an diesem Abend nicht gelebt werden; die Werbung des Ichs um »Gehör« ist gescheitert; es packt sein Instrument und verschwindet lieber im »irdischen Gewühle«.

Drei Zeilen, zwei Reime, ein Refrain, und man möchte mit Eduard Mörike sagen: »Ein Kunstgebild der echten Art. Wer achtet sein?/ Was aber schön ist, selig scheint es in ihm selbst.«

Der letzte Hofdichter

In *Das siebente Kapitel* von Thomas Manns *Lotte in Weimar* tritt Goethe endlich selbst auf, nachdem wir ihn sechs Kapitel lang nur in wiederholten Spiegelungen seiner Umwelt kennengelernt haben. Wir lauschen dem inneren Monolog des Siebenundsechzigjährigen beim Erwachen am Morgen. Nachdem er sich aus dem Traum gewickelt und in Raum und Zeit orientiert hat, bedenkt er, was am soeben angebrochenen Tag alles zu tun sein wird:

> Was gab es also, was fordert der Tag? ... – da ist auch das Concept zum Geburtstagscarmen an Excellenz von Voigt – Himmel, es will ja gemacht und mundiert sein, am Siebenundzwanzigsten ist der Geburtstag, und viel ist es nicht, was ich habe, eigentlich nur ein paar Verse, wovon einer taugt: »Ob nicht Natur zuletzt sich doch ergründe?« Das ist gut, das läßt sich hören, das ist von mir, das mag den ganzen Quark tragen, denn natürlich wird's ein schicklicher Quark wie so vieles, es ist nur, daß das »poetische Talent« gesellig vorspricht, man erwartet's von ihm.

Goethe hat in seinem Leben viel »schicklichen Quark« vorgetragen und mit seinem »poetischen Talent« gesellig vorgesprochen, von den frühen Neujahrscarmina für die Großeltern bis zum letzten Stammbucheintrag zwei Wochen vor seinem Tod. Er hat sich auch solcher Okkasionalpoesien nicht etwa geschämt, sondern sie in seine Werkausgaben unter die Lyrik aufgenommen. So enthält die *Ausgabe letzter Hand* eine eigene Rubrik *An Personen* mit zwanzig Stücken und eine weitere mit 81 Titeln, die Goethe sogar mit Erläuterungen zu den Anlässen versehen hat: »Inschriften, Denk- und Sende-Blätter und aufklärende Bemerkungen über festliche Lebens-Epochen, und Lichtblikke traulicher Verhältnisse, vom Dichter gefeiert«. Hier findet sich auch der von Goethe bei Thomas Mann paraphrasierte »schickliche Quark«: *Herrn Staats-Minister v. Voigt zur Feier des sieben und zwanzigsten Septembers 1816*.

Einen ganzen Zyklus solcher Huldigungsgedichte hat Goethe als *Carlsbader Gedichte* außerhalb seiner Lyrik im Band acht seiner Werkausgabe von 1815 bis 1819 bei Cotta publiziert. Sie stehen dort zwischen Weimarer Maskenzügen zur Hofbelustigung, vor allem immer wieder zum Geburtstag der von ihm hofierten Herzogin Louise am 30. Januar, und dem Festspiel *Des Epimenides Erwachen*, einer Auftragsarbeit zur Feier des Sieges über Napoleon. Auch solche Bühnenarbeiten hat Goethe sein Leben lang für besondere Ereignisse im Staat und bei Hof verfaßt.

Bei den *Carlsbader Gedichten* handelt es sich um von Goethe *Im Namen der Bürgerschaft von Carlsbad* verfaßte Gedichte auf Besuche der österreichischen Kaiserin 1810 und des österreichischen Kaisers und der französischen Kaiserin 1812: *Der Kaiserin Ankunft. Den 6. Juni 1810; Der Kaiserin Becher. Den 10. Juni 1810; Der Kaiserin Platz. Den 19. Juni 1810; Der Kaiserin Abschied. Den 22. Juni 1810; Ihro der Kaiserin von Österreich Majestät; Ihro des Kaisers von Österreich Majestät; Ihro der Kaiserin von Frankreich Majestät*. Unter den nachgelassenen Gedichten ist die Schar solcher Okkasionalpoesien Legion.

Unter diesen Begriff sind auch die *Geselligen Lieder* zu rechnen, die Goethe in alle seine Gesamtausgaben aufgenommen hat; die *Ausgabe letzter Hand* hat unter anderem eine eigene Abteilung *Loge* mit acht Liedern für Freimaurer zu bestimmten Anlässen.

Goethes ›Erlebnisdichtung‹ prägt das datierbare Gefühl, die Okkasionalpoesie der datierbare Anlaß. Sie deshalb abzuwerten, gibt es keinen Grund. Bis in Goethes Jugend hinein hatte Dichtung ihren festen gesellschaftlichen Ort, ihren Sitz im Leben. Diese Tradition hat Goethe als letzter Hofdichter mit Hingabe fortgeführt; eine Trennung von ›wahrer‹ und ›bloß okkasioneller‹ Poesie verbietet sich da. Goethes kritische Auseinandersetzung mit des Herzogs Regierung und seinem eigenen Beitrag dazu, *Ilmenau*, war ein Geburtstagsgedicht für Carl August (s. S. 210 ff.), die Elegie *Klein ist unter den Fürsten Germaniens freilich der meine* ist ein klassisches Beispiel des Fürstenlobs (s. S. 206 f.). Eins der schönsten und wichtigsten Gedichte Goethes stammt aus dieser Grauzone zwischen datierbarem Gefühl und datierbarem Anlaß und fehlt deshalb in vielen Ausgaben: Sein lyrischer Nachruf auf Schiller, der *Epilog zu Schillers Glocke*, ist ein aus gegebenem Anlaß gedichteter Bühnenmonolog (s. S. 296 f.); und das erschütternde Alterswerk der *Elegie* erfährt seine Katharsis, indem Goethe es bei der Veröffentlichung als Mittelteil eines Triptychons von zwei Gelegenheitsgedichten einfassen läßt.

Die Zeit 1789 bis 1815

Goethe scheint von der Italienischen Reise gerade rechtzeitig genug zurückgekommen zu sein, um die Weltgeschichte nicht zu verpassen und immer wieder an ihr teilzunehmen. 1789 erschüttert die Französische Revolution Europa und hat materielle und vor allem auch ideelle Auswirkungen auf ganz Deutschland, nicht nur auf dessen linksrheinische Teile, die Frankreich eingegliedert werden. Goethe nimmt als Carl Augusts Begleiter 1792 am jämmerlich scheiternden Koalitionskrieg gegen die Französische Republik teil; auch für ihn gilt der berühmte Spruch, mit dem er den Gefährten gegenüber auf deren Verlangen die Niederlage gegen die Revolutionstruppen bei Valmy kommentierte:

> Endlich rief man mich auf, was ich dazu denke, denn ich hatte die Schar gewöhnlich mit kurzen Sprüchen erheitert und erquickt; diesmal sagte ich: »Von hier und heute geht eine neue Epoche der Weltgeschichte aus, und ihr könnt sagen, ihr seid dabei gewesen.«

An Carl Augusts Seite ist Goethe auch 1793 bei der Rückeroberung von Mainz »dabei«. Danach sah der Herzog das Scheitern einer militärischen Eindämmung der Französischen Revolution ein und trat der preußischen Neutralitätspolitik bei, was seinem Land von 1795 bis 1806 ein Jahrzehnt des Friedens bescherte.

1806 wurde Sachsen-Weimar-Eisenach zum souveränen Staat, als das Reich als Lehnsherr *de iure* am 6. August zu existieren aufhörte. Die Schlacht bei Jena und Auerstedt am 14. Oktober desselben Jahres verstrickte das Land in den Untergang Preußens. Carl August hatte an der Schlacht als kommandierender preußischer General teilgenommen, und so galten seine Länder als besetztes Feindesland. Nur sein rascher Frontenwechsel durch den Beitritt zum von Napoleon dominierten Rheinbund sicherte den Fortbestand des Landes, allerdings mit hohen Truppenkontingenten für Napoleon und einer gewaltigen Kriegskontribution.

Nach der Völkerschlacht bei Leipzig im Oktober 1813 gilt das mit Napoleon verbündete Weimar wieder als feindlich besetztes Territorium, an dessen Beseitigung als autonomem Staat der Freiherr vom Stein arbeitete, und wieder kann nur der rasche Frontwechsel Rettung bringen: Als erster der ernestinischen Herzöge tritt Carl August dem Bündnis gegen Napoleon bei, Ende November folgen die übrigen thüringischen Kollegen und retten so den Bestand ihrer Länder bis 1918.

Carl August wird Kommandierender General des III. deutschen Armeekorps aus sächsischen und thüringischen Truppen, das die Franzosen aus Holland und Belgien zurückdrängt. So sitzt Weimar auf dem Wiener Kongreß bei den Siegern und erfährt eine Vergrößerung seines Territoriums auf fast das Doppelte.

Dies alles sei als Hintergrund eines Vierteljahrhunderts in Goethes Leben kurz erwähnt, das vielfältig davon beeinflußt wird. Nicht nur der Politiker und Staatsmann Goethe wird davon berührt, sondern auch der Privatmann. Das reicht von Einquartierungen in Goethes Haus 1806 und 1813 und monatelanger eigener Teilnahme an Feldzügen über Gefährdungen der Mutter durch Kriegshandlungen im Rhein-Main-Gebiet bis zu erheblichen Beeinträchtigungen bei Reiseplänen. Die einzige größere zivile Reise der Zeit, die ihn im Sommer und Herbst 1797 über seine Vaterstadt, wo er die Mutter das letze Mal vor deren Tod 1808 sieht, nach Schwaben und in die Schweiz führt, muß praktisch in eine Lücke der nie endenden Kriege geschoben werden.

Die Badereisen, die Goethe seit den neunziger Jahren jährlich zur Pflege seiner Gesundheit wie seines Bedürfnisses nach internationaler Geselligkeit zu unternehmen versucht, führen ihn fast ausschließlich in die böhmischen Bäder nach Osten, fern von potentiellen Kriegsschauplätzen. Nach siebzehn Jahren der Abwesenheit empfindet es Goethe wie eine Befreiung, als er nach Napoleons Sturz 1814 und 1815 endlich wieder in seine Heimat reisen kann.

Die Reisen an Rhein und Main 1814 und 1815

Im Schema von Systole und Diastole, unter dem Goethe längst sein Leben zu begreifen gelernt hatte, waren die letzten Weimarer Jahre als Systole erschienen, als »Starren«, als »Stocken«, voll »innerlicher Hindernisse«. Mit Wieland war 1813 der letzte der alten kongenialen Freunde gestorben; nur der Herzog lebte noch, war aber mit Goethes Intimfeindin Caroline Jagemann fest liiert, was den Umgang beeinträchtigte. Goethe war vereinsamt. Er schreibt im Rückblick auf diese Jahre: »In unserer Gegend hatte der Krieg, die allgemeine Bewegung der Gemüter, und mancher andere ungünstige Umstand zusammengewirkt, und den schönen Kreis, wovon Weimar und Jena die beiden Brennpunkte sind, wo nicht aufzulösen, doch seine Bewegungen zu hemmen, zu stören vermocht, und ich sah mich auf mich selbst zurückgedrängt.«

Aus dieser Vereinsamung in Weimar ist er aufgebrochen in das Land seiner Jugend, und zwar zunächst in einem geistigen Sinne: Er hat 1809 angefangen, seine Autobiographie *Dichtung und Wahrheit* zu schreiben. 1814 lag das Werk bis zum dritten Teil vor, der die Jugend bis gegen Ende der Frankfurter Zeit darstellt. Über dieser Arbeit ist er nach seinen eigenen Worten »sich selbst historisch« geworden, d.h., er ist zu der Einsicht gelangt, daß auch im menschlichen Leben »jede Epoche gleich unmittelbar zu Gott« ist, von gleicher Berechtigung und gleichem Wert. Das gibt ihm eine fast grenzenlose Offenheit allen neuen Eindrücken gegenüber, die die beiden Rheinreisen kennzeichnet.

Gleichzeitig arbeitet er an der neuen zwanzigbändigen Werkausgabe bei Cotta, was ihn, wie er Zelter gesteht, »zu wunderlichen Betrachtungen veranlasst, indem ich genötigt bin, über die abgeschiedenen und immer aufs neue spukenden Geister Revue zu halten« – wie einst auf der Italienischen Reise.

In diesem Kontext beginnt er nun das in Italien entstandene Tagebuch für Frau von Stein für die Veröffentlichung zu redigieren, und das mag dazu beigetragen haben, daß ihm auf seiner jetzigen Reise immer wieder Parallelen zu dem beglückenden Erleben von damals auffallen. Beide Reisen sind Epochen der Diastole, des Ausatmens, der völligen Hingabe an die Welt.

Am 25. Juli 1813 bricht er auf, am 27. Oktober ist er zurück in Weimar. Gleich zu Beginn der Reise notiert er im Tagebuch: »Des alten Fasanentraums gedacht.« Den hatte er ein Jahr vor dem Aufbruch nach Italien gehabt, und damals war er ihm als symbolische Ankündigung der überreichen Fracht erschienen, die er von Italien mitbringen würde. Auf die hofft er offensichtlich auch jetzt.

Selbst der Staub der Straße wird ihm verheißungsvoll: In Italien hatte ihn der Staub an die heißen trockenen Sommer seiner Heimat erinnert, nun läßt er in der Heimat die Bilder Italiens entstehen. Goethe dichtet zwischen Frankfurt und Wiesbaden:

Staub, den hab ich längst entbehret
  In dem stets umhüllten Norden,
Aber in dem heißen Süden
  Ist er mir genugsam worden.

Hinzu kommt ein Zufall, den man mit Goethe fast dämonisch nennen könnte. Im Mai 1814 schickt ihm sein Verleger Cotta die Übersetzung des *Divans* vom persischen Dichter Hafis (1326–1390) durch den österreichischen Diplomaten und Kenner orientalischer Sprachen Joseph von Hammer. Im Juni beginnt er mit der Lektüre, die auf ihn wirkt wie Shakespeare in seiner Jugend, »ich mußte mich dagegen produktiv verhalten, weil ich sonst vor der mächtigen Erscheinung nicht hätte bestehen können«. Hafis'-Hammers Buch wird sein Reisebegleiter, und gleich in den ersten Reisetagen erprobt er im Juli 1814 den für ihn unerhörten östlichen Ton, der in seinem Munde zum »west-östlichen« wird. Die Gedichte strömen ihm in einer Fülle zu; er ist produktiver als in den besten Zeiten seiner Jugend, so daß er selbst überrascht ist, wie ein ganzes Buch entsteht, wie er schon ein Jahr später auf seiner zweiten Reise in Wiesbaden ein Register von 100 Gedichten des sich bildenden *West-östlichen Divans* zusammenstellen kann; das fertige Buch wird Goethes umfänglichster Zyklus.

Die Parallelen zur Italienischen Reise gipfeln in der Bezeichnung »Hegire« für beide Reisen (s. S. 241); dieses Mal ist sie noch passender, weil Goethe dem lyrischen Ich in den folgenden Jahren durchgehend ein orientalisch-islamisches Kostüm verpassen wird – nur an einer Stelle wird es, höchst bedeutsam, durchbrochen (s. S. 327 f.). Am 24. Dezember 1814, zwischen den Reisen und sozusagen zur Halbzeit der Produktion, schreibt er das Einleitungsgedicht

Hegire

Nord und West und Süd zersplittern,
Throne bersten, Reiche zittern,
Flüchte du, im reinen Osten
Patriarchenluft zu kosten,
Unter Lieben, Trinken, Singen
Soll dich Chisers Quell verjüngen.

Dort, im Reinen und im Rechten,
Will ich menschlichen Geschlechten
In des Ursprungs Tiefe dringen,
Wo sie noch von Gott empfingen
Himmelslehr in Erdesprachen
Und sich nicht den Kopf zerbrachen.

Wo sie Väter hoch verehrten,
Jeden fremden Dienst verwehrten;
Will mich freun der Jugendschranke:
Glaube weit, eng der Gedanke,
Wie das Wort so wichtig dort war,
Weil es ein gesprochen Wort war.

Will mich unter Hirten mischen,
An Oasen mich erfrischen,
Wenn mit Karawanen wandle,
Schal, Kaffee und Moschus handle;

Jeden Pfad will ich betreten
Von der Wüste zu den Städten.

Bösen Felsweg auf und nieder
Trösten, Hafis, deine Lieder,
Wenn der Führer mit Entzücken
Von des Maultiers hohem Rücken
Singt, die Sterne zu erwecken
Und die Räuber zu erschrecken.

Will in Bädern und in Schenken,
Heil'ger Hafis, dein gedenken,
Wenn den Schleier Liebchen lüftet,
Schüttelnd Ambralocken düftet.
Ja, des Dichters Liebeflüstern
Mache selbst die Huris lüstern.

Wolltet ihr ihm dies beneiden
Oder etwa gar verleiden,
Wisset nur, daß Dichterworte
Um des Paradieses Pforte
Immer leise klopfend schweben,
Sich erbittend ew'ges Leben.

Die Reise nach Westen wird zur Flucht in den Osten, die Zeitreise in Hafis' Orient zur Absage an eine Gegenwart, in der die Throne und Reiche des revolutionären Europas täglich in Trümmer fallen, während in Wien an denen der Restauration gebastelt wird. Hafis' Welt verschmilzt ihm dabei mit den alttestamentlichen und den Koran-Studien seiner Jugend, die Fahrt zu den Stätten seiner Kindheit wird, wie schon im *Werther*, zur Reise in die Kinderjahre der Menschheit und Wiesbadens Brunnen zu Chisers Quell der ewigen Jugend. »Lieben, Trinken, Singen« ist Programm des Dichters Goethe für den *Divan* wie des Menschen Goethe für seine Reisen. Schon bei Reisebeginn dichtet er zwischen Weimar und Eisenach in der Kutsche anläßlich des *Phänomen* eines weißen Bogens, der das Sonnenlicht auf einer Nebelwand reflektiert:

So sollst du, muntrer Greis,
Dich nicht betrüben,
Sind gleich die Haare weiß,
Doch wirst du lieben.

Auch das Trinken steht auf dem Programm; schon auf der Fahrt von Eisenach nach Fulda dichtet er dazu:

Solang man nüchtern ist,
Gefällt das Schlechte;
Wie man getrunken hat,
Weiß man das Rechte;
Nur ist das Übermaß
Auch gleich zuhanden;
Hafis, o lehre mich,
Wie du's verstanden!

Denn meine Meinung ist
Nicht übertrieben:
Wenn man nicht trinken kann,
Soll man nicht lieben;
Doch sollt ihr Trinker euch
Nicht besser dünken,
Wenn man nicht lieben kann,
Soll man nicht trinken.

Wie in den Sonetten für Minna Herzlieb, aber anders als bei der rein topischen anakreontischen Lyrik mit ihren verwandten Themen, überlagert sich Intertextualität mit außertextlicher Wirklichkeit; am Rhein singt Goethe nicht »vom süßen Saft der Reben / Und Wasser trinck ich oft dabey«, sondern pokuliert tüchtig. Antonie Brentano, seine Gastgeberin in der ersten Septemberwoche 1814 im Brentanohaus in Winkel, erinnert sich später: »Von unsrem guten Rheinweine konnte er aber ganz fürchterlich trinken; besonders von dem Elfer«, dem schweren süßen Jahrhundertwein, den Goethe »Eilfer« nannte und dem er in diesen Tagen ein eigenes Gedicht gewidmet hat, dessen gerade Zeilen jeweils auf »Eilfer« enden.

In den homoerotisch getönten Gedichten über den weinschenkenden Knaben, dem *Das Schenkenbuch* des *Divans* gewidmet ist, werden der Weingenuß und seine Folgen ausgiebig gefeiert:

Dem Kellner
Setze mir nicht, du Grobian,
Mir den Krug so derb vor die Nase!
Wer mir Wein bringt, sehe mich freundlich an,
Sonst trübt sich der Eilfer im Glase.

Dem Schenken
Du zierlicher Knabe, du komm herein,
Was stehst du denn da auf der Schwelle?
Du sollst mir künftig der Schenke sein,
Jeder Wein ist schmackhaft und helle.

Schenke
spricht
Du, mit deinen braunen Locken,
Geh mir weg, verschmitzte Dirne!
Schenk ich meinem Herrn zu Danke,
Nun, so küßt er mir die Stirne.

Aber du, ich wollte wetten,
Bist mir nicht damit zufrieden,
Deine Wangen, deine Brüste
Werden meinen Freund ermüden.

Glaubst du wohl mich zu betriegen,
Daß du jetzt verschämt entweichest?
Auf der Schwelle will ich liegen
Und erwachen, wenn du schleichest.

(...)

Schenke
Nennen dich den großen Dichter,
Wenn dich auf dem Markte zeigest;
Gerne hör ich, wenn du singest,
Und ich horche, wenn du schweigest.
Doch ich liebe dich noch lieber,
Wenn du küssest zum Erinnern;
Denn die Worte gehn vorüber,
Und der Kuß, der bleibt im Innern.

Reim auf Reim will was bedeuten;
Besser ist es, viel zu denken.
Singe du den andern Leuten,
Und verstumme mit dem Schenken.

Dichter
Schenke, komm! Noch einen Becher!

Schenke
Herr, du hast genug getrunken;
Nennen dich den wilden Zecher!

Dichter
Sahst du je, daß ich gesunken?

Schenke
Mahomet verbietet's

Dichter
                                        Liebchen!
Hört es niemand, will dir's sagen.

Schenke
Wenn du einmal gerne redest,
Brauch ich gar nicht viel zu fragen.

Dichter
Horch! wir andre Muselmanen,
Nüchtern sollen wir gebückt sein,
Er in seinem heil'gen Eifer
Möchte gern allein verrückt sein.

Da bleibt auch der Kater nicht aus:

Schenke
Welch ein Zustand! Herr, so späte
Schleichst du heut aus deiner Kammer;
Perser nennen's Bidamag buden,
Deutsche sagen Katzenjammer.

Dichter
Laß mich jetzt, geliebter Knabe,
Mir will nicht die Welt gefallen,
Nicht der Schein, der Duft der Rose,
Nicht der Sang der Nachtigallen.

Singen als dritter Programmpunkt für Dichtung wie Leben findet gleich doppelt statt: Zum einen erscheint uns alles nur im Sang des Dichters, wie Goethe diese Welt nur in Hafis' Liedern ertönt, zum anderen wird in diesen beiden Sommern auch real viel gesungen; denn die Liebe, die ihm der Lichtbogen im thüringischen Nebel verheißen hat, ist die zu einer Sängerin, Marianne von Willemer geb. Jung. »Mignon« nennt ihr Gatte, der erfolgreiche Bankier und langjährige Goethe-Freund und Goethe-Verehrer Johann Jakob Willemer, sie einmal in einem Brief an Goethe. In der Tat gibt es viele Parallelen zwischen dem Theaterkind Marianne und dieser Goetheschen Gestalt. Wie sie wurde Marianne nach einem Ballett von Willemer regelrecht gekauft, indem er ihrer unehelichen Mutter eine Abfindung gab, sie aus Frankfurt entfernte und Marianne mit seinen Töchtern erziehen läßt. Irgendwann wurde sie seine Geliebte, bis er sie 1814 heiratete.

Ihre außerordentliche Persönlichkeit fesselte schon lange vor Goethe den jungen Clemens Brentano; seine Neigung zu ihr wurde zur Keimzelle der *Romanzen von Rosenkranz*. Sein Leben lang bewahrte ihr Brentano eine solche Hochschätzung, daß er ihr im Alter sogar die Herausgabe seiner Werke antrug. Marianne ist eine bedeutende Sängerin, hervorragend geschult, und wird auch selbst später Berufssängerinnen ausbilden. Es muß Goethe, der die Unterredung mit Napoleon beim Erfurter Fürstentag 1808 immer als einen Höhepunkt seines Lebens und das ihm dabei verliehene Kreuz der Ehrenlegion als seinen wichtigsten Orden ansah und den noch der geschlagen aus Rußland zurückkehrende Kaiser bei der Durchfahrt durch Weimar grüßen ließ, eigenartig berührt haben, als er erfuhr, daß Marianne 1806 für Kaiserin Joséphine in Mainz ein Konzert gegeben hatte und von Napoleons Gattin besonders ausgezeichnet und nach einer langen Unterredung mit einem kostbaren Schmuckgeschenk geehrt worden war. Goethe, der solche Bezüge liebte, mag darin ein Symbol dafür gesehen haben, daß diese Frau als einzige seiner Geliebten ihm bis auf die Höhe seiner Dichterexistenz folgen konnte.

In der Beziehung zu ihr erfährt Goethe als Dichter die höchstmögliche Erfüllung der Liebesbegegnung überhaupt. Ihm antwortet zum ersten und einzigen Mal die Geliebte ebenfalls im Gedicht, und mit Gebilden von solcher Vollkommenheit, daß er sie als ebenbürtig in den *West-östlichen Divan* aufnehmen konnte, wo sie ein halbes Jahrhundert als seine schönsten galten: *Ach, um deine feuchten Schwingen, West, wie sehr ich dich beneide* und *Was bedeutet die Bewegung? Bringt der Ost mir frohe Kunde?*, womit sie durch die Namen der Winde ihre Gedichte in den Kontext des *West-östlichen Divans* stellt. Markus Wallenborn ist Mariannes Dichtungen und ihren genaueren Umständen in seiner Dissertation ausführlich nachgegangen. Vor allem im langen Sommer 1815, in dem Goethe viele Wochen die klarsten Sommerabende bei den Willemers auf deren Sommersitz, der Gerbermühle, mit breiter Terrasse zum Main hin verbringt, blüht Mariannes und Goethes Liebe, spielt man mit von Marianne gewundenem Turban und von ihr beschafftem »Sonne-Mond-Orden« Orient.

Die Schlußzeilen des *Divan*-Gedichts *Gingo biloba* mögen einen versteckten Hinweis auf Mariannes Mitautorschaft geben:

Gingo Biloba

Dieses Baums Blatt, der von Osten
Meinem Gatten anvertraut,
Gibt geheimen Sinn zu kosten,
Wie's den Wissenden erbaut.

Ist es ein lebendig Wesen,
Das sich in sich selbst getrennt?
Sind es zwei, die sich erlesen,
Daß man sie als eines kennt?

Solche Frage zu erwidern,
Fand ich wohl den rechten Sinn;
Fühlst du nicht an meinen Liedern,
Daß ich eins und doppelt bin?

West-östlicher Divan

Darüber hinaus bietet das Gedicht in nuce eine erste Einführung in die Poetik des *Divans.* »Eins und doppelt« ist darin nicht nur die Autorschaft und die west-östliche Verbindung, sondern auch das lyrische Ich; das westliche jetzt und das östliche einst: »Hafis mit dir allein / will ich wetteifern! Lust und Pein / sey uns den Zwillingen gemein.« »Eins und doppelt« ist auch die Struktur des 1819 erscheinenden Buches, denn Goethe hat den Gedichten von vornherein *Noten und Abhandlungen zu besserem Verständnis des Divans* beigegeben. »Eins und doppelt« ist auch die Struktur der zahlreichen Dialoggedichte, in denen das lyrische Ich Gespräche mit dem Schenken, den Huris im Paradiese, vor allem aber als Hatem mit Suleika führt. Aber auch der Liebende der Gedichte ist »eins und doppelt«.

Hatem

Locken! haltet mich gefangen
In dem Kreise des Gesichts!
Euch geliebten braunen Schlangen
Zu erwidern hab ich nichts.

Nur dies Herz es ist von Dauer,
Schwillt in jugendlichstem Flor;
Unter Schnee und Nebelschauer
Rast ein Aetna dir hervor.

Du beschämst wie Morgenröte
Jener Gipfel ernste Wand,
Und noch einmal fühlet Hatem
Frühlingshauch und Sommerbrand.

Schenke, her! Noch eine Flasche!
Diesen Becher bring ich ihr!
Findet sie ein Häufchen Asche,
Sagt sie: der verbrannte mir.

Suleika

Nimmer will ich dich verlieren!
Liebe gibt der Liebe Kraft.
Magst du meine Jugend zieren
Mit gewalt'ger Leidenschaft.

Ach! wie schmeichelt's meinem Triebe,
Wenn man meinen Dichter preist.
Denn das Leben ist die Liebe,
Und des Lebens Leben Geist.

Während Goethe für die Veröffentlichung der *Römischen Elegien* Verse gestrichen hatte, in denen das lyrische Ich sich als Verfasser des *Werther* und damit als Goethe zu erkennen gibt, während in den Sonetten für Minna Herzlieb der biographische Bezug in einer *Charade* verschlüsselt wurde, legt jetzt der Unreim »Morgenröte – Hatem« kaum verhüllt Goethe als Sprecher offen. Der Flammentod des Liebenden, Liebe als Essenz des Lebens und Geist als Essenz der Liebe – Goethes Liebestheologie gewinnt hier geballt Gestalt und zugleich ihre Überführung ins Gedicht – es schmeichelt der liebend Geliebten, »wenn man meinen Dichter preist«.

Zu ihrem letzten Gipfel wird die Liebestheologie im Gedicht *Wiederfinden* geführt; sie wird zur Liebeskosmologie. Goethe ist am 18. September von Frankfurt nach Heidelberg abgereist, wo ihm die Brüder Boisserée ihre Sammlung altdeutscher Malerei zeigen. Marianne erträgt die Trennung nicht, und Willemer fährt mit Frau und Tochter am 23. September nach Heidelberg; im Jubel über das unverhoffte Wiedersehen schreibt Goethe einen Tag später das Gedicht.

Wiederfinden

Ist es möglich, Stern der Sterne,
Drück ich wieder dich ans Herz!
Ach! was ist die Nacht der Ferne
Für ein Abgrund, für ein Schmerz.
Ja, du bist es! meiner Freuden
Süßer, lieber Widerpart;
Eingedenk vergangner Leiden,
Schaudr' ich vor der Gegenwart.

Als die Welt im tiefsten Grunde
Lag an Gottes ew'ger Brust,
Ordnet' er die erste Stunde
Mit erhabner Schöpfungslust,
Und er sprach das Wort: Es werde!,
Da erklang ein schmerzlich Ach!
Als das All mit Machtgebärde
In die Wirklichkeiten brach.

Auf tat sich das Licht! sich trennte
Scheu die Finsternis von ihm,

Und sogleich die Elemente
Scheidend auseinander fliehn.
Rasch, in wilden wüsten Träumen
Jedes nach der Weite rang,
Starr, in ungemeßnen Räumen,
Ohne Sehnsucht, ohne Klang.

Stumm war alles, still und öde,
Einsam Gott zum erstenmal!
Da erschuf er Morgenröte,
Die erbarmte sich der Qual;
Sie entwickelte dem Trüben
Ein erklingend Farbenspiel,
Und nun konnte wieder lieben,
Was erst auseinander fiel.

Und mit eiligem Bestreben
Sucht sich was sich angehört;
Und zu ungemeßnem Leben
Ist Gefühl und Blick gekehrt.
Sei's Ergreifen, sei es Raffen,
Wenn es nur sich faßt und hält!
Allah braucht nicht mehr zu schaffen,
Wir erschaffen seine Welt.

So, mit morgenroten Flügeln,
Riß es mich an deinen Mund,
Und die Nacht mit tausend Siegeln
Kräftigt sternenhell den Bund.
Beide sind wir auf der Erde
Musterhaft in Freud und Qual,
Und ein zweites Wort: Es werde!
Trennt uns nicht zum zweitenmal.

Erste und letzte Strophe gehören dem Liebesgedicht, die vier dazwischen liegenden der Schöpfung der Welt und mit ihr der Erschaffung der Liebe. In Strophe 2 und 3 setzt Gott erst die Welt aus sich heraus und schafft damit die *vis centrifugalis*, der gemäß »die Elemente« auseinanderfliehen, nach »Verselbstung« streben (s. S. 66), um dann in sich ausschließenden Gegensätzen zu verharren. »Ohne Sehnsucht, ohne Klang« ist die Welt exakt in der Gedichtmitte »stumm … still und öde, / Einsam Gott zum erstenmal!«

In einem zweiten Schöpfungsakt schafft Gott dann den Drang zur Entselbstung, die *vis centripeta*, in der aus sich ausschließenden Gegensätzen Polaritäten werden, die einander suchen. »Morgenröte« ist deren Urphänomen; denn sie erscheint nach Goethes Farbenlehre als Vereinigung des immateriellen Lichts mit »dem Trüben«, der Materie, widerruft also die Trennung in »Licht« und »Finsternis« zu Beginn der zweiten Strophe. Die Polarität wird zum Weltprinzip und bewirkt als Aufeinanderzustreben der Gegensätze den Fortgang der Schöpfung, die *creatio continua* – »Allah braucht nicht mehr zu schaffen, / Wir erschaffen seine Welt.«

Dasselbe polare Prinzip durchwaltet die Liebe, deshalb reißt es das Ich zum Du »mit morgenroten Flügeln«, deshalb kräftigen tausend nächtliche Siegel »sternenhell den Bund« – es sind dieselben Gesetze, die die Sterne kreisen und die Liebenden küssen lassen. Das macht die Liebenden ›musterhaft‹, zu Exempeln für das Weltgesetz, und in dieser Eigenschaft sind sie auf ewig ungetrennt, ist jede Liebe so ewig wie das Weltgesetz, das in ihr erscheint.

Und es ist dasselbe Gesetz, das die Welt zu Gott zurückführt, nachdem er sie einst in der »Verselbstung« aus sich herausgesetzt hat. Als ihn der erste Schöpfungsakt »einsam« zurückgelassen hat, schafft er die *vis centripeta*, die in Entselbstung die Welt zu ihm zurückführt. Das *Divan*-Gedicht *Höheres und Höchstes*, das erst ironisch die Wonnen des Paradieses schildert, endet tiefernst in der Verschmelzung mit Gott als der Liebe, in der erst unser irdischer Liebestrieb zur Ruhe kommt:

> Ungehemmt mit heißem Triebe
> Läßt sich da kein Ende finden,
> Bis im Anschaun ew'ger Liebe
> Wir verschweben, wir verschwinden.

Schon der junge Goethe hatte behauptet, »eine abgesonderte Philosophie sei nicht nötig, indem sie schon in der Religion und Poesie vollkommen enthalten sei« (DuW II, 6). Mit der von uns schon für 1768 und 1769 vorgenommenen Ergänzung (s. S. 64) gilt der Satz auch noch 1815: Für Goethe ist die Philosophie in Naturwissenschaft, Religion und Poesie »vollkommen enthalten«.

Die Trennung von Marianne vollzieht sich wie die von Lili Schönemann vor vierzig Jahren wieder als »Flucht«. Wir sind über Goethes Zustand in diesen Tagen aus dem Tagebuch seines Freundes und Begleiters Sulpiz Boisserée genau unterrichtet, der seine scharfsichtigen Beobachtungen mit knappen und präzisen Stichworten festhält. Wie Goethe die ganze Reise als gesteigerte Rückkehr in die Jugend erlebt hat, so erfährt er nun seinen Abschied aus der Heimat in ständigen engen Parallelen zum Abschied vor vierzig Jahren: Beim Verlassen Frankfurts erzählt Goethe Boisserée, wie er gerade durch seinen Aufenthalt bei den Willemers auf der Gerbermühle an seine Besuche Lili Schönemanns in Offenbach erinnert wurde, und er erzählt seine Liebesgeschichte mit ihr, deren Einzelheiten damals noch unbekannt waren, da *Dichtung und Wahrheit* noch nicht abgeschlossen war. Ja, von ferne klingt sogar die Erinnerung an Friederike Brion an. Noch ungleich weniger als bei Friederike und Lili ist an eine ständige Bindung an Marianne zu denken, und diese Erkenntnis stürzt Goethe in eine Krise, die sich wieder bis zu Gedanken an den Tod steigert. Wie ihm damals nach seiner späteren Schilderung in *Dichtung und Wahrheit* erste Einsichten in jene geheimnisvoll den Weltplan durchkreuzenden Kräfte gekommen sind, die er das ›Dämonische‹ nannte, so setzt er jetzt Boisserée diese Erkenntnis auseinander. Und wie ihn damals die Flucht nach Weimar aus der Krise befreite, so auch jetzt; und die Häuser, von denen aus er 1775 und 1815 jeweils von Heidelberg nach Thüringen aufbrach, liegen wenige Schritte voneinander entfernt an derselben Straße. Er muß an die Stafette des Herzogs denken, die ihn damals abberief, und er erwartet geradezu ihre Wiederholung nach vierzig Jahren, wie er zu Boisserée sagt. An den Minister von Voigt schreibt er: »Es ist wundersam genug, daß ich vor vierzig Jahren gerade in diesem Monat durch eine Kalbische Stafette von Heidelberg nach Weimar gerufen wurde. Welch ein Glück, nach so unendlichen Ereignissen immer noch in gleichem Verhältnis zu stehen und nach einem solchen Kreislauf dieselbe Bahn aufs neue zu betreten.«

In solchen Bezügen über Jahrzehnte hinweg zeichnen sich ihm Strukturen ab, werden Gestaltzüge deutlich, die ihm Manifestationen geheimer Gesetze sind, die alles Leben durchwalten. Im Gehorsam gegen solche Gesetze findet er jetzt in seiner Verzweiflung den einzigen Trost, »ganz allein dadurch beruhigt, daß ich, ohne Willkür und Widerstreben, den vorgezeichneten Weg wandele«, wie er im Abschiedsbrief an Willemer schreibt. Was ihn in Weimar erwartet, weiß er. Eine Zeile im ganzen *West-östlichen Divan* läßt er im Druck hervorheben: »Schwerer Dienste tägliche Bewahrung.« Goethe hat Rhein und Main nie wiedergesehen, der Abschied, den er beim Verlassen des Mains in Werneck »von dem geliebten Wasser« nimmt, das seine letzte Verbindung zu Frankfurt und zu Marianne darstellt, ist endgültig.

Wiederholte Spiegelungen im *West-östlichen Divan*

Ende 1822 schickt ein Freund Goethe einen Bericht über die Reise eines Bonner Philologen nach Sessenheim zu, der dort nach Spuren Friederike Brions und Goethes gesucht hat. Zum Dank verfaßt Goethe Anfang 1823 einen kleinen Aufsatz, der, von Eckermann mit einem Titel versehen, aus dem Nachlaß publiziert wird. In ihm vergleicht der Dichter die Kette ›reales Erleben 1771 – Erinnerung – Bericht in *Dichtung und Wahrheit* – Lektüre – Entschluß zur Reise – Reise – Recherchen – Aufzeichnung – Rückwirkung auf Goethe‹ mit dem physikalischen Phänomen der entoptischen Farben:

> Bedenkt man nun daß wiederholte sittliche Spiegelungen das Vergangene nicht allein lebendig erhalten, sondern sogar zu einem höheren Leben empor steigern, so wird man der entoptischen Erscheinugen gedenken, welche gleichfalls von Spiegel zu Spiegel nicht etwa verbleichen, sondern sich erst recht entzünden, und man wird ein Symbol ge-

winnen, dessen was in der Geschichte der Künste und Wissenschaften, der Kirche, auch wohl der politischen Welt, sich mehrmals wiederholt hat und noch täglich wiederholt.

Vor allem ist es nach einhelliger Meinung aller Goethekenner und -liebhaber ein Symbol seines Spätwerks, das er auch in einem Brief an C. J. L. Iken vom 27. September 1827 formuliert hat:

> Da sich gar manches unserer Erfahrungen nicht rund aussprechen und direct mittheilen lässt, so habe ich seit langem das Mittel gewählt, durch einander gegenüber gestellte und sich gleichsam ineinander abspiegelnde Gebilde den geheimeren Sinn dem Aufmerkenden zu offenbaren.

Mit drei großen Alterswerken krönt Goethe sein Lebenswerk: Der *West-östliche Divan* schließt das lyrische Werk ab, *Wilhelm Meisters Wanderjahre* und *Faust. Der Tragödie zweiter Teil* bilden den monumentalen Abschluß des epischen und dramatischen Werks. Alle drei Werke gestaltet Goethe zyklisch nach dem Prinzip der wiederholten Spiegelungen, aber allein der *Divan* kann als Lyrik Meisterschaft als Vollendung gestalten; Fausts Vollendung ist als Drama so wenig zu schreiben wie Wilhelm Meisters Meisterjahre als Roman.

Der *Divan* entwickelt diese ihm immanente Poetik der Vollendung am Bild des Kreises und der Kugel:

Lied und Gebilde

Mag der Grieche seinen Ton
Zu Gestalten drücken,
An der eignen Hände Sohn
Steigern sein Entzücken;

Aber uns ist wonnereich
In den Euphrat greifen
Und im flüss'gen Element
Hin und wider schweifen.

Löscht ich so der Seele Brand,
Lied, es wird erschallen;
Schöpft des Dichters reine Hand,
Wasser wird sich ballen.

Im Gegensatz zu den fest umrissenen ›Gestalten‹ der Griechen ist das neue »Gebilde«

Unbegrenzt

Daß du nicht enden kannst, das macht dich groß,
Und daß du nie beginnst, das ist dein Los.
Dein Lied ist drehend wie das Sterngewölbe,
Anfang und Ende immerfort dasselbe,
Und was die Mitte bringt, ist offenbar
Das, was zu Ende bleibt und anfangs war.

Du bist der Freuden echte Dichterquelle,
Und ungezählt entfließt dir Well auf Welle.
Zum Küssen stets bereiter Mund,
Ein Brustgesang, der lieblich fließet,
Zum Trinken stets gereizter Schlund,
Ein gutes Herz, das sich ergießet.

Und mag die ganze Welt versinken!
Hafis, mit dir, mit dir allein
Will ich wetteifern! Lust und Pein
Sei uns, den Zwillingen, gemein!
Wie du zu lieben und zu trinken,
Das soll mein Stolz, mein Leben sein.

Nun töne, Lied, mit eignem Feuer!
Denn du bist älter, du bist neuer.

Im ewigen Drehen des Sterngewölbes gibt es nicht »Anfang und Ende«, nicht alt und neu, ist »eins« zugleich »doppelt« und der Dichter Hafis' Zwilling. Diese Struktur hat Goethe zugleich dem ganzen Buch des *Divans* gegeben. Auf der vorletzten Seite steht eine Widmung an Silvestre de Sacy, den Begründer der wissenschaftlichen Orientalistik, erst auf deutsch, dann in der arabischen Übersetzung von Ludwig Kosegarten, Goethes Fachberater in Fragen der Orientalistik.

Silvestre de Sacy

Unserm Meister, geh! verpfände
Dich, o Büchlein, traulich-froh;
Hier am Anfang, hier am Ende,
Östlich, westlich, A und O.

Die letzte Seite der westlichen Buchkultur wird zur ersten Seite in der östlichen, der letzte Buchstabe zum ersten, auf der letzten Seite als erster kann man das Buch rückwärts erneut lesen wie in einer Endlosschleife:

Daß du nicht enden kannst, das macht dich groß,
Und daß du nie beginnst, das ist dein Los.
Dein Lied ist drehend wie das Sterngewölbe,
Anfang und Ende immerfort dasselbe,
Und was die Mitte bringt, ist offenbar
Das, was zu Ende bleibt und anfangs war.

Weisheit des Alters

Parallel zu letzten west-östlichen Dichtungen und der Endredaktion sowie der Drucklegung des *Divans* schafft Goethe am 7. und 8. Oktober 1817 den Zyklus der *Urworte. Orphisch*, in dem er das Spiel des menschlichen Lebens auf vier plus eine Grundwahrheit reduziert. Goethe hat in seinem gesamten Werk immer wieder das Leben als Webstück gesehen, in dem der Zettel, die senkrecht aufgespannten Fäden, durch den Einschlag quer variiert werden. In den *Urworten* differenziert er dieses Bild; dem Zettel entspricht der *Daimon*, der nicht zerstört, wohl aber modifiziert werden kann; der »Einschlag« wird sozusagen aufgeteilt in die auf das Individuum einwirkenden Mächte Tyche, Eros und Ananke.

Goethe fand diese Zusammenstellung in einem Zitat aus einem spätantiken Autor, nach dem Daimon, Tyche, Eros und Ananke in ägyptischen Lehren als Götter bei der Geburt des Menschen mitwirken. Elpis wurde auch in diesem Zitat genannt, aber in anderem Zusammenhang; und die *Hoffnung* behält auch bei Goethe diese Sonderstellung; sie tritt als spezifisches Humanum neben die vier anderen.

Orphisch bezieht sich hier auf spätantike Geheimlehren, die auf den Sänger mit den magischen Fähigkeiten zurückgeführt wurden. »Hieroi logoi«, »heilige Worte« habe Orpheus hinterlassen, woraus Goethe »Urworte« macht. Urworte sind diese Begriffe insofern, als sie wie Urphänomen, Ur-Ei, Urpflanze als letztes Erkennbares allen Erscheinungen zugrunde liegen. Goethe hat sie kurz nach der Erstveröffentlichung selbst mit Erläuterungen versehen, deren sie eigentlich nicht bedürfen.

So bedeutet Daimon »hier die notwendige, bei der Geburt unmittelbar ausgesprochene, begrenzte Individualität der Person, das Charakteristische, wodurch sich der Einzelne von jedem andern bei noch so großer Ähnlichkeit unterscheidet.« Da man »diese Bestimmung ... dem einwirkenden Gestirn« zuschrieb, hat sich auch Goethe dieser traditionellen Bildlichkeit bedient.

DAIMON, Dämon

Wie an dem Tag, der dich der Welt verliehen,
Die Sonne stand zum Gruße der Planeten,
Bist alsobald und fort und fort gediehen
Nach dem Gesetz, wonach du angetreten.
So mußt du sein, dir kannst du nicht entfliehen,

So sagten schon Sibyllen, so Propheten;
Und keine Zeit und keine Macht zerstückelt
Geprägte Form, die lebend sich entwickelt.

Über den »Daimon« einer außerordentlichen Persönlichkeit wie Ödipus im Mythos und Napoleon in der Gegenwart läßt sich der hier gebrauchte Begriff mit dem ›Dämonischen‹ (s. S. 305) vermitteln – der »Daimon« solcher »dämonischen« Persönlichkeiten ist so stark, daß er die Umstände nach seinem Bilde zu modeln versteht, während schwächere Individuen von den Umständen beeinflußt werden:

Dieses feste, zähe, dieses nur aus sich selbst zu entwickelnde Wesen kommt freilich in mancherlei Beziehungen, wodurch sein erster und ursprünglicher Charakter in seinen Wirkungen gehemmt, in seinen Neigungen gehindert wird, und was hier nun eintritt, nennt unsere Philosophie

TYCHÊ, das Zufällige

Die strenge Grenze doch umgeht gefällig
Ein Wandelndes, das mit und um uns wandelt;
Nicht einsam bleibst du, bildest dich gesellig,
Und handelst wohl so, wie ein andrer handelt:
Im Leben ist's bald hin-, bald widerfällig,
Es ist ein Tand und wird so durchgetandelt.
Schon hat sich still der Jahre Kreis geründet,
Die Lampe harrt der Flamme, die entzündet.

Darunter fällt vor allem das, was wir heute Milieu nennen würden, die prägnantste Ausprägung solcher Quer- und Seiteneinflüsse ist

EROS, Liebe

Die bleibt nicht aus! – Er stürzt vom Himmel nieder,
Wohin er sich aus alter Öde schwang,

Er schwebt heran auf luftigem Gefieder
Um Stirn und Brust den Frühlingstag entlang,
Scheint jetzt zu fliehn, vom Fliehen kehrt er wieder,
Da wird ein Wohl im Weh, so süß und bang.
Gar manches Herz verschwebt im Allgemeinen,
Doch widmet sich das edelste dem Einen.

Die Herkunft des Eros »aus alter Öde« kann zum einen mythologisch korrekt den Gott als aus dem Chaos stammend bezeichnen, spielt aber auch auf Goethes Gedicht *Wiederfinden* an, wo die Welt »stumm und öde« ist, bis Gott die Liebe schafft (s. S. 330).

ANANKÊ, Nötigung

Da ist's denn wieder, wie die Sterne wollten:
Bedingung und Gesetz; und aller Wille
Ist nur ein Wollen, weil wir eben sollten,
Und vor dem Willen schweigt die Willkür stille;
Das Liebste wird vom Herzen weggescholten,
Dem harten Muß bequemt sich Will und Grille.
So sind wir scheinfrei denn nach manchen Jahren
Nur enger dran, als wir am Anfang waren.

Der Zwang des nicht von uns Gewollten, das Sollen, das unser Wollen immer wieder unterjocht, ist das letzte der Urworte. In seinem Kommentar meint Goethe nur, es bedürfe keiner Erläuterung; »niemand ist, dem nicht Erfahrung genugsame Noten zu einem solchen Text darreichte«.

Den vier Urworten oder Gottheiten der angeblich ägyptischen Überlieferung hat Goethe ein fünftes beigesellt. Auch noch in der widrigsten Zwangslage, die wie eine »Mauer« fest »mit alter Felsendauer« zu stehen scheint, ist dem Menschen als Spezifikum die Hoffnung gegeben. Sie wird zum fünften Urwort, das die vorangehenden vier relativiert.

ELPIS, Hoffnung

Doch solcher Grenze, solcher ehrnen Mauer
Höchst widerwärt'ge Pforte wird entriegelt,
Sie stehe nur mit alter Felsendauer!
Ein Wesen regt sich leicht und ungezügelt:
Aus Wolkendecke, Nebel, Regenschauer
Erhebt sie uns, mit ihr, durch sie beflügelt,
Ihr kennt sie wohl, sie schwärmt durch alle Zonen;
Ein Flügelschlag – und hinter uns Äonen!

Vier Monate später, am 13. Februar 1818, schreibt Goethe ein kurzes Gedicht, von dessen fast unwillkürlicher Entstehung er wiederholt berichtet und das er selbst »ein Lebenslied« nennt. Es sei ihm »seit seiner mitternächtigen, unvorhergesehenen Entstehung immer wert gewesen«, ja, »desto lieber und werter ..., da ich nicht sagen könnte, woher es kam und wohin es wollte«. In der Tat ist es gerade in den harten Fügungen der ersten beiden Strophen eines der formvollendetsten Gedichte Goethes.

Um Mitternacht

Um Mitternacht ging ich, nicht eben gerne,
Klein kleiner Knabe, jenen Kirchhof hin
Zu Vaters Haus, des Pfarrers; Stern am Sterne,
Sie leuchteten doch alle gar zu schön;
Um Mitternacht.

Wenn ich dann ferner in des Lebens Weite
Zur Liebsten mußte, mußte, weil sie zog,
Gestirn und Nordschein über mir im Streite,
Ich gehend, kommend Seligkeiten sog;
Um Mitternacht.

Bis dann zuletzt des vollen Mondes Helle
So klar und deutlich mir ins Finstere drang,
Auch der Gedanke willig, sinnig, schnelle

Sich ums Vergangne wie ums Künftige schlang;
Um Mitternacht.

Die erste Strophe wirkt fast wie gestammelt, das Rollen-Ich ist Pfarrerssohn, damit der mitternächtliche Gang über den Friedhof motiviert ist. In den *Wahlverwandtschaften* begegnet uns in der Tat ein Pfarrhaus, das mitten in einem Friedhof liegt. Doppelt klein fühlt sich das Kind in seiner Angst und in seiner Bewunderung für die unbegriffene Zahl der Sterne, auf die es nur mit einem hilflosen »gar zu schön« zu antworten weiß.

Die zweite Strophe bezeichnet den Scheitelpunkt der kleinen dreistufigen Lebenspyramide. Sie steht im Zeichen von »des Lebens Weite«, in die das Ich geführt ist, und ist beherrscht von der Wirrnis einer Liebe, in der »die Liebste« »um Miternacht« aufgesucht und verlassen werden muß, während die vom Kollektiv »Gestirn« verkündete Ordnung mit dem Chaos des Nordlichts im Widerstreit liegt. Diese Liebe war Eros und Ananke in einem; das Ich »mußte, mußte« zur Geliebten, und trotz der Unfreiheit und der Illegitimität der Beziehung genießt es, wie es in kühner Umstellung der Zeitenfolge heißt, »gehend, kommend«, in Nachbeben und Vorklang die »Seligkeiten« der geschlechtlichen Vereinigung.

In der dritten Strophe wird das Ich dann in die ›Klarheit‹ geführt und zugleich vom Leuchten von »Stern am Sterne« über »Gestirn und Nordschein« in »des vollen Mondes Helle«. Dem Alter wird die gedankliche Klarheit zugesprochen, die die Bahn des Lebens »willig, sinnig, schnelle« überblickt und sogar einen Blick darüber hinaus ins »Künftige« wagt: »Um Mitternacht«.

Trilogie der Leidenschaft

Die »Leidenschaft« des Titels, die so gar nicht zur endlich erreichten Altershelligkeit »um Mitternacht« passen will, ist die zur neunzehnjährigen Ulrike von Levetzow, die Goethe wie schon zuvor Marianne von Willemer auf seinen Badereisen kennengelernt hat. 1816 wollte er ein weiteres Mal zur Kur in seine Heimatregion, diesmal nach Baden-Baden, und dabei auch die Willemers wiedersehen. »Am 20. July früh 7 Uhr fuhr ich mit Hofrath Meyer von Weimar ab, um 9 Uhr warf der Fuhrmann höchst ungeschickt den Wagen um, die Achse brach, mein Begleiter wurde an der Stirn verletzt, ich blieb unversehrt«, teilt er den im Südwesten wartenden Freunden mit. Es sei unwahrscheinlich, »daß ich die Reise von neuem antreten werde«, deshalb braucht er in diesem Jahr die Kur im nahen Bad Tennstedt.

Ab dann fährt Goethe nur noch in die böhmischen Bäder, 1818 bis 1820 nach Karlsbad, von wo aus er 1820 mit Erstaunen verfolgt, wie in der Nähe Marienbad praktisch aus dem Boden gestampft wird.

> Mir war es übrigens, als wäre ich in den nordamerikanischen Einsamkeiten, wo man Wälder aushaut, um in drey Jahren eine Stadt zu bauen. Die niedergeschlagene Fichte wird als Zulage verarbeitet, der zersplitterte Granitfels steigt als Mauer auf und verbindet sich mit den kaum erkalteten Ziegeln; zugleich arbeiten Tüncher, Stuccaturer und Mahler, von Prag und andern Orten, in Accord, gar fleißig und geschickt; sie wohnen in den Gebäuden, die sie in Accord genommen und so geht alles unglaublich schnell. Ein Haus das noch nicht unter Dach ist, soll im August schon zum Theil wohnbar seyn, ich mag wenigstens nicht hinein ziehen (an Zelter, 2. Mai 1820).

Im nächsten Jahr will er es schon; von 1821 bis 1823 wählt Goethe Marienbad für seinen sommerlichen Kuraufenthalt. Er wohnte im vornehmsten Haus am Platze, das einer Familie von Brösigke gehörte. Deren Tochter kannte und schätzte Goethe schon länger. Amalie von Levetzow lebte in etwas komplizierten Verhältnissen. Von einem ersten Levetzow geschieden, war sie jetzt die Witwe seines gleichnamigen Vetters und lebte mit Graf von Klebelsberg-Thumburg zusammen, den sie erst 1843 heiraten konnte, da nach österreichischem Recht ihre allererste Ehe noch fortbestand.

Zu ihrer ältesten, 1804 geborenen Tochter entwickelte Goethe über seine Kuraufenthalte hinweg eine wachsende Neigung, von der Gedichte und Stammbucheintragungen zeugen. Bereits nach dem zweiten Marienbader Aufenthalt sind sein Sohn August und seine Schwiegertochter Ottilie in Weimar besorgt um ihr Erbe – was, wenn der Vater noch einmal heiratet?

Im Sommer 1823 kommt es beim Marienbader Aufenthalt vom 2. Juli bis zum 20. August zur Krise. Goethe erlebt seine letzte Liebe, oder, in seiner eigenen kühnen Wendung aus der *Elegie*, seine »letzteste«. Die Angebetete selbst scheint nicht zu ahnen, welche Gefühle sie in dem alten Herrn geweckt hat, der täglich mit ihr spazierengeht oder -fährt, mit der Familie speist und die Abende verbringt oder ihr in seinem Logis seine Gesteinssammlung zeigt und Schokolade zwischen den petrologischen Trouvaillen versteckt, um ihre sonst vielleicht erlahmende Aufmerksamkeit wieder zu erwecken. Auch sie wird, wie Minna Herzlieb und Marianne von Willemer, im Alter von Goethefreunden befragt werden, und ihre Antwort fällt eindeutig aus: »Keine Liebe war es nicht.«

Sein nunmehr ältester Freund, der Großherzog, weilt ebenfalls in Marienbad; ihm hat Goethe das Brösigke-Levetzowsche Quartier abtreten müssen. Er überbringt den Heiratsantrag seines Freundes, der dilatorisch beschieden wird. Statt einer direkten Absage verläßt Ulrikes Familie Marienbad und bezieht eine Wohnung in Karlsbad.

Goethe ist verzweifelt genug, der Geliebten nachzureisen; am 25. August kommt er ebenfalls nach Karlsbad und bezieht eine Wohnung über den Klebelsberg-Levetzows. Am 28. August wird von der Familie sozusagen incognito Goethes Geburtstag gefeiert – der Anlaß darf nicht erwähnt werden.

Am 5. September verläßt er Karlsbad – und damit Ulrike – endgültig und blickt am 8. September von Eger aus in einem Brief zurück: »... nach dem Texte der Heiligen Schrift muß mir viel verziehen werden, denn ich habe viel geliebt« (an C. L. F. Schultz). Goethe hat Jesu doppeldeutiges Wort über die große Sünderin im Lukasevangelium Kapitel 7, Vers 47 bezeichnenderweise so verstanden, daß ihr wegen ihrer vielen Lieben im Leben viel vergeben würde.

Und – fast peinlich, gäbe es dergleichen nicht in fast jedem Leben –, schreibt er am 9. September an Ulrikes Mutter und meint doch die Tochter:

Doch wenn mein Liebling (wofür zu gelten sie nun einmal nicht ablehnen kann) sich manchmal wiederhohlen will was sie auswendig weis, das heist das Innerste meiner Gesinnung, so wird sie sich alles besser sagen als ich in meinem jetzigen Zustand vermöchte. Dabey, hoff ich, wird sie nicht abläugnen daß es eine hübsche Sache sey geliebt zu werden, wenn auch der Freund manchmal unbequem fallen möchte … Und so wär ich denn doch wieder in dem lieben Kreise aus dem ich mich herauszuwinden trachtete, wieder am runden Tisch, zwischen Mutter und Tochter, den Schwestern gegenüber, in häuslicher Vertrautheit … Auch der Tochter möchte ich noch sagen: daß ich sie immer lieber gewonnen, je mehr ich sie kennen gelernt; daß ich sie aber kenne und weis was ihr gefällt und misfällt, wünscht ich ihr persönlich zu beweisen, in Hoffnung glücklichen Gelingens. So am Ende wie am Anfang

Treu anhänglich

G.

Ulrike selbst aber schickt er – man kann es nicht anders sagen – SMS um SMS, sechs an einem einzigen Tage, dem 10. September, aus Eger. Durch den längeren Aufenthalt dort dauert die Rückfahrt insgesamt vom 5. bis zum 12. 9. In dieser Zeit schreibt er in der Kutsche, die er eigens mit einem klappbaren Schreibbrett hat ausstatten lassen, wie man es heute noch in der Remise des Goethehauses betrachten kann, an der *Elegie*. Er wählt eine feierliche Strophenform, der Stanze ähnlich, nur in sechs statt in acht Zeilen. Die in der Kutsche geschriebenen Einträge in einen Taschenkalender vom Vorjahr sind in einem Insel-Taschenbuch eindrucksvoll dokumentiert. Abends im Gasthaus arbeitet er das Geschriebene dann aus. Unter so außergewöhnlichen Umständen findet auch Goethes letzter Liebesrausch seinen Weg auf das Papier.

Goethe macht noch in Jena Station, in Weimar angekommen, schreibt er das Gedicht – eines seiner längsten überhaupt – eigenhändig vom 17. bis zum 19. September ins reine, läßt die Kalligrahie dann in rotes Leder binden, legt sie in eine mit blauem Papier überzogene Mappe, auf die er als Titel schreibt: *Elegie. September 1823*. Zum einen ist dies wieder ein Zeugnis für die Gestaltung eines Erlebnisses als eines ›datierbaren Gefühls‹, zum anderen handelt es sich um einen generischen Titel, wie Goethe sie liebte: *Märchen*, *Novelle*, *Ballade*, *Sonett*, und in der Tat ist Goethes *Elegie* eine Elegie im Vollsinn – sogar im doppelten, gleichermaßen Klage um das verlorene wie Sehnsucht nach dem unerreichbaren Ideal.

Solche gut bezeugten Wunderleistungen wie die Niederschrift eines ästhetisch perfekten Gebildes binnen weniger Tage in einer Kutsche haben früher als Belege für eine extreme Genieästhetik gedient – das Genie, das fast unbewußt aus dem Stegreif Vollkommenes schafft. Dabei hat man übersehen, daß zu diesem Zeitpunkt über sechs Jahrzehnte dichterischen Schaffens hinter Goethe lagen, daß sich bereits der Achtzehnjährige in Leipzig auf der Höhe der damals herrschenden Rokokolyrik befand.

Wegen der fast epischen Länge hat Goethe die Möglichkeit zu einem höchst komplexen Aufbau; wie die früheren ›Balladen des Herzens und seiner Schicksale‹ ist die *Elegie* durchpulst von Systole und Diastole, vom immer wieder direkt angesprochenen »Herz« auf der einen und »Welt« und »Du« auf der anderen Seite.

Das Gedicht springt medias in res und beginnt in den Strophen 1–5 mit dem Wiedersehen und dem Abschied in Karlsbad:

Elegie

Und wenn der Mensch in seiner Qual verstummt,
Gab mir ein Gott, zu sagen, was ich leide.

Was soll ich nun vom Wiedersehen hoffen,
Von dieses Tages noch geschloßner Blüte?
Das Paradies, die Hölle steht dir offen;
Wie wankelsinnig regt sich's im Gemüte! –
Kein Zweifeln mehr! Sie tritt ans Himmelstor,
Zu ihren Armen hebt sie dich empor.

So warst du denn im Paradies empfangen,
Als wärst du wert des ewig schönen Lebens;

Dir blieb kein Wunsch, kein Hoffen, kein Verlangen,
Hier war das Ziel des innigsten Bestrebens,
Und in dem Anschaun dieses einzig Schönen
Versiegte gleich der Quell sehnsüchtiger Tränen.

Wie regte nicht der Tag die raschen Flügel,
Schien die Minuten vor sich her zu treiben!
Der Abendkuß, ein treu verbindlich Siegel:
So wird es auch der nächsten Sonne bleiben.
Die Stunden glichen sich in zartem Wandern
Wie Schwestern zwar, doch keine ganz den andern.

Der Kuß, der letzte, grausam süß, zerschneidend
Ein herrliches Geflecht verschlungner Minnen.
Nun eilt, nun stockt der Fuß, die Schwelle meidend,
Als trieb' ein Cherub flammend ihn von hinnen;
Das Auge starrt auf düstrem Pfad verdrossen,
Es blickt zurück, die Pforte steht verschlossen.

Und nun verschlossen in sich selbst, als hätte
Dies Herz sich nie geöffnet, selige Stunden
Mit jedem Stern des Himmels um die Wette
An ihrer Seite leuchtend nicht empfunden;
Und Mißmut, Reue, Vorwurf, Sorgenschwere
Belasten's nun in schwüler Atmosphäre.

Die Welt draußen kann keinen Trost bieten; sie erinnert letzlich nur an die Geliebte:

Ist denn die Welt nicht übrig? Felsenwände,
Sind sie nicht mehr gekrönt von heiligen Schatten?
Die Ernte, reift sie nicht? Ein grün Gelände,
Zieht sich's nicht hin am Fluß durch Busch und Matten?
Und wölbt sich nicht das überweltlich Große,
Gestaltenreiche, bald Gestaltenlose?

Wie leicht und zierlich, klar und zart gewoben
Schwebt, seraphgleich, aus ernster Wolken Chor,
Als glich' es ihr, am blauen Äther droben
Ein schlank Gebild aus lichtem Duft empor;
So sahst du sie in frohem Tanze walten,
Die lieblichste der lieblichsten Gestalten.

Die Strophen 8–12 beschwören die im Herzen bewahrte Liebe in Marienbad:

Doch nur Momente darfst dich unterwinden,
Ein Luftgebild statt ihrer festzuhalten;
Ins Herz zurück! dort wirst du's besser finden,
Dort regt sie sich in wechselnden Gestalten;
Zu vielen bildet eine sich hinüber,
So tausendfach, und immer immer lieber.

Wie zum Empfang sie an den Pforten weilte
Und mich von dannauf stufenweis beglückte;
Selbst nach dem letzten Kuß mich noch ereilte,
Den letztesten mir auf die Lippen drückte:
So klar beweglich bleibt das Bild der Lieben
Mit Flammenschrift ins treue Herz geschrieben.

Ins Herz, das fest wie zinnenhohe Mauer
Sich ihr bewahrt und sie in sich bewahret,
Für sie sich freut an seiner eignen Dauer,
Nur weiß von sich, wenn sie sich offenbaret,
Sich freier fühlt in so geliebten Schranken
Und nur noch schlägt, für alles ihr zu danken.

War Fähigkeit zu lieben, war Bedürfen
Von Gegenliebe weggelöscht, verschwunden,
Ist Hoffnungslust zu freudigen Entwürfen,
Entschlüssen, rascher Tat sogleich gefunden!

Wenn Liebe je den Liebenden begeistet,
Ward es an mir aufs lieblichste geleistet;

Und zwar durch sie! – Wie lag ein innres Bangen
Auf Geist und Körper, unwillkommner Schwere:
Von Schauerbildern rings der Blick umfangen
Im wüsten Raum beklommner Herzensleere;
Nun dämmert Hoffnung von bekannter Schwelle,
Sie selbst erscheint in milder Sonnenhelle.

Die Strophen 13 und 14 bezeichnen die Mitte des Gedichts; sie und die folgende gestalten das Urgesetz der Liebe als äußerste Entselbstung; der Frieden, den die Liebe schenkt, gibt uns eine Ahnung vom Frieden Gottes, welcher höher ist als unsere Vernunft, und die Hingabe an die Geliebte gibt uns ein Vorgefühl von der Hingabe an das Göttliche. Sie verhilft dem in der Systole verkrampften Herzen zur Diastole:

Dem Frieden Gottes, welcher euch hienieden
Mehr als Vernunft beseliget – wir lesen's –,
Vergleich ich wohl der Liebe heitern Frieden
In Gegenwart des allgeliebten Wesens;
Da ruht das Herz, und nichts vermag zu stören
Den tiefsten Sinn, den Sinn, ihr zu gehören.

In unsers Busens Reine wogt ein Streben,
Sich einem Höhern, Reinern, Unbekannten
Aus Dankbarkeit freiwillig hinzugeben,
Enträtselnd sich den ewig Ungenannten;
Wir heißen's: fromm sein! – Solcher seligen Höhe
Fühl ich mich teilhaft, wenn ich vor ihr stehe.

Vor ihrem Blick, wie vor der Sonne Walten,
Vor ihrem Atem, wie vor Frühlingslüften,
Zerschmilzt, so längst sich eisig starr gehalten,

Der Selbstsinn tief in winterlichen Grüften;
Kein Eigennutz, kein Eigenwille dauert,
Vor ihrem Kommen sind sie weggeschauert.

Wenig tröstlich ist die Aufforderung der Geliebten zum Leben im erfüllten Augenblick, im kairos, wie es Ulrikes Jugend gemäß ist:

Es ist, als wenn sie sagte: Stund um Stunde
Wird uns das Leben freundlich dargeboten,
Das Gestrige ließ uns geringe Kunde,
Das Morgende, zu wissen ist's verboten;
Und wenn ich je mich vor dem Abend scheute,
Die Sonne sank und sah noch, was mich freute.

Drum tu wie ich und schaue, froh verständig,
Dem Augenblick ins Auge! Kein Verschieben!
Begegn' ihm schnell, wohlwollend wie lebendig,
Im Handeln sei's, zur Freude, sei's dem Lieben;
Nur wo du bist, sei alles, immer kindlich,
So bist du alles, bist unüberwindlich.

Du hast gut reden, dacht ich, zum Geleite
Gab dir ein Gott die Gunst des Augenblickes,
Und jeder fühlt an deiner holden Seite
Sich augenblicks den Günstling des Geschickes;
Mich schreckt der Wink, von dir mich zu entfernen –
Was hilft es mir, so hohe Weisheit lernen!

Das Gedicht schließt mit den Liebes- und Trennungsqualen des lyrischen Ichs in der Kutsche, die ihn unaufhaltsam von der Geliebten entfernt. Sie steigern sich bis zu Selbstmordgedanken:

Nun bin ich fern! Der jetzigen Minute,
Was ziemt denn der? Ich wüßt es nicht zu sagen;
Sie bietet mir zum Schönen manches Gute,

Das lastet nur, ich muß mich ihm entschlagen;
Mich treibt umher ein unbezwinglich Sehnen,
Da bleibt kein Rat als grenzenlose Tränen.

So quellt denn fort! und fließet unaufhaltsam;
Doch nie geläng's, die innre Glut zu dämpfen!
Schon rast's und reißt in meiner Brust gewaltsam,
Wo Tod und Leben grausend sich bekämpfen.
Wohl Kräuter gäb's, des Körpers Qual zu stillen;
Allein dem Geist fehlt's am Entschluß und Willen,

Fehlt's am Begriff: wie sollt er sie vermissen?
Er wiederholt ihr Bild zu tausend Malen.
Das zaudert bald, bald wird es weggerissen,
Undeutlich jetzt und jetzt im reinsten Strahlen;
Wie könnte dies geringstem Troste frommen,
Die Ebb und Flut, das Gehen wie das Kommen?

Das Ich endet in der äußersten Einsamkeit, nachdem es die Gefährten weggeschickt hat, die mit ihm auf der Reise »Erde« (Geologie) und »Himmel« (Meteorologie) erkundet haben. Dem Ich sind solche Studien nichts mehr nütze; in der Geliebten hat es das All und sich selbst verloren; die Ballade endet in unversöhnter Tragik als Katastrophenballade.

Verlaßt mich hier, getreue Weggenossen!
Laßt mich allein am Fels, in Moor und Moos;
Nur immer zu! euch ist die Welt erschlossen,
Die Erde weit, der Himmel hehr und groß;
Betrachtet, forscht, die Einzelheiten sammelt,
Naturgeheimnis werde nachgestammelt.

Mir ist das All, ich bin mir selbst verloren,
Der ich noch erst den Göttern Liebling war;
Sie prüften mich, verliehen mir Pandoren,

So reich an Gütern, reicher an Gefahr;
Sie drängten mich zum gabeseligen Munde,
Sie trennen mich, und richten mich zugrunde.

Goethe bewahrt die Reinschrift wie eine Reliquie in ihrem kostbaren Behältnis. Im November folgt der seelischen Verzweiflung der körperliche Zusammenbruch. Zelter, der Freund seines Alters, kommt aus Berlin und liest ihm die *Elegie* wieder und wieder vor, gleichermaßen zur Beförderung der Krisis wie zum Trost.

Veröffentlichen wird er sie erst 1829 in der *Ausgabe letzter Hand* in Form des dreiteiligen Zyklus *Trilogie der Leidenschaft*. Das Langgedicht wird von zwei kürzeren Gedichten zum Triptychon ergänzt, das eine *An Madame Maria Szymanowska*, in der Strophenform der *Elegie*, das *An Werther* einmal in sechs-, ansonsten noch schwerer in zehn-oder zwölfzeiligen Kreuz- und Paarreimen. Zwei ganz und gar den Konventionen entsprechende Vertreter der Okkasionalpoesie, ein Stammbucheintrag und die Erfüllung einer Verlegerbitte, rahmen so eins der typischsten Goetheschen Erlebnisgedichte, und erst in diesem durchgestalteten Mini-Zyklus kommt die *Elegie* zu ihrem eigentlichen Abschluß.

Das Gedicht *An Madame* … entstand, als er mitten in der Ulrikenkrise, nach deren Abfahrt nach Karlsbad, die gefeierte polnische Pianistin gehört hatte, die ihm auch als Frau außerordentlich gut gefiel: Er schreibt, wenn der Weimar verbundene berühmte Pianist Hummel mit Spielen aufhöre, bleibe ein merkwürdiger Gnom übrig, während man bei Frau Szymanowska das Spiel ebenso erfreulich fände, wie wenn sie aufstünde »und uns mit aller Liebenswürdigkeit entgegenkommt« (9. September 1823 an Willemers).

An Zelter aber schreibt er am 24. August:

> Nun aber doch das eigentlich Wunderbarste! Die ungeheure Gewalt der Musik auf mich in diesen Tagen! Die Stimme der Milder, das Klangreiche der Szymanowska, ja sogar die öffentlichen musikalischen Exhibitionen des hiesigen Jägercorps falten mich auseinander, wie man eine geballte Faust freundlich flach läßt.

Daraus hat Thomas Mann im *Tod in Venedig* Gustav Aschenbachs ganzen Charakter entwickelt:

> Ein feiner Beobachter … äußerte … über ihn in Gesellschaft: »Sehen Sie, Aschenbach hat von jeher nur so gelebt« – und der Sprecher schloß die Finger seiner Linken fest zur Faust –; »niemals so« – und er ließ die geöffnete Hand bequem von der Lehne des Sessels hängen.

Aus dieser künstlerisch-musikalisch ausgelösten Diastole erwächst Goethes ganz konventioneller Stammbucheintrag für die Künstlerin vom 16. – 18. August, mithin das älteste Stück der *Trilogie*.

Aussöhnung

Die Leidenschaft bringt Leiden! – Wer beschwichtigt
Beklommnes Herz, das allzuviel verloren?
Wo sind die Stunden, überschnell verflüchtigt?
Vergebens war das Schönste dir erkoren!
Trüb ist der Geist, verworren das Beginnen;
Die hehre Welt, wie schwindet sie den Sinnen!

Da schwebt hervor Musik mit Engelschwingen,
Verflicht zu Millionen Tön um Töne,
Des Menschen Wesen durch und durch zu dringen,
Zu überfüllen ihn mit ew'ger Schöne:
Das Auge netzt sich, fühlt im höhern Sehnen
Den Götterwert der Töne wie der Tränen.

Und so das Herz erleichtert merkt behende,
Daß es noch lebt und schlägt und möchte schlagen,
Zum reinsten Dank der überreichen Spende
Sich selbst erwidernd willig darzutragen.
Da fühlte sich – o daß es ewig bliebe! –
Das Doppelglück der Töne wie der Liebe.

Als letztes Gedicht folgt *An Werther* Anfang März 1824, eine Gefälligkeitsarbeit für den Verleger Christian Friedrich Weygand, in dessen Verlag vor 50 Jahren der *Werther* erschienen war und der diesen Anlaß mit einer Luxusausgabe feiern wollte. Das frische Liebesleid läßt den alten Goethe *Die Leiden des jungen Werthers* wieder neu erleben:

Noch einmal wagst du, vielbeweinter Schatten,
Hervor dich an das Tageslicht,
Begegnest mir auf neubeblümten Matten,
Und meinen Anblick scheust du nicht.
Es ist, als ob du lebtest in der Frühe,
Wo uns der Tau auf einem Feld erquickt
Und nach des Tages unwillkommner Mühe
Der Scheidesonne letzter Strahl entzückt;
Zum Bleiben ich, zum Scheiden du erkoren,
Gingst du voran – und hast nicht viel verloren.

Des Menschen Leben scheint ein herrlich Los:
Der Tag wie lieblich, so die Nacht wie groß!
Und wir, gepflanzt in Paradieses Wonne,
Genießen kaum der hocherlauchten Sonne,
Da kämpft sogleich verworrene Bestrebung
Bald mit uns selbst und bald mit der Umgebung;
Keins wird vom andern wünschenswert ergänzt,
Von außen düstert's, wenn es innen glänzt,
Ein glänzend Äußres deckt mein trüber Blick,
Da steht es nah – und man verkennt das Glück.

Nun glauben wir's zu kennen! Mit Gewalt
Ergreift uns Liebreiz weiblicher Gestalt:
Der Jüngling, froh wie in der Kindheit Flor,
Im Frühling tritt als Frühling selbst hervor,
Entzückt, erstaunt, wer dies ihm angetan?
Er schaut umher, die Welt gehört ihm an.
Ins Weite zieht ihn unbefangne Hast,
Nichts engt ihn ein, nicht Mauer, nicht Palast;

Wie Vögelschar an Wäldergipfeln streift,
So schwebt auch er, der um die Liebste schweift,
Er sucht vom Äther, den er gern verläßt,
Den treuen Blick, und dieser hält ihn fest.

Doch erst zu früh und dann zu spät gewarnt,
Fühlt er den Flug gehemmt, fühlt sich umgarnt,
Das Wiedersehn ist froh, das Scheiden schwer,
Das Wieder-Wiedersehn beglückt noch mehr,
Und Jahre sind im Augenblick ersetzt;
Doch tückisch harrt das Lebewohl zuletzt.

Du lächelst, Freund, gefühlvoll, wie sich ziemt:
Ein gräßlich Scheiden machte dich berühmt;
Wir feierten dein kläglich Mißgeschick,
Du ließest uns zu Wohl und Weh zurück;
Dann zog uns wieder ungewisse Bahn
Der Leidenschaften labyrinthisch an;
Und wir, verschlungen wiederholter Not,
Dem Scheiden endlich – Scheiden ist der Tod!
Wie klingt es rührend, wenn der Dichter singt,
Den Tod zu meiden, den das Scheiden bringt!
Verstrickt in solche Qualen, halbverschuldet,
Geb ihm ein Gott zu sagen, was er duldet.

Für mich ist es das wohl trostloseste Gedicht Goethes – der Schmerz um Ulrike hält auch ein halbes Jahr später noch an und läßt ihn die fünfzig Jahre, die ihn von Werther trennen, für belanglos erklären, quasi wegwerfen: »Gingst du voran – und hast nicht viel verloren«. Auch die Lösung, statt der konkreten Geliebten die ewige Liebe zu lieben, scheint dem im 75. Lebensjahr Stehenden für immer verbaut.

Aber gleichzeitig hilft ihm dieses Gedicht in einem höheren Sinne doch aus der Krise. Er, der den *Tasso* einmal einen gesteigerten *Werther* genannt hat, steigert die *Werther*-Resonanz bis zu *Tasso*, wenn er das Gedicht mit dem in einen Optativ transponierten Tasso-Zitat schließt: »Geb ihm ein Gott zu sagen, was er duldet.« Wenn Goethe in dem schon zitierten Ausspruch aus *Dichtung und Wahrheit* sagt, lebenslang sei es seine Rettung gewesen, »dasjenige, was mich erfreute oder beschäftigte, in ein Bild oder ein Gedicht zu verwandeln und darüber mit mir selbst abzuschließen, um … mich im Innern deshalb zu beruhigen«, so gilt das auch und besonders für die *Elegie*.

Auch dieses Mal rettet ihn die Gottesgabe, »zu sagen, wie er leidet«: Das Originalzitat Tassos mit dem Ausdruck der schöpferischen Selbstgewißheit nimmt er zum Motto für die *Elegie* im Mittelteil: »Und wenn der Mensch in seiner Qual verstummt, / Gab mir ein Gott, zu sagen, was ich leide.« Schon in der dichterisch vollendeten Gestaltung des Erlittenen liegt Erlösendes. Die *Elegie* spricht diesen Gedanken nicht aus – er wird ihr jetzt von außen beigegeben und ist ihr zugleich immanent: Schon die Tatsache, seinem Leid in feierlichen Stanzen Ausdruck verleihen zu können, ist Band und Maß, Bändigung und Mäßigung.

Den Mittelteil aber rahmt Goethe bei der Veröffentlichung neu. Das verzweifeltste Gedicht mit den *Werther*-Reminiszenzen stellt er an den Anfang und führt es bis zum Wunsch, der ins Leid Verstrickte möge die Gabe des Gestaltens dieser Qualen haben. Das leicht abgewandelte Tasso-Zitat dient dann als Motto für den Mittelteil und macht diesen Gedanken für die *Elegie* tragend. Das Schlußgedicht, zu dem das ehemalige früheste Gedicht des Zyklus jetzt mutiert ist, führt diesen Gedanken aus: Kunst als solche ist schon Glück – wo die Liebe im Leben gesetzmäßig endlich ist, überdauert sie im perfekt gestalteten Kunstwerk, »im Doppelglück der Töne wie der Liebe«. So endet auch Goethes letzter Liebesrausch letztlich friedlich »auf dem Papiere«.

Marienbad 1823 war Goethes letzter Badeaufenthalt, danach hat er nie wieder eine größere Reise unternommen.

Letzte Gedichte

In »schwerer Dienste täglicher Bewahrung« verläuft fortan sein Leben. 1828 verläßt ihn auch noch der letzte der alten Freunde; der Herzog bricht auf der Rückkehr von einer Reise, auf der er, wie er

Goethe berichtet, »sozusagen von der Außenwelt Abschied nehmen« wollte, am 14. Juni bei einem Empfang für seine Offiziere auf Schloß Graditz bei Torgau tot zusammen. Goethe ist tief erschüttert, beim Empfang der Nachricht durch den Kanzler von Müller ruft er aus: »Das hätte ich nicht erleben sollen.« Eine Mitwirkung an dessen offiziellem Nachruf lehnt er strikt ab: »Mein ohnehin sehr leidender Gemüthszustand würde, bei specieller Vergegenwärtigung der Verdienste unseres hohen Abgeschiedenen, bis zur Verzweiflung gesteigert werden.« (19. Juni 1828)

Die ersten Tage zieht er sich völlig zurück; als er sich dann wieder sehen läßt, verbittet er sich jede Erwähnung des Trauerfalls. Am Morgen des 7. Juli, der feierlichen Aufbahrung »der fürstlichen Leiche auf dem Paradebette, in der Schloßkirche« (Riemer), begibt Goethe sich nach Dornburg und schreibt von dort an Zelter:

> Bei dem schmerzlichsten Zustand des Innern mußte ich wenigstens meine äußern Sinne schonen und ich begab mich nach Dornburg um jenen düstern Functionen zu entgehen wodurch man, wie billig und schicklich, der Menge symbolisch darstellt was sie im Augenblick verloren hat, und was sie diesmal gewiß auch in jedem Sinne mitempfindet.
> Ich weiß nicht ob Dornburg Dir bekannt ist; es ist ein Städtchen auf der Höhe im Saaltale unter Jena, vor welchem eine Reihe von Schlössern und Schlösschen gerade am Absturz des Kalkflözgebirges zu den verschiedensten Zeiten erbaut ist; anmutige Gärten ziehen sich an Lusthäusern her; ich bewohne das alte neuaufgeputzte Schlösschen am südlichsten Ende. Die Aussicht ist herrlich und fröhlich … und unter meinem Fenster, seh ich einen wohlgediehenen Weinberg, den der Verblichene auf dem ödesten Abhang noch vor drei Jahren anlegen ließ und an dessen Ergrünung er sich die letzten Pfingsttage noch zu erfreuen die Lust hatte … ich könnte diesmal an keinem Orte verweilen wo seine Tätigkeit auffallend anmutiger vor die Sinne tritt (10. Juli 1828).

Die Idylle seiner Wohnung, die herrliche Umgebung und stetige gleichmäßige Arbeit beruhigen ihn; nach drei Tagen schreibt er seinem

Sohn, er könne »schon jetzt sagen, daß ich in dieser kurzen Zeit mehr gethan habe als zu Hause in vier Wochen, man bleibt bey einer Sache und der Tag ist gränzenlos lang«.

Zwei letzte Gedichte entstehen in Dornburg und »rechtferigen« für Karl Eibl in der Frankfurter Ausgabe »eine eigene, letzte, ›gelegenheits‹-orientierte Rubrik, sind, im Thema von Mondaufgang und Sonnenumlauf, ein kleiner Zyklus«. Goethe hat den Mondaufgang, den er dann im Gedicht gestaltet, sogar im Tagebuch festgehalten: »Schöner Aufgang und Fortschritt des Vollmondes.«

Dem aufgehenden Vollmonde
Dornburg, August 1828

Willst du mich sogleich verlassen?
Warst im Augenblick so nah!
Dich umfinstern Wolkenmassen,
Und nun bist du gar nicht da.

Doch du fühlst, wie ich betrübt bin,
Blickt dein Rand herauf als Stern!
Zeugest mir, daß ich geliebt bin,
Sei das Liebchen noch so fern.

So hinan denn! hell und heller,
Reiner Bahn, in voller Pracht!
Schlägt mein Herz auch schmerzlich schneller,
Überselig ist die Nacht.

Er schickt das Gedicht am 11. Oktober an Marianne von Willemer; ihre Liebe ist es, deren ihn nach dreizehn Jahren der Trennung und der Ulrike-Krise von 1823 der Vollmond versichert hat; ein letztes Zeugnis dafür, daß Goethe in den jeweiligen Geliebten auch die ewige Liebe liebt. Marianne und er haben sich 1815 bei der Trennung versprochen, daß sich hinfort ihre Blicke bei jedem Vollmond auf dem Trabanten treffen werden. Ein *Divan*-Gedicht von 1815 ist dieser Vereinigung in der Trennung gewidmet:

Vollmondnacht

Herrin, sag, was heißt das Flüstern?
Was bewegt dir leis die Lippen?
Lispelst immer vor dich hin,
Lieblicher als Weines Nippen!
Denkst du deinen Mundgeschwistern
Noch ein Pärchen herzuziehn?

»Ich will küssen! Küssen! sagt ich.«

Schau! Im zweifelhaften Dunkel
Glühen blühend alle Zweige,
Nieder spielet Stern auf Stern;
Und smaragden durchs Gesträuche
Tausendfältiger Karfunkel;
Doch dein Geist ist allem fern.

»Ich will küssen! Küssen! sagt ich.«

Dein Geliebter, fern, erprobet
Gleicherweis im Sauersüßen,
Fühlt ein unglücksel'ges Glück.
Euch im Vollmond zu begrüßen.
Habt ihr heilig angelobet,
Dieses ist der Augenblick.

»Ich will küssen! Küssen! sag ich.«

Neben der Liebe ist es die Natur, die ihn wie erstmals im Gedicht *An den Mond* tröstet und beruhigt (s. S. 237). Gemäß der Maxime: »Alle Verhältnisse der Dinge wahr. Irrtum allein in dem Menschen. An ihm nichts wahr, als daß er irrt, sein Verhältnis zu sich, zu andern, zu den Dingen nicht finden kann«, hilft ihm die Natur, sein Verhältnis zu den Dingen, das der Tod des Herzogs verrückt hat, wieder zu ordnen.

Dornburg
September 1828

Früh, wenn Tal, Gebirg und Garten
Nebelschleiern sich enthüllen,
Und dem sehnlichsten Erwarten
Blumenkelche bunt sich füllen;

Wenn der Äther, Wolken tragend,
Mit dem klaren Tage streitet,
Und ein Ostwind, sie verjagend,
Blaue Sonnenbahn bereitet;

Dankst du dann, am Blick dich weidend,
Reiner Brust der Großen, Holden,
Wird die Sonne, rötlich scheidend,
Rings den Horizont vergolden.

Der neugefundene Friede gipfelt in der Sentenz, mit der das auch in dieser Zeit entstandene Gedicht *Der Bräutigam* (s. S. 188) schließt: »Wie es auch sei das Leben, es ist gut.«

Letzte Lebensjahre

Fast als letzten menschlichen Halt in seinem Leben verliert Goethe am 27. 10. 1830 seinen einzigen Sohn. Seine Grabinschrift auf dem Stein an der Cestiuspyramide in Rom faßt die Tragik seiner Existenz zusammen – der Vater hat sie für ihn entworfen: »Goethe Filius Patri antevertens obiit anno XL – Goethe der Sohn, dem Vater vorangehend, starb im 40. Jahr.« Christiane war nie Goethes Opfer, beider Sohn war es schon. Lebenslang galt er als »filius Goethe«, ist nie aus dem Schatten seines Vaters herausgetreten, ohne das bis zu seiner Legitimierung 1800 rechtlich überhaupt zu sein. Bis dahin war er filius Vulpiae und wuchs dennoch als Goethes Sohn heran, als Fünfzehnjähriger war er Trauzeuge seiner Eltern. Auf ihn wird Kleists Spottvers gedeutet:

Nun, das nenn ich ein frühgereiftes Talent doch! Bei seiner
Eltern Hochzeit bereits hat er den Carmen gemacht.

Aber selbst diese Heirat änderte wenig an seiner prekären gesellschaftlichen Stellung; August konnte sich erst nach dem Tod der als ordinär verschrienen Mutter mit der adligen Ottilie von Pogwisch verheiraten. »Goethe jun. sei gar kein übler Kopf, habe schöne Anlagen; schade, daß er früh ans Trinken gewöhnt und etwas wild erzogen worden«, beurteilt ihn der Großherzog kurz vor seinem und zwei Jahre vor Augusts Tod gegenüber dem Kanzler von Müller. »Erzogen« und ausgebildet war er zum Adlatus seines Vaters, seine ganze Karriere im Weimarer Staatsdienst war auf die Assistenz für den Vater im privaten Bereich sowie bei der Oberaufsicht über die wissenschaftlichen Anstalten zugeschnitten. Thomas Manns *Lotte in Weimar* gibt ein anschauliches Bild von seiner aus Privatem wie Amtlichem gemischten beruflichen Stellung wie seiner schiefen gesellschaftlichen Lage.

Die Italienreise, die er in Analogie zu der des Vaters mit Ende dreißig antrat, sollte seiner angeschlagenen Gesundheit und seinen zerrütteten Nerven aufhelfen, aber dafür war es bereits viel zu spät; kaum in Rom angekommen, stirbt er, und noch der Grabstein verweigert ihm eine eigene Identität. Der Vater flüchtet sich in die Arbeit, bis er mit einem Blutsturz zuammenbricht und selbst dem Tode nahe kommt.

Den aufwendigen Feiern zu seinem 82. Geburtstag 1831, wie sie in den letzten Jahren üblich geworden sind, entzieht Goethe sich; zu tief ist er auch noch dreiviertel Jahr später vom Tod seines Sohnes betroffen. Er fährt mit seinen beiden Enkeln in die Einsamkeit des Thüringer Waldes nach Ilmenau, dem Mittelpunkt der frühen wilden Jahre an der Seite des Herzogs. Was soll er auch noch an einem solchen Tag in Weimar? Der Großherzog ist tot, die Großherzogin Louise ebenfalls, die Herzoginmutter und alte Freunde wie Herder, Wieland, sogar der zehn Jahre jüngere Schiller schon seit fast einem Menschenalter, tot die

Lebensgefährtinnen, die die beiden Phasen seiner Weimarer Zeit begleitet haben, Charlotte und Christiane, und nun auch noch sein Sohn.

Am Vorabend seines Geburtstages fährt er mit dem Rentamtmann Mahr auf den Gipfel des Kickelhahns, geht die letzten Schritte bis zum Jagdhäuschen zu Fuß und steigt über die steile Treppe in den ersten Stock. Dort liest er die Verse, die er vor fast genau 51 Jahren an die Wand geschrieben hat:

Wandrers Nachtlied

Über allen Gipfeln
Ist Ruh',
In allen Wipfeln
Spürest Du
Kaum einen Hauch;
Die Vögelein schweigen im Walde.
Warte nur! Balde
Ruhest du auch.

Mit Tränen in den Augen wiederholt er die letzten Zeilen: »Warte nur! Balde ruhest du auch.«

Am 22. März 1832 stirbt Goethe gegen Mittag friedlich im Lehnstuhl seines Schlafzimmers.

Epilog

Goethe hat in einem langen, produktiven und »Folge«-richtigen Leben als Lyriker, Epiker und Dramatiker von europäischem Rang, als Farbentheologe und Naturphilosoph, als Staats- und Theatermann, als wissenschaftlich organisierter Sammler auf den Gebieten der Kunst, des Kunstgewerbes, der Numismatik, der Biologie und der Geologie, als teilnehmender, stets anregender Freund bedeutender Zeitgenossen Großes und Größtes geleistet und »die Pyramide seines Daseyns« in höchste Höhen geführt, die uns heute noch Schwindel erregen. Man kann diese Lebensleistung kaum besser würdigen, als wenn man die Worte des Oheims der Schönen Seele aus den *Lehrjahren* auf ihren Schöpfer hin abwandelt:

»Das ganze Weltwesen lag vor ihm, wie ein großer Steinbruch vor dem Baumeister, der nur dann den Namen verdient, wenn er aus diesen zufälligen Naturmassen ein in seinem Geiste entsprungenes Urbild mit der größten Ökonomie, Zweckmäßigkeit und Festigkeit zusammenstellt. Alles außer ihm war nur Element, ja man darf wohl sagen, auch alles an ihm; aber tief in ihm lag diese schöpferische Kraft, die auf so viel Gebieten das zu erschaffen vermochte, was sein soll; und sie ließ ihn nicht ruhen noch rasten, bis er es außer sich oder an sich, auf eine oder andere Weise, vollendet dargestellt hatte.«

Personenregister

Adelung, Johann Christoph: 51
Aischylos: 78
Alewyn, Richard: 14, 72, 128, 150, 163
Anakreon: 35, 120
Anna Amalia Herzogin von Sachsen-Weimar-Eisenach: 166, 201–206, 248, 265
Ariost, Ludovico: 34
Aristoteles: 68, 78, 151, 271
Arnim, Bettina von: 303–304
Arnold, Günter: 80

Basedow, Johann Bernhard: 161
Baumbach, Rudolf: 143 f.
Behrisch, Ernst Wolfgang: 38–40, 43, 45–46, 48–49, 51–53, 58, 92, 117, 220
Bertuch, Friedrich Justin: 241, 258
Bismarck, Otto Eduard Leopold von: 15, 33, 159
Boccaccio, Giovanni: 34
Bode, Johann Christoph: 51
Böhme, Johann Gottlob: 32
Böhme, Jacob: 62
Boie, Heinrich Christian: 120, 152
Boileau, Nicolas (Despréaux): 34
Boisserée, Brüder (Johann Sulpiz u. Melchior Dominikus): 328, 331 ff.
Brecht, Bertolt: 24, 89
Breitkopf, Bernhard Theodor: 39–40, 67
Brenner, W.: 163
Brentano, Antonie: 321
Brentano, Clemens: 12, 324–325
Brentano, Maximiliane (geb. von La Roche): 120, 156, 303
Brentano, Peter Anton: 156
Brion, Friederike: 89–98, 100, 103, 108, 177, 184–187, 197, 222, 249, 331–332
Brion, Sophie: 93
Bruford, William H.: 203
Büchner, Georg: 24, 148
Bürger, Gottfried August: 12, 152, f.
Buff, Charlotte: 94, 110, 119, 158, 160, 197
Burdach, Konrad: 139

Cäsar, Julius: 126 ff.
Carl August Großherzog von Sachsen-Weimar-Eisenach: 20, 54, 73–74, 81–82, 90, 115, 178, 182, 197, 201–218, 232, 240–243, 248–251, 261 f. 264–265, 268, 276, 314–315, 317, 331, 342, 354, 357, 359
Catull (Gaius Valerius Catullus): 254
Chomsky, Noam: 21
Claudius, Matthias: 12, 18, 79, 152–153
Clodius, Christian August: 32 f., 34
Conrady, Karl Otto: 14, 112
Cooper, James Fenimore: 154
Corneille: 78

Dante Alighieri: 304
Dodd, William: 147
Dumas, Alexandre: 154
Düntzer, Heinrich: 304

Eckermann, Johann Peter: 11, 26, 185–186, 217, 332
Eibl, Karl: 36, 96, 130, 356
Eichendorff, Joseph Freiherr von: 12, 39, 42, 239
Eissler, Kurt R.: 197, 262–263
Ernst August II. Constantin Herzog von Sachsen-Weimar-Eisenach: 201–203
Eschenbach, Wolfram von: 113
Euripides: 78

Fahlmer, Johanna: 73, 175 f.
Flachsland, Caroline: s. Herder, Caroline
Flaubert, Gustave: 159
Friedrich II. (von Preußen): 84–85, 179, 201, 208, 219
Friedrich Wilhelm IV.: 204
Fritsch, Jacob Friedrich Freiherr von: 205 f.

Gellert, Christian Fürchtegott: 32–34 ff., 42, 48
Geßner, Salomon: 34, 154
Giersberg, Dagmar: 159
Gleim, Johann Wilhelm Ludwig: 12, 281
Göschen, Georg Joachim: 12, 96, 146, 241–242 f., 244, 275 ff.
Goethe, August von: 16, 255, 261, 265 f., 342, 358–359 ff.
Goethe, Christiane (geb. Vulpius): 46, 88, 94, 96, 121, 186–187, 206, 248 ff., 250, 256–269, 274–275, 358, 360
Goethe, Friedrich Georg: 15 f.
Goethe, Johann Caspar: 15 f., 19–20, 23 f., 70 f., 118, 165, 177–178
Goethe, Katharina Elisabeth: 21
Götz, G. Ch.: 163
Goldschmidt–Jentner, Rudoph K.: 52
Goldsmith, Oliver: 89, 93
Gotter, Friedrich Wilhelm: 119–120
Gottsched, Johann Christoph: 32 ff., 42, 149
Grass, Günter: 159
Grillparzer, Franz: 167
Grimmelshausen, Hans Jakob von: 113
Gryphius, Andreas: 36, 113
Günther, Wilhelm: 263

Hackert, Philipp: 247
Hafis: 36, 318 f., 321, 324, 326, 334–335
Hagedorn, Friedrich von: 12, 281
Hamann, Johann Georg: 83
Hammer, Joseph von: 36, 318 f.
Haugwitz, Heinrich Christian Curt Graf von: 164–165, 175
Hauptmann, Gerhart: 189, 211
Hebel, Johann Peter: 89
Heine, Heinrich: 12, 145, 210
Heinse, Jakob Wilhelm: 161
Hellinger, Bert: 261
Herder, Caroline (geb Flachsland): 79, 82 f., 117 f., 267
Herder, Johann Gottfried: 89, 99, 76–83 ff., 86–87 ff., 89, 99, 116–117 ff., 120–121, 123–125, 128, 130 f., 132, 147–148 ff., 150–151, 196, 204 f.,

209, 220, 231, 241–245, 248, 257, 265 f., 267–268, 298, 359
Herodot: 39
Herzlieb, Minna: 94, 187, 302–304, 308, 321, 327, 342
Hesse, Hermann: 39
Hitler, Adolf: 204
Hölderlin, Friedrich: 12, 127, 297
Hölty, Ludwig Christoph Heinrich: 12
Höpfner, Ludwig Julius: 117, 161
Homer: 21, 57, 78 ff., 118, 120 f., 149–150 f., 157 f., 245 f., 251, 301
Horaz (Quintus Horatius Flaccus): 48, 123, 127, 207
Hufeland, Christoph Wilhelm: 206
Hugo, Victor: 154
Huisgen, Heinrich Sebastian: 24
Humboldt, Wilhelm von: 18
Hummel, Johann Nepomuk: 350
Huret, Jules: 159

Jacobi, Friedrich Heinrich (Fritz): 77 f., 130 f., 161, 162–163, 241, 275
Jacobi, Johann Georg: 161–162
Jagemann, Caroline (Frau von Heygendorf): 206, 261, 264, 317
Jean Paul (Johann Paul Friedrich Richter): 281
Jerusalem, Carl Wilhelm: 119, 156–158 ff., 165
Jerusalem, Friedrich Wilhelm: 119, 202
Jung, Johann Heinrich (gen. Stilling): 55–56, 86

Kaiserin Joséphine (de Beauharnais): 325
Kant, Immanuel: 60, 71
Karl VII: 15
Kauffmann, Angelica: 247
Keller, Werner: 185
Kempner, Friederike: 65
Kestner, Johann Christian: 75–76, 94, 119–120 ff., 155–156 f., 158, 160, 164, 179, 205, 275
Ketelsen, Uwe K.: 47
Kielmannsegg, Christian Albrecht Baron von: 119
Klettenberg, Susanna von: 26, 54–57, 63
Klinger, Friedrich Maximilian: 166
Kloeden, Karl Friedrich von: 33
Klopstock, Friedrich Gottlieb: 12, 30, 34–35, 48, 73 f., 79, 117, 127, 143–144, 150 f., 157, 210, 297
Knebel, Carl Ludwig von: 13, 178, 202–203, 211–212, 268, 275
Koeppen, Wolfgang: 246
Körner, Christian Gottfried: 262, 276–277
Kommerell, Max: 127
Kosegarten, Gotthard Ludwig: 335
Kotzebue, August von: 281
Kraus, Christian Jacob: 77

Langer, Ernst Theodor: 58–59 ff., 61, 63, 70–71
La Roche, Sophie von: 120, 156–157

Lavater, Johann Caspar: 13, 81, 155, 161 f., 163, 179, 218 f., 225
Leibniz, Gottfried Wilhelm: 30
Lenz, Jakob Michael Reinhold: 80, 86, 98–99 f., 106
Lessing, Gotthold Ephraim: 12, 32 f., 35 f., 51, 68, 78–79, 85–86, 130, 153, 298
Levetzow, Amalie von: 341
Levetzow, Ulrike von: 46 f., 113, 185–187, 304, 340–342 f.
Liebhold, Johann Wilhelm: 116
Louise Großherzogin von Sachsen-Weimar-Eisenach. 178 f., 314, 359
Louis le Grand (Louis XIV): 252
Luther, Martin: 27–30 ff., 52, 56–57

Machiavelli, Niccolò: 126
Maecenas, Gaius Cilnius: 207 ff.
Mahomet (Mohammed): 126–127, 136–137 f., 241, 323
Mann, Thomas: 60, 159, 313 f., 351, 359
Manzoni, Alessandro: 154
Martial (Marcus Valerius Martialis): 281–282 f.
Massenet, Jules: 159
Mellin, Johann Christian: 59 ff.
Merck, Johann Georg: 74, 80, 116–117 ff., 120, 152, 161, 165 ff., 177, 203, 205, 216, 220
Metternich, Clemens Wenzel Lothar Fürst: 70
Meyer, Johann Heinrich: 20 f., 310, 341
Meyer-Krentler, Eckhardt: 109 f.
Milton, John: 34
Mörike, Eduard: 106, 312
Montgelas, Maximilian Joseph Graf: 70
Moors, Maximilian: 116
Moritz, Karl Philipp: 56, 165, 244
Müller, Kanzler von: 72, 82 f., 167, 206, 355, 359
Musäus, Johann Carl August: 166

Napoleon Bonaparte: 159–160, 305, 314, 316 ff., 325 f., 337
Nicolai, Christoph Friedrich: 199, 281

Oellers, Norbert: 296
Oeser, Adam Friedrich: 31, 34 f., 39, 57
Oeser, Friederike: 39, 57, 63, 67
Oetinger, Friedrich Christoph: 64–65
Olenschlager, Daniel: 24
Opitz, Martin: 25, 39–30, 32, 44
Ossian (Macpherson, James): 85, 150
Ovid (Publius Ovidius Naso): 207, 239, 255–256 f., 299

Palladio (Andrea di Pietro della Gondola). 245
Petersen, Prof. (Darmstadt): 117
Petrarca, Francesco: 181, 301, 304, 309 ff.
Pfenninger, Conrad: 125, 163
Philänis: 260–261
Picasso, Pablo: 265
Pindar: 78, 119–120 f., 123–124 ff., 127–128, 147, 161, 180

Platen, August von: 12
Platon: 39, 76, 120, 124–125 f., 223
Pogwisch, Ottilie von: 359
Properz (Sextus Propertius): 254, 282 f.

Racine, Jean Baptiste: 78
Reich, Phillipp Erasmus: 31, 34 f.
Reid, Terence: 113
Reineck: 24
Richardson, Samuel: 34, 157–158, 224
Riemer, Friedrich Wilhelm: 14, 256, 303, 310, 355
Rilke, Rainer Maria: 127
Röderer, Johann Gottfried: 147
Rousseau, Jean-Jacques: 51, 154, 157, 166

Sacy, Silvestre de: 265
Salzmann, Johann Daniel: 71, 85, 93, 100, 117
Schellhorn, Cornelia (geb. Walther): 15
Schiller, Friedrich von: 47, 72, 81, 182, 248, 251–252, 262, 273–274, 276–283, 296 ff., 298, 314, 359
Schlegel, August Wilhelm: 301 f.,
Schlegel, Friedrich: 281
Schlegel, Johann Elias: 35–36
Schliemann, Heinrich: 33
Schlosser, Cornelia (geb. Goethe): 16, 19, 21–22, 25, 34, 36, 45, 175, 178, 224 f.
Schlosser, Johann Georg: 73, 117, 175
Schöffler Herbert: 154
Schöne, Albrecht: 63, 103, 111
Schönemann, Lili: 39, 90, 98, 121, 167–181, 185–187, 196–197, 263, 331 f.
Schönkopf, Anna Katharina (Käthchen): 39, 45–46, 52, 57, 177, 186–187
Schopenhauer, Adele: 263
Schopenhauer, Arthur: 196–197
Schröter, Corona: 203
Schubart, Christian Friedrich Daniel: 153
Scott, Sir Walter: 153 ff.
Seckendorff, Carl von: 212
Seekatz, Johann Conrad: 24, 44–45, 112
Seidel, Philipp: 26, 242
Shaftesbury, Anthony Ashley Cooper, 3. Earl of: 132, 149
Shakespeare, William: 30, 34, 36, 46, 78 ff., 85 f., 124, 126, 147–151 ff., 157, 212, 220, 318
Sokrates: 76, 120, 125–126 ff., 150, 156
Sophokles: 78 f., 149
Speer, Albert: 204
Spener, Philipp Jakob: 54–55
Spinoza, Baruch de: 126, 130, 231 f.
Staël, Madame (Anne Louise Germaine) de: 167
Staiger, Emil: 112
Stein, Charlotte von: 46, 53 f., 91, 96, 99, 120–121, 145, 166, 182, 185, 187 f., 197, 209–211, 218–224, 230, 233, 236, 241 f., 249, 259, 262, 317

Stein, Friedrich von (Fritz): 278
Stein, Heinrich Friedrich Karl Freiherr vom: 316
Sterne, Laurence: 51
Stierle, Karlheinz: 181
Stoker, Bram: 300
Stolberg, Auguste Gräfin zu: 135, 166, 177, 230
Stolberg, Christian und Friedrich Leopold zu: 164–166, 175
Swift, Jonathan: 83
Szymanowska (-Wolowska), Maria: 350 ff.

Tasso, Torquato: 34, 354
Textor, Catharina Elisabeth: 16
Textor, Johann Jost: 114
Textor, Johann Wolfgang: 16, 114
Theokrit: 120, 149
Thoranc, Graf: 19 f.
Tibull (Albius Tibullus): 254
Tischbein, Wilhelm: 244 f., 247 f.
Todorov, Tzvetan: 283
Toller, Ernst: 127
Tolstoi, Leo: 154

Vitruv (Marcus Vitruvius Pollio): 245
Vogelweide, Walther von der: 104, 113
Voltaire (François Marie Arouet): 29–30, 32, 64, 78, 85, 127, 149 f., 159, 164, 167, 179, 299
Voß, Johann Heinrich: 89, 301
Vulpius, Christian August: 256

Wagner, Heinrich Leopold: 86
Wallenborn, Markus: 236, 325
Wedel, Moritz von: 54
Weimar, Klaus: 141
Wellershoff, Dieter: 155
Wenck, Helfrich Bernhard: 117
Werner, Zacharias: 303
Wieland, Christoph Martin: 34, 120, 147, 153, 162 f., 202 ff., 204, 223, 241, 252, 298–299, 311, 317, 359
Wiese, Benno von: 106, 312
Wilhelm I., Friedrich Ludwig von Preußen: 16, 159
Willemer, Johann Jacob von: 324, 328, 331–332
Willemer, Marianne von (geb. Jung): 46, 185, 187, 304, 324–325, 340–341, 343, 356
Winckelmann, Johann Joachim: 34, 245

Xenophon: 120, 125 f.

Young, Edward: 34, 43

Zelter, Carl Friedrich: 90, 94, 274, 296, 317, 341, 350 f., 355
Ziegesar, Silvie von: 304
Zimmermann, Johann Georg: 179, 219
Zimmermann, Rolf Christian: 62–63
Zinzendorf, Nikolaus Ludwig Graf von: 55
Zweig, Stefan: 196–197